미스트본 1부

마지막 제국 II

MISTBORN

미스트본 1부
마지막 제국

브랜던 샌더슨 장편소설
송경아 옮김

II

나무옆의자

내가 살아온 시간보다 더 오래 판타지를 읽었으며
당신만큼 괴짜인 손자를 둘 자격이 충분한 할머니,
베스 샌더슨을 위하여

차례

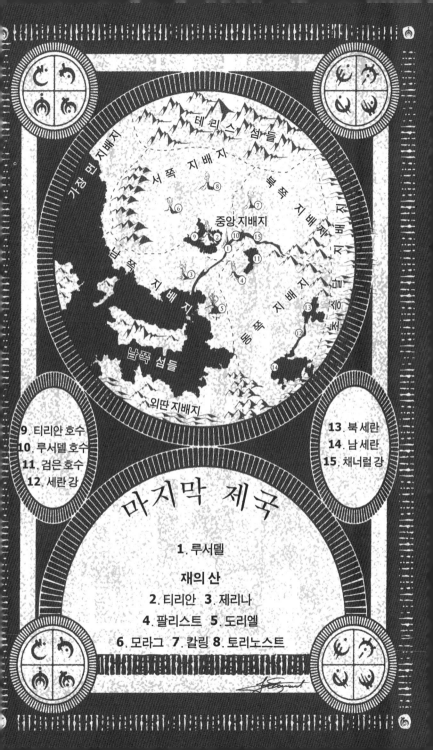

마지막 제국

일러두기

미스트본 세계에 대해 설명한 각주는 저자 주이며, 옮긴이 주는 본문에 괄호로 표시했다.

2장

재의 하늘 아래

9

결국, 나의 오만 때문에 우리 모두가 멸망할까 봐 걱정스럽다.

빈은 동전을 '밀면서' 안개 속으로 몸을 쏘아 올렸다. 땅과 돌에서 날아올라 하늘의 어두운 흐름을 뚫고 치솟았다. 바람이 그녀의 클록을 펄럭였다.

'이건 자유야. 내가 언제나 그리워하고 있었지만 한 번도 몰랐던 자유.'

그녀는 서늘하고 축축한 공기를 가슴 깊이 들이쉬면서 생각했다. 눈을 아래로 감자 지나가는 바람이 느껴졌다.

내려가기 시작하면서 그녀는 눈을 떴다. 마지막 순간까지 기다렸다가 동전을 튕겼다. 동전이 길에 깔린 조약돌에 맞자 동전을 살짝 '밀어서' 내려가는 기세를 누그렸다. 그러다 순간 백랍을 번쩍 태우고 땅을 차고 달렸다. 펠리스의 조용한 거리들을 따라 쏜살같이 달렸다. 늦가을 공기가 서늘했지만, '중앙 지배지'의 겨울은 보통 온화했다. 몇 년 동안 눈 한 송이 떨어지지 않을 정도였다.

그녀는 뒤로 동전을 던진 다음, 그 동전에 대고 자기 몸을 위쪽과 오른쪽으로 가볍게 '밀었다'. 그녀는 낮은 돌벽에 내려앉아 걸음걸이를 거의 흐트러뜨리지 않고 벽 꼭대기를 따라 재빨리 달려갔다. 백랍을 태우면 근육만 강화되는 것이 아니라 모든 육체적 능력이 증가했다. 백랍을 조금씩 계속 태우면 그녀는 어떤 밤도둑도 부러워할 만한 균형 감각을 가질 수 있었다.

벽은 북쪽으로 꺾어졌고, 빈은 모퉁이에서 멈췄다. 몸을 낮춰 웅크리고, 맨발과 예민한 손가락으로 차가운 돌을 움켜쥐었다. 그녀는 구리를 계속 켜서 알로맨시를 숨기고 있었다. 그녀는 감각을 긴장시키기 위해 주석을 폭발시켰다.

정적. 사시나무들은 안개 속에서, 작업 선(線)에 서 있는 여윈 스카들처럼 비현실적으로 줄 서 있었다. 먼 곳의 영지들이 보였다. 영지 하나하나마다 벽이 세워져 관리되고 있었으며, 철저히 경비되고 있었다. 그 도시는 루서델보다 빛의 점의 숫자가 훨씬 적었다. 집의 대다수는 단기 거주지일 뿐이었고, 그곳의 주인들은 '마지막 제국'의 다른 지역을 방문하느라 나가 있었다.

갑자기 앞에서 파란 선들이 나타났다. 한쪽 끝은 모아져 그녀의 가슴을 가리키고, 다른 쪽 끝들은 안개 속으로 사라지고 있었다. 빈은 즉시 옆으로 뛰어 밤공기 속에서 쏘아져 지나가는 한 쌍의 동전을 피했다. 동전은 안개 속에 자취를 남기며 사라졌다. 그녀는 백랍을 폭발시켜 벽 옆 자갈 깔린 거리에 착지했다. 주석으로 강화된 귀에 긁는 소리가 들려왔다. 다음 순간, 어두운 사람의 형체가 하늘로 쏘아 올려졌다. 파란 선 몇 개가 그의 동전 주머니를 가리켰다.

빈은 동전 하나를 떨어뜨리고 적수를 쫓아 공중에 몸을 던졌다. 그들은 잠시 위로 올라가 아무것도 모르는 어느 귀족의 영지 위를 날아갔다. 빈의 적수가 별안간 공중에서 휙 진로를 바꿔, 그 대저택으로 향했다. 빈은 그를 따라갔다. 아래에 동전을 놓고 철을 태우며 저택의 창 걸쇠 중 하나를 '당겼다'.

2장 재의 하늘 아래

적수가 먼저 저택에 닿았다. 건물 옆에 부딪치면서 쿵 소리가 나는 것이 들렸다. 그는 일 초 후에 떠났다.

불 하나가 켜지면서 어리둥절한 표정의 얼굴이 창밖으로 튀어나왔다. 빈은 공중에서 돌아 발부터 저택에 착지했다. 그녀는 즉시 수직면을 차고 출발했지만, 각도를 약간 바꾸어 같은 창문의 걸쇠를 '밀었다'. 유리에 금이 가면서 그녀는 중력이 도로 그녀를 잡아당기기 전에 어둠 속으로 쏟아져 나갔다.

빈은 사냥감을 계속 쫓으려고 눈에 힘을 준 채 안개 속을 날아갔다. 적수가 뒤쪽의 그녀를 향해 동전 두 개를 쏘아 보냈지만, 그녀는 생각할 필요도 없이 그것들을 '밀었다'. 동전과 연결된 흐릿한 파란 선이 아래로 떨어졌고, 적수는 다시 옆으로 움직였다.

빈은 동전을 떨어뜨리고 '밀었'으나, 느닷없이 그녀의 동전이 지면과 나란하게 뒤쪽으로 휙 날아갔다. 그녀의 적수가 '민' 것이었다. 동전이 그렇게 갑작스럽게 움직이자 빈의 도약 궤도가 바뀌어 버려 그녀는 옆으로 날아갔다. 그녀는 투덜거리며 또 하나의 동전을 옆으로 가볍게 던져서 원래 궤도로 자신의 몸을 '밀었'다. 그러나 그 바람에 사냥감을 놓치고 말았다.

'좋아……'

그녀는 벽 바로 안쪽의 부드러운 땅을 차면서 생각했다. 그녀는 동전 몇 개를 손에 쥐고, 거의 꽉 찬 주머니를 공중에 던지고는 사냥감이 사라진 방향으로 강하게 '밀었다'. 동전 주머니는 안개 속으로 떨어지며 뒤쪽에 파랗고 희미한 알로맨시 선을 남겼다.

갑자기 앞쪽 관목에서 동전이 흩뿌려지며 그녀의 주머니를 향해 쏟아져 날아왔다. 빈은 미소 지었다. 적수는 날아가는 주머니가 빈이라고 추측한 것이다. 거리가 너무 멀어 그녀가 그의 동전을 볼 수 없는 것과 마찬가지로, 그도 그녀의 손안에 든 동전을 볼 수 없었다.

검은 그림자가 덤불에서 뛰어나와 돌벽 위로 튀어 올랐다. 빈은 조용히 기다렸다. 그림자는 벽을 따라 달려가 다른 쪽으로 미끄러져 내려갔다.

빈은 자기 몸을 곧장 위쪽 공중으로 쏘아 올린 후, 아래로 지나가는 그 그림자를 향해 동전 한 줌을 던졌다. 그는 즉시 '밀어서' 동전들을 쏜살같이 튕겨 보냈지만, 동전은 눈을 딴 데로 돌리기 위한 것일 뿐이었다. 빈은 그의 앞에 착지한 후 재빨리 칼집에서 두 개의 유리 단검을 꺼냈다. 그녀는 달려들며 그림자를 베었으나, 적수는 뒤로 뛰어 물러났다.

'뭔가 잘못됐어.'

빈은 허리를 숙이고 옆으로 몸을 던졌다. 반짝이는 동전 한 줌— 그녀의 적수가 '밀어' 보냈던 그녀의 동전들이었다—이 하늘에서 도로 날아와 적수의 손에 들어갔다. 그는 돌아서서 그녀 쪽으로 동전을 뿌렸다.

빈은 조그맣게 악 소리를 내며 단검을 떨어뜨리고, 앞으로 손을 내지르며 동전을 '밀었다'. 그녀의 '미는' 힘이 상대와 연결되면서 즉시 그녀의 몸이 뒤로 튕겨 나갔다.

동전 하나가 공중에서 휘청하더니 그들 둘 사이에 곧장 매달렸다. 나머지 동전들은 충돌하는 힘들 때문에 옆으로 밀려 안개 속으로 사라졌다.

빈은 날아가면서 강철을 폭발시켰고, 적수가 뒤로 '밀려'가면서 신음하는 소리를 들었다. 적수는 벽에 부딪혔다. 빈도 나무에 쾅 부딪혔지만, 백랍을 폭발시키며 고통을 무시했다. 그녀는 나무로 몸을 버티면서 계속 '밀었다'.

두 알로맨서의 증폭된 힘 사이에 갇힌 동전이 공중에서 바들바들 떨렸다. 압력이 증가했다. 빈은 뒤에서 그녀를 버티던 작은 사시나무가 굽어지는 것을 느끼며 이를 갈았다.

적수의 '밀기'는 가차 없었다.

'지지…… 않을…… 거야!'

빈은 강철과 백랍을 함께 폭발시켰다. 그녀는 약간 신음하며 동전에 전력을 쏟았다.

한순간 침묵이 흐르다가, 빈은 뒤로 휘청거렸다. 밤공기 속에서 나무가 커다랗게 딱 소리를 내며 부러졌다.

빈은 땅으로 굴러떨어졌고, 나무 지저깨비들이 주위에 흩어졌다. 주석과 백랍으로도 정신이 맑아지지 않았다. 그녀는 길의 자갈 위를 구르다가 결국 어질어질한 상태로 누워버렸다. 검은 그림자가 다가왔다. 그의 주위에서 미스트클록 리본이 부풀어 올랐다. 빈은 휘청거리며 일어나서, 단검을 떨어뜨렸다는 것을 잊고 단검을 찾아 쥐려고 했다.

켈시어는 후드를 내리고 그녀의 단검 두 개를 내밀었다. 하나는 깨져 있었다.

"본능적으로 그런다는 거 알아, 빈. 하지만 '밀' 때 손을 앞으로 내밀 필요는 없어. 네가 쥐고 있는 걸 놓을 필요도 없고."

빈은 어둠 속에서 얼굴을 찡그리더니 어깨를 문지르고 고개를 끄덕이며 단검을 받아 들었다.

"동전 주머니는 잘했어. 잠깐 당했네." 켈시어가 말했다.

"그걸로 잘해봤자죠." 빈이 투덜거렸다.

"넌 이제 겨우 몇 달째잖아, 빈." 그는 경쾌하게 말했다. "모든 사정을 고려하면 네 진도는 환상적이야. 그렇지만 너보다 몸무게가 더 나가는 사람과의 '밀기' 시합은 피하는 걸 추천하겠어." 그는 잠시 말을 멈추고 빈의 작은 키와 마른 골격을 보았다. "거의 모든 사람과 그러지 말라는 뜻이야."

빈은 한숨을 쉬며 살짝 기지개를 폈다. 또 멍이 들었다.

'최소한 남한테 보이지는 않을 거야.'

이제 카몬이 얼굴에 남긴 멍이 완전히 사라졌기에, 세이즈드는 그녀에게 조심하라고 경고했다. 화장이 멍을 가릴 수 있는 정도는 제한되어 있고, 그녀가 궁정에 잠입하게 된다면 '제대로 품위 있는' 젊은 귀족 여성처럼 보여야 할 것이다.

"여기, 기념품."

켈시어가 그녀에게 뭔가를 건네주며 말했다.

빈은 그 물건을 받았다. 그들이 서로 '밀던' 동전이었다. '밀기'의 압력으로 인해 구부러지고, 납작해져 있었다.

"저택에 돌아가서 보자." 켈시어가 말했다.

빈이 고개를 끄덕이자 켈시어는 어둠 속으로 사라졌다.

'그의 말이 옳아. 난 내가 싸우게 될 상대들보다 체격도 작고, 몸

무게도 덜 나가고, 팔 길이도 짧아. 누군가와 정면 대결을 한다면 내가 질 거야.'

아무튼 그 대안이라면 언제나 그녀의 방식밖에는 없었다. 조용히 싸우고 눈에 띄지 않고 숨어 있는 것. 그녀는 알로맨시 사용법도 같은 방식으로 배워야 했다. 켈시어는 그녀가 알로맨서로서 놀라울 정도로 빠르게 발전하고 있다고 계속 이야기했다. 그는 자기가 가르치기 때문에 그렇다고 생각하는 것 같았지만, 빈은 다른 이유가 있다고 생각했다. 안개…… 밤의 잠행…… 모두 그녀에게 '딱 맞는다고' 느껴졌다. 그녀는 다른 미스트본과의 싸움에서 켈시어를 돕기 위해 제때 알로맨시를 통달해야 하는 건 걱정하지 않았다.

그녀가 걱정하는 것은 그 계획에서 자기가 맡은 다른 부분이었다.

한숨을 쉬며, 빈은 벽을 뛰어넘어 자신의 동전 주머니를 찾았다. 위쪽 저택의 불―르노의 집은 아니었지만 다른 귀족이 소유한 집이었다―이 켜져 있고 사람들이 주위를 서성거렸다. 하지만 아무도 감히 어둠 깊이 들어가지는 못했다. 스카는 안개유령을 두려워할 것이고, 귀족들은 그 소동을 미스트본이 일으켰다고 짐작할 것이다. 어느 쪽이든 정신 멀쩡한 사람이 대결하고 싶은 상대는 아니었다.

빈은 결국 강철 선으로 위쪽 나뭇가지에서 자기 주머니를 찾아냈다. 그녀는 주머니를 살짝 '당겨' 손으로 잡아당긴 후 거리로 되돌아갔다. 켈시어라면 동전 주머니를 남겨놓고 떠났을 것이다. 그 안에 담긴 25클립 정도에 시간을 들일 만한 가치는 없을 테니까. 그러나 평생의 대부분을 구걸하고 굶주렸던 빈은 동전도 감히 낭비할 수 없었다. 뛰어오르기 위해 동전을 던지는 일마저도 마음이 불편했다.

그래서 그녀는 르노 저택으로 돌아갈 때 동전을 아껴 썼다. 동전 대신 건물과 버려진 금속 조각을 '밀고 당겨서' 이동했다. 반쯤은 뛰어오르고 반쯤은 달리는 미스트본의 걸음걸이는 이제 자연스러워졌고, 그녀는 자기 동작에 대해 많이 의식할 필요가 없어졌다.

하지만 귀족 여성인 척하는 건 어떻게 해야 잘할 수 있을까? 그녀는 스스로에게조차 불안을 숨길 수가 없었다. 카몬은 오만했기 때문에 귀족 흉내를 잘 냈지만, 빈의 성격은 그렇지 않았다. 그녀가 알로맨시에서 거둔 성공은, 그녀에게 어울리는 자리는 예쁜 드레스를 입고 활보하는 궁정 무도회가 아니라 구석과 그늘 속이라는 것만 다시 한 번 증명해주었다.

그러나 켈시어는 그녀를 계획에서 놔주지 않았다. 빈은 르노 저택 바로 바깥에 웅크려 착지하고는 지쳐서 약간 헐떡거렸다. 그녀는 조금 불안한 느낌으로 불빛들을 바라보았다.

'넌 이 일을 하는 법을 배워야 해, 빈.' 켈시어는 계속 그녀에게 말했다. '넌 재능 있는 알로맨서야. 하지만 귀족에 맞서 싸워 이기려면 "강철-밀기"보다 더 많은 것이 필요해. 그들의 사교계에서 네가 안개 속에서처럼 쉽사리 움직일 수 있게 되면, 너는 비로소 불리한 지점을 벗어날 수 있을 거야.'

조용히 한숨을 내쉬면서, 빈은 웅크린 자세를 풀고 일어나 미스트클록을 벗은 다음 나중에 찾을 수 있도록 숨겨두었다. 그리고 계단을 걸어 올라 건물로 들어갔다. 세이즈드가 있는 곳이 어디냐고 묻자 저택의 하인들은 그녀를 부엌으로 안내했다. 그렇게 그녀는 저택에서 폐쇄되고 숨겨진 부분인 하인들의 구역으로 들어갔다.

심지어 건물 속 이러한 부분마저도 티 한 점 없이 깨끗하게 유지되고 있었다. 빈은 어떻게 르노가 이토록 진짜 같은 가짜가 되었는지 이해하기 시작했다. 그는 완벽하지 않은 상태를 허락하지 않았다. 그가 자기 저택에 내린 명령이 지켜지는 모습의 반만큼만 연기했다고 하더라도, 빈은 아무도 그 계략을 알아차리지 못할 거라고 확신했을 터였다. 하지만 그의 연기는 그 자체로 완벽했다.

'그렇지만 그에게도 결함이 있는 게 분명해. 두 달 전 회의에서 켈시어는 르노가 심문관의 정밀 조사를 버틸 수 없을 거라고 말했어. 심문관들은 그의 감정에서 그를 폭로할 만한 꼬투리를 잡아낼 수 있는 걸까?'

사소한 부분이었지만 빈은 그것을 잊어버리지 않았다. 켈시어는 정직과 신뢰에 대해 이야기했지만 여전히 자기 나름대로 비밀을 갖고 있었다. 모든 사람이 그랬다.

세이즈드는 정말로 부엌에 있었다. 그는 중년의 하녀와 함께 서 있었다. 그녀는 스카 여자치고는 키가 컸지만 세이즈드 옆에 서자 아주 작아 보였다. 빈은 그녀가 저택 하인이라는 것을 알아보았다. 그녀의 이름은 코산이었다. 빈은 단순히 그들 전부를 감시하기 위해서라도 이곳 직원들의 이름을 모두 외우려고 노력했다.

빈이 들어오자 세이즈드가 쳐다보았다.

"아, 미스트리스 빈. 딱 때맞춰 돌아오셨습니다."

그는 같이 서 있던 여자에게 손짓했다.

"이쪽은 코산입니다."

코산은 사무적인 태도로 빈을 뜯어보았다. 빈은 사람들이 자기를 그렇게 쳐다볼 수 없는 안개 속으로 돌아가고 싶어 죽을 지경이었다.

"이 정도면 충분히 길지 않나." 세이즈드가 말했다.

"아마도요. 하지만 저는 기적을 일으키지는 못합니다, 마스터 바흐트." 코산이 말했다.

세이즈드는 고개를 끄덕였다. '바흐트'는 아마도 테리스인 시종의 정식 칭호인 것 같았다. 완전히 스카도 아니고 그렇다고 귀족도 절대 아닌 테리스인들은 제국 사회에서 매우 이상한 지위를 차지하고 있었다.

빈은 의심스러운 눈길로 두 사람을 바라보았다.

"머리를 하실 겁니다, 미스트리스. 코산이 머리를 잘라드릴 겁니다."

세이즈드가 차분한 어조로 말했다.

"오."

빈이 손을 머리에 올리며 말했다. 그녀의 머리카락은 그녀의 취향에 비해 너무 자라 있었다. 왠지 몰라도 세이즈드가 그녀의 머리카락을 남자애 머리처럼 바짝 자르도록 놔둘 것 같지는 않았다.

코산은 손짓으로 의자를 가리켰고, 빈은 머뭇거리며 거기에 앉았다. 빈은 누군가가 큰 가위를 머리에 이렇게 가까이 대고 일하는데도 얌전히 앉아 있어야만 하는 것은 매우 신경이 곤두서는 일임을 걸 깨닫게 되었다. 그러나 피할 길은 없었다.

2장 재의 하늘 아래

손으로 빈의 머리칼을 몇 초 동안 훑고 나서, 코산은 곧 조용히 자르기 시작했다.

"아주 아름다운 머리카락이군요." 그녀는 혼잣말처럼 말했다. "두껍고 훌륭하고 짙은 검은색이에요. 이걸 그렇게 형편없이 잘라 놓은 걸 보는 것만으로도 부끄러웠어요, 마스터 바흐트. 궁정 여성들 중에는 이런 머리카락을 가질 수만 있으면 죽어도 좋다고 할 사람이 여럿일걸요. 길게 늘어뜨릴 만큼 풍성하고, 쉽게 손질할 수 있을 정도로 곧아요."

세이즈드는 미소 지었다.

"앞으로는 그 머리카락을 좀 더 잘 보살피도록 해야겠지요."

코산은 혼자 고개를 끄덕이며 일을 계속했다. 마침내 세이즈드가 걸어와 빈에게서 겨우 몇 피트 떨어진 앞쪽에 앉았다.

"켈시어는 아직 안 돌아왔군요?" 빈이 물었다.

세이즈드는 고개를 끄덕였고, 빈은 한숨을 쉬었다. 켈시어는 그녀를 자기의 밤 습격에 데려갈 수 있을 정도로 숙련되었다고 생각하지 않았다. 빈과 함께 훈련은 하지만, 밤 습격은 그가 직접 하는 몇 가지 일 중의 하나였다. 켈시어는 루서델과 펠리스 양쪽을 번갈아가며 십여 개의 서로 다른 귀족 집의 영지에 모습을 나타냈다. 그는 '대가문'들 사이에 혼란을 조장하려고 변장이나 표면상의 목적에 여러 가지 변화를 주었다.

세이즈드가 호기심에 찬 표정으로 빈을 바라보고 있었다.

"왜요?"

빈이 세이즈드를 보며 물었다. 테리스인은 경의를 표하며 고개를 살짝 끄덕였다.

"미스트리스가 다른 제안을 들으실지 궁금해하고 있었습니다."

빈은 눈을 굴리며 한숨을 쉬었다.

"좋아요."

'난 여기 앉아 있는 수밖에 없는 것 같아.'

"당신에게 완벽하게 어울리는 종교가 있다고 생각합니다." 세이 즈드가 보통 때는 절제돼 있던 얼굴을 열의로 물들이면서 말했다. "트렐 신의 이름을 따서 '트렐라기즘'이라 불리는 것인데요. '넬라 잔'이라는 그룹이 트렐 신을 숭배합니다. 북쪽 먼 곳에 사는 민족이 지요. 그들의 땅에서는 밤낮의 주기가 매우 이상합니다. 1년 중 몇 달 동안에는 하루 대부분이 어둡습니다. 그러나 여름에는 하루에 몇 시간만 어두울 뿐이지요.

넬라잔은 햇빛은 신성모독적이며 어둠 속에 아름다움이 있다고 믿었습니다. 그들은 별들을 보고 '트렐의 천 개의 눈'이 그들을 지켜보고 있다고 생각했습니다. 태양은 트렐의 형제 날트의 질투에 찬 외눈이었습니다. 날트는 눈이 하나뿐이었기 때문에, 자기 형제보다 더 빛나기 위해 그것을 밝게 불타도록 만들었습니다. 그러나 넬라잔은 날트에게 감명을 받지 않았고, 날트가 하늘을 보지 못하게 할 때에도 그들을 지켜보고 있는 조용한 트렐을 숭배하는 쪽을 택했습니다."

세이즈드는 조용해졌다. 빈은 어떻게 반응해야 할지 알 수 없어서 아무 말도 하지 않았다.

"이건 정말 좋은 종교입니다, 미스트리스 빈." 세이즈드가 말했다. "매우 부드럽지만 동시에 매우 강력합니다. 넬라잔은 진보한 민족은 아니었지만 매우 단호했습니다. 그들은 밤하늘 전체의 지도를 그렸습니다. 주요 별들을 모두 세고 위치를 재어가면서요. 당신에게는 그들의 방식이 맞을 겁니다. 특히 그들의 밤을 좋아하는 성향이요. 원하신다면 더 말해드리겠습니다."

빈은 고개를 저었다.

"괜찮아요, 세이즈드."

"잘 맞지 않습니까?" 세이즈드가 살짝 얼굴을 찌푸리며 말했다. "아, 좋습니다. 좀 더 생각해보아야겠습니다. 고맙습니다, 미스트리스……. 제게 매우 깊은 인내심을 발휘하시는 것 같군요."

"더 생각해보겠다고요?" 빈이 물었다. "그건 당신이 나를 개종시키려고 한 다섯 번째 종교예요, 세이즈. 대체 얼마나 더 있죠?"

"562가지입니다." 세이즈드가 말했다. "아니면 적어도, 제가 아는 신앙 체계의 숫자는 그렇습니다. 아마 불행히도 우리 민족이 수집할 수 있는 자취를 남기지 않고 이 세계에서 사라져버린 다른 종교들도 있을 것입니다."

빈은 잠시 말을 하지 못했다.

"그런데 그 종교들을 모두 외우고 있어요?"

"가능한 한 많이요." 세이즈드가 말했다. "그들의 기도문, 신앙, 신화 들을요. 많은 것이 매우 비슷합니다. 서로 분리되거나 갈라져 나온 것이어서요."

"그렇다 처도 어떻게 그걸 다 기억할 수가 있어요?"

"제겐…… 방법이 있습니다." 세이즈드가 말했다.

"하지만 이 일에 무슨 의미가 있어요?"

세이즈드는 눈살을 찌푸렸다.

"제 생각에는 대답은 명백합니다. 민족들은 값진 존재입니다, 미스트리스 빈. 그러므로 그들의 믿음도 값집니다. 천 년 전 승천 때부터 너무나 많은 신앙이 사라졌습니다. '강철 미니스트리'는 로드 룰러 외에 누구도 숭배하지 못하게 금지했고, 심문관들은 수백 가지 종교를 매우 열심히 파괴했습니다. 누군가가 기억하지 않는다면, 그것들은 완전히 사라질 것입니다."

"나더러 천 년 전에 사라진 종교들을 믿으라고요?"

빈이 믿을 수 없다는 듯이 말했다. 세이즈드는 고개를 끄덕였다.

'켈시어와 관계있는 사람들은 다 제정신이 아닌 건가?'

"'마지막 제국'은 영원히 존속할 수 없습니다." 세이즈드는 조용히 말했다. "마스터 켈시어가 마침내 제국의 종말을 가져올 사람이 될지는 모를 일입니다. 하지만 종말은 올 것입니다. 그리고 종말이 왔을 때—더 이상 '강철 미니스트리'가 지배하지 않게 될 때—사람들은 조상들의 믿음을 되찾으려 할 것입니다. 그날이 오면 그들은 '키퍼'들을 찾게 될 것이고, 그날이 오면 우리는 인류에게 그들의 잊힌 진실을 되돌려줄 것입니다."

"키퍼들요?" 빈이 물었다. 코산은 옆으로 돌아 그녀의 앞머리를 자르기 시작했다. "당신 같은 사람들이 더 있어요?"

"많지는 않습니다. 하지만 좀 있습니다. 다음 세대에 진실을 전하기에는 충분할 만큼요." 세이즈드가 말했다.

빈은 코산이 머리를 자르는 손 아래에서 움찔거리고 싶은 충동을 참으며 생각에 잠겼다. 코산은 확실히 뜸을 들이고 있었다. 린이 빈의 머리를 자를 때는 겨우 몇 번 빠르게 마구 자르면 끝이었다.

"기다리는 동안 우리는 수업 내용을 살펴볼까요, 미스트리스 빈?" 세이즈드가 물었다.

빈은 테리스인을 쳐다보았고, 그는 아주 살짝 미소 지었다. 그는 자기가 그녀를 포로로 잡았다는 것을 알고 있었다. 그녀는 숨을 수도 없고, 심지어 창가에 앉아 안개 속을 내다볼 수도 없었다. 앉아서 듣는 수밖에 없었다.

"좋아요."

"루서델의 '대가문' 열 개 이름을 권력 순서대로 전부 대실 수 있습니까?"

"벤처, 헤이스팅, 엘라리엘, 테키엘, 레칼, 에리켈러, 에리켈, 호트, 어베인 그리고 버비다스."

"좋습니다. 그럼 당신은?"

"저는 레이디 발레트 르노, 이 저택을 소유하고 있는 로드 테븐 르노의 아주 먼 친척이에요. 우리 부모님—로드 해드런과 레이디 펠레트 르노는 차카스에 살아요. '서부 지배지'에 있는 도시죠. 주요 수출품은 울이에요. 우리 가족은 염료 거래를 해요. 특히 그곳에 흔한 달팽이에서 나오는 블러시딥 레드와 나무둥치에서 나오는 캘로필드 옐로를 거래하죠. 먼 친척과 거래 협정의 일부로, 부모님은 저를 여기 루서델로 보냈어요. 제가 궁정에서 시간을 좀 보낼 수 있도록요."

세이즈드는 고개를 끄덕였다.

"당신은 이 기회에 대해 어떻게 느끼고 있습니까?"

"저는 놀라고 약간 압도되었어요. 사람들은 로드 르노의 환심을 사고 싶기 때문에 제게 주의를 기울일 거예요. 저는 궁정 양식에 익숙하지 않기 때문에 그들의 주의에 우쭐할 거예요. 저는 궁정의 환심을 사겠지만, 조용하게 있을 거고 말썽에 끼어들지 않을 거예요."

"당신의 기억술은 훌륭합니다, 미스트리스." 세이즈드가 말했다. "이 변변찮은 수행원은 당신이 우리의 수업을 피하는 데 전념하시는 대신 배우는 데 전념하신다면 얼마나 더 큰 성과를 거둘지 궁금합니다."

빈은 그를 노려보았다.

"테리스의 '변변찮은 수행원'들은 모두 당신만큼 주인에게 입에 발린 말을 하나요?"

"성과가 있는 분들에게만요."

빈은 잠시 그를 노려보다가 한숨을 쉬었다.

"미안해요, 세이즈. 당신 수업을 피하려는 건 아니에요. 난 다만…… 안개가…… 난 때때로 다른 데 정신이 팔려요."

"음, 다행히도 그리고 솔직하게 말씀드려서 당신은 매우 빨리 배우십니다. 그러나 궁정 사람들은 평생 예의범절을 공부한 사람들입니다. 시골 귀족 여성이라고 해도 알아야 할 것들이 있습니다."

"알아요. 나는 튀고 싶지 않아요." 빈이 말했다.

"오, 그건 피할 수가 없습니다, 미스트리스. 제국의 먼 지방에서 새로 온 사람? 그렇습니다, 그들은 당신을 알아볼 겁니다. 우리는 그들이 의심하지 않게만 하고 싶습니다. 당신은 존중받은 다음 무시되어야 합니다. 너무 바보처럼 연기하면 그건 그것대로 의심스러울 겁니다."

'대단하군.'

세이즈드는 말을 멈추고 고개를 살짝 곧추세웠다. 몇 초 후, 복도에서 발소리가 들렸다. 켈시어가 회심의 미소를 지으며 느긋하게 방으로 걸어 들어왔다. 그는 미스트클록을 벗더니, 빈을 보고 한순간 멈칫했다.

"왜요?" 그녀는 약간 더 깊이 의자에 몸을 파묻으며 물었다.

"헤어스타일이 멋져 보여서. 잘했어, 코산." 켈시어가 말했다.

"아무것도 아닙니다, 마스터 켈시어." 그녀의 목소리에 홍조가 묻어나는 것 같았다. "그냥 원래 소재를 살렸을 뿐입니다."

"거울 주세요." 빈이 손을 내밀며 말했다.

코산은 그녀에게 거울을 내밀었다. 빈은 거울을 받아 들었고, 자기가 본 모습에 몸이 굳었다. 그녀는…… 여자애처럼 보였다.

코산은 머리를 깔끔하게 정리하는 놀라운 위업을 이뤄냈고, 빈에게는 이제 뻗친 머리가 없었다. 그녀는 언제나, 자기 머리가 너무 길면 눈에 띌 거라고 생각하곤 했다. 코산은 그 일을 너무도 잘해냈다. 빈의 머리는 여전히 그렇게 긴 편은 아니었다. 아슬아슬하게 귀를 넘기는 정도의 길이였다. 그러나 적어도 얌전히 누워 있을 정도는 되었다.

'그들이 너를 여자애로 생각하면 안 좋을걸.'

린의 목소리가 경고했다. 그러나 이번만은 그 목소리를 무시하고 싶다는 생각이 들었다.

"우린 너를 진짜 숙녀로 바꿀 수 있겠는걸, 빈!" 켈시어가 웃으면서 말했다. 빈은 그를 노려보았다.

"먼저 미스트리스 빈이 저렇게 자주 얼굴을 찡그리지 않도록 설득해야 할 겁니다, 마스터 켈시어." 세이즈드가 한마디 했다.

"그거 어렵겠는걸. 얘는 얼굴 찡그리는 걸 너무 좋아해. 아무튼 잘했어, 코산." 켈시어가 말했다.

"아직 약간 더 다듬어야 합니다, 마스터 켈시어."

코산이 말했다.

"그래그래, 계속해. 하지만 세이즈드는 잠깐 빌려 갈게." 켈시어가 말했다.

켈시어는 빈에게 윙크를 하고 코산에게 미소를 지은 다음 세이즈드와 함께 방에서 나갔다. 또다시 엿듣지 못하게 빈을 남겨둔 채.

켈시어는 부엌을 살짝 들여다보았다. 빈은 자기 의자에 뚱하니 앉아 있었다. 미용술은 정말 훌륭했다. 그러나 그의 찬사에는 숨은 동기가 있었다. 그는 빈이 너무 오랫동안 스스로 가치가 없다는 이야기를 들으며 살아왔다고 생각했다. 그녀가 조금만 더 자신을 가진다면, 그렇게 숨으려 애쓰지 않을 것이다.

그는 문이 저절로 닫히도록 놔두고, 세이즈드를 보았다. 테리스인은 늘 그렇듯이 느긋하고 참을성 있게 기다렸다.

"훈련은 어떻게 되어가나?" 켈시어가 물었다.

"아주 좋습니다, 마스터 켈시어. 아가씨는 이미 오빠 손에 훈련받아 배워둔 것이 있습니다. 게다가 매우 영특한 소녀입니다. 통찰력이 있고 빨리 외웁니다. 저는 그런 환경에서 자란 사람에게 그런 기술을 기대하지는 않았습니다."

"거리의 아이들 중에는 영리한 애들이 많아. 안 그러면 일찍 죽거든." 켈시어가 말했다.

세이즈드는 엄숙하게 고개를 끄덕였다.

"하지만 매우 내성적이고, 제 수업의 전체 가치를 알지는 못하는 것 같습니다. 아주 고분고분하지만 실수나 오해를 재빨리 이용합니다. 만날 시간과 장소를 정확히 말하지 않으면 그녀를 찾아 저택 전체를 뒤져야 하는 일도 많습니다."

켈시어가 고개를 끄덕였다.

"그게 그 아이가 자기 삶에 대한 통제력을 약간이나마 유지하는 방식이라고 생각해. 아무튼 내가 진짜 알고 싶은 건 그 아이가 준비되었는지 아닌지야."

"잘 모르겠습니다, 마스터 켈시어." 세이즈드가 대답했다. "책상머리와 현장이 같은 건 아니잖습니까. 저는 그녀가 그…… 귀족 여성을 모방할 만큼 침착한지 잘 모르겠습니다. 아무리 어리고 경험 없는 귀족 여성이라도요. 우리는 저녁 식사를 연습했고, 대화 예절을 몇 번 복습했고, 소문들을 외웠습니다. 통제된 상황 안에서는 그 모든 것에 숙달된 듯이 보입니다. 심지어 르노가 귀족 손님들을 대접하는 차 모임에 잘 앉아 있기도 했습니다. 그렇지만 귀족들로 가득 찬 파티에 혼자 내보내보기 전까지는, 아가씨가 이 일을 할 수 있는지 정말로 알 수는 없을 겁니다."

"그 아이가 좀 더 연습할 수 있으면 좋겠어." 켈시어가 고개를 흔들며 말했다. "하지만 준비하느라 한주 한주 흘러갈 때마다 미니스트리가 동굴 속 우리의 신설 군대를 발견할 가능성이 더 커져."

"그러면 균형의 시험이로군요." 세이즈드가 말했다. "필요한 사람들을 충분히 모을 때까지는 오래 기다려야 하고, 발견되지 않으려면 충분히 빨리 움직여야 하는 겁니다."

켈시어가 고개를 끄덕였다.

"패거리 한 명을 위해 미적거릴 수는 없어. 빈이 형편없다면 스파이 노릇을 할 다른 사람을 찾아야 해. 가엾은 아이 같으니. 그 아이에게 알로맨시를 더 연습시킬 시간이 있으면 좋겠어. 겨우 첫 번째 네 가지 금속을 끝냈거든. 시간이 충분하지 않아!"

"제가 제안을 해도 된다면······."

"물론이지, 세이즈."

"아가씨를 미스팅 패거리 사람 몇 명에게 보내보죠." 세이즈드가 말했다. "브리즈라는 분은 매우 유명한 수더라고 들었고, 분명 다른 사람들도 그 비슷할 정도로 뛰어난 분들이겠지요. 그분들이 자기 능력을 쓰는 법을 미스트리스 빈에게 알려주게 하시지요."

켈시어는 잠시 동작을 멈추고 생각에 잠겼다.

"좋은 생각이야, 세이즈."

"하지만?"

켈시어는 도로 문 쪽을 슬쩍 보았다. 그 문 뒤에서 빈은 여전히 안달하며 코산의 손에 머리를 맡기고 있었다.

"난 잘 모르겠어. 오늘 훈련하고 있을 때, 우린 '강철-밀기' 맞대결을 하게 되었지. 그 아이는 내 몸무게의 반도 안 나가는데도 내게 상당한 힘을 쏟아붓게 만들었어."

"알로맨시에서는 사람마다 가진 힘이 다르지요." 세이즈드가 말했다.

"그래, 하지만 그 차이는 보통 이렇게 크지 않아." 켈시어가 말했다. "게다가 '밀기'와 '당기기' 쓰는 법을 배울 때 나는 몇 달이나 걸렸어. 그건 말처럼 쉽지 않아. 몸을 옥상으로 밀어 올리는 것같이 간단한 일조차 무게, 균형, 탄도를 이해해야 해.

하지만 빈…… 그 아이는 이 모든 걸 본능적으로 알고 있는 것 같아. 그래, 그녀는 겨우 처음 네 가지 금속의 재주만 전부 쓸 수 있어. 그렇지만 그 애가 발전하는 속도는 놀라울 정도야."

"특별한 소녀입니다."

켈시어는 고개를 끄덕였다.

"그 애가 자기 힘을 더 배울 시간이 있어야 하는데. 난 그 애를 우리 계획에 끌어들인 게 조금 죄스러워. 그 애는 우리와 함께 미니스트리 처형식에 끌려가고 말 거야."

"하지만 그런 죄책감 때문에 아가씨에게 귀족 사회 염탐을 시키지 않을 건 아니잖습니까."

켈시어가 고개를 끄덕였다.

"맞아, 그러진 않겠지." 그는 조용히 말했다. "우리는 우리가 가진 유리한 카드를 전부 사용해야 하니까. 다만…… 그 애를 지켜봐, 세이즈. 지금부터 자네는 그 애가 참석하는 행사에서 그 애의 시종이자 후견인으로 행동해. 그 애가 테리스인 시종을 데리고 다니는 건 이상하지 않을 거야."

"전혀 이상하지 않지요." 세이즈드가 동의했다. "사실 그 나이의 소녀를 에스코트 없이 궁중 행사에 보낸다면 그쪽이 더 이상할 겁니다."

켈시어는 고개를 끄덕였다.

"그 애를 지켜줘, 세이즈. 그 애는 강력한 알로맨서일지는 몰라도 아직 경험이 없어. 자네가 함께 있다고 생각하면 그 애를 저 귀족 소굴로 보내는 게 훨씬 덜 죄스러울 거야."

"제 생명을 바쳐서라도 보호하겠습니다, 마스터 켈시어. 약속드리지요."

켈시어는 미소를 지으며 감사의 표시로 세이즈의 어깨에 손을 얹었다.

"자네를 방해하는 사람이 누구일지 몰라도 안됐군."

세이즈드는 공손하게 고개를 숙였다. 그는 아무에게도 해를 끼칠 것 같지 않아 보였지만, 켈시어는 세이즈드가 감춘 힘을 알고 있었다. 알로맨서건 아니건 간에 분노에 불타는 키퍼와 싸워서 이길 수 있는 사람은 거의 없었다. 아마 그래서 미니스트리가 그 종파를 사실상 멸종시켰을 것이다.

"좋아." 켈시어가 말했다. "다시 수업을 시작하게. 로드 벤처가 주말에 무도회를 열 거야. 그리고 준비가 되었든 말든, 빈은 거기 가야 할 거야."

10

우리의 목적을 위해 얼마나 많은 나라가 단결했는지를 생각하면 놀랍다. 물론 여전히 반대자들이 있다. 그리고 유감스럽게도, 어떤 왕국들은 나의 힘으로 멈출 수 없는 전쟁에 빠져들었다.

그렇지만 전체적으로 이렇게 나라들이 통합되었다는 것은, 비록 변변치 않은 수준이라고 해도, 생각해보면 영광스럽다. 인류의 국가들이 이러한 끔찍한 위협 없이도 평화와 협력의 가치를 알 수 있었더라면 좋았을 거라고 생각한다.

빈은 후드를 올려 쓰고 루서델의 수많은 스카 빈민가 중 하나인 크랙스 거리를 걷고 있었다. 왜 그런지 몰라도 그녀는 공격적인 붉은 햇빛보다 후드 속의 조용한 열기가 더 좋았다.

그녀는 계속 길가에 붙어 서서 구부정한 자세로 눈을 내리깔고 걸었다. 그녀와 스쳐 지난 스카도 똑같이 낙담의 분위기를 풍겼다. 아무도 위를 쳐다보지 않았다. 등을 똑바로 펴거나 낙천적인 미소를 지으며 걷는 사람은 아무도 없었다. 빈민가에서 그런 모습은 그 사람을 의심하도록 만든다.

그녀는 루서델이 얼마나 답답할 수 있는지 거의 잊어버리고 있었다. 펠리스에서 보낸 몇 주 동안 그녀는 나무와 잘 닦인 돌에 익숙해졌다. 여기에는 하얀 것이라곤 없었다. 으스스한 사시나무도, 하얗게 닦인 화강암도 없었다. 모든 것이 검었다.

건물들은 반복해서 떨어지는 무수한 화산재로 얼룩져 있었다. 악명 높은 루서델의 대장간과 천 개의 귀족 저택 부엌에서 나오는 연기로 공기가 소용돌이쳤고, 도로의 자갈과 문간과 길모퉁이 등은 검댕으로 덮여 있었다. 빈민가를 깨끗이 쓰는 일은 드물었다.

'꼭…… 낮보다 밤에 모든 게 더 밝은 것 같아.'

빈은 누더기 스카 클록을 푹 뒤집어쓰고 길모퉁이를 돌면서 생각했다. 길모퉁이에서 몸을 움츠리고 손을 뻗으며 적선을 바라는 거지를 지나쳤다. 그러나 그들의 간청은 제 자신도 굶어 죽어가고 있는 사람들의 귀에 헛된 울림만 남기고 스러졌다. 그녀는 재가 눈에 들어가지 않게 하려고 모자나 후드를 내려 쓰고 머리와 어깨를 굽힌 채 일하고 있는 노동자들을 지나쳤다. 때때로 주둔군 도시 경비대를 지나칠 때도 있었다. 그들은 흉갑, 모자, 검은 클록으로 전신 갑옷을 갖추고 가능한 한 위압적으로 보이려 하며 걸었다.

이 마지막 무리는 오블리게이터들 대부분이 너무 불쾌해서 방문하지 못하는 지역 빈민가를 돌아다니며 로드 룰러의 수족으로 행세했다. 주둔군 병사들은 정말로 병자가 맞는지 확인하겠다며 거지에게 발길질을 하고, 돌아다니는 노동자들을 멈춰 세워서 왜 일하지 않고 거리에 나와 있느냐며 괴롭히는 등, 대체로 사람들에게 성가시게 굴었다. 빈은 한 무리가 지나갈 때 몸을 숙이고 후드를 더 꼭 잡아당겼다. 그녀 나이라면 아이를 배고 있거나 공장에서 일하고 있어야 했다. 그러나 그녀의 체격 때문에 옆에서 보면 실제보다 어려 보일 때가 많았다.

그 술책이 통했거나, 아니면 이 경비대는 도랑 파는 사람을 찾는 일에 흥미가 없었다. 그들은 그녀를 거의 보지도 않고 지나가게 해주었기 때문이다. 그녀는 몸을 숙이고 모퉁이를 돌아 재가 떠다니는 골목길을 걸어 내려간 후, 그 작은 거리 끝에 있는 무료 급식소로 갔다.

그런 급식소들이 대부분 그렇듯이, 그곳은 거무죽죽했고 형편없었다. 노동자들이 직접 돈을 받는 일이 드문 경제에서는 귀족들이 급식소를 유지해야 했다. 몇몇 지역 영주들―방앗간과 대장간의 소유자일 것이다―은 급식소 주인들에게 그 지역 스카에게 음식을 나눠줄 돈을 주었다. 노동자들은 일한 시간에 대한 식권을 받고, 정오경에 가서 점심을 먹도록 짧은 휴식 시간을 허락받았다. 중앙급식소 덕분에 소상인들은 현지에서 끼니를 제공하는 데 드는 비용을 피할 수 있었다.

물론 급식소 주인은 직접 지불받았기 때문에, 재료를 아껴서 남는 것이라면 무엇이든 자기 주머니에 넣을 수 있었다. 빈의 경험으로는, 급식소 음식은 잿물 수준의 맛이었다.

다행히 그녀는 밥을 먹으러 온 것이 아니었다. 그녀는 노동자들이 식권을 내미는 문가의 줄에 들어가 조용히 기다렸다. 그녀 차례가 되자, 그녀는 작은 나무 원반을 내밀어 문가에 있는 스카 남자에게 주었다. 그는 매끄러운 동작으로 그 조각을 받으며, 거의 알아채지 못할 정도로 오른쪽으로 고개를 끄덕였다.

빈은 그가 가리킨 방향으로 걸어갔다. 더러운 식당을 지나고 발자국이 찍힌 재들이 흩어져 있는 마루를 지나서 맞은편 벽에 다가가자, 방구석에 붙어 있는 거친 나무 문이 보였다. 문가에 앉아 있던 남자가 그녀와 눈을 마주치더니 가볍게 고개를 끄덕이고는 문을 밀어서 열었다. 빈은 문 너머의 작은 방으로 재빨리 들어갔다.

"빈, 우리 귀여운 것!" 브리즈가 방 한가운데의 테이블 가에 느긋이 앉아서 말했다. "어서 와! 펠리스는 어때?"

빈은 어깨를 으쓱하며 테이블 옆에 앉았다.

"아하, 네가 참 훌륭한 대화 상대라는 걸 거의 잊어버리고 있었네. 와인 마실래?" 브리즈가 말했다.

빈은 고개를 저었다.

"뭐, 난 좀 마시고 싶어."

브리즈는 그답게 사치스러운 옷을 입고, 결투용 지팡이는 무릎에 걸쳐놓고 있었다. 단 하나의 등잔이 방을 밝히고 있었지만 그 방은 방 바깥보다 훨씬 깨끗했다. 방 안에 있는 다른 네 남자 중에서 빈은 한 사람만을 알아보았다. 클럽스의 가게 도제였다. 문가의 두 사람은 경비병 같았고, 마지막 한 사람은 보통의 스카 노동자로 보였다. 검어진 재킷과 재가 묻은 얼굴을 보면 확실히 그랬다. 그러나 그의 오만한 태도를 보면 그도 암흑가의 일원이었다. 아마 예덴의 반역도 중 하나겠지.

브리즈는 잔을 들어 올리고 손톱으로 잔 옆을 두드렸다. 반역도는 그것을 음울하게 바라보았다.

"지금 넌 내가 알로맨시를 너한테 쓰고 있는지 궁금해하고 있겠지. 쓰고 있을 수도 있고 아닐 수도 있어. 그게 중요해? 난 네 두목의 초대를 받고 여기에 왔고, 그는 내가 편안하게 있을 수 있도록 보살피라고 네게 명령했잖아. 그리고 내가 편안해지려면 내 손에

든 와인 한 잔이 절대적으로 필요하다고."

스카 남자는 잠시 멈추었다가, 잔을 낚아채서 성큼성큼 걸어갔다. 그는 작은 목소리로 바보 같은 코트와 자원 낭비에 대해 투덜거렸다.

브리즈는 한쪽 눈썹을 치켜세우고 빈 쪽을 보았다. 그는 스스로에게 아주 만족하는 것 같았다.

"그래서, 그를 '민' 건가요?" 빈이 물었다.

브리즈는 고개를 저었다.

"구리 낭비야. 켈시어가 왜 너한테 오늘 여기로 오라고 했는지 얘기했니?"

"나한테 당신을 잘 지켜보라고 했어요." 빈은 브리즈에게 떠맡겨진 것에 약간 화가 나서 말했다. "자기는 나한테 모든 금속을 훈련시킬 시간이 없다고 했어요."

"좋아, 그럼 시작하자." 브리즈가 말했다. "먼저, 너는 '달래기'가 보통 알로맨시 이상의 기술이라는 걸 이해해야 해. 그건 조작이라는 미묘하고 고귀한 기술이야."

"정말 고귀하기도 하겠네요." 빈이 말했다.

"하, 너는 그 사람들처럼 말하는구나." 브리즈가 말했다.

"어떤 사람들요?"

"다른 모든 사람들." 브리즈가 말했다. "저 스카 양반이 날 어떻게 대하는지 봤지? 사람들은 우리를 좋아하지 않아, 애야. 자기들의 감정을 갖고 놀 수 있는 사람, '신비스럽게' 어떤 일을 하도록 시킬 수 있는 사람이 있다는 생각이 그들의 마음을 불편하게 만들어. 그들은 깨닫지 못하지만 너는 깨달아야 하는 것은, 모든 사람들이 다른 사람을 조작하는 일을 한다는 거야. 사실 조작이란 우리의 사회적 상호작용의 핵심이란다."

그는 진정하는 듯싶더니, 결투용 지팡이를 올리고 그것을 약간 휘저으면서 말했다.

"생각해봐. 남자가 젊은 아가씨의 애정을 구할 때, 그는 뭘 하고 있는 거지? 자, 호의를 가지고 자기를 보도록 그녀를 조작하려 하고 있어. 오랜 두 친구가 한잔하려고 앉을 때, 무슨 일이 일어나고 있지? 그들은 이야기를 하면서 서로에게 인상을 주려고 해. 인간으로서의 삶은 가식과 영향력으로 가득 차 있어. 이건 나쁜 게 아니야. 사실 우리는 거기에 의존하고 있어. 이 상호작용들은 우리에게 다른 사람에게 반응하는 법을 가르쳐줘."

그는 말을 멈추고, 지팡이로 빈을 가리켰다.

"수더와 보통 사람의 차이는, 우리는 자기가 무슨 일을 하고 있는지 의식하고 있다는 거야. 우리는 또 약간의…… 이점을 갖고 있지. 하지만 그것이 카리스마 있는 개성이나 훌륭한 말발보다 그렇게나 더 '강력할까'? 내 생각은 달라."

빈은 얼굴을 찌푸렸다.

"게다가 아까 말한 것처럼, 좋은 수더가 되려면 알로맨시를 쓰는 능력을 훨씬 넘어서는 능숙함을 지녀야 해. 알로맨시는 네가 상대의 마음이나 심지어 감정조차 읽게 해줄 수 없어. 어떤 의미로는, 네게도 다른 사람과 마찬가지로 그런 건 보이지 않아. 너는 한 사람이나 한 지역을 겨냥해서 감정의 맥박을 발사하고, 네 대상들은 자기 감정을 바꿀 거야. 가능하면 네가 바라는 효과를 내겠지. 그렇지만 훌륭한 수더는 상대가 '달래'지기 전에 어떻게 느끼는지 알기 위해 자기 눈과 본능을 성공적으로 사용할 줄 알아야 해."

"상대가 어떻게 느끼고 있는지 무슨 상관이에요?" 빈은 짜증을 숨기려고 애쓰면서 말했다. "아무튼 그들을 '달랠' 거잖아요, 맞죠? 당신이 그렇게 하고 나면, 그들은 당신이 원하는 방식으로 느낄 거 아니에요?"

브리즈는 한숨을 쉬며 고개를 저었다.

"우리의 대화 중에서 내가 세 번이나 널 '달랬'다는 걸 네가 알면 넌 뭐라고 하겠니?"

빈은 말문이 막혔다.

"언제요?" 그녀는 날카롭게 물었다.

"그게 중요하니?" 브리즈가 물었다. "애야, 이건 네가 배워야 하는 수업이야. 어떤 사람이 어떻게 느끼고 있는지 읽을 수 없다면 너는 결코 감정 알로맨시를 미묘하게 부릴 수 없어. 너무 세게 밀어붙이면 눈먼 스카라도 자기가 어떻게든 조작되고 있다는 걸 깨달을 거야. 너무 부드럽게 건드린다면 눈에 보이는 효과를 내지 못하겠지. 아니면, 여전히 더 강력한 감정이 너의 대상을 사로잡고 있거나."

브리즈는 고개를 저었다.

"이건 모두 인간에 대한 이해가 있어야 해." 그는 말을 계속했다. "너는 어떤 사람이 어떻게 느끼고 있는지 읽어야 해. 그 감정을 제대로 된 방향으로 슬쩍 찔러서 바꾸고 그다음 그들이 새로 발견한 감정 상태를 네 이익이 될 수 있는 방향으로 돌려야 해. 애야, 그것이 우리가 하는 일의 도전이란다! 어려운 일이야. 하지만 그걸 잘할 수 있는 사람에게는⋯⋯."

문이 열리고 뚱한 스카 남자가 와인을 아예 한 병 가지고 돌아왔다. 그는 브리즈 앞의 테이블에 와인병과 잔 하나를 놓고, 방 맞은편으로 가서 식당을 들여다보는 엿보기 구멍 앞에 섰다.

"엄청난 보상이 있지." 브리즈가 조용히 미소를 지으며 말했다. 그는 그녀에게 윙크를 하더니, 와인을 따랐다.

빈은 어떻게 생각해야 할지 잘 알 수 없었다. 브리즈의 의견은 잔인해 보였다. 그러나 린은 그녀를 잘 훈련시켰다. 그녀가 이 힘을 갖지 않는다면, 다른 사람이 그 힘을 그녀에게 행사할 것이다. 그녀는 켈시어가 가르쳐준 대로 구리를 태우기 시작했다. 브리즈가 더이상 자신을 조작하지 못하도록 스스로를 보호하기 위해서.

문이 다시 열리고, 낮익은 조끼를 입은 형체가 저벅저벅 들어왔다.

"안녕, 빈." 햄이 친근하게 손을 흔들며 말했다. 그는 테이블로 걸어와 와인을 바라보았다.

"브리즈, 너 반역도가 이런 물건 살 돈이 없다는 거 알잖아."

"켈시어가 그들에게 배상해줄 거야." 브리즈는 무시하듯이 손을 저으며 말했다. "난 목이 마르면 일을 할 수 없을 뿐이라고. 이 근처는 어때?"

"안전해." 햄이 말했다. "하지만 만일을 대비해서 틴아이를 길모퉁이에 배치해뒀어. 네 빗장 걸린 문은 모퉁이의 비상구 뒤쪽에 있어."

브리즈는 고개를 끄덕였고, 햄은 돌아서서 클럽스의 도제를 보았다.

"코블, 네가 거기서 구리를 켜고 있었니?"

소년이 고개를 끄덕였다.

"착한 아이구나." 햄이 말했다. "그럼 다 됐어. 이제 우리는 켈의 연설을 기다리기만 하면 돼."

브리즈는 회중시계를 살펴보았다.

"켈은 몇 분 더 지나야 올 거야. 누굴 시켜서 자네에게 잔을 가져다줄까?"

"난 됐어." 햄이 말했다.

브리즈는 어깨를 으쓱하더니 자기 와인을 마셨다.

한순간 침묵이 흐르더니 마침내 햄이 말했다.

"저기……."

"싫어." 브리즈가 말을 막았다.

"하지만……."

"뭔지 몰라도 듣고 싶지 않아."

햄은 수더에게 단호한 시선을 보냈다.

"넌 날 만족하도록 '밀어넣을' 수는 없어, 브리즈."

브리즈는 눈을 굴리며 술을 마셨다.

"뭐예요? 햄이 뭘 말하려던 거예요?" 빈이 물었다.

"그 녀석이 말하게 부추기지 마, 애야." 브리즈가 말했다.

빈은 얼굴을 찌푸렸다. 그녀는 햄을 힐끗 쳐다보았고 햄은 미소 지었다.

브리즈는 한숨을 쉬었다.

"난 그냥 거기서 빼줘. 난 햄의 무의미한 입씨름에 끼고 싶은 기분이 아니야."

"그의 말은 무시해." 햄이 자기 의자를 빈 쪽으로 조금 끌고 오면서 열성적으로 말했다. "저기, 난 궁금해하고 있었어. '마지막 제국'을 타도하는 게 좋은 일을 하는 걸까, 나쁜 일을 하는 걸까?"

빈은 잠시 말문이 막혔다.

"그게 중요해요?"

햄은 움찔한 것 같았지만, 브리즈는 씩 웃었다.

"잘 대답했네." 수더가 말했다.

햄은 브리즈를 노려보고, 그다음 도로 빈을 보았다.

"당연히 중요하지."

"음, 난 우리가 좋은 일을 하고 있다고 생각해요. '마지막 제국'은 스카를 몇 세기 동안 억압해왔잖아요." 빈이 말했다.

"맞아." 햄이 말했다. "하지만 문제가 하나 있어. 로드 룰러는 신이야, 맞아?"

빈은 어깨를 으쓱했다.

"그게 중요해요?"

햄은 그녀를 노려보았다.

그녀는 눈을 굴렸다.

"좋아요. 미니스트리는 그가 신이라고 주장해요."

"사실 로드 룰러는 신의 한 부분일 뿐이야." 브리즈가 한마디 했다. "그는 '무한의 조각'이야. 모든 것을 알거나 어디든지 있는 존재가 아니라, 존재하는 의식의 독립적인 부분일 뿐이야."

햄은 한숨을 쉬었다.

"넌 얽히고 싶지 않다며."

"그냥 모두가 사실을 제대로 파악하게 하고 있을 뿐이야." 브리즈가 가볍게 말했다.

"아무튼, 신은 모든 것의 창조자야. 맞지?" 햄이 말했다. "그는 우주의 법칙을 좌우하고, 따라서 윤리학의 궁극적인 원천이야. 그는 절대적인 도덕률이야."

빈은 눈을 깜박였다.

"그 딜레마를 알겠니?" 햄이 물었다.

"네가 천치라는 건 알겠다." 브리즈가 중얼거렸다.

"헷갈려요." 빈이 말했다. "뭐가 문젠데요?"

"우리는 좋은 일을 하고 있다고 주장해." 햄이 말했다. "하지만 로드 룰러가 신이기 때문에 무엇이 좋은 것인지 정의해. 그래서 그에게 반대하는 우린 사실은 악해. 하지만 그가 잘못된 일을 하고 있기 때문에, 이 경우 악은 사실 좋은 것이라고 할 수 있을까?"

빈은 얼굴을 찌푸렸다.

"어때?" 햄이 물었다.

"나, 머리가 아파지는 것 같아요." 빈이 말했다.

"너한테 경고했잖아." 브리즈가 또 한마디 했다.

햄은 한숨을 쉬었다.

"하지만 그건 생각해볼 가치가 있다고 생각하지 않니?"

"잘 모르겠어요."

"난 알아." 브리즈는 말했다.

햄은 고개를 저었다.

"여기서는 아무도 품위 있고 지적인 토론을 좋아하지 않아."

길모퉁이의 스카 반역도가 갑자기 활기차게 말했다.

"켈시어가 왔어!"

햄은 한쪽 눈썹을 치켜세우더니 일어섰다.

"나는 가서 주변을 감시해야겠어. 그 질문에 대해 생각해봐, 빈."

"알았어요……." 햄이 나갈 때 빈이 말했다.

"이리 와, 빈." 브리즈가 일어서며 말했다. "우리가 엿볼 구멍들이 벽에 있어. 착한 아이답게 내 의자를 가져다주렴, 응?"

브리즈는 그녀가 자기 말대로 하는지 뒤돌아보지도 않았다. 그녀는 잠시 어떻게 해야 할지 몰라 몸이 굳었다. 구리를 켜놓았기 때문에, 그는 그녀를 '달랠' 수 없었다. 하지만…… 결국 그녀는 한숨을 쉬고 방 옆쪽으로 의자 두 개를 다 가져갔다. 브리즈는 벽 안쪽의 길고 얇은 조각을 밀었다. 그러자 그 구멍으로 식당의 모습이 보였다.

한 무리의 더러워진 스카 남자들이 갈색 작업복 코트나 다 해진 클록을 입고 테이블 주위에 앉아 있었다. 피부가 재로 얼룩지고 자세는 축 가라앉은 어두운 무리였다. 그러나 그들이 회의에 참석했다는 것은 들으려는 마음이 있다는 뜻이었다. 예덴은 보통 때처럼 누더기 작업복 코트를 입고 방 앞쪽에 놓인 테이블에 앉아 있었다. 빈이 못 본 사이 그의 곱슬머리는 짧게 깎여 있었다.

빈은 켈시어가 멋지게 등장할 거라고 생각했다. 그러나 그는 그냥 조용히 부엌에서 나왔다. 그는 예덴의 테이블 앞에서 멈추어 미소 짓고 잠시 동안 예덴과 조용히 이야기한 다음, 앉아 있는 노동자들 앞으로 걸어갔다.

빈은 그가 이렇게 세속적인 옷을 입은 모습을 전에는 한 번도 본 적이 없었다. 많은 청중들과 마찬가지로 그는 갈색 스카 코트와 황갈색 바지를 입었다. 그러나 켈시어의 옷은 깨끗했다. 옷은 전혀 검댕으로 얼룩지지 않았고, 스카가 보통 쓰는 것과 똑같은 거친 천으로 만들어졌지만 깁거나 찢어진 부분이 없었다. 그것만으로도 극명한 차이를 보인다고 빈은 생각했다. 그가 정복을 입고 들어왔다면 효과가 지나쳤을 것이다.

그가 뒷짐을 지자, 노동자 무리가 조용해졌다. 빈은 엿보기 틈으로 지켜보면서 얼굴을 찌푸렸다. 그저 앞에 서 있기만 하는 것으로 굶주린 남자들로 가득 찬 방을 조용하게 만드는 켈시어의 능력은 경탄할 만했다. 아마 알로맨시를 쓰고 있겠지? 하지만 구리를 켜고 있는데도 빈은…… 켈시어의 존재감을 느꼈다.

일단 방이 조용해지자 켈시어가 입을 열었다.

"지금쯤 여러분은 모두 나에 대해 들었을 겁니다. 그리고 나의 대의에 적어도 조금은 동조하기 때문에 여기 왔을 겁니다."

빈 옆에서 브리즈가 술을 한 모금 마셨다.

"'달래기'와 '격동시키기'는 다른 종류의 알로맨시와는 달라." 그가 조용히 말했다. "대부분의 금속들과 같이, '밀기'와 '당기기'의 효과는 반대야. 그러나 감정 면에서는 '달래기'를 쓰건 '격동시키기'를 쓰건 똑같은 결과를 만들어낼 때가 많아.

이건 극도로 치우친 감정 상태에는 통하지 않아. 완전한 무감동이나 전적인 열정 같은 것 말이야. 그러나 대부분의 경우 네가 어떤 힘을 쓰는지는 중요하지 않아. 사람들은 단단한 금속 벽돌 같지 않지. 어떤 때든 간에, 사람들 안에는 서로 빙빙 돌아가는 십여 개의 다른 감정들이 있어. 경험 많은 수더는 자기가 원하는 감정, 그 사람을 지배하기를 바라는 감정만 빼고 모든 것을 눅일 수 있어."

브리즈는 슬쩍 눈길을 돌렸다.

"러드, 파란색 서빙하는 아이를 들여보내줘."

경비병 한 명이 고개를 끄덕이더니, 문을 열고 바깥에 있는 사람에게 뭔가를 속삭였다. 잠시 후, 빛바랜 파란 드레스를 입은 소녀가 군중 속을 돌아다니며 음료수를 채워주는 광경이 보였다.

"내 수더들은 군중과 섞여 있어." 브리즈는 다른 데 정신을 파는 목소리로 말했다. "서빙 소녀는 내 부하들에게 어떤 감정을 '달래서' 내보내야 하는지 가르쳐주는 신호야. 그들은 내가 하는 것과 똑같이 일할 거야⋯⋯." 그의 말이 잦아들었다. 그는 군중 속을 들여다보며 집중했다.

"피로⋯⋯." 그가 속삭였다. "이건 지금 당장 필요한 감정이 아니야. 배고픔⋯⋯ 다른 데로 정신을 팔게 해. 의심⋯⋯ 절대로 도움이 되지 않지. 그래, 그리고 수더들이 일할 때 라이오터들은 우리가 군중이 느끼기를 바라는 바로 그 감정을 흥분시켜. 호기심⋯⋯. 지금 그들에게 필요한 건 그거야. 그래, 켈시어의 이야기에 귀를 기울여. 너희는 그에 대한 전설과 이야기를 들었어. 이제 그 남자를 직접 보고, 감명을 받아."

"당신들이 왜 오늘 여기 왔는지 저는 알고 있습니다." 켈시어는 조용히 말했다. 빈이 켈시어 하면 생각나는 화려한 어조나 동작도 별로 없었다. 그의 어조는 조용하지만 직접적이었다. "당신들은 방앗간, 광산, 대장간에서 하루 열두 시간씩 일합니다. 얻어맞고, 돈은 못 받고, 음식은 형편없지요. 그런데 무엇을 위해서지요? 하루가 끝나고 공동주택으로 돌아가 또 하나의 비극을 발견하기 위해서? 무신경한 작업 감독에게 살해당한 친구 한 명, 어느 귀족의 놀잇감으로 끌려간 딸 한 명, 불쾌한 하루를 보내던 지나가는 영주의 손에 죽은 형제 한 명."

"그래." 브리즈가 속삭였다. "좋아. 빨강, 러드. 밝은 빨강색을 입은 소녀를 들여보내."

또 다른 서빙 소녀가 방에 들어왔다.

"열정과 분노." 브리즈가 말했다. 거의 중얼거리는 듯한 목소리였다. "하지만 아주 약간만. 슬쩍 찌르기만…… 기억을 떠올리면서."

호기심을 느끼며 빈은 구리를 잠시 껐다. 대신 청동을 태우면서 브리즈가 알로맨시를 어떻게 사용하는지 느끼려고 했다. 그러나 그에게서는 아무런 진동도 나오지 않았다.

'당연하지.' 그녀는 생각했다. '클럽스의 도제 생각을 잊어버렸군. 그는 내가 알로맨시 진동을 하나도 느끼지 못하게 하고 있어.' 그녀는 도로 구리를 켰다.

켈시어가 말을 계속했다.

"친구들, 당신 혼자 비극을 겪는 것이 아닙니다. 당신과 똑같은 비극을 겪는 사람이 수백만 명 있습니다. 그리고 그들에게는 당신이 필요합니다. 나는 구걸하러 오지 않았습니다. 우리는 살면서 구걸은 충분히 해보았습니다. 그저 여러분에게, 생각해보라고 요청하는 겁니다. 여러분은 여러분의 힘을 어디에 쓰고 싶습니까? 로드 룰러의 무기를 만들어내는 데? 아니면 더 가치 있는 일을 하는 데?"

'켈시어는 우리 군대 이야기를 하고 있는 게 아니야. 심지어 그에게 합류하는 사람들이 하게 될 일 이야기도 아니야. 그는 노동자들이 세부 사항을 아는 걸 바라지 않아. 좋은 생각 같아. 그가 모집하는 사람들은 군대로 갈 수 있고, 나머지 사람들은 특별한 정보는 폭로할 수 없을 거야.' 빈은 생각했다.

"여러분은 왜 내가 여기 왔는지 알 겁니다." 켈시어가 말했다. "여러분은 내 친구 예덴을 알고, 그가 무엇을 대표하는지 압니다. 도시의 모든 스카들이 반역도에 대해서 압니다. 여러분은 이미 거기에 들어갈까 생각해본 적이 있을 겁니다. 여러분 대부분은 들어가지 않을 겁니다. 대부분은 검댕으로 얼룩진 방앗간, 불이 훨훨 타는 대장간, 그리고 죽어가는 집으로 돌아갈 겁니다. 이 끔찍한 삶이 낯익기 때문에, 돌아갈 겁니다. 그러나 여러분 가운데 어떤 사람들은…… 어떤 사람들은 나와 함께 갈 겁니다. 그리고 앞으로 올 시대에 기억될 사람들, 위대한 일을 해냈다고 기억될 사람들은 바로 그런 사람들입니다."

많은 노동자들이 시선을 교환했다. 그러나 어떤 사람들은 그저 반쯤 빈 수프 사발만 뚫어지게 바라보았다. 마침내 방 뒤쪽에 있던 어떤 사람이 말했다.

"당신은 바보입니다. 로드 룰러가 당신을 죽일 거예요. 신에게, 다름 아닌 그분의 도시에서 반역을 해서는 안 돼요."

방이 조용해졌다. 긴장. 빈이 꼿꼿이 앉아 있는 동안 브리즈가 혼 잣말로 속삭였다.

방 안에서 켈시어는 잠시 동안 조용히 서 있었다. 마침내 그는 손을 들어 올리고 재킷 소매를 걷었다. 그의 팔에 난 엇갈린 흉터들이 드러났다.

"로드 룰러는 우리의 신이 아닙니다." 그가 조용히 말했다. "그리고 그는 나를 죽일 수 없어요. 죽이려고 했지만 실패했지요. 나는 그가 절대로 죽일 수 없는 존재니까요."

그 말과 함께 켈시어는 방향을 돌려 왔던 길로 방에서 걸어 나 갔다.

"흠, 뭐, 약간 연극적이었어." 브리즈가 말했다. "러드, 빨간 아이를 도로 데려오고 갈색을 내보내."

갈색 옷을 입은 서빙 소녀가 군중 속으로 걸어 들어갔다.

"놀라움." 브리즈가 말했다. "그리고, 그래, 자부심. 분노를 '달래'. 지금 당장은……."

군중은 잠시 조용히 앉아 있었다. 식당은 으스스할 정도로 미동도 없었다. 마침내 예덴이 일어나 격려의 말을 했다. 그들에게 더 많은 말을 들어야 한다고 권하고, 그들이 무엇을 해야 하는지 설명했다. 그가 말하자 사람들은 다시 식사를 계속했다.

"녹색, 러드." 브리즈가 말했다. "흠, 그래. 다들 생각에 잠기게 만들자. 그리고 충성심 쪽을 약간 찔러주고. 아무도 오블리게이터에게 달려가게 만들고 싶지는 않잖아, 안 그래? 켈은 종적을 잘 감췄어. 하지만 오블리게이터가 덜 들을수록 더 좋지, 그렇지? 오, 그리고 넌 어때, 예덴? 넌 너무 초조해 보여. 그걸 '달래고', 네 불안을 줄이자. 네 열정만 남기자고. 그걸로 네 목소리의 바보 같은 어조를 충분히 감출 수 있었으면 좋겠는데."

빈은 계속 지켜보았다. 이제 켈시어가 사라지자 청중의 반응과 브리즈의 일에 집중하기가 더 쉬워졌다. 예덴이 말하는 동안, 바깥의 노동자들은 브리즈의 중얼거리는 지시에 딱 맞춰 반응하는 것 같았다. 예덴도 '달래기'의 효과를 보이고 있었다. 그의 태도는 좀 더 편안해졌고, 말하는 목소리에는 좀 더 자신감이 깃들었다.

호기심에 차서, 빈은 다시 구리를 껐다. 그녀는 집중하며 자기 감정에 브리즈의 손길이 와 닿는지 느껴보려고 했다. 그녀는 그가 편 알로맨시 영향권에 들어가 있을 것이다. 예덴만 제외하고, 그는 개개인을 골라잡을 시간이 없었으니까. 처음에는 느끼기가 매우 어려웠다. 그러나 브리즈가 앉아서 혼자 중얼거리는 동안, 그녀는 그가 묘사하는 바로 그 감정을 느끼기 시작했다.

빈은 깊은 인상을 받았다. 켈시어가 그녀의 감정에 알로맨시를 몇 번 사용했을 때, 그의 마음의 손길이 얼굴에 갑자기, 직접적으로 펀치를 먹이는 것 같았다. 힘은 강했지만, 미묘한 구석은 거의 없었다. 그러나 브리즈의 손길은 믿을 수 없을 만큼 섬세했다. 그는 어떤 감정들을 '달래고' 눅이면서도, 다른 감정들은 영향을 받지 않게 놓아두었다. 빈은 브리즈의 부하들이 자기 감정을 '격동시키는' 것도 느낄 수 있을 것 같았다. 그러나 이 손길들은 브리즈보다 훨씬 덜 미묘했다. 그녀는 예덴이 연설을 계속하는 동안 구리를 끈 채로 놓아두고 자기 감정에 와 닿는 손길들을 지켜보았다. 예덴은 자기와 합류하는 사람들은 가족과 친구들을 당분간—1년 정도—떠나 있어야 할 테지만 그동안 잘 먹게 될 것이라고 설명했다.

빈은 계속 브리즈에게 존경심이 일었다. 갑자기 그녀는 다른 사람들에게 자기를 떠맡겼다고 켈시어에게 화가 났던 것이 사그라들었다. 브리즈는 단 한 가지 일만 할 수 있었지만, 그것을 위해 엄청난 수행을 쌓았다. 켈시어는 미스트본으로서 모든 알로맨시 기술을 배워야 했다. 그가 어느 한 가지 힘에 그 정도로 집중하지 않은 것은 합리적이었다.

'내가 다른 사람들에게 배우도록 그가 날 보냈다는 걸 믿어야 해. 그들은 자기 분야의 달인들일 거야.' 빈은 생각했다.

빈은 식당으로 주의를 되돌렸다. 예덴이 마무리를 짓고 있었다. "여러분은 '하스신의 생존자' 켈시어의 이야기를 들었습니다. 그에 대한 소문은 사실입니다. 그는 도둑질을 하던 자신의 생활 방식을 포기하고, 스카 반역도들을 위해 일하는 데 주의를 돌렸습니다! 여러분, 우리는 장대한 것을 준비하고 있습니다. 정말로, '마지막 제국'에 대한 우리의 마지막 투쟁이 될 수도 있는 것입니다! 우리에게 오십시오. 당신의 형제들에게 오십시오. 다름 아닌 '생존자'에게 오십시오!"

식당이 조용해졌다.

"밝은 빨강." 브리즈가 말했다. "저 사람들이 자기가 들은 말을 열정적으로 되새기며 떠나면 좋겠어."

"그 감정들은 조금씩 사라지겠지요, 안 그래요?" 붉은 옷의 서빙 소녀가 청중 속으로 들어갈 때 빈이 말했다.

"그래." 브리즈가 뒤로 물러앉아 벽의 틈을 미끄러뜨려 닫으면서 말했다. "하지만 기억은 남아. 사람들이 어떤 기억과 강한 감정을 결부시키면 그걸 더 잘 기억하게 될 거야."

몇 초 후 햄이 뒷문으로 들어왔다.

"잘했어. 떠나는 사람들은 활기가 북돋아져 있고, 많은 수가 자리에 남아 있어. 동굴로 보낼 자원자가 꽤 많이 생길 거야."

브리즈는 고개를 저었다. "충분하지 않아. 독스가 이런 모임을 하나 조직하는 데 며칠이 걸려. 그리고 모임 한 번 할 때마다 스무 명 정도만 얻을 수 있어. 이런 속도로는 절대 제때 만 명을 못 맞출 거야."

"우리 모임이 더 필요하다고 생각해?" 햄이 물었다. "그건 힘들 거야. 이 일은 매우 조심해야 하기 때문에 상당히 믿을 만한 사람들만 초대한다고."

브리즈는 잠시 그대로 앉아 있었다. 마침내 그가 나머지 와인을 비웠다. "모르겠어. 하지만 뭔가 생각해내야 해. 지금은 가게로 돌아가자. 켈시어는 오늘 저녁에 진도 점검 회의를 하려고 할 거야."

켈시어는 서쪽을 보았다. 오후의 해는 독기를 품은 빨간색으로 연기의 하늘 속에서 화난 듯이 빛났다. 바로 아래에 어두운 봉우리의 그림자 진 끄트머리가 보였다. 티리안, 가장 가까이 있는 화산이었다.

그는 클럽스의 가게 평지붕 위에 서서 아래 거리에서 노동자들이 집으로 돌아가는 소리에 귀를 기울이고 있었다. 평지붕은 때때로 재를 파내야 했고, 그래서 대부분의 스카 건물들은 뾰족지붕을 하고 있었다. 그러나 켈시어의 생각으로는 그 전경을 보기 위해서라면 약간의 곤란은 무릅쓸 가치가 있었다.

그의 발아래서, 스카 노동자들은 실의에 빠진 채 줄을 지어 터벅터벅 걸었다. 그들의 지나가는 발걸음이 작은 재 구름을 차올렸다. 켈시어는 그들에게서 눈을 돌려 북쪽 지평선 쪽, '하스신의 갱'을 바라보았다.

'아티움은 어디로 갈까?' 그는 생각했다. '아티움은 도시로 오지만 그다음엔 사라져버려. 미니스트리는 아니야. 우리는 그들을 감시했어. 그리고 어떤 스카도 그 금속을 만져본 적이 없어. 그건 아마 궁전 보물 창고로 갈 거야. 적어도 그러기를 바라지.'

미스트본이 아티움을 태우는 동안은 사실상 무적이다. 그것이 그렇게 가치 있는 이유 중 하나다. 그러나 그의 계획은 돈 때문만이 아니었다. 그는 아티움이 갱에서 얼마나 채굴되는지 알고 있고, 독슨은 로드 룰러가 귀족들에게 엄청난 가격을 받고 나눠 주는 양을 조사했다. 결과적으로는 채굴량의 겨우 10분의 1만 귀족들의 손에 들어간 것이 밝혀졌다.

세상에서 생산되는 아티움의 90퍼센트는 천 년 동안 해를 거듭하며 모여 있었다. 그렇게 많은 금속을 갖게 된다면, 켈시어의 팀은 가장 강력한 귀족 가문도 위압할 수 있을 것이다. 예덴의 궁정 점거 계획은 아마 많은 점에서 소용없을 것이다. 사실, 그 자체로도 실패할 수밖에 없었다. 그러나 켈시어의 다른 계획들은……

켈시어는 손에 든 작고 희끄무레한 막대기를 내려다보았다. 열한 번째 금속. 그는 그것에 대해 어떤 소문들이 떠도는지 알고 있었다. 그가 퍼뜨렸으니까. 이제 그것을 성공시키기만 하면 된다.

그는 한숨을 쉬고, 동쪽에 있는 로드 룰러의 궁전 크레딕 쇼 쪽으로 눈을 돌렸다. 그 이름은 테리스어로 '천 개의 첨탑 언덕'이었다. 적절한 이름이었다. 제국의 궁전은 땅을 꿰뚫은 거대한 검은 창이 빽빽이 꽂혀 있는 긴 조각을 닮았기 때문이었다. 어떤 첨탑들은 뒤틀려 있었고, 다른 것들은 곧았다. 어떤 것들은 두꺼운 탑이었고, 다른 것들은 가늘고 비늘 같았다. 높이는 제각각이었지만 하나하나가 다 높았다. 그리고 끝은 전부 날카로운 점이었다.

크레딕 쇼. 3년 전 그 일이 끝난 곳이었다. 그리고 그는 그곳으로 돌아가야 했다.

함정 문이 열리면서 그림자 하나가 지붕으로 올라왔다. 켈시어는 한쪽 눈썹을 치켜세우고 돌아보았다. 세이즈드가 겉옷을 털더니 특유의 공손한 태도로 다가왔다. 심지어 반역에 가담한 테리스인도 자기가 받은 훈련의 형식은 유지하고 있었다.

"마스터 켈시어." 세이즈드가 몸을 굽히며 말했다.

켈시어가 고개를 끄덕이자 세이즈드는 그의 옆으로 걸어와 제국 궁전 쪽을 바라보았다.

"아." 그는 마치 켈시어의 생각을 알고 있는 것처럼 중얼거렸다.

켈시어는 미소를 지었다. 세이즈드는 그가 찾아낸 사람들 중에서 정말로 귀중한 인재였다. 로드 룰러는 키퍼들을 사실상 '승천의 날' 그 순간부터 사냥해왔기 때문에 키퍼들은 반드시 비밀에 싸여 있어야 했다. 어떤 전설들에 따르면, 로드 룰러가 테리스 민족을 완전히 정복한 것―출산을 관리하고 관리직 프로그램에 종사하게 한 것까지 포함해서―은 단지 키퍼들에 대한 증오에서 나온 것이라고 했다.

"키퍼 한 명이 루서델에, 그것도 궁전에서 조금만 걸으면 되는 곳에 있는 걸 알면 그가 어떻게 생각할까 궁금해." 켈시어가 말했다.

"우리가 절대로 그 답을 알지 못하기를 바랍시다, 마스터 켈시어." 세이즈드가 말했다.

"이 도시로 기꺼이 와줘서 고마워, 세이즈. 그게 얼마나 위험한 일인지 알아."

"이건 좋은 일입니다. 그리고 이 계획은 관련된 모든 사람에게 위험합니다. 사실, 저는 살아 있는 것만으로도 위험하다고 생각합니다. 로드 룰러가 두려워하는 종파에 속해 있다는 건 건강에 해로운 일이지요." 세이즈드가 말했다.

"두려워한다?" 켈시어가 돌아서서 세이즈드를 쳐다보며 물었다. 켈시어의 키도 평균보다 컸지만, 테리스인이 여전히 머리 하나는 더 컸다. "그가 뭔가를 두려워하기나 하는지 난 잘 모르겠어, 세이즈."

"그는 키퍼들을 두려워합니다." 세이즈드가 말했다. "이유는 알 수 없지만, 확실히 두려워합니다. 아마 우리의 힘 때문일 겁니다. 우리는 알로맨서가 아니지요. 하지만…… 뭔가 다른 존재입니다. 그가 알지 못하는 것이죠."

켈시어는 고개를 끄덕이고, 도로 돌아서서 도시 쪽을 바라보았다. 그에게는 계획도 할 일도 아주 많았다. 그리고 그 모든 것의 핵심에는 스카가 있었다. 가난하고 초라하고 굴종하는 스카.

"다른 얘기를 해줘, 세이즈. 힘에 관련된 이야기." 켈시어가 말했다.

"힘?" 세이즈드가 물었다. "종교에 적용될 때 '힘'이란 상대적인 용어라고 생각합니다. 아마 마스터는 자이즘 이야기를 들으면 좋아하실 겁니다. 자이즘의 추종자들은 매우 충실하고 독실합니다."

"그 이야기를 해줘."

"단 한 사람이 자이즘을 창립했습니다." 세이즈드가 말했다. "그의 진짜 이름은 실전(失傳)되었습니다. 그의 추종자들은 그를 단지 '자(Ja)'라고 부르지요. 그는 불화를 설교했기 때문에 그 지역 왕에게 살해되었습니다. 그는 불화를 아주 잘 설교하는 것 같았거든요. 그러나 '자'의 죽음은 오로지 추종 세력을 더 크게 만들었을 뿐입니다.

자이스트들은 자신이 공공연하게 헌신할수록 더 큰 행복을 얻는다고 생각했고, 열렬한 신앙고백을 자주 하는 것으로 유명합니다. 듣기로는, 자이스트와 이야기하면 좌절감이 느껴질 수 있다고 합니다. 그들은 거의 모든 문장을 '자를 찬양하라'로 끝내는 경향이 있기 때문이죠."

"그거 좋군, 세이즈. 하지만 힘은 말로만 생기는 게 아니야." 켈시어가 말했다.

"오, 맞는 말씀입니다." 세이즈드가 찬성했다. "자이스트들은 믿음이 강했습니다. 전설에 따르면 미니스트리는 그들을 완전히 멸절시킬 수밖에 없었다고 합니다. 단 한 명의 자이스트도 로드 룰러를 신으로 받아들이지 않았기 때문입니다. 그들은 '승천' 이후 오래 버티지 못했지만 그건 단지 그들이 너무나 노골적이어서 추적해 죽이기 쉬웠기 때문이었습니다."

켈시어는 고개를 끄덕이더니, 세이즈드를 바라보며 미소 지었다.

"내가 개종하고 싶은지는 묻지 않는군."

"죄송합니다, 마스터 켈시어." 세이즈드가 말했다. "하지만 그 종교는 당신에게 어울리지 않는 것 같습니다. 당신은 그 종교의 경솔함에서 매력을 발견할지도 모릅니다. 하지만 그 신학이 지나치게 단순하다는 걸 아시게 될 겁니다."

"자넨 나를 너무 잘 아는 것 같아." 켈시어가 도시를 바라보며 말했다. "결국 왕국과 군대가 쓰러진 뒤에도 종교들은 여전히 싸우고 있었어, 안 그래?"

"그렇습니다. 더 회복력 있는 종교들은 5세기까지 버티기도 했지요." 세이즈드가 말했다.

"무엇 때문에 그들이 그렇게 강했지? 그들은 어떻게 그렇게 했지, 세이즈? 이 신학들이 사람을 그만큼 장악할 힘을 가진 건 무엇 때문이었을까?" 켈시어가 말했다.

"단 한 가지를 통해서만 이루어진 일은 아닌 것 같습니다." 세이즈드가 말했다. "어떤 종교들은 진실한 믿음 때문에 강했고, 어떤 종교들은 약속받은 희망 때문에 강했습니다. 또 어떤 것들은 강제적이었고요."

"하지만 그들은 모두 열정을 가졌잖아."

"그렇습니다, 마스터 켈시어." 세이즈드가 고개를 끄덕이며 말했다. "옳으신 말씀입니다."

"우리가 잃어버린 게 바로 그거야." 켈시어가 수십만 명을 품고 있는 도시를 건너다보면서 말했다. 그중 겨우 한 줌 정도만 감히 이 제국에 대항해 싸울 것이다. "그들은 로드 룰러를 믿지 않아. 그를 두려워할 뿐이야. 그들에게는 믿을 것이 하나도 남지 않았어."

"마스터 켈시어, 당신은 무엇을 믿으시는지 여쭤봐도 될까요?"

켈시어는 한쪽 눈썹을 추켜세웠다.

"나도 아직 잘 모르겠어." 그가 털어놓았다. "하지만 '마지막 제국'을 타도하는 건 종교에 입문하는 데 좋은 길이 아닐까. 자네의 종교 목록에 귀족의 학살을 신성한 의무로 보는 종교 있나?"

세이즈드는 비난하듯이 얼굴을 찌푸렸다.

"그런 건 없는 것 같습니다, 마스터 켈시어."

"내가 하나 찾아내야겠군." 켈시어가 느긋하게 미소 지으며 말했다. "아무튼, 브리즈와 빈은 돌아왔나?"

"제가 여기 올라오기 직전에 도착했습니다."

"좋아." 켈시어가 고개를 끄덕였다. "내가 금방 내려간다고 말해 줘."

빈은 무릎을 꿇은 채 속을 꽉 채운 회의실 의자에 앉아 마쉬를 곁눈질로 살폈다.

그는 켈시어와 아주 많이 닮았다. 다만…… 엄격했다. 화가 난 것 같지는 않았고, 클럽스처럼 부루퉁하지도 않았다. 그는 그냥 기분이 좋지 않았다. 그는 얼굴에 감정을 내보이지 않고 의자에 앉아 있었다.

켈시어만 빼고 다른 사람들은 모두 도착해서 자기들끼리 조용히 잡담을 나누고 있었다. 빈은 레스티번스와 눈이 마주치자 그에게 손을 흔들었다. 10대 소년은 다가와 그녀의 의자 옆에 쪼그려 앉았다.

"마쉬라는 건 별명이야?" 빈은 방의 소음보다 작게 속삭였다.

"그의 부모의 부름 없는 이름 아닐걸."

빈은 소년의 동부 사투리를 해석하느라 잠시 말을 하지 못했다.

"그럼 별명이 아닌 거네?"

레스티번스가 고개를 끄덕였다.

"하지만 하나 있고 가졌어."

"그게 뭐야?"

"'강철 눈', 다른 사람들은 그 이름을 그만 사용해. 너무 진짜 눈 속의 철과 닮았잖아, 응? 심문관 말이야."

빈은 다시 마쉬를 슬쩍 보았다. 그의 표정은 딱딱했고, 눈길은 마치 철로 만들어진 것처럼 흔들리지 않았다. 왜 사람들이 그 별명을 사용하지 않는지 알 것 같았다. '강철 심문관'이라는 말을 입 밖에 내는 것만으로도 그녀는 몸이 떨렸다.

"고마워."

레스티번스는 미소 지었다. 그는 솔직한 소년이었다. 낯설고, 열정적이고, 보고 있으면 조마조마했지만…… 정직했다. 마침내 켈시어가 도착하자, 그는 등받이가 없는 자기 의자로 돌아갔다.

"좋아, 여러분. 우리에게 뭐가 있지?" 켈시어가 말했다.

"나쁜 소식 말고?" 브리즈가 물었다.

"들어보자고."

"12주가 되었는데 우리가 모은 사람은 아직 2천 명이 안 돼. 반역도들이 이미 가진 수와 합쳐도 원래 모으기로 한 숫자에는 미치지 못할 거야." 햄이 말했다.

"독스, 우리가 모임을 더 가질 수 있어?" 켈시어가 물었다.

"아마도."

독슨은 장부들이 쌓인 테이블의 자기 의자에 앉아 말했다.

"그런 위험을 감수해도 되는 거 확실해, 켈시어?"

예덴이 물었다. 그의 태도는 지난 몇 주 동안 나아졌다. 특히 켈시어가 모병한 사람들이 줄을 잇기 시작하자 확연히 달라졌다. 린이 언제나 말했듯이, 성과는 빠르게 친구를 만들었다.

"우린 언제나 위험에 처해 있어." 예덴이 계속 말했다. "암흑가 전체에 소문이 쫙 깔렸어. 우리가 더 이상 소란을 부리면 미니스트리에서도 뭔가 큰일이 벌어지고 있다고 깨달을 거야."

"그의 말이 맞을 거야, 켈." 독슨이 말했다. "게다가 귀를 기울이려는 스카들은 한정돼 있어. 그래, 루서델은 커. 하지만 여기서 우리의 활동은 제약돼 있지."

"좋아. 그러면 이 지역 다른 도시에서도 일을 시작하자. 브리즈, 자네 패거리를 두 개의 팀으로 효과적으로 나눌 수 있을까?"

"할 수 있을 것 같아." 브리즈가 머뭇거리며 말했다.

"루서델에서 한 팀을 굴리고 다른 팀은 주위 도시들에서 일하게 할 수 있어. 난 아마 모든 모임에 참석할 수 있을 것 같아. 모임이 동시에 벌어지지 않게만 조직한다면."

"그렇게 모임을 많이 가지면 우린 훨씬 더 노출될 거야." 예덴이 말했다.

"그리고 다른 문제도 만들게 돼. 우리는 미니스트리 내부에 잠입하기로 되어 있지 않았나?" 햄이 말했다.

"자아?" 켈시어가 마쉬를 보며 물었다.

마쉬는 고개를 저었다.

"미니스트리는 치밀해. 시간이 좀 더 필요해."

"그런 일은 일어나지 않을 거야." 클럽스가 투덜거렸다. "반역도들도 이미 시도해본 일이야."

예덴이 고개를 끄덕였다.

"우리는 미니스트리 내부에 스파이를 넣으려고 열 번도 더 시도했어. 그건 불가능해."

방 안이 조용해졌다.

"저한테 한 가지 생각이 있어요." 빈이 조용히 말했다.

켈시어가 눈썹을 치올렸다.

"카몬이요." 빈이 말했다. "켈시어가 나를 빼오기 전에 그는 한 가지 계획을 진행하고 있었어요. 사실 그것 때문에 오블리게이터가 우리 정체를 눈치챘죠. 그 계획의 핵심은 다른 두목이 만들었어요. 테론이라는 이름의 패거리 두목이에요. 그는 미니스트리의 자금을 루서델로 수송하는 가짜 운하 수송대를 만들고 있었어요."

"그런데?" 브리즈가 물었다.

"바로 그 운하 보트가 새 미니스트리 견습들을 루서델로 데려갈 거예요. 마지막 훈련은 루서델에서 받으니까요. 테론은 그 길로 통하는 통로를 갖고 있어요. 뇌물을 받는 하위 오블리게이터 한 명이죠. 아마 그 오블리게이터의 지부에서 그 무리에다 '견습' 한 명을 덧붙이게 할 수 있을 거예요."

켈시어는 생각에 잠겨 고개를 끄덕였다.

"알아볼 가치가 있겠어."

독슨은 만년필로 종이 위에 뭔가를 끼적이며 말했다.

"내가 테론과 접촉해보고 아직 그의 정보원을 쓸 수 있는지 알아보겠어."

"우리 자원 수입 문제는 어때?" 켈시어가 물었다.

독슨은 어깨를 으쓱했다.

"햄은 예전에 군인이었던 교관 두 명을 찾아주었어. 그렇지만 무기는…… 음, 르노와 나는 접촉해서 거래를 시작하고 있지만 아주 민첩하게 움직일 수는 없어. 다행히 무기는 한 번에 대량으로 들여올 수 있을 거야."

켈시어가 고개를 끄덕였다.

"이제 다 된 거지, 맞지?"

브리즈는 목청을 가다듬더니 말했다.

"거리에…… 소문이 아주 많이 퍼져 있어, 켈시어. 여러 사람이 너의 열한 번째 금속에 대해 이야기하고 있어."

"좋아." 켈시어가 말했다.

"로드 룰러가 들을까 봐 걱정되지 않아? 네가 무슨 일을 할지 그가 사전에 안다면, 그에게…… 저항하는 건 훨씬 더 어려워질 텐데."

'그는 "죽인다"고 말하지 않았어. 저 사람들도 켈시어가 그 일을 할 수 있다고 생각하지 않아.' 빈은 생각했다.

켈시어는 미소만 지었다.

"로드 룰러에 대해서는 걱정하지 마. 난 모든 걸 잘 통제하고 있어. 사실, 나는 며칠 안에 로드 룰러를 개인적으로 방문할 생각이야."

"방문?" 예덴이 불편한 태도로 물었다. "자네가 로드 룰러를 방문할 거라고? 자네 미쳤……." 예덴은 말꼬리를 흐리더니, 방의 나머지 사람들을 슬쩍 훑어보았다. "알았어. 내가 깜박했어."

"켈은 자기가 무슨 일을 하는지 잘 알아." 독슨이 한마디 했다.

커다란 발소리가 복도에 울리더니, 잠시 후 햄의 경비병 한 명이 들어왔다. 그는 햄이 앉은 의자로 가서 짧게 뭐라고 속삭였다.

햄은 얼굴을 찌푸렸다.

"무슨 일이야?" 켈시어가 물었다.

"사건이 있어." 햄이 말했다.

"사건? 무슨 사건?" 독슨이 물었다.

"우리가 몇 주 전에 만났던 그 은신처 알지? 켈이 처음 자기 계획을 털어놓았던 곳?" 햄이 말했다.

'카몬의 은신처야.' 빈은 불안해졌다.

"음, 미니스트리가 거길 발견한 것 같아." 햄이 말했다.

11

라셰크는 테리스 문화 속에서 점점 커지는 어떤 분파를 대표하는 것 같다. 자신들의 특수한 힘을 들일, 농사나 석조조각 따위보다 더 큰일에 쓸 수 있다고 생각하는 젊은이들이 많다. 그들은 소란스럽고, 심지어 난폭하기까지 하다. 내가 알던 조용하고 분별력 있는 테리스 학자와 성자들과는 완전히 다르다.

이 테리스인들, 그들을 조심스럽게 지켜보아야 하겠다. 기회와 동기만 주어진다면 그들은 매우 위험해질 수 있다.

켈시어는 문가에 멈춰 빈의 시야를 막았다. 그녀는 허리를 굽히고 그를 지나쳐 은신처 안을 들여다보려고 했으나 중간에 사람이 너무 많았다. 문이 쪼개져서 위쪽 경첩이 떨어져나간 채 비스듬히 매달려 있다는 것만 알 수 있었다.

켈시어는 한참을 서 있었다. 마침내 그는 돌아서서 독슨을 지나쳐 그녀를 바라보았다.

"햄의 말이 옳아, 빈. 넌 이걸 안 보는 게 나을 거야."

빈은 일어서서 결연히 그를 바라보았다. 결국 켈시어는 한숨을 쉬고 방 안으로 걸어 들어갔다. 독슨이 그 뒤를 따랐고, 빈은 마침내 그들이 막고 있던 광경을 볼 수 있었다.

마루에는 시체가 흩어져 있었다. 시체들의 뒤틀린 사지는 독슨이 든 단 하나의 등잔불 빛 속에서 그늘을 드리운 채 유령처럼 늘어져 있었다. 시체들은 아직 썩지 않았다. 공격은 그날 아침에 일어 났지만, 방에는 여전히 죽음의 냄새가 감돌고 있었다. 천천히 말라 가는 피 냄새, 불행과 공포의 냄새.

빈은 문 입구에 서 있었다. 그녀는 전에도 죽음을 보았다. 자주 보았다. 거리에서, 골목길에서 일어나는 칼질. 은신처에서 벌어지 는 구타. 굶어 죽은 아이들. 화가 난 영주가 손등으로 쳐서 어느 노 파의 목이 꺾어진 것도 본 적이 있었다. 시체는 사흘 동안 거리에 놓여 있었고, 마침내 스카 시체 처리반이 치우러 왔다.

그러나 그런 사건들 중에서도 카몬의 은신처에서와 같이 일부러 도살한 듯한 분위기를 풍기는 것은 하나도 없었다. 이 사람들은 그 냥 살해된 것이 아니라 갈기갈기 찢겨 있었다. 사지가 몸통에서 분 리돼 있었고, 부서진 의자와 테이블의 조각들로 가슴이 꿰뚫려 있 었다. 마루에서 검은 피에 덮이지 않은 부분은 얼마 되지 않았다.

켈시어는 그녀를 슬쩍 보았다. 분명 어떤 종류의 반응을 기대하 는 것 같았다. 그녀는 서서 죽음을 건너다보며…… 멍한 기분이었 다. 그녀가 어떤 반응을 보여야 할까? 이들은 그녀를 학대하고, 그 녀의 물건을 훔쳐 가고, 그녀를 때린 남자들이었다. 그렇지만 그녀 를 보호하고, 자기들 사이에 끼워주고, 포주에게 주어버렸을 수 있 는데도 그러지 않고 먹여준 사람들이었다.

린이라면 그녀가 그 광경을 보며 느끼는 이율배반적인 슬픔을 꾸짖었을 것이다. 물론, 린은 언제나 화가 나 있었다. 어렸을 적 그 들이 한 도시에서 다른 도시로 떠날 때 그녀가 울면, 아무리 잔인 하고 무관심한 사람들일지라도 헤어지고 싶지 않다고 그녀가 말하면 린은 화를 냈다. 확실히 그녀는 아직도 그 약점을 극복하지 못했다. 그녀는 방 안으로 걸어 들어가며 죽은 사람들을 위해 눈물 한 방울 흘리지 않았다. 그러나 동시에 그들이 이런 죽음을 맞지 않았으면 좋았을 거라고 생각했다.

게다가 피칠갑 자체도 충격적이었다. 그녀는 다른 사람들 앞에서 동요 없는 얼굴을 유지하려고 애썼지만, 때때로 자기도 모르게 움찔하며 난도질당한 시체들에게서 시선을 돌렸다. 그 공격을 감행한 자들은 아주…… 철저했다.

'미니스트리라고 해도 이건 극단적이야. 대체 어떤 사람이 이런 짓을 할까?' 그녀는 생각했다.

"심문관이야." 독슨이 시체 한 구 옆에 무릎을 꿇으며 조용히 말했다.

켈시어는 고개를 끄덕였다. 빈의 뒤에서, 세이즈드가 겉옷에 피가 묻지 않게 조심하면서 방으로 걸어 들어왔다. 빈은 테리스인의 행동을 보면서, 특별히 소름 끼치는 형식으로 전시된 시체로부터 다른 곳으로 생각을 돌렸다. 켈시어는 미스트본이었고, 독슨은 유능한 전사일 것이다. 햄과 그의 부하들은 그 지역을 지키고 있었다. 그러나 다른 사람들—브리즈, 예덴, 클럽스—은 뒤에 남아 있었다. 그 지역은 너무 위험했다. 심지어 켈시어는 들어오고 싶다는 빈도 막았다.

그러나 세이즈드는 주저하지 않고 데려왔다. 미묘한 행동이었지만, 그 때문에 빈은 새로운 호기심을 갖고 그 시종을 바라보았다. 왜 미스팅들에게조차 위험한 곳에서 테리스인 시종은 충분히 안전할 수 있는 걸까? 세이즈드가 전사였나? 싸우는 법을 어떻게 배웠을까? 테리스인들은 태어나면서부터 매우 주의 깊은 훈련 교관들 손에 키워지도록 되어 있었다.

세이즈드의 잔잔한 발걸음과 차분한 얼굴은 그녀에게 거의 단서를 주지 않았다. 그러나 그는 그 대학살에 별로 충격을 받은 것 같지 않았다.

'흥미로운데.' 빈은 그렇게 생각하며, 부서진 가구들 사이로 피웅덩이가 없는 곳을 골라 걸어서 켈시어 옆으로 갔다. 켈시어는 한 쌍의 시체 옆에 쭈그리고 앉아 있었다. 빈은 순간 빠져든 충격 속에서, 그중 한 사람의 얼굴을 알아보았다. 울레프였다. 소년의 얼굴은 일그러지고 고통에 차 있었다. 앞가슴에는 부서진 뼈와 찢어진 살덩이들이 뭉쳐 있었다. 누군가가 갈비뼈를 손으로 억지로 떼어낸 것 같았다. 빈은 몸을 떨며, 시선을 다른 곳으로 돌렸다.

"좋지 않은걸." 켈시어가 조용히 말했다. "'강철 심문관'들은 평범한 도둑 패거리에겐 신경 쓰지 않아. 보통은 오블리게이터들이 그냥 병력을 데려와서 모두 잡아간 다음, 처형 날 좋은 구경거리로 써먹지. 심문관은 어떤 패거리에 특별한 흥미를 가졌을 때만 손을 대."

"당신 생각엔…… 당신 생각엔 예전의 그 심문관일 수도 있다는 건가요?" 빈이 말했다.

켈시어는 고개를 끄덕였다.

"'마지막 제국' 전체에 '강철 심문관'은 약 스무 명 정도밖에 없고, 그중 절반은 언제나 루서델 밖에 있어. 네가 심문관 한 명의 흥미를 끌고 나서 도망친 다음 네 옛날 은신처가 습격당한 건 우연이라고만 보기는 힘들다고 생각해."

빈은 조용히 서서 억지로 울레프의 시체를 내려다보며 슬픔에 맞서고 있었다. 그는 결국 그녀를 배신했지만, 한때는 거의 친구였다.

"그러면 그 심문관은 아직 저를 쫓고 있나요?" 그녀가 조용히 말했다.

켈시어는 고개를 끄덕이며 일어섰다.

"그럼 이건 제 잘못이네요. 울레프와 다른 사람들……." 빈이 말했다.

"이건 카몬 잘못이야." 켈시어가 단호하게 말했다. "오블리게이터에게 사기를 치려고 한 건 그놈이었잖아."

그는 말을 멈춘 후 그녀를 보았다.

"너, 괜찮겠니?"

빈은 울레프의 난도질당한 시체에서 눈을 떼고 위를 쳐다보았다. 강하게 버티려고 애쓰면서 그녀는 어깨를 으쓱했다.

"이 사람들 중 누구도 내 친구는 아니었어요."

"좀 인정 없는 말이구나, 빈."

"알아요." 그녀는 조용히 고개를 끄덕이면서 말했다.

켈시어는 그녀를 잠시 쳐다보더니, 방을 가로질러 독슨과 이야기하러 갔다.

빈은 다시 울레프의 상처를 바라보았다. 사람의 짓이 아니라 날뛰는 짐승이 저지른 짓 같았다.

'심문관에게는 조력자가 있었을 거야.' 빈은 속으로 생각했다. '아무리 심문관이라 해도 한 사람이 이 일을 전부 저질렀을 리 없어.' 입구 근처에 시체들이 무더기로 쌓여 있었다. 급히 세어보니 패거리의 대부분 혹은 전부가 죽은 것 같았다. 그들 모두를 단 한 사람이 그렇게 신속히 해치울 수는 없었다…… 아니, 있을까?

'우리는 심문관들에 대해 모르는 것이 아주 많아. 그들은 정상적인 규칙을 따르지 않아.' 켈시어는 그녀에게 그렇게 말한 적이 있었다.

빈은 다시 몸을 떨었다.

계단에서 발걸음 소리가 들렸고, 빈은 긴장해 쪼그려 앉고는 도망갈 준비를 했다.

낯익은 모습의 햄이 계단통에 나타났다.

"이 지역은 안전해." 그는 두 번째 등잔을 치켜들며 말했다. "오블리게이터나 주둔군 병사의 기척은 없어."

"그게 심문관들의 스타일이야." 켈시어가 말했다. "놈들은 자기들이 학살한 현장을 누군가 발견하기를 원해. 그들은 서명 대신 죽은 자를 남기지."

방은 조용해졌다. 세이즈드만 낮게 웅얼거리고 있었다. 그는 방의 왼쪽 끝에 서 있었다. 빈은 그에게로 가서 그의 리듬감 있는 억양에 귀를 기울였다. 마침내 그가 말을 그치더니 고개를 숙이고 눈을 감았다.

"그건 뭐였어요?" 빈이 물었다. 그가 다시 위를 쳐다보았다.

"기도입니다." 세이즈드가 말했다. "카지의 죽음의 기도문입니다.

죽은 자의 영혼을 깨워 육체에서 풀어주기 위한 것입니다. 영혼의 산으로 돌아갈 수 있도록요." 그는 그녀를 흘끗 쳐다보았다. "원하신다면 가르쳐드릴 수 있습니다, 미스트리스. 카지족은 흥미로운 사람들입니다. 죽음과 매우 친숙하지요."

빈은 고개를 흔들었다.

"지금 당장은 싫어요. 당신은 그들의 기도를 했어요……. 그럼 이것이 당신이 믿고 있는 종교인가요?"

"저는 모든 종교를 믿습니다."

빈은 얼굴을 찌푸렸다.

"서로 아무것도 충돌하지 않나요?"

세이즈드가 미소 지었다.

"오, 자주 많이 충돌합니다. 하지만 저는 그들 모두의 뒤에 있는 진실을 존중합니다. 그리고 각각 기억되어야 할 필요가 있다고 믿습니다."

"그럼, 어느 종교의 기도를 사용해야 한다고 어떻게 결정했죠?" 빈이 물었다.

"그게 그저…… 적절해 보였습니다." 세이즈드는 그늘진 죽음의 현장을 바라보면서 조용히 말했다.

"켈. 와서 이거 봐." 독슨이 방 뒤쪽에서 불렀다.

켈시어는 그에게 갔고 빈도 따라갔다. 독슨은 패거리의 잠자는 공간이었던 긴 복도 같은 방 옆에 서 있었다. 빈은 머릿속을 뒤져 지금과 비슷한 공동 방의 모습을 찾아보려고 애썼다. 그러나 그곳에는 단 한 구의 시체만이 의자에 묶여 있었다. 약한 빛 속에서 그녀는 그의 눈이 도려내진 것을 간신히 알아보았다.

켈시어는 잠시 조용히 서 있었다.

"내가 책임을 맡겼던 자야."

"밀레브예요." 빈이 고개를 끄덕이며 말했다. "그가 왜요?"

"그는 천천히 살해당했어. 마루에 흐른 피의 양이나, 사지가 꺾인 방식을 봐. 그는 비명을 지르고 몸부림칠 시간이 있었어." 켈시어가 말했다.

"고문이군." 독슨이 고개를 끄덕이며 말했다.

빈은 한기를 느끼며 켈시어를 쳐다보았다.

"우리 기지를 옮겨야 할까?" 햄이 물었다.

켈시어는 천천히 고개를 저었다.

"클럽스가 이 은신처 모임에 올 때는 절뚝거리는 모습을 숨기고 변장을 한 채 오갔을 거야. 누군가 길거리에서 본 모습만 가지고 묻고 돌아다녀서는 자신을 찾아낼 수 없게 만드는 게 스모커의 임무지. 이 패거리에서 아무도 우리를 배신할 수 없었어. 우린 여전히 안전할 거야."

아무도 명백한 사실을 말하지 않았다.

'심문관은 이 은신처도 발견할 수 없었어야 했어.'

켈시어는 다시 큰 방으로 돌아와 독슨을 옆으로 끌고 가선 조용한 목소리로 말했다. 빈은 그들이 무슨 말을 하는지 들으려고 조금씩 가까이 접근했지만, 세이즈드가 그녀의 어깨에 손을 얹어 말렸다.

"미스트리스 빈." 그는 꾸짖듯이 말했다. "만약 마스터 켈시어가 자기가 하고 있는 말을 우리에게 들려주고 싶었다면 더 큰 목소리로 말하지 않았을까요?"

빈은 그 테리스인을 화난 시선으로 쏘아보았다. 그다음 그녀는 마음의 손을 뻗어 주석을 태웠다.

갑자기 강해진 피의 악취에 그녀는 비틀거릴 뻔했다. 세이즈드의 숨소리가 들렸다. 방은 더 이상 어둡지 않았다. 두 개의 등잔에서 나오는 밝은 빛 때문에 눈에 눈물이 고였다. 텁텁하고 환기되지 않은 공기가 느껴졌다.

그리고 아주 또렷이, 독슨의 목소리가 들려왔다.

"……네가 하라던 대로 그를 두어 번 살펴보러 갔어. 그는 포웰 교차로 서쪽으로 세 번째 거리에 있을 거야."

켈시어는 고개를 끄덕였다.

"햄." 켈시어가 큰 소리로 말하는 바람에 빈은 펄쩍 뛰었다.

세이즈드는 꾸짖는 눈길로 그녀를 내려다보았다.

'그는 알로맨시에 대해서 알고 있어. 내가 뭘 하고 있는지 짐작했어.' 빈은 그의 표정을 읽으며 생각했다.

"응, 켈?" 햄이 뒤쪽 방에서 내다보며 말했다.

"다른 사람들을 도로 가게로 데려가. 조심하고." 켈시어가 말했다.

"물론이지." 햄이 장담했다.

빈은 켈시어를 바라보았고, 화가 난 채로 세이즈드, 독슨과 함께 안내받아 은신처 밖으로 나왔다.

'마차를 가져왔어야 했어.' 켈시어는 자기의 느린 속도에 좌절하

며 생각했다. '다른 사람들은 카몬의 은신처에서 걸어 돌아갈 수 있었을 텐데.'

그는 강철을 태우고 목적지로 도약해 가고 싶어 속이 근질근질했다. 불행히도, 한낮의 빛 속에서 도시를 가로질러 날아가면 눈에 띄지 않을 수가 없었다.

켈시어는 모자를 고쳐 쓰고 계속 걸었다. 지나가는 귀족은 특이한 광경이 아니었다. 대부분의 운 좋은 스카와 운이 덜 좋은 귀족들이 거리에 섞여 다니는—서로 상대를 무시하려고 최선을 다하지만—상업 지구에서는 특히 그랬다.

'참자. 속도는 중요한 게 아니야. 그들이 그에 대해 알아냈다면 그는 이미 죽었어.'

켈시어는 커다란 교차로 광장에 들어섰다. 광장 모퉁이마다 우물이 하나씩 네 개 있었고, 거대한 구리 분수대—녹색 외피는 검댕이 엉기고 얼룩져서 거뭇하게 변했다—가 광장의 중심을 지배했다. 그 동상은 클록과 갑옷을 입고 극적으로 서 있는 로드 룰러를 묘사한 것이었다. 그의 발치 물속에는 죽은 '디프니스'가 형태 없이 표현되어 있었다.

켈시어는 그 분수를 지나쳤다. 분수 물에는 최근의 화산재 조각이 떠다녔다. 스카 거지들이 길가에서 소리를 질러댔다. 그들의 가련한 목소리가 들을 수 있을 정도와 짜증이 일어날 정도의 경계선을 아슬아슬 넘나들었다. 로드 룰러는 대개 그들을 용납하지 않았다. 심한 신체 손상을 당한 스카들만 구걸을 해도 좋다는 허락을 받았다. 그러나 그들의 가련한 삶은 농장 스카마저도 부러워하지 않을 것이었다.

켈시어는 튀는 행동이라는 것도 개의치 않고 그들에게 몇 클립을 던져주고는 계속 걸었다. 거리 세 개를 지나자 훨씬 더 작은 교차로가 나왔다. 그 가장자리에도 거지들이 진을 치고 있었다. 그러나 이 교차로 중앙에는 물을 튀기는 멋진 분수가 없었고, 모퉁이에도 사람을 끌어들이는 우물 따위는 없었다.

이곳의 거지들은 훨씬 더 불쌍했다. 큰 광장에서 자리싸움을 할 수도 없을 정도로 불구인 가엾은 사람들이었다. 영양실조에 걸린 아이들과 나이로 시들어버린 어른들이 불안한 목소리로 소리쳤다. 사지 중 두 개 혹은 그보다 많이 잃은 사람들이 모퉁이에 모여 있었다. 그늘 밑에서 검댕으로 얼룩진 그들의 모습은 거의 보이지도 않았다.

켈시어는 반사적으로 동전 지갑에 손을 뻗다가 속으로 자신에게 말했다.

'계속 가던 대로 가. 동전으로 그들을 전부 구할 수는 없어. 일단 "마지막 제국"이 사라지면 이 사람들을 구할 때가 올 거야.'

애처로운 외침들—켈시어가 자기들을 바라보고 있었다는 것을 깨닫자 거지들의 외침은 더 커졌다—을 무시하면서 켈시어는 차례차례 거지들의 얼굴을 살펴보았다. 그는 카몬을 단 한 번 잠깐 보았을 뿐이지만, 그를 알아볼 수 있을 거라고 생각했다. 그러나 어떤 얼굴도 제대로 보이지 않았고, 어떤 거지도 카몬만큼 허리가 퉁퉁하지 않았다. 그가 몇 주 동안 굶었다 하더라도 아직 그 배는 알아볼 수 있어야 했다.

'그는 여기 없어.'

켈시어는 불만스럽게 생각했다. 패거리의 새 두목인 밀레브에게 켈시어가 내린 명령—카몬을 거지로 만들라—은 잘 수행되었다. 독슨이 카몬을 살펴보고 확인했다.

카몬이 광장에 없다는 것은 단지 그가 더 좋은 자리를 얻었다는 뜻일 수도 있었다. 아니면, 미니스트리가 그를 발견했다는 뜻일 수도 있었다. 켈시어는 잠시 조용히 서서 거지들의 애타는 신음 소리에 귀를 기울였다. 하늘에서 몇 조각의 재가 떨어져 내려오기 시작했다.

뭔가 잘못됐다. 교차로 북쪽 모퉁이 근처에는 거지가 한 명도 없었다. 주석을 불태우자 공중에 피 냄새가 풍겼다.

그는 신발을 차서 벗어버리고 허리띠를 풀었다. 그다음 망토가 바삭거리며 떨어져나갔고, 뒤이어 좋은 옷들이 자갈길에 떨어졌다. 그러고 나자 그의 몸에 남아 있는 금속이라곤 동전 주머니뿐이었다. 그는 손에다 몇 개의 동전을 쏟은 후, 옷가지를 거지들에게 남겨둔 채 조심스럽게 앞으로 나아갔다.

죽음의 냄새는 더 강해졌다. 그러나 들리는 건 뒤에서 밀치는 거지들의 소리뿐이었다. 그는 조금씩 북쪽 거리로 다가갔다. 바로 왼쪽으로 좁은 골목길이 보였다. 그는 숨을 한번 들이쉬고, 백랍을 불태우며 몸을 숙여서 골목 안으로 들어갔다.

좁고 어두운 골목길은 쓰레기와 재로 막혀 있었다. 아무도 그를 기다리고 있지 않았다. 적어도 살아 있는 사람은 아무도.

거지가 된 패거리 두목 카몬이 훨씬 위쪽에 묶인 밧줄에 조용히 매달려 있었다. 그의 시체는 바람에 한가로이 빙글빙글 돌고 있었고, 재가 가볍게 그 주위로 떨어졌다. 그는 전통적인 방식으로 매달려 있지 않았다. 로프는 갈고리에 묶여 있었는데, 그 갈고리가 그의 목에 박혀 있었다. 갈고리의 피 묻은 끝이 카몬의 턱 아래 피부를 뚫고 나왔고, 그의 머리는 뒤로 젖혀져 흔들거리고 있었다. 밧줄이 입 밖으로 나와 있었다. 손은 묶여 있고 아직도 통통한 몸은 고문의 흔적을 보여주고 있었다.

'이건 좋지 않아.'

뒤의 자갈길에서 발로 자갈 긁는 소리가 났다. 켈시어는 빙글 돌아 강철을 폭발시키고 앞으로 한 줌의 동전을 뿌렸다.

여자아이의 '꺅' 소리와 함께 작은 그림자가 땅으로 몸을 숙였다. 그녀는 강철을 태우며 동전들을 피했다.

"빈?" 켈시어가 말했다. 그는 투덜거리며 손을 뻗어 그녀를 골목길로 홱 끌어들였다. 모퉁이를 둘러보고 거지들을 지켜보았다. 거지들은 동전이 자갈길을 때리는 소리를 듣고 귀를 쫑긋 세우고 있었다.

"너 여기서 뭐 하고 있는 거야?" 그는 뒤를 돌아보며 날카롭게 물었다. 빈은 전에 입은 것과 같은 갈색 작업복과 회색 셔츠를 입고 있었다. 그러나 적어도 후드를 뒤집어쓰고 별 특징 없는 클록을 걸칠 정도의 눈치는 갖고 있었다.

"당신이 뭘 하고 있나 알고 싶었어요." 그녀가 그의 분노 앞에서 약간 움츠러들며 말했다.

"위험할 수도 있는 일이었어! 대체 무슨 생각을 하고 있었던 거야?"

켈시어의 말에 빈은 더 겁을 먹고 웅크렸다. 켈시어는 마음을 가라앉혔다.

'애가 호기심이 많다고 탓할 수는 없어.' 몇 명의 용감한 거지들이 동전을 따라 종종걸음으로 거리를 달려가는 것을 지켜보며 그는 생각했다. '그녀는 그냥……'

켈시어는 얼어붙었다. 너무나 미묘해서 눈치채지 못하고 지나갈 뻔했다. 빈은 그의 감정을 '달래고' 있었다.

그는 아래를 흘끗 보았다. 소녀는 벽 모퉁이에 기대서서 숨으려고 하고 있었다. 그녀는 너무나 소심해 보였다. 그러나 그는 그녀의 눈에 숨겨진 단호한 결심의 빛이 반짝이는 것을 포착했다. 그 아이는 자기를 무해한 존재로 보이도록 만드는 기술이 어떤 경지에 달해 있었다.

'이렇게 미묘하게! 어떻게 이렇게 빨리, 이렇게 잘하게 되었지?' 켈시어는 생각했다.

"알로맨시를 쓸 필요는 없어, 빈. 난 널 다치게 하지 않을 거야. 그거 알잖아." 켈시어가 부드럽게 말했다.

그녀의 얼굴이 붉어졌다.

"그러려던 게 아니고…… 그냥 습관이에요. 아직까지도요."

"괜찮아." 켈시어가 한 손을 그녀의 어깨에 올려놓으며 말했다. "그냥 기억해둬. 브리즈가 무슨 말을 하건 간에 친구들의 감정을 건드리는 건 예의 없는 짓이란다. 게다가 귀족들은 알로맨시를 공식적인 장소에서 쓰는 걸 모욕으로 받아들여. 네가 그걸 제어하는 법을 배우지 않으면 그런 습관 때문에 곤란해질 수도 있어."

그녀는 고개를 끄덕이고 일어서서 카몬을 살펴보았다. 켈시어는 그녀가 혐오감에 눈을 돌릴 거라고 예상했으나, 그녀는 음침한 만족의 표정을 띠고 조용히 서 있을 뿐이었다.

'아냐, 이 애는 약하지 않아. 겉보기에 어떤 모습이건 간에.' 켈시어가 생각했다.

"그들이 그를 여기서 고문했나요? 이 열린 바깥에서?" 그녀가 물었다.

카몬이 주위가 떠나갈 듯이 질러댔을 비명을 상상하며 켈시어는 고개를 끄덕였다. 바깥에 있던 거지들도 심란했을 것이다. 미니스트리는 처벌을 할 때 매우 눈에 띄게 하는 것을 좋아했다.

"왜 갈고리를 썼죠?" 빈이 물었다.

"그건 가장 큰 벌을 받을 만한 죄인들을 의식적으로 살해하는 방법이야. 알로맨시를 잘못 이용한 사람들."

빈이 얼굴을 찌푸렸다.

"카몬이 알로맨서였어요?"

켈시어는 고개를 저었다.

"그는 고문을 당하는 동안 뭔가 악랄한 짓을 했다고 인정한 게 틀림없어." 켈시어는 빈을 슬쩍 보았다. "그는 네가 어떤 존재인지 알고 있었을 거야, 빈. 널 의도적으로 이용한 거지."

그녀는 약간 창백해졌다.

"그러면…… 미니스트리는 내가 미스트본이라는 걸 아나요?"

"아마도. 그건 카몬이 그 사실을 알았는지 아닌지에 달려 있어.

그는 네가 보통 미스팅이라고 추측했을 수도 있어."

그녀는 얼마간 조용히 서 있었다.

"그럼 이 일이 내가 계획에서 맡은 역할에 무슨 영향을 끼칠까요?"

"우리는 계획한 대로 계속할 거야." 켈시어가 말했다. "널 캔턴 건물에서 본 오블리게이터는 두어 명 뿐이고, 스카 시종과 잘 차려입은 귀족 여성을 같은 사람이라고 연결 지을 사람은 매우 드물 거야."

"그렇지만 그 심문관은?" 빈이 가냘프게 물었다.

켈시어는 그 질문에 대답할 말이 없었다.

"이리 와." 그가 마침내 말했다. "우린 이미 너무 많은 주목을 끌었어."

12

남쪽의 섬들부터 북쪽의 테리스 언덕들까지, 모든 나라가 하나의 정부 아래 통일된다면 어떻게 될까? 인류가 영원히 옥신각신하지 않고 서로 연합한다면 어떤 놀라운 일이 성취될 수 있을까? 어떤 진보가 이루어질 수 있을까?

그건 소원만으로도 분에 넘치는 일이라고 나는 생각한다. 단 하나의, 통일된 인류 제국? 그런 일은 결코 일어날 수 없을 것이다.

빈은 자기가 입은 귀족 여성 드레스를 건드려보고 싶은 충동을 참았다. 옷 한 벌을 강제로 사나흘 동안 입은 뒤에도—세이즈드의 제안이었다—그 풍성한 옷은 불편하기만 했다. 옷은 그녀의 허리와 가슴을 꽉 조이고, 몇 겹의 주름진 천을 마루까지 닿게 늘어뜨려 매우 걷기 불편하게 만들었다. 그녀는 발을 헛디딜 것 같았고, 그렇게 부피가 있는 드레스를 입었는데도 목선의 낮은 커브는 물론이고 가슴을 꽉꽉 조여대는 통에 어쩐지 몸이 훤히 노출된 것 같은 기분이었다. 실제로는 단추를 잠그는 보통 셔츠를 입은 정도의 노출이었지만, 이건 왠지 다르게 느껴졌다.

그래도 그 드레스 때문에 엄청난 차이가 생겼다는 것은 인정할 수밖에 없었다. 그녀 앞 거울 속에 서 있는 소녀는 낯선 외계 생물이었다. 흰 주름과 레이스가 달린 연푸른색 드레스는 머리에 꽂힌 사파이어 머리핀과 어울렸다. 세이즈드는 그녀의 머리카락이 적어도 어깨 길이까지 와야 자기 마음이 편하겠다고 주장했다. 그러나 그는 브로치 같은 머리핀을 사서 양쪽 귀 바로 위에 달으라고 제안하기도 했다.

"귀족들은 자기들 결함을 숨기지 않는 경우가 많습니다." 그가 설명했다. "대신 거기에 하이라이트를 주지요. 당신의 짧은 머리를 포인트로 삼으십시오. 그러면 그들은 당신이 유행에 어울리지 않는다고 생각하는 대신 당신의 말에 감명을 받을 수도 있습니다."

또 그녀는 사파이어 목걸이도 찼다. 귀족의 기준으로는 소박한 것이겠지만 그래도 200박싱 이상 나가는 물건이었다. 강조를 위해 루비 팔찌가 덧붙여졌다. 듣자 하니 최근의 유행은 대비 효과를 위해 화사한 다른 색의 장신구를 딱 하나만 착용하는 것인 모양이었다.

이것들은 패거리의 자금으로 값이 지불되긴 했지만, 모두 그녀의 것이었다. 이 보석들과 이미 받은 3천 박싱을 들고 달아난다면, 그녀는 몇십 년 동안 잘살 수 있었다. 그녀는 인정하기 싫었지만 그건 매우 유혹적이었다. 조용한 은신처에 몸이 비비 꼬인 채 죽어서 시체로 남아 있던 카몬 부하들의 이미지가 그녀의 마음속에서 계속 떠올랐다. 그녀도 여기 남아 있으면 결국은 그런 꼴을 당하리라.

그런데 왜 그녀는 떠나지 않을까?

그녀는 거울에서 돌아서며 연푸른색 실크 숄을 둘렀다. 숄은 귀족 여성에게 클록 노릇을 했다. 왜 그녀는 떠나지 않을까? 아마 켈시어에게 한 약속 때문일 것이다. 그는 그녀에게 알로맨시의 재능을 알려주었고, 그녀에게 의존하고 있다. 어쩌면 다른 사람들에 대한 그녀의 의무감 때문일지도 모른다. 살아남기 위해서 패거리들은 각자 맡은 일을 해야 했다.

린의 훈련은 그녀에게 이 사람들은 바보들이라고 말했다. 그러나 그녀는 켈시어와 다른 사람들이 내놓은 가능성에 유혹되고 마음이 끌렸다. 결국, 그녀로 하여금 머물러 있게 만드는 것은 돈이나 스릴이 아니었다. 실제로 서로가 서로를 믿는 무리에 대한 음각된 전망, 있을 수 없을 것 같고 불합리하지만 여전히 매력적인 바로 그 전망이었다. 그녀는 머물러야 했다. 그것이 계속될지, 아니면 린의 점점 커지는 속삭임이 장담하듯 모든 것이 거짓말인지 알아내야 했다.

그녀는 돌아서서 방에서 나와 르노 저택 앞쪽으로 걸어갔다. 거기에서는 세이즈드가 마차와 함께 기다리고 있었다. 머물기로 결심했다는 것은 그녀가 자기 역할을 해야 한다는 뜻이었다.

귀족 여성으로서 첫 등장을 알릴 때가 왔다.

마차가 갑자기 흔들리는 바람에 빈은 놀라서 펄쩍 뛰었다. 그러나 마차는 정상적으로 계속 달렸고, 세이즈드도 마부석에서 움직이지 않았다.

위에서 소리가 났다. 빈은 긴장하며 금속을 폭발시켰다. 그림자 하나가 마차 꼭대기에서 떨어져 내려와 그녀 쪽 문 바로 바깥에 있는, 하인이 쉬는 자리에 내려앉았다. 켈시어는 창으로 머리를 들이밀면서 미소 지었다.

빈은 안도의 한숨을 내쉬며 도로 자기 자리에 앉았다.

"그냥 우리한테 태워달라고 할 수도 있었잖아요."

"필요 없어." 켈시어가 마차 문을 당겨 열고 안으로 훌쩍 들어오면서 말했다. 바깥은 이미 어두웠고, 그는 미스트클록을 입고 있었다. "난 세이즈드에게 미리 알렸어. 내가 여행 중 언젠가 들를 거라고."

"나한테는 말 안 하고요?"

켈시어는 문을 닫으면서 윙크를 했다.

"너는 지난주 그 골목길에서 날 놀라게 했잖아. 아직 너에게 빚이 있다고 생각했지."

"참 어른스러우시네요." 빈이 심드렁하게 말했다.

"난 언제나 철이 없다는 데 자신 있는 사람이야. 그래서…… 오늘 저녁 준비는 됐니?"

빈은 어깨를 으쓱하며 초조함을 숨기려고 했다. 그녀는 아래를 내려다보았다.

"나…… 음, 어떻게 보여요?"

"눈부셔." 켈시어가 말했다. "젊은 귀족 숙녀 같아. 초조해하지 마, 빈. 변장은 완벽해."

왠지 몰라도 그녀가 듣고 싶었던 대답은 그 말이 아닌 것 같았다.

"켈시어?"

"응?"

"난 한동안 이걸 물어보려고 했었어요." 그녀는 말하면서 창밖을 흘끔 보았다. 그러나 보이는 것은 안개뿐이었다. "당신이 이게 중요하다고 생각하는 건 알겠어요. 귀족들 사이에 스파이를 두는 거요. 하지만…… 음, 정말 이걸 이런 식으로 해야 하나요? 거리의 정보원에게서 우리가 필요로 하는 가문 정치에 관한 정보를 손에 넣을 수는 없었나요?"

"그럴 수도 있었겠지." 켈시어가 말했다. "하지만 그 사람들은 이유가 있어서 '정보원'이라고 불리는 거야, 빈. 네가 그들에게 무슨 질문을 하건 간에, 그 사람들은 거기서 네 진짜 동기의 단서를 찾을 거야. 심지어 그들을 만나기만 해도 그들이 다른 사람에게 팔 수 있는 정보 조각이 돼. 가능한 한 그들에게 의지하지 않는 쪽이 좋아."

빈은 한숨을 쉬었다.

"난 널 부주의하게 위험 속으로 보내는 게 아니야, 빈." 켈시어가 앞으로 몸을 기울이며 말했다. "우리에겐 귀족들 사이에 있는 스파이가 필요해. 정보원들은 보통 하인들에게서 정보를 얻지만, 귀족들 대부분은 바보가 아니야. 중요한 모임들은 어떤 하인도 엿들을 수 없는 곳에서 열려."

"그리고 내가 그런 모임에 갈 수 있을 거라고 기대하는 거고요?"

"어쩌면. 아닐 수도 있고." 켈시어가 말했다. "어느 쪽이든, 누군가를 귀족 속에 잠입시켜놓으면 언제나 유용하다는 걸 난 알게 됐어. 너와 세이즈드는 거리의 정보원들이 중요하다고 생각하지 않을 중요한 일들을 엿듣게 될 거야. 사실, 네가 아무것도 엿듣지 못하고 이런 파티들에 참석만 해도 넌 우리에게 정보를 주게 될 거야."

"어떻게 그렇게 돼요?" 빈이 얼굴을 찡그리며 물었다.

"너한테 흥미를 보이는 것 같은 사람들을 적어놔." 켈시어가 말했다. "우리는 그 가문들을 지켜보게 될 거야. 그들이 네게 주의를 기울인다면, 그건 아마 로드 르노에게 주의를 기울이고 있는 것일 테지. 왜 그들이 로드 르노에게 주의를 기울일까? 좋은 이유가 하나 있지."

"무기군요." 빈이 말했다.

켈시어는 고개를 끄덕였다.

"무기 상인이라는 지위 때문에 군사행동을 계획하고 있는 사람들에게 르노는 가치 있는 인물이 될 거야. 내가 주의를 집중해야 할 필요가 있는 가문들이지. 이미 귀족들 사이에 긴장감이 돌고 있어야 해. 귀족들이 어느 가문들이 어느 가문들에게 등을 돌리고 있는지 궁금해하기 시작했으면 좋겠어. '대가문'들 사이에는 1세기 넘게 전면전이 없었어. 하지만 마지막 싸움은 엄청나게 파괴적이었지. 우린 그런 걸 만들어낼 필요가 있어."

"아주 많은 귀족들이 죽는다는 뜻일 수도 있겠군요." 빈이 말했다.

켈시어가 미소 지었다.

"난 그걸 감수할 수 있어. 넌 어떤데?"

빈은 긴장 상태에서도 미소를 지었다.

"내가 이렇게 해야 하는 이유가 또 하나 있어." 켈시어가 말했다. "내 계획이 낭패를 본다면, 우리는 로드 룰러와 맞대면해야 할지도 몰라. 그가 있는 곳에 슬쩍 들여보낸 사람이 더 적을수록 더 좋을 거라는 느낌이 들어. 귀족들 틈에 숨어 있는 스카 미스트본이 있다는 것…… 아, 그건 강력한 이점이 될 수 있어."

빈은 약간 소름이 끼쳤다.

"로드 룰러…… 그도 오늘 밤 거기 나올까요?"

"아니, 오블리게이터들은 참석하겠지만 심문관은 없을 거야. 그리고 로드 룰러는 확실히 안 나와. 이런 파티는 그의 주의를 끌 만한 파티가 아니야."

빈은 고개를 끄덕였다. 그녀는 로드 룰러를 한 번도 본 적이 없었다. 그리고 절대로 보고 싶지 않았다.

"너무 걱정하지 마." 켈시어가 말했다. "그를 만나게 되더라도 넌 안전할 거야. 그는 마음을 읽을 수 없어."

"확실해요?"

켈시어는 잠시 입을 다물었다.

"음, 아니. 하지만 그가 마음을 읽을 수 있다고 해도 자기가 만나는 모든 사람의 마음을 읽지는 않아. 그의 앞에서 귀족인 척했던 스카 몇 명을 내가 알고 있는걸. 나도 전에는 몇 번 해봤어⋯⋯." 그의 말이 잦아들었다. 그는 상처로 덮인 손을 내려다보았다.

"그는 결국 당신을 붙잡았잖아요." 빈이 조용히 말했다.

"그리고 아마 다시 그렇게 할걸." 켈시어는 윙크를 하며 말했다. "하지만 지금 당장은 그에 대해 걱정하지 마. 오늘 저녁 우리의 목표는 레이디 발레트 르노를 등장시키는 거야. 너는 어떤 위험한 일이나 특별한 일도 할 필요 없어. 그냥 모습을 나타내고, 그다음에 세이즈드가 네게 나가자고 할 때 떠나. 비밀을 캐 오는 일은 나중에 걱정하자고."

빈이 고개를 끄덕였다.

"착한 아이야." 켈시어가 손을 뻗어 문을 열었다. "나도 아성 근처에 숨어서 지켜보며 귀를 기울이고 있을게."

빈은 고마운 마음으로 고개를 끄덕였다. 켈시어는 마차 문에서 뛰어올라, 어두운 안개 속으로 사라졌다.

빈은 벤처 아성이 어둠 속에서 얼마나 밝을지 예상하지 못했다. 육중한 건물은 뿌연 빛의 영기(靈氣)로 감싸여 있었다. 마차가 다가가자, 여덟 개의 거대한 불빛이 직사각형 건물 바깥을 따라 불타고 있는 것이 보였다. 그 불은 모닥불처럼 밝았지만 훨씬 더 안정적이었고, 그 뒤로는 거울이 배열돼 있어 빛이 똑바로 아성을 비추도록 되어 있었다. 빈은 그들의 목적이 뭔지 몰라서 어리둥절했다. 무도회는 건물 안에서 벌어지는데 왜 건물 바깥을 밝히지?

"머리를 안으로 넣으세요, 부탁합니다, 미스트리스 빈." 세이즈드가 위쪽 자기 자리에서 말했다. "제대로 된 젊은 숙녀들은 멍하니 바라보지 않습니다."

그는 볼 수 없겠지만 빈은 그를 한번 쏘아보았다. 그러나 머리는 도로 마차 안으로 들이밀었다. 초조하고 불안하게 기다리는 동안 마차는 거대한 아성의 앞으로 굴러갔다. 마차는 마침내 멈추었고, 벤처가(家) 하인이 즉시 그녀의 문을 열어주었다. 두 번째 하인이 다가와 그녀가 내려오는 것을 돕기 위해 한 손을 내밀었다.

빈은 그의 손길을 받아들이며, 주름장식으로 거대하게 부푼 드레스 아랫단을 가능한 한 우아한 동작으로 마차에서 빼내려고 했다. 발을 헛디디지 않으려고 애쓰며 조심스럽게 내려오면서, 그녀는 몸을 안정시켜주는 하인의 손에 고마움을 느꼈고, 왜 여자가 마차 밖으로 나올 때 남자가 도와줘야 한다고들 하는지 마침내 깨달았다. 그건 절대 바보 같은 관습이 아니었다. 바보 같은 부분은 옷이었다.

세이즈드는 마차를 넘겨주고, 그녀에게서 몇 발자국 떨어진 뒤쪽에 자리를 잡았다. 그는 보통 때보다 훨씬 더 좋은 로브를 입고 있었지만 그것 또한 여전히 V자 패턴이었다. 허리에는 허리띠가 달려 있고 소매는 넓어서 팔 전체를 감쌌다.

"앞으로 가십시오, 미스트리스." 세이즈드가 조용히 뒤에서 지시했다. "드레스가 자갈에 상하지 않도록 카펫 위로 걸으세요. 그리고 대문으로 들어가십시오."

빈은 불편함을 참으려고 애쓰면서 고개를 끄덕였다. 그녀는 앞으로 걸어가며 여러 가지 정장과 드레스를 입은 남녀 귀족들을 지나쳤다. 그들은 그녀를 보고 있지 않았지만 어쩐지 그녀는 벌거벗은 듯한 느낌이 들었다. 그녀의 발걸음은 드레스를 입고도 편안해보이는 다른 아름다운 숙녀들의 우아한 발걸음 근처에도 가지 못했다. 파란색과 흰색의 부드러운 장갑 속에는 손에 땀이 나기 시작했다.

그녀는 억지로 계속 버텼다. 세이즈드는 문에서 그녀를 소개하며 안내원에게 그녀의 초대장을 보여주었다. 검은색과 붉은색 시종 제복을 입은 두 남자가 꾸벅 절을 하고 그녀에게 안으로 들어가라고 손짓했다. 한 무리의 귀족들이 로비에서 서성거리며 메인 홀로 들어갈 때를 기다리고 있었다.

'내가 지금 뭘 하고 있는 거야?'

그녀는 미친 듯이 생각했다. 그녀는 안개와 알로맨시에, 도적들과 강도들에게, 안개유령 그리고 두들겨 맞는 것에도 도전할 수 있었다. 그러나 이 귀족들과 숙녀들을 마주 보고…… 그들 눈에 보이고, 숨을 곳도 없이, 빛 속에서 그들 사이를 지나가는 건…… 무서웠다.

"앞으로, 미스트리스." 세이즈드가 진정시키려는 목소리로 말했다. "배운 것을 떠올리세요."

'숨어! 구석을 찾아! 그늘이건 안개건 뭐건 간에!'

빈은 계속 몸 앞에서 손을 굳게 마주 잡고, 앞으로 걸어갔다. 세이즈드는 그녀 옆에서 걸었다. 곁눈질을 하자 보통 때는 차분한 그의 얼굴에 걱정이 깃든 게 보였다.

'걱정할 만하지!'

그가 그녀에게 가르친 모든 것이 잠깐 사이에 날아간 것 같았다. 안개처럼 증발해버린 것 같았다. 그녀는 이름도 관습도 아무것도 기억할 수 없었다.

그녀는 현관 바로 안에서 멈췄다. 그때 검은 옷을 입은 거만해 보이는 귀족이 돌아서서 그녀를 보았다. 빈은 얼어붙었다.

그 남자는 무시하는 눈길로 그녀를 훑어보더니 시선을 돌렸다. 분명 '르노'라는 이름이 속삭여지는 것이 들려서, 그녀는 불안해하며 옆을 보았다. 몇 명의 여자들이 그녀를 보고 있었다.

그렇지만 그들이 그녀를 보고 있는 것 같다는 느낌이 전혀 들지 않았다. 그들은 드레스, 헤어스타일 그리고 보석 장신구를 살펴보고 있었다. 빈은 다른 쪽을 보았다. 거기선 더 젊은 한 무리의 남자들이 그녀를 지켜보고 있었다. 그들은 그녀의 목선과 예쁜 드레스와 얼굴의 화장을 보았다. 그러나 그들은 '그녀'를 보고 있지 않았다.

그들 중 아무도 빈을 볼 수 없었다. 그들은 그녀가 덮어쓴 얼굴만 볼 수 있었다. 그들에게 보여주고 싶던 얼굴. 그들은 레이디 발레트를 보았다. 빈은 그곳에 없는 것 같았다.

마치…… 숨어 있는 것 같았다. 그들의 눈 바로 앞에서.

갑자기 긴장이 사라지기 시작했다. 그녀는 차분하게 긴 숨을 내쉬었다. 불안감이 빠져나가면서, 세이즈드에게 훈련받은 것들이 되돌아왔다. 그녀는 처음 맞는 공식 무도회에 놀란 소녀의 모습을 덮어썼다. 그녀는 옆으로 걸어가 한 수행원에게 숄을 건넸다. 세이즈드가 그녀 뒤에서 안도했다. 빈은 그에게 잠깐 미소를 보이고, 미끄러지듯이 메인 홀로 나아갔다.

그녀는 이 일을 할 수 있었다. 아직은 초조했지만, 공황의 순간은 끝났다. 그녀에게는 그늘이나 구석이 필요하지 않았다. 그저 사파이어, 화장, 파란 천의 가면만이 필요했다.

벤처 아성의 메인 홀은 웅장하고 인상적이었다. 홀은 네다섯 층은 될 듯싶은 위압적인 높이에, 길이가 너비의 몇 배나 길었다. 거대한 직사각형 스테인드글라스 창이 홀을 따라 줄줄이 나 있고, 이상하고 강렬한 빛이 바깥에서 창을 곧장 비추며 온 방 안에 작은 색채의 폭포를 던졌다. 거대하고 장식적인 돌기둥들이 창문과 창문 사이를 따라 줄줄이 벽 안에 세워져 있었다. 그 기둥들이 마루를 만나기 직전에 벽이 서서히 없어지고 움푹 들어가다 창문들 바로 아래서 1층 회랑이 되었다. 이 구역에는 수십 개의 하얀 천을 덮은 수십 개의 테이블이 그늘진 기둥 뒤, 돌출부 아래에 놓여 있었다. 복도의 먼 끝에는 벽 속에 설치된 낮은 발코니가 보였고, 거기엔 테이블들이 더 작게 무리 지어 놓여 있었다.

"로드 스트라프 벤처의 만찬 테이블입니다." 세이즈드가 먼 쪽 발코니를 향해 손짓하며 속삭였다.

빈은 고개를 끄덕였다.

"그럼 바깥의 저 빛들은요?"

"라임라이트입니다, 미스트리스." 세이즈드가 설명했다. "어떤 방법이 사용되는지는 잘 모릅니다. 어떻게 하는지는 몰라도 생석

회 돌을 녹이지 않고도 그것이 빛을 내게끔 가열시키는 것 같습니다."

현악 오케스트라가 그녀 왼편의 무대에서 연주하며 홀 중앙에서 춤추는 커플에게 음악을 내보냈다. 오른쪽으론 서빙 테이블에 음식 접시가 놓여 있고 흰옷을 입고 서빙을 하는 남자들이 여기저기 종종거리며 접시를 들고 다녔다.

세이즈드는 한 수행원에게 다가가 빈의 초대장을 보여주었다. 남자는 고개를 끄덕이더니 더 젊은 하인의 귀에다 뭔가를 속삭였다. 그 젊은 하인은 빈에게 절하고 그녀를 방 안으로 안내했다.

"혼자 앉는 작은 테이블을 부탁했습니다." 세이즈드가 말했다. "이번 방문 동안 아가씨는 사람들과 섞일 필요가 없을 거라고 생각합니다. 그냥 모습을 보이기만 하면 됩니다."

빈은 고마운 마음으로 고개를 끄덕였다.

"혼자 떨어진 테이블은 당신에게 짝이 없다는 표시입니다." 세이즈드가 경고했다. "천천히 드십시오. 일단 식사가 끝나면, 남자들이 와서 당신에게 춤을 추자고 청할 겁니다."

"나한테 춤추는 법은 안 가르쳐줬잖아요!" 빈은 다급하게 속삭였다.

"시간이 없었습니다, 미스트리스." 세이즈드가 말했다. "걱정하지 마십시오. 당신은 그 남자들을 공손하고 타당하게 거절할 수 있습니다. 그들은 그저 당신이 처음 겪는 무도회에 정신을 못 차리고 있다고 생각할 테고, 해로운 일은 아무것도 없을 겁니다."

빈은 고개를 끄덕였다. 서빙하는 남자가 그들을 복도 중앙 가까이에 있는 작은 테이블로 안내했다. 빈은 단 하나 놓여 있는 의자에 앉았고, 세이즈드는 그녀의 식사를 주문했다. 그다음 걸어와선 그녀의 의자 뒤에 섰다.

빈은 새침하게 앉아 기다리고 있었다. 테이블은 대부분 회랑의 돌출부 바로 아래 놓여 있었다. 춤추는 곳과 아주 가까웠다. 그리고 테이블들 뒤쪽 벽 근처에 복도 같은 통로가 나 있었다. 커플들과 무리들이 이곳을 따라 지나가며 조용히 이야기했다. 때때로 누군가가 빈을 향해 몸짓이나 고갯짓을 했다.

'자, 켈시어의 계획 중에서 이 부분은 제대로 되어가고 있어.'

그녀는 주목을 끌고 있었다. 그러나 하이 프렐란 한 명이 그녀 뒤의 통로를 따라 느긋이 걸어갈 때는 의자 속에 움츠리거나 푹 주저앉지 않으려고 노력해야 했다. 똑같은 회색 로브를 입고 눈 주위에 검은 문신을 하고 있었지만, 다행히도 그는 그녀가 만났던 하이 프렐란은 아니었다.

사실 파티에는 상당한 수의 오블리게이터들이 있었다. 그들은 어슬렁거리거나 파티 손님들과 섞였다. 그렇지만 그들에게는 어떤······ 무관심한 태도가 있었다. 언뜻 보아도 귀족 손님들과 구분이 되었다. 그들은 거의 샤프론(사교계 미혼 여성의 나이 든 보호자)처럼 그곳을 돌아다녔다.

'주둔군은 스카를 지켜보잖아. 아마 오블리게이터도 귀족들에게 비슷한 역할을 하는 걸 거야.' 빈은 생각했다.

이상한 광경이었다. 그녀는 언제나 귀족들이 자유롭다고 생각했다. 그리고 사실 그들은 스카들보다 훨씬 더 자신이 넘쳤다. 많은 사람들이 삶을 즐기고 있는 것 같았고, 오블리게이터는 실제로 경찰이나, 꼭 집어서 스파이처럼 행동하지도 않는 것 같았다. 그렇지만 그들은 그곳에 있었다. 배회하고 대화에 참여하며, 로드 룰러와 그의 제국을 끊임없이 상기시켜주는 상징으로서 그곳에 있었다.

빈은 오블리게이터들에게서 주의를 돌렸다. 그들이 존재한다는 사실은 여전히 그녀의 마음을 조금 불편하게 만들었다. 대신 그녀는 다른 것에 집중했다. 아름다운 창문들이었다. 지금 그녀가 앉아 있는 곳에서 맞은편과 위편으로 몇 개의 창문이 나 있는 게 보였다.

귀족들이 좋아하는 여러 장면들과 마찬가지로 그 창문들은 종교적이었다. 그런 종교적 그림은 충성심을 보이기 위한 것이거나, 아니면 요구하는 것이리라. 빈은 잘 알지 못했지만 아마 발레트도 그것은 모를 터였다. 그러니까 그건 괜찮았다.

다행히 어떤 장면들은 알아볼 수 있었다. 대부분 세이즈드의 가르침 덕분이었다. 그는 다른 종교들만큼이나 로드 룰러의 신화에 대해서도 알고 있는 것 같았다. 그러나 그가 그토록 억압적이라고 생각하는 그 종교를 공부한다는 건 이상해 보였다.

여러 창의 중심에 '디프니스'가 있었다. 그것은 어둡고 검었다. 혹은 창문에 쓰는 용어로 자줏빛이었다. 그것은 형체 없고 복수심에 불타는 촉수 같은 덩어리로 여러 창문에 걸쳐 기어 다녔다. 빈은 밝게 채색된 로드 룰러의 모습과 함께 그것을 쳐다보았다. 그녀는 자기도 모르게 그 배경 때문에 약간 얼어붙어 있었다.

'저건 뭐지? 디프니스? 왜 저걸 저렇게 형체 없이 그리지? 진짜 어떤 모습이었는지는 왜 보여주지 않을까?'

그녀는 전에는 '디프니스'에 대해 진짜 한 번도 궁금했던 적이 없었다. 그러나 세이즈드의 수업을 듣다 보니 궁금해졌다. 그녀의 본능은 사기라고 속삭였다. 로드 룰러는 자기가 과거에 파괴할 수 있었던 어떤 무시무시한 악을 만들어내서, 황제 자리를 얻은 것을 '정당화했다'. 그렇지만 그 끔찍하고 비비 꼬인 물체를 올려다보며 빈은 그 신화를 거의 믿을 수 있을 것 같았다.

만약 저런 게 존재했었다면? 그리고 존재했다면, 로드 룰러는 어떻게 그것을 이길 수 있었지?

그녀는 한숨을 쉬며 고개를 흔들었다. 그녀는 이미 너무 귀족 여성처럼 생각하고 있었다. 장식의 아름다움에 감탄하고 그것의 의미를 생각하면서, 그것들을 창조한 부에 대해서는 스쳐가는 생각만 할 뿐이었다. 이곳에서는 모든 것이 아주 놀랍고, 화려하고, 장식적이었다.

홀의 기둥들은 그냥 보통 기둥이 아니었다. 그것들은 조각된 걸작들이었다. 넓은 배너들이 천장에서 창문 바로 위까지 매달려 있고, 아치형으로 높은 천장에는 구조적 지지대가 교차되어 있는 데다 점점이 갓돌이 놓여 있었다. 너무 멀어서 아래에선 보이지 않지만, 어째서인지 그녀는 그 갓돌 하나하나가 정교하게 조각되어 있다는 것을 알 수 있었다.

그리고 춤추는 사람들은 그 아름다운 배경과 어울렸다. 아니, 어쩌면 더욱 빛났다. 커플들은 부드러운 음악에 맞춰 걸음을 옮기며 우아하게 움직였다. 겉보기에는 전혀 힘들어 보이지 않는 동작들이었다. 심지어 춤을 추는 동안 서로 잡담하는 사람들도 많았다. 숙녀들은 드레스를 입고 자유로이 움직였다. 그중 많은 사람들이 그녀가 입은 주름장식 달린 옷 정도는 상대적으로 소박해 보이게 만드는 옷을 입고 있다는 걸 빈은 알아차렸다. 세이즈드의 말이 옳았다. 머리를 늘어뜨린 사람들과 비슷한 수의 사람들이 머리를 올리고 있었지만, 확실히 긴 머리가 유행이었다.

웅장한 홀에 둘러싸인 채 딱 맞는 정복을 입은 귀족들은 어딘가 다르게 보였다. 기품 있어 보였다. 이 사람들이 그녀의 친구들을 때리고 스카를 노예로 부리는 그 사람들과 똑같은 사람들인가? 그런 끔찍한 행동을 하기에는 그들은 너무…… 완벽하고, 너무 예의 바르게 보였다.

'저들이 심지어 바깥세상을 아는지도 모르겠어.' 그녀는 테이블 위에서 팔짱을 끼고 그들의 춤을 지켜보면서 생각했다. '아마 저들은 자기들의 아성과 무도회 너머는 볼 수 없을 거야. 내 드레스와 화장 너머를 볼 수 없는 것처럼.'

세이즈드가 그녀의 어깨를 두드렸다. 빈은 한숨을 쉬고 더 숙녀다운 자세를 취했다. 잠시 후 식사가 도착했다. 지난 몇 달 동안 비슷한 식사를 자주 해보지 않았다면, 너무나 낯선 맛들의 향연이어서 그녀는 아마 겁을 먹었을 것이다. 세이즈드의 수업은 춤을 생략했을지는 몰라도 만찬 에티켓에 대해서는 매우 광범위하게 가르쳤다. 빈은 그것이 고마웠다. 켈시어가 했던 말처럼, 그녀의 그날 저녁 주 목적은 모습을 나타내는 것이었다. 그리고 그녀가 적절한 모습을 보이는 것은 매우 중요했다.

그녀는 가르침 받은 대로 우아하게 먹다가, 느리고 세심하게 먹었다. 춤추자는 요청을 받는 생각을 하면 즐겁지가 않았다. 누군가 실제로 자기에게 말을 걸면 다시 공황에 빠질까 봐 반쯤은 두려워하고 있었다. 그러나 식사를 느리게 할 수 있는 시간에는 한계가 있었다. 특히 숙녀의 작은 배를 가진 사람에게는. 그녀는 곧 음식을 다 먹고, 접시에 포크를 교차시켜 다 먹었다는 표시를 했다.

첫 번째 신청남은 이 분도 안 되어 접근했다.

"레이디 발레트 르노십니까?" 그 젊은이가 아주 약간만 허리를 굽혀 절하면서 물었다. 그는 길고 검은 정장 코트 아래 녹색 조끼를 입고 있었다. "저는 로드 라이언 스트로브입니다. 같이 춤춰주시겠습니까?"

"마이 로드." 빈이 얌전하게 눈을 내리깔면서 말했다. "친절하시군요. 하지만 여긴 제 첫 무도회고, 이곳의 모든 것은 너무나 웅장해요! 저는 초조해서 무도회장에서 허둥거릴 것 같습니다. 아마도 다음에……?"

"물론입니다, 마이 레이디." 그는 예의 바르게 고개를 끄덕이고 물러갔다.

"아주 잘하셨습니다, 미스트리스." 세이즈드가 조용히 말했다. "당신의 억양은 능수능란했습니다. 물론 당신은 다음 무도회에서 그와 춤을 추어야 할 것입니다. 그때까지는 춤을 훈련시켜드릴 수 있다고 생각합니다."

빈의 얼굴이 약간 붉어졌다.

"아마 그는 참석하지 않을 거예요."

"어쩌면요." 세이즈드가 말했다. "하지만 그럴 것 같지는 않습니다. 젊은 귀족들은 밤마다 여흥을 즐기는 걸 아주 좋아한답니다."

"그들이 이런 걸 매일 밤 하나요?"

"거의요." 세이즈드가 말했다. "결국 무도회는 사람들이 루서델에 오는 가장 중요한 이유니까요. 누군가 도시에 있고 무도회가 열린다면—그리고 거의 언제나 열리는데—보통은 다 참석합니다. 특히 그 사람이 젊고 결혼하지 않았다면요. 사람들은 당신이 그렇게 자주 참석할 거라고는 생각하지 않을 겁니다. 하지만 아마 일주일에 두세 번은 참석하셔야 할 것입니다."

"두세 번……. 드레스가 더 필요하겠군요!" 빈이 말했다.

세이즈드가 미소 지었다.

"아, 이미 귀족 여성처럼 생각하시는군요. 자, 미스트리스. 제가 자리를 비워도 괜찮으시다면……."

"자리를 비운다고요?" 빈이 몸을 돌리며 물었다.

"시종들끼리 저녁을 먹으러요." 세이즈드가 말했다. "저 정도 급의 하인은 보통 일단 주인의 식사가 끝나면 나가게 됩니다. 당신을 혼자 남기고 가는 게 좀 꺼림칙하지만, 제 식탁은 고위 귀족의 오만한 하인들로 가득 찰 것입니다. 거기에서 마스터 켈시어가 제게 엿듣기를 바라는 대화들이 오가겠지요."

"나 혼자 놔두고 떠날 거예요?"

"당신은 지금까지 잘해오셨습니다, 미스트리스." 세이즈드가 말햇다. "큰 실수는 없었습니다. 적어도 궁정에 처음 나온 숙녀가 저지르지 않을 법한 실수는 없었습니다."

"어떤 거였는데요?" 빈은 불안해하며 물었다.

"그에 대해서는 나중에 이야기하지요. 그냥 테이블에 남아 와인을 홀짝거리세요. 와인 잔이 너무 자주 채워지지 않게 하시고요. 그러면서 제가 돌아올 때까지 기다리십시오. 다른 젊은이들이 다가오면, 처음에 하신 것처럼 우아하게 돌려보내십시오."

빈은 머뭇거리며 고개를 끄덕였다.

"약 한 시간 후에 돌아오겠습니다." 세이즈드가 약속했다. 그러나 그는 마치 뭔가를 기다리듯이 남아 있었다.

"음, 가도 돼요." 빈이 말했다.

"고맙습니다, 미스트리스." 그는 절을 하고 물러갔다. 그녀를 혼자 놔두고.

'혼자가 아니야.' 그녀는 생각했다. '켈시어가 저기 바깥 어딘가에 있어. 어둠 속에서 날 지켜보고 있어.' 이런 생각이 그녀를 위안해 주었지만, 그래도 그녀 옆의 빈자리를 예민하게 의식하지 않을 수 없었다.

그녀에게 춤을 청하러 젊은이 세 명이 더 다가왔지만, 한 명 한 명이 그녀의 예의 바른 거절을 받아들였다. 그 뒤로는 아무도 오지 않았다. 그녀가 춤에 관심이 없다는 말이 돈 모양이었다. 그녀는 자기에게 다가왔던 네 명의 이름을 외웠다. 켈시어는 그들을 알고 싶어 할 것이다. 그녀는 세이즈드를 기다리기 시작했다.

이상하게도 그녀는 금세 지루해졌다. 방의 환기는 잘되고 있었지만, 몸은 여전히 몇 겹의 천 아래에서 더웠다. 다리 쪽이 특히 심했는데, 발목 길이의 속옷을 견뎌야 했기 때문이다. 실크가 피부에 닿는 감촉이 부드럽긴 했어도 긴 소매는 도움이 되지 않았다. 춤이 계속되었고, 그녀는 한동안 흥미를 갖고 지켜보았다. 그러나 그녀는 곧 오블리게이터들에게로 주의를 돌렸다.

흥미롭게도 그들은 파티에서 어떤 기능을 수행하고 있는 것 같았다. 그들은 잡담하는 귀족 그룹과 떨어진 곳에 서 있을 때가 많았지만, 때때로 그 무리에 참여하기도 했다. 그리고 가끔, 어떤 그룹은 말을 멈추고 오블리게이터를 찾았다. 그들은 공손한 몸짓으로 손을 흔들어 그를 불렀다.

빈은 얼굴을 찡그리며 자기가 놓치고 있는 것이 무엇인지 알아내려고 애썼다. 근처 테이블에 앉은 한 무리가 지나가던 오블리게이터에게 손을 흔들어 그를 불렀다. 그 테이블은 너무 떨어져 있어서 맨귀로는 들을 수 없었다. 그러나 주석과 함께라면…….

빈은 마음의 손길을 안으로 뻗어 금속을 불태우려다가 멈추었다.

'구리 먼저.' 그녀는 구리를 켜면서 생각했다. 그녀는 자기가 노출되지 않도록 구리를 거의 내내 켜놓고 있는 데 익숙해져야 했다.

알로맨시를 감춘 다음 그녀는 주석을 불태웠다. 즉각 눈이 멀 정도로 방의 불이 밝아지는 바람에 그녀는 눈을 감아야 했다. 악단의 음악이 더 커졌고, 주위의 수십 가지 대화가 웅웅거리던 소리에서 알아들을 수 있는 목소리로 바뀌었다. 그녀는 자기가 관심 있는 대화에 집중하기 위해 열심히 노력해야 했다. 그 테이블이 그녀에게 가장 가까운 테이블이었기 때문에, 그녀는 결국 자기가 원하는 대화를 찾아낼 수 있었다.

"……난 다른 어떤 사람보다도 먼저 그에게 약혼 소식을 알려줄 거라고 맹세해." 한 사람이 말했다. 빈은 눈을 가늘게 떴다. 그 테이블에 앉아 있는 귀족 남자 중 한 명이었다.

"좋습니다. 나는 이것을 목격하고 기록합니다." 오블리게이터가 말했다.

그 귀족 남성은 한 손을 뻗었고, 동전이 짤랑 소리를 냈다. 빈은 주석을 끈 다음 눈을 뜨고 오블리게이터가 테이블에서 물러나 돌아다니며 뭔가를 자기 로브 주머니에 집어넣는 걸 내내 지켜보았다. 동전들 같았다.

'재미있는데.' 빈은 생각했다.

불행히도 그 테이블의 사람들은 이내 일어나 각자 갈 길로 가버렸다. 빈이 염탐할 사람은 아무도 남지 않았다. 그녀는 곧 다시 지루해져선 그 오블리게이터가 자신의 일행이 있는 쪽으로 방을 가로질러 가는 것을 지켜보았다. 그녀는 하릴없이 두 오블리게이터들을 지켜보며 테이블을 두드리고 있다가, 뭔가를 알아차렸다.

그녀는 그들 중 한 사람을 알아보았다. 아까 돈을 가져간 사람이 아니라 그와 같이 있는 더 나이 든 사람이었다. 키가 작고 탄탄해 보이는 오블리게이터는 고압적인 분위기를 풍기며 서 있었다. 다른 오블리게이터도 그에게는 경의를 표하는 것 같았다.

처음에는 카몬과 함께 재정 캔턴을 방문했을 때 본 사람이라서 낯익은 거라고 생각했다, 그러자 빈은 공황 상태가 덮쳐오는 것을 느꼈다. 그러나 다음 순간, 이 사람은 그 사람이 아니라는 것을 깨달았다. 그녀는 전에 그를 본 적이 있었다. 그러나 그곳에서는 아니었다. 그는……

'내 아버지야.' 그녀는 마비된 상태에서 깨달았다.

린은 1년 전 그들이 처음 루서델에 왔을 때 딱 한 번 그녀에게 아버지를 보여주었다. 그는 그 지역 대장간의 일꾼들을 조사하고 있었다. 린은 빈을 데려와서 그녀가 자기 아버지를 적어도 한 번은 봐야 한다고 주장하며 살짝 들여보냈다. 그녀는 린이 왜 그랬는지 아직도 이해하지 못했다. 아무튼 그녀는 그 얼굴을 기억했다.

그녀는 의자 안으로 쪼그라들어 숨고 싶은 충동을 참았다. 그 남자가 그녀를 알아볼 수 있는 방법은 없었다. 그는 심지어 그녀가 존재한다는 사실도 몰랐다. 그녀는 억지로 그에게서 주의를 돌려 창문들을 쳐다보았다. 그러나 기둥과 돌출부가 시야를 가려 창문을 제대로 볼 수가 없었다.

그렇게 앉아 있으면서, 그녀는 아까는 보지 못했던 것을 보았다. 먼 벽 전면(全面)의 바로 위에 높게 달린 덧붙여진 발코니였다. 그것은 벽 꼭대기 스테인드글라스 창과 창문 사이에 달려 있다는 것만 빼면 창문 아래 벽감의 대칭물 같았다. 그 위에선 아래의 파티를 내려다보며 커플과 싱글들이 그곳을 따라 거니는 모습을 볼 수 있었다.

그녀는 본능적으로 그 발코니 쪽으로 끌렸다. 그녀가 자기 모습을 보이지 않으면서 파티를 지켜볼 수 있는 곳이었다. 또 그곳에 서면 그녀의 테이블 바로 위에 있는 멋진 배너와 창들을 볼 수 있을 것이다. 넋이 팔린 것처럼 보이지 않고도 그 석조 세공물들을 살펴볼 수 있게 되는 것은 물론이고.

세이즈드는 그녀에게 머물러 있으라고 말했다. 그러나 앉아 있을수록 그녀는 자기도 모르게 그 숨겨진 발코니 쪽으로 눈이 갔다.

그녀는 일어나 움직이고 싶어서 근질근질했다. 다리를 펴고 바람을 좀 쐬고 싶었다. 그녀의 아버지가 있다는 것—그녀를 의식하는지 못하는지는 몰라도—은 그녀가 메인 플로어를 떠나고 싶은 또 하나의 동기로 작용할 뿐이었다.

'다른 사람은 아무도 내게 춤을 추자고 요청할 것 같지 않아. 그리고 켈시어가 원하는 일은 끝냈어. 난 귀족들에게 모습을 보였어.'

그녀는 잠시 가만히 있다가, 서빙을 보는 소년에게 손을 흔들었다. 그는 민첩하게 다가왔다.

"네, 레이디 르노?"

"저기에는 어떻게 올라가지?" 빈이 발코니 쪽을 가리키며 물었다.

"오케스트라 옆에 바로 계단이 있습니다, 마이 레이디." 소년이 말했다. "그 계단을 올라가면 맨 위 층계참으로 갑니다."

빈은 고개를 끄덕여 고맙다고 한 뒤 단호하게 일어서서 방 앞쪽으로 갔다. 그녀가 지나갈 때 잠깐의 눈길밖에는 아무도 시선을 주지 않았다. 그래서 그녀는 복도를 가로질러 계단으로 갈 때 좀 더 자신 있게 걸었다.

돌 복도는 위로 굽어져 올라가며 꼬여 있었다. 계단은 짧지만 가팔랐다. 그녀의 손바닥보다 넓지 않은 작은 스테인드글라스 창문들이 바깥벽으로 나 있었지만 역광이 없어서 색깔은 어두웠다. 빈은 가만히 있느라 근질근질하던 에너지를 계속 쓰면서 열심히 계단을 올랐다. 그러나 그녀는 드레스의 무게와, 넘어지지 않으려고 옷자락을 들어 올린 채로 걷는 탓에 금방 헉헉거리기 시작했다. 하지만 백랍의 불꽃 덕분에 땀으로 화장을 망칠 정도로 힘들이지는 않아도 되었다.

가보니 그렇게 애를 써서 올라갈 가치가 있었다. 위층 발코니는 어두웠다. 작은 파란 유리로 덮인, 벽에 달린 등잔 몇 개로만 불이 밝혀진 채였다. 그곳에서는 스테인드글라스 창들의 멋진 모습이 보였다. 그 구역은 조용했고, 두 개의 기둥 사이 철 난간에 다가가 아래를 내려다볼 때 빈은 사실상 혼자 있는 것 같은 기분이었다. 아래 바닥의 돌 타일들이 그녀가 미처 알아보지 못한 문양을 이루고 있었다. 흰 바탕 위에 회색으로 굽이친 자유로운 형식의 문양이었다.

'안개인가?' 그녀는 난간에 기대면서 느긋하게 궁금해했다. 그것은 그녀 뒤의 등잔 받침대처럼 복잡하고 세밀했다. 그녀의 옆쪽으로는 기둥 꼭대기들이 발코니에서 뛰어내리려다 얼어붙은 듯한 모습의 돌짐승들로 조각되어 있었다.

"자, 이거 봐라. 와인 잔을 다시 채우러 갔다 올 때 이런 문제가 생긴다니까요."

갑자기 난 목소리에 빈은 펄쩍 뛰며 빙글 돌아섰다. 한 젊은 남자가 그녀 뒤에 서 있었다. 그가 입은 정복은 그녀가 본 것 중에 최고급은 아니었고, 마찬가지로 조끼도 대부분의 다른 조끼처럼 밝지 않았다. 코트와 셔츠는 양쪽 다 너무 헐렁한 것 같았고, 머리는 약간 헝클어져 있었다. 그는 와인 한 잔을 들고 있었는데, 정장 코트 바깥 주머니는 거기에 넣기에는 약간 큰 듯싶은 책 모양으로 부풀어 있었다.

"문제는, 돌아왔을 때 내가 가장 좋아하는 장소를 어떤 예쁜 소녀가 훔친 걸 발견하는 거죠. 자, 신사라면 숙녀가 자기 생각에 잠기게 내버려두고 다른 장소로 가겠지요. 하지만 여기는 발코니에서 가장 좋은 장소예요. 책을 읽기에 좋은 정도로 등잔이 가까운 유일한 장소거든요."

빈의 얼굴이 붉어졌다.

"미안합니다, 마이 로드."

"아, 이제 내가 죄책감이 드네. 이게 다 한 잔의 와인 때문이에요. 봐요, 여기엔 두 사람이 서기에 충분한 공간이 있어요. 그냥 약간만 옆으로 가줘요."

빈은 잠시 생각했다. 예의 바르게 거절할 수 있을까? 그는 분명히 그녀가 자기 옆에 머무는 쪽을 원하고 있었다. 그는 그녀가 누구인지 알고 있을까? 그녀는 그의 이름을 알아내서 켈시어에게 말해야 할까?

그녀가 약간 옆으로 걸어가자, 남자는 그녀 옆에 자리를 잡았다. 그는 옆 기둥에 몸을 기대더니 놀랍게도 책을 꺼내 읽기 시작했다. 그의 말이 옳았다. 등잔불 빛은 곧장 책장 위로 비쳤다. 빈은 잠시 서서 그를 지켜보았다. 그러나 그는 완전히 열중한 것처럼 보였다. 심지어 독서를 멈추고 그녀를 쳐다보지도 않았다.

'그가 나한테 조금이라도 주의를 기울일까?' 빈은 자기가 화난 것에 어리둥절해서 생각했다. '내가 더 멋진 드레스를 입었어야 하나 봐.'

그 남자는 책에 집중한 채 와인을 홀짝였다.

"언제나 무도회에서 책을 읽으시나요?" 그녀가 물었다.

젊은이가 그녀를 쳐다보았다.

"무도회에서 빠져나올 수 있을 때마다요."

"그건 무도회에 온 목적에 좀 어긋나는 것 아닌가요? 그냥 교제를 피할 거라면 왜 참석해요?" 빈이 물었다.

"당신이 여기 위에 있잖아요." 그가 지적했다.

빈의 얼굴이 붉어졌다.

"난 그냥 홀을 잠깐 보고 싶었을 뿐이에요."

"오, 그런데 왜 춤을 청한 남자 셋을 다 거절했죠?"

빈은 말이 막혔다. 그 남자는 미소를 짓더니 다시 자기 책으로 돌아갔다.

"넷이었어요." 빈이 씩씩거리며 말했다. "그리고 나는 춤을 잘 추는 법을 모르기 때문에 거절한 것뿐이에요."

남자는 책을 살짝 내리고 그녀를 바라보았다.

"흠, 당신은 겉보기보다 훨씬 겁이 없군요."

"겁이요?" 빈이 물었다. "난 젊은 숙녀가 옆에 서 있는데 제대로 자기소개도 않고 책만 들여다보고 있는 사람이 아니에요."

그 남자는 생각에 잠겨 눈썹을 치켜세웠다.

"허, 봐요. 당신 우리 아버지같이 이야기하는군요. 보기는 훨씬 더 좋지만, 그만큼 땍땍거려요."

빈은 그를 노려보았다. 마침내 그가 눈을 굴렸다.

"좋아요, 그럼 내가 신사가 되어봅시다." 그는 세련되고 격식을 차린 걸음을 내딛으며 그녀에게 절을 했다. "저는 로드 엘렌드입니다. 레이디 발레트 르노, 제가 책을 읽는 동안 이 발코니를 당신과 함께 나누는 기쁨을 누려도 되겠습니까?"

빈은 팔짱을 끼었다.

'엘렌드? 성일까, 이름일까? 내가 신경을 써야 하나? 그는 그냥 자기 자리를 도로 찾고 싶었던 거잖아. 하지만…… 내가 춤 파트너들을 거절한 걸 어떻게 알았지?' 왜인지 몰라도 켈시어는 이 대화에 대해 듣고 싶어 할 것이라는 생각이 들었다.

이상하게도 그녀는 다른 사람들에게 한 것처럼 이 남자를 밀어내고 싶은 마음이 생기지 않았다. 대신에, 그가 도로 책을 들어 올리자 그녀는 또다시 무언가에 찔리는 듯한 짜증을 느꼈다.

"당신은 왜 무도회에 참여하지 않고 책을 읽는지 아직 나한테 말해주지 않으셨어요." 그녀가 말했다.

그 남자는 한숨을 쉬며 책을 다시 내렸다.

"나도 아주 춤을 잘 추는 사람은 아니기 때문이에요."

"아." 빈이 말했다.

"하지만 그건 부분적인 이유일 뿐이에요." 그가 손가락 하나를 들며 말했다. "당신은 아직 깨닫지 못했을 수도 있지만, 파티에 질리는 건 그렇게 어렵지 않아요. 일단 이런 무도회에 오륙백 번 참석하면 다 그게 그거같이 느껴지기 시작해요."

빈은 어깨를 으쓱했다.

"당신이 연습을 하면 춤을 더 잘 추는 법을 배우겠지요."

엘렌드는 한쪽 눈썹을 치켜세웠다.

"내가 책을 계속 보도록 해주지 않을 거죠, 맞죠?"

"그럴 생각은 없었어요."

그는 한숨을 쉬고, 책을 도로 그의 재킷 주머니에 집어넣었다. 옷이 책 모양으로 각이 잡힐 징조를 보이기 시작했다.

"좋아요, 그럼. 춤을 추러 가고 싶습니까?"

빈은 얼어붙었다. 엘렌드는 태연하게 미소 지었다.

'세상에! 이 사람은 믿을 수 없을 만큼 능수능란하거나, 사회적으로 무능해.' 그녀는 어느 쪽인지 판단할 수 없어서 신경에 거슬렸다.

"그건 싫겠죠?" 엘렌드가 말했다. "좋아요. 나를 신사라고 설정했으니까, 내가 제안해야 한다고 생각했어요. 하지만 저 아래 커플들이 우리가 자기네 발을 밟으며 돌아다니는 걸 좋아할지 의심스럽군요."

"동감이에요. 뭘 읽고 있었죠?"

"딜리스테니." 엘렌드가 말했다. "'기념비의 심판', 들어봤어요?"

빈은 고개를 저었다.

"아, 그래요. 들어본 사람이 많지 않아요." 그는 난간 너머로 몸을 기울여 아래를 내려다보았다. "그래서, 궁정 첫 경험은 어떻습니까?"

"매우…… 압도적이었어요."

엘렌드가 씩 웃었다.

"벤처 가문에 대해서 느낀 바를 말하는군요. 그들은 파티 여는 법을 알지요."

빈은 고개를 끄덕였다.

"당신은 그럼 벤처 가문을 안 좋아하는군요?" 그녀가 말했다. 아마 이 사람은 켈시어가 찾고 있는 적수 중 하나일 것이다.

"특별히 그런 건 아니에요." 엘렌드가 말했다. "벤처 가문은 고위 귀족 치고도 과시적인 편이죠. 그들은 그냥 파티를 열 수가 없고 '최고'의 파티를 열어야 해요. 그걸 준비하기 위해 하인들을 너덜너덜해지도록 굴리고, 파티 다음 날 아침 홀이 완벽히 깨끗하지 않으면 벌로 그 가엾은 것들을 때린다는 건 신경 쓰지 말아요."

빈은 고개를 곧추세웠다.

'귀족에게서 들을 거라고 생각한 말은 아닌데.'

엘렌드는 약간 당황한 듯이 말을 멈추었다.

"하지만 음, 그런 건 신경 쓰지 말아요. 그쪽 테리스인이 당신을 찾고 있는 것 같군요."

빈은 깜짝 놀라 발코니 옆면 너머를 훑어보았다. 지금은 비어 있는 그녀의 테이블 옆에 세이즈드의 키 큰 형체가 서빙하는 소년과 이야기하고 있었다.

빈은 작게 꺅 소리를 냈다.

"난 가봐야겠어요." 그녀가 층계 쪽으로 향하면서 말했다.

"아, 그럼 잘됐군요." 엘렌드가 말했다. "다시 독서로 돌아갑니다." 그는 그녀에게 작별 인사로 반쯤 손을 흔들었지만, 그녀가 첫 번째 계단을 내려가기도 전에 다시 책을 펼쳤다.

빈이 숨 가쁘게 도착하자 세이즈드가 그녀를 보았다.

"미안해요." 그녀가 다가가면서 유감스러워하며 말했다.

"제게 사과하지 마십시오, 미스트리스." 세이즈드가 조용히 말했다. "그것은 보기에도 이상하고 불필요합니다. 약간 돌아다니는 것은 좋은 생각이었다고 생각합니다. 당신이 그렇게 초조해 보이지만 않았다면 제 쪽에서 제안했을 겁니다."

빈은 고개를 끄덕였다.

"그럼 갈 시간인가요?"

"원하신다면 물러나기에 적절한 시간이죠." 그가 말하며 발코니 위를 쳐다보았다. "저 위에서 뭘 하고 계셨는지 물어봐도 되겠습니까, 미스트리스?"

"창문을 더 잘 보고 싶어서 올라갔어요. 하지만 결국 어떤 사람과 이야기를 하게 되었어요." 빈이 말했다. "그는 처음에는 나한테 흥미가 있는 것 같았지만, 이제 생각하면 별로 주의를 기울이려고 하지 않았던 것 같아요. 그건 상관없어요. 켈시어가 그의 이름에 신경 쓸 만큼 중요한 사람은 아닌 것 같아요."

세이즈는 멈춰 섰다.

"누구와 이야기를 하고 계셨습니까?"

"저기 구석에 있는 남자요. 발코니 위에." 빈이 말했다.

"로드 벤처의 친구 중 하나인가요?"

빈은 얼어붙었다.

"그중에 엘렌드라는 사람이 있나요?"

세이즈드는 눈에 띄게 창백해졌다.

"로드 엘렌드 벤처와 이야기를 하고 계셨습니까?"

"음…… 네?"

"그가 당신에게 춤을 추자고 했나요?"

빈은 고개를 끄덕였다.

"하지만 진심은 아닌 것 같았어요."

"오, 아가씨." 세이즈드가 말했다. "적당히 눈에 안 띄는 익명성을 유지하기에는 너무 지나칩니다."

"벤처?" 빈이 얼굴을 찌푸리며 물었다. "벤처 아성의 벤처?"

"가문의 상속자입니다." 세이즈드가 말했다.

"흠." 빈은 실제보다 약간 더 겁을 먹어 보였어야 한다는 것을 깨달으며 말했다. "그는 약간 사람을 약 올렸어요. 즐거운 방식이었지만요."

"이걸 여기서 논의해서는 안 됩니다." 세이즈드가 말했다. "당신은 그의 지위보다 훨씬, 훨씬 아래입니다. 오십시오. 물러납시다. 내가 저녁 식사에 가지 않았어야 하는 건데……."

그는 말꼬리를 끌더니 혼자 웅얼거리며 빈을 입구 통로로 안내했다. 그녀는 메인 홀을 한 번 더 들여다보았다. 숄을 도로 찾으면서, 그녀는 주석을 불태우며 밝아진 빛에 눈을 가늘게 뜨고 위의 발코니를 살펴보았다.

그는 책을 들고 있었다. 하지만 한 손에 덮은 채로 들고 있었다. 그리고 그가 자기 쪽을 내려다보고 있다고 그녀는 맹세라도 할 수 있었다. 그녀는 미소를 짓고, 세이즈드의 안내를 받아 마차로 갔다.

13

내가 단순한 짐꾼 때문에 동요해서는 안 된다는 걸 알고 있다. 그

러나 그는 예언이 발원된 곳인 테리스 출신이다. 누군가가 사기꾼을 찾아낼 수 있다면, 그것은 그가 아닐까?

그렇지만 나는 길을 계속 가고 있다. 휘갈겨진 전조가 내게 운명을 만날 거라 주장하는 곳으로 걸어간다. 라셰크의 눈길을 내 등 뒤에 느끼며. 질투에 차고, 조롱하고, 증오하는.

빈은 책상다리를 한 채 로드 르노의 멋지고 편한 의자들 중 하나에 앉아 있었다. 그 풍성한 드레스를 벗어버리고 더 낯익은 셔츠와 바지로 돌아오니 기분이 좋았다.

그러나 세이즈드의 차분한 불만 때문에 그녀는 움찔거리고 싶었다. 그는 방 맞은편에 서 있었고, 빈은 자기가 곤란에 빠졌다는 인상을 받았다. 세이즈드는 그녀에게 깊이 있는 질문을 던졌고, 로드 엘렌드와 그녀 사이에 오간 모든 대화를 세세하게 캤다. 세이즈드의 조사는 물론 공손했지만, 단호하기도 했다.

빈이 생각하기에는 테리스인이 그 젊은 귀족과 자기가 나눈 대화에 대해 지나치게 걱정하는 것처럼 보였다. 사실 그들은 아무런 중요한 이야기도 하지 않았고, 엘렌드 자신도 '대가문'의 로드치고는 전혀 특별해 보이지 않았다.

그러나 그에게는 뭔가 이상한 것이 있었다. 빈이 세이즈드에게 털어놓지 않은 어떤 것이었다. 그녀는…… 엘렌드와 있을 때 편안함을 느꼈다. 그 얼마 되지 않는 동안 누렸던 경험을 되새겨보면, 그녀는 그때 진짜 레이디 발레트가 아니었다. 빈도 아니었다. 그녀의 그런 부분―겁 많은 패거리의 일원―도 발레트만큼이나 가짜였기 때문이다.

아니, 그녀는 그냥…… 누구건 간에 그녀였다. 그것은 이상한 경험이었다. 그녀는 켈시어와 다른 사람들과 같이 있는 시간 동안 때때로 비슷하지만 훨씬 더 제한된 기분을 느꼈다. 엘렌드는 그녀의 진정한 자아를 어떻게 그토록 빠르게, 그토록 철저하게 깨워 일으킬 수 있었을까?

'어쩌면 그가 나한테 알로맨시를 썼을지도 몰라!' 그녀는 그런 생각이 들어 깜짝 놀랐다. 엘렌드는 고위 귀족이었다. 아마 그는 수더일 것이다. 그 대화에는 그녀가 생각했던 것보다 더 많은 내용이 있었을 것이다.

빈은 자세를 고치고 의자에 앉아 얼굴을 찌푸렸다. 그녀는 구리를 켜놓았었고, 그것은 그가 그녀에게 감정적인 알로맨시를 사용할 수 없었어야 한다는 뜻이었다. 어떻게 했는지는 몰라도 그는 그녀가 방어막을 내려놓게 만든 것이다. 그녀는 그 경험을 다시 생각하며, 자기가 얼마나 이상할 정도로 편안함을 느꼈는지 되새겼다. 되돌아보니 충분히 조심하지 않은 게 분명했다.

'다음에는 좀 더 조심해야겠어.' 그녀는 그들이 다시 만날 거라고 생각했다. 다시 만나고 싶었다.

하인 하나가 들어와 조용히 세이즈드에게 속삭였다. 재빨리 주석을 불태우자 그 대화가 들렸다. 켈시어가 마침내 돌아왔다.

"로드 르노에게 말을 전해줘요." 세이즈드가 말했다. 흰옷을 입은 하인은 고개를 끄덕이고 빠른 걸음으로 방에서 나갔다.

"나머지 사람들도 나가는 편이 좋겠습니다." 세이즈드가 차분하게 말하자, 방에 있던 수행원들이 날쌔게 움직여 밖으로 나갔다. 세이즈드의 조용한 철야 경호 때문에 그들은 말하지도 움직이지도 못한 채 긴장감이 가득 찬 방에서 기다리며 서 있어야 했다.

켈시어와 로드 르노는 함께 조용히 이야기를 나누며 도착했다. 언제나 그렇듯이 르노는 낯선 서부 스타일로 재단된 값비싼 정복을 입었다. 초로의 남자는 회색 코밑수염을 늘 얇고 깔끔하게 다듬어놓았다. 그리고 자신 있는 분위기로 걸었다. 귀족들 한가운데서 온 저녁을 보낸 후인데도, 빈은 그의 귀족적인 태도에 또다시 충격을 받았다.

켈시어는 아직 그의 미스트클록을 입고 있었다.

"세이즈?" 그가 들어오면서 말했다. "무슨 소식 있어?"

"유감스럽게도 그렇습니다, 마스터 켈시어." 세이즈드가 말했다. "미스트리스 빈이 오늘 밤 무도회에서 로드 엘렌드 벤처의 주의를 끈 것 같습니다."

"엘렌드?" 켈시어가 팔짱을 끼며 말했다. "그는 상속자 아니야?"

"상속자지." 르노가 말했다. "아마 4년 전 그의 아버지가 서부를 방문했을 때 나도 그 아이를 만났을 거야. 그런 지위의 사람으로서는 좀 채신머리가 없어서 약간 놀랐지."

'4년?' 빈이 생각했다. '그렇게 오랫동안 로드 르노를 흉내 내고 있었을 리가 없는데. 켈시어가 "갱"에서 도망친 게 겨우 2년 전인걸!' 그녀는 대역 배우를 바라보았다. 그러나 언제나 그렇듯이 그의 태도에서는 결함 한 점 찾을 수 없었다.

"그 소년이 빈을 어떻게 배려해주던가?" 켈시어가 물었다.

"춤을 추자고 청했습니다." 세이즈드가 말했다. "하지만 미스트리스 빈은 현명하게도 거절했습니다. 겉보기에는 그저 우연의 일치로 만난 것으로 보입니다. 하지만 저는 아가씨가 그의 눈길을 끌었을까 봐 걱정입니다."

켈시어가 씩 웃었다.

"자네가 이 애를 너무 잘 가르쳤군, 세이즈. 빈, 앞으로는 약간 덜 매력 있게 굴도록 해야겠어."

"왜요?" 빈은 짜증을 숨기려고 하면서 물었다. "우리는 내가 널리 호감을 사기를 원한다고 생각했는데요."

"엘렌드 벤처처럼 중요한 남자에게는 아니야, 애야." 로드 르노가 말했다. "우린 네가 동맹을 맺을 수 있도록 널 궁정으로 보낸 거야. 스캔들을 일으키려고 보낸 게 아니라."

켈시어는 고개를 끄덕였다.

"벤처는 젊고, 신랑감으로 좋고, 강력한 가문의 후계자야. 네가 그와 관계를 가지면 우리에게 심각한 문제가 생길 수 있어. 궁정의 여자들은 널 질투할 거고, 더 나이 든 사람들은 서열 차이를 인정하지 않을 거야. 너는 궁정의 많은 부분에서 소외될 거야. 우리가 필요한 정보를 얻기 위해서는 귀족들이 너를 잘 모르고, 중요하지 않게 보고, 그리고 가장 중요하게는, 위협적이지 않다고 보는 게 필요해."

"게다가, 애야." 로드 르노가 말했다. "엘렌드 벤처가 네게 진짜 관심을 갖고 있을 것 같지는 않아. 그는 궁정의 괴짜로 알려져 있어. 예상치 못한 일을 해서 그런 쪽으로 자기 명성을 높이려고 하는 것뿐일 거야."

빈은 얼굴이 붉어지는 것을 느꼈다.

'그의 말이 아마 맞을 거야.'

그녀는 스스로에게 엄격하게 말했다. 그렇지만 그는 그들 셋에게 화나지 않을 수 없었다. 특히 켈시어의 경솔하고 무심한 태도에.

"그래." 켈시어가 말했다. "네가 벤처를 완전히 피하는 게 아마 제일 좋을 거야. 그를 화나게 만들든지 어떻게 해봐. 네가 잘하는 노려보는 눈길을 몇 번 줘봐."

빈은 켈시어를 단호한 표정으로 바라보았다.

"바로 그거야!" 켈시어가 웃으며 말했다.

빈은 이를 악물었다가 억지로 긴장을 풀었다.

"오늘 밤 무도회에서 아버지를 봤어요." 그녀는 켈시어와 다른 사람들이 로드 벤처에게서 다른 데로 정신을 돌리기를 바라면서 말했다.

"정말이야?" 켈시어가 흥미를 느끼는지 물었다.

빈은 고개를 끄덕였다.

"오빠가 전에 내게 알려줬던 그를 알아봤어요."

"이건 무슨 말이야?" 르노가 물었다.

"빈의 아버지는 오블리게이터야." 켈시어가 말했다. "그리고 이런 무도회에 올 정도로 연줄이 있다면 중요한 사람 같아. 그의 이름이 뭔지 아니?"

빈은 고개를 저었다.

"묘사를 해보면?"

"어…… 대머리에, 눈 문신에……."

켈시어가 씩 웃었다.

"언젠가 그를 보게 되면 알려줘, 알겠지?"

빈은 고개를 끄덕였고, 켈시어는 세이즈드를 보았다.

"자, 빈에게 춤을 추자고 한 귀족들의 이름을 가져왔나?"

세이즈드는 고개를 끄덕였다.

"아가씨가 저에게 목록을 주었습니다, 마스터 켈시어. 저는 시종들의 식사 자리에서 몇 가지 재미있는 소문도 듣고 왔습니다."

"좋아." 켈시어가 구석의 구식 시계를 보면서 말했다. "하지만 그건 내일 아침에 듣겠어. 나는 가봐야 해."

"간다고요?" 빈이 기운을 차리며 물었다. "하지만 방금 왔잖아요!"

"어딘가에 도착한다는 것의 웃긴 점이 바로 그거지, 빈." 그가 윙크하며 말했다. "일단 네가 거기 도착하면, 네가 진짜로 할 수 있는 일은 다시 떠나는 것뿐이야. 좀 자둬. 좀 피곤해 보여."

켈시어는 무리에게 손을 흔들어 작별을 고하고는 쾌활하게 휘파람을 불며 몸을 숙여 방 밖으로 나갔다.

'너무 태연해.' 빈은 생각했다. '그리고 너무 비밀스러워. 보통 어떤 가문을 칠 계획인지 정도는 우리한테 말해주는데.'

"난 이만 물러날게요." 빈이 하품을 하며 말했다.

세이즈드는 그녀를 의심쩍게 바라보았지만, 르노가 그에게 조용히 말하자 그녀가 가도록 놔두었다. 빈은 서둘러 계단을 올라 자기 방으로 가서 미스트클록을 걸쳐 입고, 발코니 문을 밀어서 열었다.

안개가 방으로 쏟아져 들어왔다. 그녀는 철을 폭발시켰고, 그 보답으로 희미한 파란 금속 선이 먼 곳을 가리키는 광경을 얻었다.

'어디로 가는지 봅시다, 마스터 켈시어.'

빈은 강철을 불태우며, 자기 몸을 차갑고 축축한 가을밤 속으로 '밀었다'. 주석으로 눈을 강화하자 숨을 쉴 때 젖은 공기가 목구멍을 간질였다. 그녀는 뒤쪽을 세게 '밀었고', 그다음 아래의 문을 약간 '당겼다'. 그렇게 하자 그녀의 몸은 강철 문 위로 날아오르는 호를 그렸다. 그다음 그녀는 그 문을 '밀어서' 공중으로 더 멀리 몸을 던졌다.

그녀는 켈시어를 가리키는 파란 꼬리를 계속 지켜보면서, 그에게 보이지 않을 정도로 충분한 거리를 두고 그를 따라갔다. 그녀에게는 금속이―동전조차―하나도 없었다. 또 자신의 알로맨시 사용을 숨기기 위해 구리를 계속 태우고 있었다. 이론적으로는 그녀가 내는 소리만이 켈시어에게 그녀의 존재를 알려줄 수 있었다. 그래서 그녀는 가능한 한 조용히 움직였다.

놀랍게도 켈시어는 도시로 향하지 않았다. 저택 문을 지난 후 그는 도시 밖 북쪽으로 향했다. 빈은 거친 땅 위에 착지해 조용히 달려서 따라갔다.

'어디로 가는 거지?' 그녀는 혼란에 빠져 생각했다. '펠리스를 돌고 있는 거야? 주변부의 저택 중 하나로 향하는 건가?'

켈시어는 잠깐 북쪽으로 더 가는 듯싶었는데, 그다음 갑자기 금속 선이 어두워지기 시작했다. 빈은 뭉툭한 나무 한 무리 옆에 멈추었다. 그 선은 빠른 속도로 흐려졌다. 켈시어가 갑자기 속도를 낸 것이다. 그녀는 속으로 투덜거리며 다시 쏜살같이 달리기 시작했다.

앞쪽에서 켈시어의 선이 어둠 속으로 사라졌다. 빈은 한숨을 쉬며 속도를 늦추었다. 그녀는 철을 폭발시켰지만, 멀리서 다시 사라져가는 그의 모습을 간신히 흘끗 볼 수 있을 정도밖에 되지 않았다. 그녀는 절대로 따라갈 수 없었다.

그러나 그녀가 폭발시킨 철은 다른 것을 보여주었다. 그녀는 얼굴을 찌푸리고 앞으로 계속 나아가다 고정되어 있는 금속 자원에 다다랐다. 작은 청동괴 두 개가 서로 2피트의 거리를 두고 땅에 박혀 있었다. 그녀는 하나를 손에 튕겨 올려 잡은 다음, 북쪽의 소용돌이치는 안개 속을 들여다보았다.

'그는 뛰어오르고 있어. 하지만 왜?' 그녀는 생각했다. 뛰어오르기는 걷는 것보다 빨랐지만 빈 황무지에서는 별 의미가 없어 보였다.

'만약 이게 아니라면……'

그녀는 앞으로 걸어갔고, 곧 땅속에 박혀 있는 청동괴 두 개를 더 발견했다. 빈은 뒤쪽을 흘끗 보았다. 어둠 속에서 정확히 알기는 어려웠지만, 네 개의 청동괴는 루서델을 곧장 가리키는 선을 만들고 있는 것 같았다.

'이렇게 하는 거였구나.' 그녀는 생각했다. 켈시어는 루서델과 펠리스 사이를 놀랄 만한 속도로 움직이는 신묘한 능력을 갖고 있었다. 그녀는 그가 말을 타고 다닌다고 생각했었지만, 더 나은 방법이 있는 것처럼 보였다. 그는―아니면 그 이전의 누군가는―두 도시 사이에 알로맨시의 길을 놓았던 것이다.

그녀는 첫 번째 청동괴를 손에 쥐었다. 만약에 그녀가 틀렸다면 착지의 기세를 완화시키기 위해 그 청동괴가 필요할 것이었다. 그녀는 두 번째 쌍청동괴 앞으로 가서 그녀의 몸을 공중으로 발사했다.

그녀는 강철을 폭발시키며 세게 '밀어서' 할 수 있는 한 멀리, 위쪽 하늘로 몸을 띄웠다. 날아가면서 그녀는 다른 금속 원천을 찾으려고 철을 폭발시켰다. 금속 자원은 곧 나타났다. 두 개는 똑바로 북쪽에 있었고, 두 개는 그녀의 양쪽으로 더 멀리 있었다.

'옆에 있는 것들은 가는 길을 보정하기 위한 거구나.' 그녀는 깨달았다. 청동 고속도로에 머물고 싶다면 그녀는 계속 똑바로 북쪽을 향해 움직여야 했다. 그녀는 몸을 살짝 왼쪽으로 돌렸다. 그렇게 하면 주 도로의 근처에 있는 청동괴 두 개 사이를 곧장 지나갈 수 있었다. 그런 다음 다시 호를 그리는 도약을 하며 몸을 앞으로 내던졌다.

그녀는 재빨리 요령을 익혔다. 청동괴 지점에서 지점으로 뛰어 건너가며 땅 근처에도 떨어지지 않았다. 불과 몇 분 만에, 그녀는 리듬을 아주 잘 터득해서 옆에서 보정을 받을 필요조차 거의 없어졌다.

듬성듬성한 풍경을 전진하는 그녀의 속도는 믿을 수 없이 빨랐다. 안개가 옆을 스치며 날아갔고, 미스트클록은 그녀 뒤에서 휙휙 움직이며 펄럭거렸다. 그렇지만 그녀는 속도를 더 냈다. 그녀는 청동괴를 연구하는 데 시간을 너무 썼다. 켈시어를 따라잡아야 했다. 그러지 않으면 루서델에 도착해서도 어디로 갈지 모르게 될 것이다.

그녀는 알로맨시 동작의 흔적을 필사적으로 찾으면서, 무모할 정도의 속도로 청동괴에서 청동괴로 몸을 내던지기 시작했다. 십분 정도 도약을 이어간 끝에 마침내 파란 선이 그녀 앞에 나타났다. 선 하나가 땅속의 청동괴를 향해 내려가는 것이 아니라 위를 향했다. 그녀는 안도하며 숨을 몰아쉬었다.

뒤이어 두 번째 선이 나타났다. 그리고 세 번째.

빈은 얼굴을 찌푸리고, 작게 쿵 소리를 내며 땅에 떨어졌다. 그녀는 주석을 폭발시켰다. 그러자 앞쪽 어둠 속에 거대한 그림자가 나타났다. 그 위는 빛이 공의 형태로 빛나고 있었다.

'루서델 성벽이야.' 그녀는 놀라워하며 생각했다. '이렇게 빨리? 나는 말 탄 사람보다 두 배나 빠른 속도로 여기까지 여행했어!'

그러나 그것은 그녀가 켈시어를 잃어버렸다는 뜻이었다. 얼굴을 찡그리며 그녀는 자기가 들고 온 청동괴를 사용해 성가퀴로 몸을 던져 올렸다. 일단 축축한 돌 위에 내려앉자 그녀는 뒤로 손을 뻗어 자기 손안으로 청동괴를 '당겼다'. 그다음 그녀는 벽의 다른 편으로 접근해 위로 뛰어서 돌난간에 쪼그려 앉아 도시를 살펴보았다.

'이제 어쩌지?' 그녀는 짜증을 내며 생각했다. '도로 펠리스로 돌아가? 클럽스의 가게에 가서 그가 거기로 갔는지 볼까?'

그녀는 머뭇거리며 잠시 앉아 있다가, 벽에서 몸을 던져 옥상을 가로질러 가기 시작했다. 그녀는 창문 걸쇠와 금속 조각들을 밀고, 청동괴를 이용해가며 아무렇게나 돌아다녔다. 긴 점프를 해야 할 때면 청동괴를 도로 손으로 끌어당겼다. 그녀가 도착하고서야 그녀는 자기가 무의식적으로 특정한 목적지에 향했다는 것을 깨달았다.

어둠 속에서 벤처 아성이 그녀 앞에 서 있었다. 라임라이트는 꺼졌고, 유령 같은 횃불 몇 개만이 경비 초소 위치에서 불타고 있었다.

빈은 옥상 가장자리에 쪼그려 앉아, 무엇 때문에 다시 이 거대한 아성으로 이끌려 왔는지 판단하려고 했다. 서늘한 바람에 그녀의 머리카락과 클록이 물결쳤고, 뺨에선 작은 빗방울 몇 개가 느껴지는 것 같았다. 그녀는 발끝이 차가워질 정도로 오랫동안 앉아 있었다.

그때 오른쪽에서 움직이는 기척이 있었다. 그녀는 즉시 웅크리고, 주석을 폭발시켰다.

켈시어는 집 세 채도 떨어지지 않은 곳의 옥상에 앉아 있었다. 그녀는 주위의 불빛으로 간신히 그를 볼 수 있었지만, 그는 그녀의 존재를 알아차린 것 같지 않았다. 그는 아성을 지켜보고 있었다. 너무 멀리 있어서 그의 표정은 읽을 수 없었다.

빈은 의심스러운 눈길로 그를 지켜보았다. 그는 그녀가 엘렌드와 만난 것을 무시했다. 그러나 아마 겉으로 보기보다 더 걱정이 된 것 같았다. 가슴을 찌르는 갑작스러운 공포 때문에 그녀는 긴장했다.

'그가 엘렌드를 죽이러 여기에 온 것일까?' 고위 귀족 상속자가 암살된다면 확실히 귀족들 사이에 긴장이 조성될 것이다.

빈은 불안해하며 기다렸다. 그러나 결국, 켈시어는 일어서서 조금 떨어진 곳으로 걸어가더니, 옥상에서 몸을 '밀어' 공중으로 떠올랐다.

빈은 자기 청동괴를 내려놓고—그걸 갖고 있으면 그녀가 드러날 테니까—그를 뒤쫓아 달렸다. 그녀의 철은 멀리서 움직이는 파란 선을 보여주었다. 그녀는 서둘러 거리 위로 뛰어올라 아래의 하수구 쇠창살을 써서 자기 몸을 '밀었다'. 그녀는 그를 다시는 잃어버리지 않으리라 결심했다.

그는 도시 한가운데로 움직였다. 빈은 얼굴을 찌푸리며 그의 목적지를 추측해보려고 했다. 그 방향에는 에리켈러 아성이 있었고, 그곳은 주요 무기 공급처였다. 켈시어는 그쪽 무기의 공급을 가로채기 위해 무언가 계획한 것 같았다. 르노 가문이 이 지역 귀족들에게 더 중요해지게 만들기 위해서.

빈은 어느 옥상에 내려앉아 멈춰선, 켈시어가 어둠 속으로 쏜살같이 멀어져가는 것을 바라보았다.

'그는 다시 빠르게 움직이기 시작했어. 난…….'

손 하나가 그녀의 어깨에 놓였다.

빈은 꺅 소리를 지르고 백랍을 폭발시키면서 뒤로 펄쩍 뛰었다.

켈시어는 한쪽 눈썹을 치켜세우고 그녀를 바라보았다.

"숙녀 아가씨, 침대에 있기로 돼 있는 거 아니었어?"

빈은 옆쪽의 금속 선을 슬쩍 보았다.

"하지만……."

"내 동전 주머니야." 켈시어는 미소 지으며 말했다. "좋은 도둑은 돈을 훔치는 것만큼이나 영리한 속임수도 쉽게 훔칠 수 있거든. 네가 지난주에 날 따라붙은 다음부터 난 좀 더 조심하기 시작했지. 처음에는 네가 벤처가의 미스트본인 줄 알았어."

"그들에게도 미스트본이 있어요?"

"당연히 그럴걸." 켈시어가 말했다. "대부분의 '대가문'에는 미스트본이 있어. 하지만 네 친구 엘렌드는 미스트본이 아니야. 미스팅조차도 아니야."

"어떻게 알아요? 그가 숨기고 있을 수도 있잖아요."

켈시어는 고개를 저었다.

"그는 2년 전 습격에서 거의 죽을 뻔했어. 만약 알로맨시의 힘을 보여줄 기회가 있었다면, 그때였을 거야."

빈은 고개를 끄덕였다. 그녀는 여전히 아래를 내려다보며 켈시어와 눈을 마주치지 못했다.

그는 한숨을 쉬면서 기울어진 지붕에 앉아 한쪽 다리를 가장자리에 걸쳤다.

"앉아봐라."

빈은 그의 옆 기와지붕 위에 앉았다. 위에서는 서늘한 안개가 계속 소용돌이쳤고, 살짝 보슬비가 내리기 시작했다. 그러나 그 정도면 보통의 밤의 습도와 별반 다르지 않았다.

"난 이렇게 널 달고 다닐 수는 없어, 빈." 켈시어가 말했다. "너, 신뢰에 대해 우리가 했던 말 기억하니?"

"당신이 날 신뢰한다면 어디로 가는지 내게 말했을 거예요."

"꼭 그렇지는 않아." 켈시어가 말했다. "그냥 너와 다른 사람들이 나에 대해 걱정하지 않게 하려는 것이었을 수도 있어."

"당신이 하는 일은 다 위험하잖아요." 빈이 말했다. "우리에게 자세히 말하면 왜 우리가 더 걱정한다는 거죠?"

"어떤 일들은 다른 일들보다 더 위험하니까." 켈시어는 조용히 말했다.

빈은 말을 멈추고 옆쪽을 쳐다보았다. 켈시어가 향하던 곳, 도시의 중심부를.

크레딕 쇼, '천 개의 첨탑 언덕'. 로드 룰러의 궁전.

"로드 룰러와 대결하려고 했군요!" 빈이 조용히 말했다. "당신은 지난주에 그를 방문할 거라고 말했지요."

"'방문'은 너무 센 단어인가 봐." 켈시어가 말했다. "나는 궁전에 갈 거야, 하지만 진심으로 로드 룰러와 직접 마주치지 않길 바라고 있어. 나는 아직 그를 상대할 준비가 되지 않았거든. 그렇지만 넌 클럽스의 가게로 곧장 가."

빈은 고개를 끄덕였다.

켈시어는 얼굴을 찌푸렸다.

"너 또 날 따라오려고 할 거지, 안 그래?"

빈은 잠시 멈추었다가, 다시 고개를 끄덕였다.

"왜?"

"도움이 되고 싶으니까요." 빈이 조용히 말했다. "지금까지의 모든 일에서 내 역할은 본질적으로 파티에 가는 것뿐이었어요. 하지만 난 미스트본이에요. 당신이 나를 훈련시켰잖아요. 나는 뒤로 물러나 앉아 저녁을 먹고 사람들이 춤추는 걸 지켜보는 동안 다른 사람들이 위험한 일을 하도록 놔두지는 않을 거예요."

"네가 무도회에서 하고 있는 일은 중요한 거야." 켈시어가 말했다.

빈은 고개를 끄덕이고는 아래를 보았다. 그녀는 그를 그냥 보낸

다음에 따라갈 생각이었다. 그 이유 중 일부는 그녀가 말한 대로였다. 그녀는 이 패거리에 동지애를 느끼기 시작했고, 그것은 그녀가 지금까지 알았던 어떤 것과도 달랐다. 그녀는 그 패거리가 벌이는 일의 일부가 되고 싶었다. 도움이 되고 싶었다.

그러나 그녀의 또 다른 부분은 켈시어가 자기에게 모든 걸 말하고 있지는 않다고 속삭였다. 켈시어는 빈을 신뢰할지도 모른다. 아닐지도 모른다. 하지만 그는 비밀을 가지고 있는 게 확실했다. 열한 번째 금속과 로드 룰러가 그 비밀에 연관되어 있었다.

켈시어는 그녀와 눈을 마주쳤고, 그녀의 눈 속에서 그녀의 결심을 본 것이 분명했다. 그는 한숨을 쉬며 뒤로 등을 기댔다.

"난 진심이야, 빈! 너와 함께 갈 수는 없어."

"왜 안 돼요?" 그녀는 가장을 포기하고 물었다. "당신이 하는 일이 그렇게 위험하다면, 다른 미스트본이 당신 등 뒤를 지키면 더 안전하지 않겠어요?"

"아직 금속에 대해 다 모르잖아." 켈시어가 말했다.

"당신이 저한테 가르쳐주지 않았을 뿐이죠."

"넌 연습이 더 필요해."

"최고의 연습은 실제로 하는 거예요." 빈이 말했다. "우리 오빠는 나를 빈집털이 집단에 넣어서 도둑질을 훈련시켰어요."

켈시어는 고개를 저었다.

"그건 너무 위험해."

"켈시어." 그녀는 진지한 어조로 말했다. "우리는 '마지막 제국을 타도'하려고 계획하고 있잖아요. 어쨌든 나는 올해 말까지 살아남을 거라고 생각하지는 않아요.

　당신은 팀에 두 명의 미스트본이 있는 게 얼마나 큰 이점인지 다른 사람들에게 계속 이야기하고 있어요. 자, 실제로 내가 미스트본이 되게 해주지 않는다면 그건 그렇게 큰 이점이 되지 못할 거예요. 당신은 얼마나 오래 기다릴 생각이에요? 내가 '준비'될 때까지? 난 그런 일은 결코 일어나지 않을 거라고 생각해요."

　켈시어는 그녀를 잠시 바라보다가 미소 지었다.

　"우리가 처음 만났을 때, 그 시간의 절반이 지나도록 난 네게서 한마디 말도 끌어내지 못했어. 이젠 네가 나한테 강의를 하는구나."

　빈의 얼굴이 붉어졌다. 마침내 켈시어는 한숨을 쉬더니 클록 아래로 손을 뻗어 뭔가를 꺼냈다.

　"내가 이런 것까지 생각하게 되다니 믿을 수가 없어." 그는 그녀에게 금속 조각을 건네주며 중얼거렸다.

　빈은 작은 은빛의 금속 공을 살펴보았다. 그것은 매우 반사가 잘되고 밝게 빛나서 마치 한 방울의 액체처럼 보였다. 그러나 만져보면 단단했다.

　"아티움이야." 켈시어가 말했다. "알려진 알로맨시 금속들 중에서 열 번째 금속이고 가장 강력한 금속이지. 그 방울은 내가 전에 너한테 준 박싱 가방 전체보다 더 큰 가치가 있어."

　"이 작은 방울이요?" 그녀가 놀라며 물었다.

　켈시어는 고개를 끄덕였다.

　"아티움은 오직 한 곳에서만 나. '하스신의 갱'. 로드 룰러가 아티움의 생산과 분배를 통제하는 곳이지. 대가문들은 다달이 아티움을 돈으로 사야 해. 그게 로드 룰러가 그들을 지배하는 주요 방법 중 하나지. 어서 그걸 삼켜봐."

빈은 그 금속 조각을 바라보면서, 그렇게 귀중한 것을 낭비해도 되나 머뭇거렸다.

"넌 그걸 팔 수 없어." 켈시어가 말했다. "도둑 패거리들은 팔아보려고 시도하지만, 그러다 추적당해서 처형되지. 로드 룰러는 자신의 아티움 공급을 철저히 보호하려고 해."

빈은 고개를 끄덕이고 그 금속을 삼켰다. 즉시 새로운 힘의 우물이 그녀의 안에 나타나 태워지기를 기다리는 것이 느껴졌다.

"좋아." 켈시어가 일어서며 말했다. "내가 걷기 시작하자마자 그걸 태워."

빈은 고개를 끄덕였다. 그가 앞으로 걸어가기 시작하자, 그녀는 새로운 힘의 우물을 빼내어 아티움을 태웠다.

그녀의 눈에 켈시어는 약간 흔들리는 것 같았다. 다음 순간 반투명하고 유령 같은 이미지가 그의 앞에 깔린 안개 속으로 쏟아져 나갔다. 그 이미지는 꼭 켈시어 같았다. 그것은 켈시어 앞으로 몇 걸음 나아갔다. 매우 희미하게 뒤로 끌리는 잔상이 그 분신에서 켈시어에게로 연장되었다.

그것은 마치…… 거꾸로 된 그림자 같았다. 그림자는 켈시어가 한 모든 일을 했다. 다만, 그 이미지가 '먼저' 움직였다. 그림자가 돌고 나면 켈시어가 그것과 똑같은 길을 따라갔다.

그 이미지의 입이 움직이기 시작했다. 일 초 후, 켈시어가 말했다.

"아티움은 네게 조금 후의 미래를 들여다보게 해줘. 아니면 적어도 조금 후의 미래에 사람들이 무슨 일을 할지 보게 해주지. 거기에 더해서 네 정신을 강화시켜줘. 네가 새 정보를 다루게 해주고, 더 빠르고 차분하게 반응하도록 만들어주는 거야."

그림자는 멈추었다. 그다음 켈시어가 그곳으로 걸어가 마찬가지로 멈추었다. 갑자기 그림자가 손을 뻗어 그녀를 때렸고, 빈은 반사적으로 손을 올리며 움직였다. 켈시어의 진짜 손이 움직이기 시작한 것은 바로 그때였다. 그가 팔을 반쯤 휘둘렀을 때 그녀가 그의 팔을 잡았다.

"네가 아티움을 태우는 동안에는 아무것도 널 놀라게 할 수 없어. 너는 적이 바로 거기로 뛰어들어 오리라는 걸 자신하면서 단검을 휘두를 수 있어. 모든 타격이 어디로 떨어질지 볼 수 있기 때문에 쉽게 공격을 피할 수 있지. 아티움은 너를 거의 무적으로 만들어줘. 정신을 강화시키고, 새 정보를 전부 사용할 수 있도록 만들어줘."

갑자기 켈시어의 몸에서 수십 개의 다른 이미지들이 쏟아져 나왔다. 그것들은 각기 다른 방향으로 튀어 나갔다. 어떤 것은 지붕 위를 걸어 다니고, 어떤 것은 공중으로 뛰어올랐다. 빈은 그의 팔을 놓고 일어서서 혼란에 빠진 채 뒤로 물러났다.

"나도 방금 아티움을 태운 거야." 켈시어가 말했다. "나는 네가 무엇을 할지 볼 수 있고, 그건 내가 무엇을 할지를 바꿀 수 있어. 그다음엔 그것이 네가 무엇을 할지를 바꾸지. 그 이미지들은 우리가 취할지 모르는 모든 가능한 행동들을 반영해."

"혼란스러워요." 빈은 미친 듯이 뒤죽박죽이 된 이미지들을 지켜보며 말했다. 지난 것은 끊임없이 사라지고 새 것이 끊임없이 나타났다.

켈시어가 고개를 끄덕였다.

"아티움을 태우고 있는 사람을 이기는 유일한 길은 너도 그걸 태우는 거야. 그러면 어느 쪽도 이점을 갖지 못하게 되니까."

그 이미지들이 사라졌다.

"뭘 한 거예요?" 빈이 깜짝 놀라 물었다.

"아무것도. 네 아티움이 아마 다 닳았나 보지." 켈시어가 말했다.

빈은 깜짝 놀라며 그가 옳다는 것을 깨달았다. 아티움은 사라졌다.

"이건 아주 빨리 타는군요!"

켈시어는 고개를 끄덕이며 다시 앉았다.

"아마 네가 가장 빨리 한재산 날려본 경험일 거야, 그렇지?"

빈은 얼떨떨해서 고개를 끄덕였다.

"아주 큰 낭비 같아요."

켈시어는 어깨를 으쓱했다.

"아티움은 오직 알로맨시 때문에 가치가 있어. 만약 우리가 아티움을 태우지 않는다면 아티움에는 지금만큼의 재산 가치가 없을 거야. 물론 우리가 그걸 태우면 더 희귀해지지. 그건 흥미로운 관계야. 언젠가 햄에게 그 문제를 물어보렴. 그는 아티움 경제에 대해 이야기하기를 아주 좋아한단다.

아무튼, 너와 맞서는 어떤 미스트본이라도 아티움을 갖고 있을 거야. 하지만 그들은 그걸 사용하기를 주저할 거야. 게다가 그들은 그걸 아직 삼키지 않았을 거야. 아티움은 부서지기도 쉬운 데다 소화액이 몇 시간 내에 그걸 파괴시키거든. 그러니까 너는 보존과 효율성 사이의 선을 잘 타야 해. 네 적수가 아티움을 사용하고 있는 것 같으면 너도 네 것을 쓰는 게 좋아. 하지만 그가 자기 것을 다 쓰기 전에 네 저장량을 다 써버리도록 너를 유인하지 않도록 조심해라."

빈은 고개를 끄덕였다.

"이건 오늘 밤 나를 데리고 간다는 뜻인가요?"

"난 아마 후회할 거야." 켈시어는 한숨을 쉬며 말했다. "하지만 너를 뒤에 남겨둘 방도를 모르겠다. 너를 붙잡아 매달아두지 않는 한은. 그렇지만 경고한다, 빈. 이건 위험할 수 있어. '매우' 위험할 수 있어. 난 로드 룰러를 만날 생각은 없어. 하지만 그의 근거지로 슬금슬금 들어가려고는 해. 우리가 그를 이길 수 있는 단서를 어디서 찾을 수 있을지 알 것 같거든."

빈은 미소를 짓고, 켈시어가 자기 쪽으로 오라고 손짓을 하자 앞으로 걸어갔다. 그는 주머니에 손을 집어넣고 약병 하나를 꺼내 그녀에게 건네주었다. 안에 든 액체가 단 한 방울의 금속만 담고 있다는 것을 제외하면, 그것은 보통 알로맨시 약병과 다름없어 보였다. 그 아티움 방울은 그가 연습용으로 주었던 것보다 몇 배나 컸다.

"꼭 써야 하는 게 아니면 쓰지 마라." 켈시어가 경고했다. "다른 금속이 필요하니?"

빈은 고개를 끄덕였다.

"여기 오느라 강철을 대부분 태워버렸어요."

켈시어는 그녀에게 병을 또 하나 건네주었다.

"먼저, 내 동전 주머니부터 찾으러 가자."

14

때때로, 내가 미쳐가는 것인가 궁금하다.

아마도 그것은 내가 어떻게든 전 세계의 짐을 져야만 한다는 압박감 때문일 것이다. 어쩌면 내가 본 죽음 때문일지도 모른다. 잃어버린 친구들. 죽여야만 했던 친구들.

어느 쪽이든, 나는 이따금 그림자가 나를 따라오는 것을 본다. 이해할 수 없고 이해하고 싶지도 않은 어둠의 생물들이다. 그들은 내 혹사당한 마음이 꾸며낸 환영일까?

그들이 동전 주머니를 찾은 직후 비가 오기 시작했다. 세찬 비는 아니었지만 안개를 약간은 걷어주는 것 같았다. 빈은 몸을 떨며 후드를 뒤집어쓰고 옥상 위, 켈시어 옆에서 몸을 웅크렸다. 켈시어는 날씨에 세심하게 주의를 기울이지 않았고 그녀도 그랬다. 약간 축축하다고 해서 다치지는 않는다. 실은 비 내리는 소리가 그들이 다가가는 소리를 덮어주어서 오히려 도움이 될 것이다.

크레딕 쇼는 그들 앞에 놓여 있었다. 어둠 속에서 뾰족한 첨탑과 가파른 탑들이 검은 발톱처럼 서 있었다. 탑들의 굵기는 각기 달랐다. 어떤 것들은 안에 층계참과 커다란 방을 둘 정도로 넓었고, 어떤 것들은 그냥 하늘로 치솟은 얇은 강철 막대기일 뿐이었다. 그런 여러 가지 모습 때문에 커다란 궁전은 왜곡되고 중심을 벗어난 것처럼 보였지만, 한편으로는 거의 균형감 있게 대칭을 이룬 것처럼 보이기도 했다.

뾰족한 대못과 탑들은 축축하고 안개 어린 밤 속에 불길한 자세로 자리를 잡고 있었다. 오랜 풍상에 시달린 시체의 재로 인해 검어진 뼈 같았다. 그 모습을 바라보며, 빈은 무언가 느껴진다는 생각이 들었다…… 암울함, 건물 가까이에 있는 것만으로도 희망을 모조리 빨려버릴 것 같은.

"우리의 목표는 저 먼 오른쪽 첨탑 중 하나의 하부에 있는 복잡한 터널들이야." 켈시어가 말했다. 그의 목소리는 고요하게 떨어지는 비 너머로 간신히 전해졌다. "우리는 저 터널들 바로 한가운데 있는 방으로 가는 거야."

"그 안에 뭐가 있는데요?"

"나도 몰라." 켈시어가 말했다. "그게 우리가 알아내려는 거야. 사흘마다 한 번씩—그리고 오늘은 그날이 아니야—로드 룰러는 그 방을 방문해. 그는 세 시간 동안 머물러 있다가 방을 떠나. 나는 전에 한번 들어가려고 시도했어. 3년 전에."

"그 일이로군요." 빈이 속삭였다. "바로 그……."

"나를 잡히게 만든 일." 켈시어가 고개를 끄덕이며 말했다. "그래. 그때는 로드 룰러가 그 방에 귀중한 물건을 쌓아뒀을 거라고 생각했어. 지금은 그렇게 생각하지 않아. 하지만 난 여전히 호기심이 돌아. 그가 방문하는 방식은 너무나 규칙적이고 너무나…… 이상해. 저 방에는 뭔가가 있어, 빈. 뭔가 중요한 것이. 어쩌면 그의 힘과 불멸에 대한 비밀을 쥐고 있는 무엇인가가."

"왜 우리가 그걸 걱정해야 해요?" 빈이 물었다. "당신은 그를 이길 수 있는 열한 번째 금속을 갖고 있잖아요, 안 그래요?"

켈시어는 약간 얼굴을 찡그렸다. 빈은 대답을 기다렸다. 그러나 그는 대답을 해주는 대신 이렇게 말했다.

"저번에는 실패했어, 빈. 우리는 그곳 가까이 갔었지만, 너무 쉽게 갔어. 우리가 도착했을 때는 방 밖에서 심문관들이 우리를 기다리고 있었지."

"누군가가 그들에게 당신이 가고 있다고 이야기한 거군요?"

켈시어가 고개를 끄덕였다.

"우리는 그 일을 몇 달 동안 계획했어. 너무 자신감이 넘쳤지. 하지만 그럴 만한 이유가 있었어. 메어와 나는 최고였어. 그 일은 아무 결함 없이 진행되어야 했어." 켈시어는 말을 멈추었다가 빈을 바라보았다.

"오늘 밤이야. 나는 전혀 계획하지 않았어. 그냥 들어가는 거야. 누구든 우리를 막으려는 사람이 있으면 조용하게 한 뒤 그 방에 침입할 거야."

빈은 조용히 앉아 있었다. 그녀의 젖은 손과 축축한 팔에 차가운 빗물이 느껴졌다. 그녀는 고개를 끄덕였다.

켈시어는 슬며시 미소 지었다.

"반대는 없고?"

빈은 고개를 저었다.

"나는 당신이 나를 억지로 데려오게 만들었어요. 지금은 내가 반대할 자리가 아니에요."

켈시어가 씩 웃었다.

"내가 브리즈와 너무 오래 어울렸나 봐. 누군가가 내가 미쳤다고 말하지 않으면 기분이 이상해."

빈은 어깨를 으쓱했다. 그러나 그녀가 옥상 위에서 움직일 때, 그녀는 다시 그것을 느꼈다. 크레딕 쇼에서 나오는 우울감을.

"뭔가 있어요, 켈시어." 그녀가 말했다. "저 궁전은…… 잘못되었다고 느껴져요. 왜인지는 몰라도요."

"그게 로드 룰러야." 켈시어가 말했다. "그는 믿을 수 없이 강력한 수더 같은 기운을 내뿜어서 그에게 가까이 가는 사람들의 감정을 억누르지. 구리를 켜. 그러면 네게 면역이 생길 거야."

빈은 고개를 끄덕이고, 구리를 태웠다. 즉시 그 느낌이 사라졌다.

"됐어?" 켈시어가 물었다.

빈은 다시 고개를 끄덕였다.

"좋아, 그럼." 그가 그녀에게 한 줌의 동전을 주며 말했다. "나한테 가까이 붙어 있어. 그리고 네 아티움을 쓰기 좋게 준비해두고 있어. 만약을 대비해서."

그 말과 함께 그는 지붕에서 몸을 던졌다. 빈은 따라갔다. 그녀의 클록에 달린 술이 빗물을 튀겼다. 그녀는 떨어지면서 백랍을 태웠고, 알로맨시로 강화된 다리로 땅에 내려왔다.

켈시어는 달려 나갔고, 그녀도 따라갔다. 젖은 자갈길 위에서 그녀는 무모하리만치 속도를 냈다. 그러나 백랍으로 연료가 공급되는 그녀의 근육들은 정확하게 힘과 균형을 맞추어 반응했다. 그녀는 주석과 구리를 태우면서 안개 끼고 축축한 밤 속을 달렸다. 주석으로 그녀를 보이게 만들고, 구리로 그녀를 숨기기 위해서.

켈시어는 궁전 복합건물을 돌았다. 이상하게도 그 땅엔 바깥벽이 없었다.

'물론 없겠지. 누가 감히 로드 룰러를 공격하겠어?'

'천 개의 첨탑 언덕'을 둘러싸고 있는 것은 자갈로 덮인 평평한 장소였다. 나무도 나뭇잎도 없었다. 저 불안감을 주는 비대칭적인 날개와 탑과 첨탑들이 모인 크레딕 쇼로부터 사람의 눈을 돌릴 만한 다른 어떤 건물도 서 있지 않았다.

"이제 간다." 켈시어가 속삭였다. 그녀의 주석으로 강화된 귀에 그의 목소리가 와 닿았다. 그는 몸을 돌려 나지막하고 벙커처럼 생긴 궁전의 한 부분으로 곧장 달려갔다. 접근하면서 빈은 화려하고 대문처럼 생긴 문 옆에 한 쌍의 경비병들이 서 있는 것을 보았다.

켈시어는 눈 깜짝할 사이에 남자들을 덮쳐서 한 사람을 나이프로 베어 쓰러뜨렸다. 두 번째 남자는 고함을 지르려고 했지만 켈시어가 껑충 뛰어올라 양발로 남자의 가슴을 쳤다. 인간의 것이 아닌 듯한 강한 발차기에 맞아 옆으로 날아간 경비병은 벽에 부딪고는 땅으로 스르르 쓰러졌다. 일 초 후 켈시어는 땅에 내려서서, 몸무게를 실어 문을 쾅 쳐서 열었다.

약한 등잔불 빛이 안쪽 돌 복도에서 쏟아져 나왔다. 켈시어는 몸을 숙이고 문을 지나갔다. 빈은 주석을 흐리게 하고, 웅크린 채로 달음질쳐서 따라갔다. 가슴이 쿵쾅거렸다. 도둑으로 보낸 시간 내내 그녀는 한 번도 이런 일을 해본 적이 없었다. 그녀의 삶은 습격이나 강도 짓이 아니라 살금살금 들어가 빈집털이를 하고 사기를 치는 삶이었다. 켈시어를 따라 복도를 내려가면서—그들의 발과 클록이 매끄러운 석조 부분에 젖은 자국을 남겼다—그녀는 초조하게 유리 단검을 빼들었다. 가죽이 감긴 손잡이 부분을 땀에 젖은 손바닥으로 움켜쥐었다.

한 사람이 경비병 방 같은 곳에서 나와 바로 앞 통로로 걸어 들어왔다. 켈시어는 앞으로 펄쩍 뛰어 그 병사의 배를 팔꿈치로 친 다음 그를 벽으로 쿵 던졌다. 그 경비병은 쓰러졌지만, 켈시어는 몸을 숙여 방 안으로 들어갔다.

빈은 그를 따라 혼돈 속으로 걸어 들어갔다. 켈시어는 방 모퉁이에 있던 가지 달린 촛대를 뽑아 '당겨서' 손에 넣은 다음, 그걸 가지고 빙빙 돌면서 병사들을 차례로 쓰러뜨렸다. 경비병들은 고함을 치고 서둘러 방 옆쪽으로 달려가 스태프를 집어 들었다. 반쯤 먹은 음식들로 덮여 있던 테이블은 사람들이 공간을 만들려고 옆으로 던져버렸다.

한 병사가 빈에게로 향했고, 그녀는 생각할 틈도 없이 반응했다. 그녀는 강철을 태우고 한 움큼의 동전을 뿌렸다. 그녀가 '밀자', 동전은 던지는 무기가 되어 앞으로 쏘아져 나가 경비병의 살을 찢고 그를 쓰러뜨렸다.

그녀는 철을 태우며 동전들을 도로 자기 손에 '끌어당겼다'. 그녀는 피 묻은 주먹을 쥐고 돌아서서 방에다 금속을 뿌려 세 명의 군인을 쓰러뜨렸다. 켈시어가 임시방편으로 만든 스태프를 가지고 나머지를 쓰러뜨렸다.

'난 방금 남자 넷을 죽였어.'

빈은 얼떨떨한 채로 생각했다. 그 전에는, 죽이는 것은 언제나 린 담당이었다.

뒤에서 바스락거리는 소리가 났다. 빈이 빙글 돌자 또 다른 병사 무리가 그녀의 맞은편 문으로 들어오는 것이 보였다. 옆에서 켈시어가 촛대를 떨어뜨리고 앞으로 나섰다. 방의 등잔 네 개가 갑자기 받침대에서 뽑혀 나와 곧장 그를 향해 날아왔다. 그는 몸을 숙이고 옆으로 피해서 등잔들이 서로 부딪쳐 깨어지게 만들었다.

방이 어두워졌다. 빈은 주석을 태웠다. 그녀의 눈은 바깥 복도에서 나오는 빛에 익숙해졌다. 그러나 경비병들은 비틀거리다 멈추었다.

일 초 후 켈시어가 그들 사이에 있었다. 단검이 어둠 속에서 번뜩였다. 사람들이 비명을 질렀다. 그다음 모든 것이 조용해졌다.

빈은 죽음에 둘러싸여 서 있었다. 피 묻은 동전들이 그녀의 뻣뻣한 손가락에서 뚝뚝 떨어졌다. 하지만 단검은 꼭 쥐고 있었다. 떨리는 팔을 진정시키기 위해서일 뿐일지라도.

켈시어가 한 손을 그녀의 어깨에 얹자 그녀는 펄쩍 뛰었다.

"이 사람들은 악한 자들이었어, 빈." 그가 말했다. "모든 스카들은 '마지막 제국'을 지키기 위해 무기를 드는 것이 가장 큰 죄라는 걸 마음속 깊은 곳에 알고 있어."

빈은 멍하니 고개를 끄덕였다. 그녀는…… 잘못되었다고 느꼈다. 아마 죽음 때문이었을 것이다. 그러나 지금 그녀는 실제로 건물 안에 있었다. 그녀는 자기가 로드 룰러의 힘을 여전히 느끼고 있다고 맹세할 수 있었다. 그녀가 구리를 태우고 있음에도, 뭔가가 그녀의 감정을 '밀면서' 그녀를 더욱 우울하게 만들고 있는 것 같았다.

"어서 와. 시간이 부족해." 켈시어가 다시 출발했다. 그는 시체들 위를 유연하게 뛰어서 갔고, 빈은 자기도 모르게 그를 따라가고 있었다.

'난 그에게 날 데려오라고 졸랐어.' 그녀는 생각했다. '나는 그처럼 싸우고 싶었어. 그러니까 이 일에 익숙해져야 할 거야.'

그들은 두 번째 복도로 뛰어들었고, 켈시어가 공중으로 뛰어올랐다. 그는 휘청하더니 앞으로 쏘아져 나갔다. 빈도 똑같이 했다. 뛰어올라 통로 멀리 아래쪽의 닻을 찾은 후 그걸 그녀의 몸을 공중으로 '끌어당기는' 데 이용했다.

옆으로 복도가 재빨리 스쳐 지나갔고, 주석으로 강화된 귓가를 지나치는 공기는 격렬한 울부짖음처럼 들렸다. 앞에서 군인 두 명이 복도로 들어왔다. 켈시어는 먼저 발로 한 명을 갈기고, 그다음 단도를 손으로 튕겨 올려 다른 한 명의 목에다 쑤셔 넣었다. 두 남자 모두 쓰러졌다.

'금속이 없어.' 빈은 땅에 착지하면서 생각했다. '이곳 경비병들은 아무도 금속을 갖고 있지 않아.' 헤이즈킬러. 그들은 그렇게 불렸다. 알로맨서들과 싸우기 위해 훈련된 사람들.

켈시어는 옆의 복도로 몸을 숙인 채 내려갔고, 빈은 그를 따라잡기 위해 전속력으로 달려야 했다. 그녀는 다리를 더 빠르게 움직이려고 백랍을 폭발시켰다. 앞에서 켈시어가 멈추었고, 빈은 휘청하며 그의 옆에서 멈추었다. 그들의 오른쪽에 아치형 문이 열려 있었고, 그 너머에서 좁은 복도의 등잔불 빛보다 훨씬 더 밝은 빛이 비쳐 나오고 있었다. 빈은 주석을 끄고 켈시어를 따라 아치형 복도를 지나서 방으로 들어갔다.

거대한 돔 모양 천장의 방 구석에서 여섯 개의 화로가 불길을 태웠다. 단순한 복도와 대조되게, 이 방은 은으로 상감(象嵌)한 벽화들로 덮여 있었다. 벽화 각각은 분명 로드 룰러를 나타내고 있었다. 그림들은 덜 추상적이라는 점만 제외하면 그녀가 전에 본 스테인드글라스 창 같았다. 산이 보였다. 거대한 동굴. 빛의 웅덩이.

그리고 뭔가 매우 어두운 것.

켈시어는 앞으로 성큼성큼 걸어갔고, 빈은 방을 돌아보았다. 방 한가운데를 작은 구조물이 지배하고 있었다. 건물 안의 건물이었다. 조각된 돌과 유동적인 문양으로 장식된 1층짜리 건물이 그들 앞에 경건하게 서 있었다. 대체로 그 조용한 빈 방은 빈에게 엄숙함이라는 낯선 감각을 느끼게 했다.

켈시어는 앞으로 걸어갔다. 맨발로 매끄러운 검은 대리석 위를 밟았다. 빈은 초조하게 웅크린 자세로 따라갔다. 방은 빈 것 같았지만, 다른 경비병들이 있을 게 분명했다. 켈시어는 안쪽 건물에 설치된 커다란 오크 문으로 걸어갔다. 문 표면에는 빈이 알아볼 수 없는 글자들이 새겨져 있었다. 그는 손을 뻗어 그 문을 열었다.

그 안에는 '강철 심문관'이 한 명 있었다. 그 괴물이 미소 지었다. 뾰족한 부분부터 눈을 찔러 들어간 두 개의 거대한 대못 아래에서 입술이 으스스한 표정으로 말려 올라갔다.

켈시어는 잠깐 주춤하다가 외쳤다.

"빈, 달아나!"

심문관의 손이 앞으로 확 움직여 그의 목을 움켜잡았다.

빈은 얼어붙었다. 옆에서 검은 로브를 입은 다른 심문관 두 명이 열린 아치형 복도로 성큼성큼 걸어 들어왔다. 키가 크고 마르고 대머리고 눈에 박은 대못과 복잡한 미니스트리 눈 문신으로 금방 알아볼 수 있었다.

가장 가까이 있는 심문관이 켈시어의 목을 잡아 공중으로 들어 올렸다.

"켈시어, 하스신의 생존자." 그 괴물은 삐걱거리는 목소리로 말했다. 그러고는 빈을 보았다. "그리고…… 너. 난 너를 찾고 있었다. 어느 귀족이 너를 낳았는지 말한다면 이 자를 빨리 죽게 해주지, 혼혈."

켈시어는 기침을 하고 숨을 쉬기 위해 몸부림치면서 그 괴물의 손아귀를 비틀었다. 그 심문관은 대못 머리가 튀어나온 눈을 돌려 켈시어를 바라보았다. 켈시어는 뭔가 말하려는 듯이 다시 기침을 했다. 심문관은 호기심에 차서 켈시어를 약간 더 가까이 끌어당겼다.

켈시어의 손이 단검을 재빨리 꺼내 그 괴물의 목에다 밀어 넣었다. 심문관이 비틀거리자 켈시어는 그 괴물의 팔뚝을 주먹으로 갈겨 딱 소리와 함께 뼈를 부러뜨렸다. 심문관은 그를 떨어뜨렸고, 켈시어는 기침을 하면서 빛을 반사하는 대리석 바닥에 떨어졌다. 숨을 쉬기 위해 헐떡거리며, 켈시어는 강렬한 눈으로 빈을 쳐다보았다.

"도망가라고 했잖아!" 그는 쉰 목소리로 말하면서 뭔가를 그녀에게 던졌다.

빈은 멈춰 서서 손을 내밀어 동전 주머니를 받으려고 했다. 그러나 그것은 갑자기 공중에서 휘청하더니 오던 방향으로 쏘아져 날아왔다. 그 순간 그녀는 켈시어가 그것을 '던져준' 것이 아니라, 자기를 향해 '던졌다'는 사실을 깨달았다.

주머니는 켈시어의 알로맨시로 '밀려서' 그녀의 가슴을 때렸다. 그녀는 놀란 두 심문관을 지나쳐 방을 가로질러 던져지다가, 마침내 꼴사납게 바닥으로 떨어져선 대리석 위를 미끄러졌다.

빈은 약간 어질어질한 채로 위를 쳐다보았다. 멀리서 켈시어가 다시 일어났다. 그러나 주 심문관은 목에 박힌 단검에 별로 신경 쓰는 것 같지 않았다. 다른 두 심문관들은 그녀와 켈시어 사이에 서 있었다. 한쪽은 그녀를 향했고, 빈은 그 괴물의 무시무시하고 초자연적인 시선에 소름이 쫙 끼쳤다.

"달아나!" 그 말이 둥근 천장의 방에 메아리쳤다. 그리고 마침내, 이번에는 그 말이 정곡을 찔렀다.

빈은 서둘러 일어났다. 공포가 그녀를 충격에 빠뜨리고, 그녀에게 비명을 질렀고, 그녀의 몸을 움직였다. 그녀는 가장 가까운 아치형 통로로 쏜살같이 달려갔지만 자기가 들어왔던 통로인지 확신하지 못했다. 그녀는 켈시어의 동전 주머니를 움켜쥐고 철을 태우면서, 복도 아래쪽에서 닻이 될 만한 것을 미친 듯이 찾았다.

'도망가야 해!'

빈은 처음 보이는 금속 조각을 그러쥐고 잡아당겨 땅에서 몸을 떼어냈다. 그녀는 공포로 철을 폭발시키며 제어할 수 없는 속도로 복도를 질주해 내려갔다.

갑자기 몸이 휘청하고 모든 것이 빙글 돌았다. 그녀는 거친 돌에 머리를 박으며 꼴사나운 각도로 넘어진 후 어지러워하면서 누워 있었다. 무슨 일이 일어났는지 알 수 없었다. 그 동전 주머니…… 누군가가 그것을 '당겨서' 그녀를 뒤로 끌어당겼다. 빈은 굴러서 일어나 복도를 따라 쏜살같이 내려오는 검은 그림자를 보았다. 심문관은 로브를 펄럭이며 빈에게서 가까운 곳에 가볍게 착지했다. 그는 무표정한 얼굴로 성큼성큼 다가왔다.

빈은 주석과 백랍을 폭발시켜 정신을 맑게 하고 고통을 밀어냈다. 그녀는 몇 개의 동전을 재빨리 꺼내 그 심문관에게 '밀었다'.

그가 한 손을 들어 올리자 두 개의 동전 모두 공중에서 얼어붙었다. 빈 자신의 '미는' 힘이 갑자기 그녀의 몸을 뒤로 던졌고, 그녀는 비틀거리다 돌 위를 미끄러져 가로질렀다.

그녀가 멈추는 순간 동전들이 마루에서 짤랑거리는 소리가 들렸다. 그녀는 머리를 뒤흔들었다. 온몸에 새로 생긴 십여 개의 멍이 맹렬히 타오르는 듯했다. 심문관은 버려진 동전들을 넘어, 그녀를 향해 매끄러운 걸음으로 다가왔다.

'빠져나가야 해!' 켈시어조차 심문관과 맞대결하는 것은 두려워했다. 그가 심문관과 싸울 수 없다면, 그녀에게 무슨 가능성이 있겠는가?

없었다. 그녀는 주머니를 떨어뜨리고 펄쩍 뛰어 일어난 다음 달렸다. 처음 보이는 문가를 몸을 숙여 지나쳤다. 문 너머의 방에는 사람이 없었지만, 한가운데에 금빛 제단이 있었다. 제단 위 모퉁이에는 네 개의 가지 촛대가 있었고, 다른 종교용품들도 흩어져 있었다. 공간은 비좁았다.

빈은 돌아서서, 예전에 켈시어가 쓴 속임수를 기억하며 촛대를 손으로 '당겼다'. 심문관은 방에 들어와 재미있다는 듯이 손을 들어올리더니 그 가지 촛대를 '알로맨시 당기기'로 쉽사리 그녀의 손에서 빼앗았다.

'너무나 강해!' 빈은 공포를 느끼며 생각했다. 그는 아마 뒤의 등잔 버팀대를 '당겨서' 자기 몸을 버티고 있을 것이다. 그러나 그가 '철-당기는' 힘은 켈시어의 힘보다 훨씬 강력했다.

빈은 뛰어올라 몸을 살짝 위로 '당기면서' 제단을 넘어갔다. 문가에서 심문관이 짧은 기둥 위에 놓인 사발 하나에 손을 뻗어 한 줌의 작은 금속 삼각형 같은 것을 꺼내고 있었다. 그 삼각형은 모든 면이 날카로워서 그 괴물의 손도 십여 군데 찢겼다. 하지만 그는 그 상처를 무시하고 그녀를 향해 피 흐르는 손을 들어올렸다.

빈은 꺅 소리를 내며 제단 뒤로 몸을 숙였다. 뒤편 벽으로 금속 조각들이 뿌려졌다.

"너는 덫에 걸렸어." 심문관이 직직 긁는 듯한 소리로 말했다. "나와 함께 가자."

빈은 옆쪽을 슬쩍 보았다. 방에는 다른 문이 없었다. 심문관을 내다보는 순간 한 조각의 금속이 그녀의 얼굴로 날아왔다. 그녀는 그것을 '밀었'지만, 심문관이 너무 강했다. 그의 힘 때문에 뒤쪽 벽에 못 박히지 않으려면 몸을 숙이고 금속을 지나쳐 보내야 했다.

'뭔가 막을 것이 필요해. 금속으로 만들어지지 않은 물건.'

심문관이 방 안에 들어오는 소리를 들으면서, 그녀는 필요한 물건을 찾아냈다. 제단 옆에 가죽 장정이 된 커다란 책이 놓여 있었다. 그녀는 그것을 움켜쥐고 잠시 생각했다. 그녀가 부자라고 해도 죽으면 아무 소용없다. 그녀는 켈시어의 병을 꺼내 아티움을 삼키고 불태웠다.

심문관의 그림자가 제단 옆으로 돌아왔고, 일 초 후에 본체인 심문관이 따라왔다. 아티움 그림자는 손을 펼쳤고, 작고 반투명한 단도들이 그녀를 향해 흩뿌려져 쏘아졌다.

빈은 진짜 단도들이 뒤따라올 때 책을 들어 올렸다. 그녀가 그 책을 그림자 흔적 속으로 흔들 때, 진짜 단도가 막 그녀를 향해 쏘아져 오고 있었다. 그녀는 단도를 모두 막아냈다. 금속의 날카롭고 삐죽삐죽한 모서리가 책의 가죽 표지를 깊이 파고들었다.

심문관은 잠시 멈추었고, 괴물의 일그러진 얼굴에 혼란의 표정 같은 것이 떠올랐다. 다음 순간 수백 개의 그림자 이미지들이 그의 몸에서 솟아 나왔다.

'로드 룰러시여!' 빈은 생각했다. 그도 아티움을 갖고 있었던 것이다.

그것이 무슨 뜻인지 걱정할 새도 없이, 빈은 제단을 뛰어넘었다. 던지는 무기가 더 뒤따라올지 몰라 그 방어책으로 책 또한 여전히 지닌 채였다. 심문관이 몸을 돌렸다. 그녀가 다시 복도로 몸을 숙이고 들어가는 모습을 대못에 뚫린 눈이 좇았다.

한 분대의 군인들이 그녀를 기다리며 서 있었다. 그러나 군인들은 미래의 그림자를 갖고 있었다. 빈은 그들의 무기가 어디로 떨어질지 거의 보지도 않고 열두 명의 남자들의 공격을 피해내며 그들 사이로 지나갔다. 그리고 잠시, 그녀는 고통과 공포의 대부분을 잊어버리는 대신 믿을 수 없을 만치 넘치는 힘을 느꼈다. 위에서 옆에서 스태프들이 날아들었지만 그녀는 수월히 피해냈다. 스태프들은 겨우 몇 인치 차이로 그녀를 놓치고 허공을 갈랐다. 그녀는 무적이었다.

그녀는 줄줄이 선 남자들 사이를 빙글빙글 돌며 뚫고 나갔다. 그들을 죽이거나 다치게 하는 귀찮은 일은 하지 않았다. 그녀는 오로지 도망치고 싶었다. 마지막 한 명을 지나치면서 그녀는 모퉁이 하나를 돌았다. 그러자 두 번째 심문관의 몸이 그림자 이미지들과 함께 뛰어올랐다. 그는 위로 걸음을 내딛고 날카로운 무언가를 그녀의 옆구리에 꽉 박아 넣었다.

빈은 고통으로 헐떡였다. 그 괴물이 그녀의 몸에서 자기 무기를 손쉽게 뽑는 순간 역겨운 소리가 났다. 그것은 날카로운 흑요석 날이 붙은 긴 나무였다. 빈은 옆구리를 움켜쥔 채 뒤로 비틀거렸다. 어마어마한 양의 따뜻한 피가 상처에서 흘러나오는 게 느껴졌다.

그 심문관은 낯익어 보였다.

'다른 방에 있던 첫 번째 심문관이야.' 그녀는 고통 속에서 생각했다. '그건…… 켈시어가 죽었다는 뜻인가?'

"네 아버지가 누구냐?" 심문관이 물었다.

빈은 옆구리에 손을 대고 피를 멎게 하려고 했다. 상처 부위가 컸다. 심한 상처였다. 그녀는 전에도 그런 상처를 본 적이 있었다. 그들은 언제나 죽었다.

그렇지만 그녀는 아직 서 있었다.

'백랍이야.' 그녀는 혼란스러운 정신으로 생각했다. '백랍을 폭발시켜!'

그녀는 그렇게 했다. 그 금속은 그녀의 몸에 힘을 주었고, 그녀가 계속해서 제 발로 서 있을 수 있게 해주었다. 두 번째 심문관이 옆쪽에서 그녀에게 다가갈 수 있도록 군인들이 뒤로 물러났다. 빈은 공포 속에서 이쪽저쪽으로 심문관들을 건너다보았다. 둘 다 그녀를 향해 내려오고 있었다. 손가락 사이와 옆구리 아래로 피가 흐르고 있었다. 그녀 앞에 선 심문관은 여전히 그 도끼 같은 무기를 들고 있었다. 그 무기의 날은 피로 덮여 있었다. 그녀의 피로.

'난 죽을 거야.' 그녀는 공포에 사로잡혀 생각했다.

그때 소리가 들렸다. 빗소리. 희미한 소리였지만, 주석으로 예민해진 그녀의 귀는 뒤쪽에서 들려오는 빗소리를 잡아냈다. 그녀는 몸을 돌려서 휘청거리며 문을 지났다. 방 맞은편에 있는 거대한 아치형 길이 보였다. 방바닥에 안개가 고여 있고, 비가 바깥의 돌들을 후려치고 있었다.

'경비병들이 들어온 곳일 거야.' 그녀는 생각했다. 그녀는 계속 백랍을 폭발시키면서, 자기 몸이 아직도 얼마나 잘 작동하고 있는지에 놀라며, 빗속으로 비틀거리며 나아갔다. 그녀는 반사적으로 가죽 장정 책을 가슴에 대고 움켜쥐었다.

"도망가려는 생각이냐?" 앞장선 심문관이 뒤에서 물었다. 그의 목소리에는 재미있다는 기색이 깃들어 있었다.

멍하니, 빈은 하늘로 마음을 뻗어 궁전의 많은 첨탑 중 하나를

'당겼다'. 그녀는 공중으로 몸을 내던졌고, 곧 어두운 밤 속으로 휙 당겨지면서 심문관이 욕하는 소리를 들었다.

천 개의 탑이 그녀 주위에 서 있었다. 그녀는 하나를 '당기고', 그 다음 다른 것으로 바꿨다. 비가 강해지면서 밤이 칠흑같이 검어졌다. 희미한 불빛을 반사해줄 안개는 없었고, 별들은 구름 속에 숨어버렸다. 빈은 자기가 어디로 가는지 볼 수 없었다. 그녀는 첨탑의 금속 끄트머리를 느끼기 위해 알로맨시를 써야 했고, 거기까지 가는 동안 아무것도 없기만 바라야 했다.

그녀는 첨탑 하나와 마주쳐서, 어둠 속에서 그것을 잡고 당겨서 멈추었다.

'상처를 싸매야 해…….' 그녀는 희미하게 생각했다. 몸이 뻣뻣해지기 시작했고, 백랍과 주석을 태우는데도 머리가 흐려졌다.

뭔가가 그녀 위쪽 첨탑에 쾅 부딪쳤고, 낮은 신음 소리가 들렸다. 빈은 심문관이 그녀 옆의 공기를 베는 순간, '밀었다'.

그녀에게는 아직 한 번의 기회가 있었다. 점프 도중에, 그녀는 자신을 옆으로, 다른 첨탑 쪽으로 '당기면서', 동시에 쥐고 있던 책을 '밀었다'. 그 책에는 아직 표지에 금속이 박힌 채였다. 책은 그녀가 가던 방향으로 계속 날아갔고, 금속 선이 어둠 속에서 약하게 빛났다. 그것이 그녀가 갖고 있던 유일한 금속이었다.

심문관은 그녀의 속임수에 넘어갔다. 빈은 한숨을 쉬고, 첨탑에 매달려 있었다. 비가 몸을 후드득 때렸다. 그녀는 구리가 아직 타고 있는지 확인했다. 그녀의 몸을 제자리에 고정시키기 위해 첨탑을 가볍게 '당기고', 상처를 싸매기 위해 셔츠 한 조각을 잘라냈다. 정신은 멍했지만 그녀는 그 상처가 얼마나 큰지 알아차렸다.

'오, 로드.' 그녀는 생각했다. 백랍이 없었다면 그녀는 오래전에 의식을 잃었을 것이다. 죽었을 것이다.

어둠 속에서 무슨 소리가 났다. 빈은 한기를 느끼며 위를 쳐다보았다. 사방의 모든 것이 어두웠다.

'그럴 리가 없어. 그가 그럴 수 있을 리가……'

뭔가가 첨탑에 쾅 부딪쳤다. 빈은 비명을 지르며 뛰어서 물러났다. 그녀는 다른 첨탑을 '당겨서' 약하게 붙잡고, 다음 순간 즉시 그것을 도로 '밀었다'. 심문관은 그녀를 따라왔다. 그가 그녀 뒤쪽의 첨탑에서 첨탑으로 뛰어다닐 때마다 쿵 소리가 울렸다.

'날 찾아냈어. 그는 날 볼 수 없어, 들을 수 없어, 느낄 수도 없어. 그렇지만 그는 날 찾아냈어.'

빈은 첨탑 하나와 마주쳐서 그것을 한 손으로 잡고, 흐느적거리며 어둠 속에 매달려 있었다. 그녀의 힘은 거의 다 소진됐다.

'나는…… 도망쳐야 해…… 숨어야……'

그녀의 손은 뻣뻣하게 곱았고, 정신도 거의 비슷한 느낌이었다. 손가락이 차가운 첨탑의 젖은 표면에서 미끄러졌고, 그녀는 자신의 몸이 어둠 속으로 자유낙하 하는 것을 느꼈다.

그녀는 비와 함께 떨어졌다.

그러나 짧은 거리만 떨어지다 뭔가 단단한 것에 쿵 부딪쳤다. 궁전의 특히 높은 부분을 덮은 지붕이었다. 어질어질한 채로, 그녀는 무릎으로 일어나 첨탑으로부터 멀리 기어가서 구석을 찾았다.

'숨어…… 숨어…… 숨어……'

그녀는 다른 탑이 만들어낸 구석으로 힘없이 기어갔다. 그녀는 어두운 구석에 몸을 옹송그리고 팔로 몸을 두른 채, 재 섞인 빗물이 고인 깊은 구덩이에 누워 있었다. 그녀의 몸은 비와 피로 젖어 있었다.

그녀는 아주 잠깐 동안 자기가 도망쳤는지도 모른다고 생각했다.

어두운 모습이 옥상으로 쿵 떨어졌다. 비는 기세가 누그러지고 있었고, 그녀는 주석으로 두 개의 대못이 박힌 머리를 볼 수 있었다. 검은 로브에 휘감긴 몸 또한.

그녀는 너무 약해져서 움직일 수가 없었다. 너무 약해져서 옷이 몸에 찰싹 달라붙은 채로 물웅덩이 속에서 떨고 있을 수밖에 없었다. 심문관이 그녀 쪽을 보았다.

"참으로 말썽쟁이 생쥐로군." 그가 말했다. 그는 앞으로 발을 내딛었지만, 빈은 그의 말을 거의 들을 수 없었다.

다시 어두워지고 있었다…… 아니, 실은 그녀의 정신이 어두워지는 것이었다. 그녀의 시야가 어두워지고, 눈이 감기고 있었다. 그녀의 상처는 더 이상 아프지 않았다. 그녀는…… 심지어…… 생각할 수도…… 없었다…….

나뭇가지를 꺾는 것 같은 소리가 났다.

그다음 팔이 그녀를 안아들었다. 죽음의 팔이 아니라 따뜻한 팔이었다. 그녀는 억지로 눈을 떴다.

"켈시어?" 그녀는 속삭였다.

그러나 걱정으로 가득 차서 그녀를 마주 바라보는 얼굴은 켈시어의 얼굴이 아니었다. 다른, 더 친절한 얼굴이었다. 빈은 안도의 한숨을 쉬고, 끔찍한 밤의 폭풍 속에서 자신을 끌어당기는 강한 팔에 몸을 맡겼다. 그러자 이상할 정도로 평온한 느낌이 들었다.

15

나는 왜 크완이 나를 배신했는지 모른다. 지금까지도, 이 사건은 내 생각 속을 떠돌고 있다. 그는 나를 발견한 사람이었다. 그는 나를 처음으로 '영원의 영웅'이라고 부른 테리스 철학자였다. 자신의 동료들을 설득하려는 긴 투쟁을 한 그가, 지금 나의 통치에 반대해서 설교하는 유일한 테리스의 성인이라는 사실은 아이러니하고 초현실적으로 보인다.

"너와 함께 데려갔다고?" 독슨이 방으로 쾅 튀어 들어오며 날카롭게 물었다. "빈을 크레딕 쇼 안으로 데리고 들어갔어? 너 존나 미쳤냐?"

"그래." 켈시어가 쏘아붙였다. "네가 쭉 옳았어. 난 미친놈이고 정신 나간 놈이야. 난 '갱' 속에서 그냥 죽고 절대로 다시 돌아오지 말았어야 했어. 너희들 누구에게도 귀찮지 않게!"

독슨은 켈시어의 사나운 말에 움찔하며 입을 다물었다. 켈시어는 좌절감에 테이블을 쾅 때렸고, 그 일격으로 나무가 쪼개졌다. 그는 아직 백랍을 태우고 있었다. 그가 입은 몇 군데의 부상을 견디도록 그 금속이 도와주고 있었기 때문이다. 그의 미스트클록은 누더기가 되어 놓여 있었고, 몸은 대여섯 개의 작은 벤상처로 덮여 있었다. 오른쪽 옆구리 전체가 고통으로 불탔다. 그곳에는 커다란 멍이 들 것이다. 갈비뼈가 한 대도 부러지지 않았다면 운이 좋은 것일 테다.

켈시어는 백랍을 폭발시켰다. 몸 안의 불은 기분 좋게 느껴졌다. 덕분에 분노와 자기혐오에 빠질 수 있는 집중력이 생겼다. 도제 하나가 재빨리 움직여 켈시어의 가장 크게 벌어진 상처를 붕대로 싸맸다. 클럽스는 햄과 함께 부엌 옆에 앉아 있었다. 브리즈는 교외를 방문하느라 나가 있었다.

"로드 룰러의 이름으로, 켈시어." 독슨이 조용히 말했다.

'심지어 독슨조차도.' 켈시어가 생각했다. '내 가장 오랜 친구조차도 로드 룰러의 이름으로 맹세해. 우린 뭘 하고 있는 거지? 우리가 어떻게 여기에 맞서야 하지?'

"심문관 세 명이 우리를 기다리고 있었어, 독스." 켈시어가 말했다.

독슨의 얼굴이 창백해졌다.

"그런데 그 애를 거기다 남겨뒀어?"

"그 애는 내가 나가기 전에 나갔어. 나는 할 수 있는 한 오래 심문관들의 주의를 끌려고 했어. 하지만……."

"하지만?"

"세 놈 중 하나가 그녀를 따라갔어. 난 그놈을 어떻게 할 수가 없었어. 다른 두 심문관은 자기들 동료가 빈을 찾을 수 있도록 내 손발을 묶어놓는 역할이었나 봐."

"세 명의 심문관이라니." 독슨이 작은 브랜디 잔을 도제 한 명에게서 받아 들며 말했다. 그는 그것을 비웠다.

"우리가 들어가면서 너무 많은 소음을 낸 게 틀림없어." 켈시어가 말했다. "그랬거나, 아니면 어떤 이유로 이미 거기에 있었겠지. 그리고 우린 아직 그 방 안에 뭐가 있었는지 몰라!"

부엌은 조용해졌다. 바깥의 비는 다시 기세를 올려 꾸짖는 듯 혹은 분노하는 듯 건물을 공격하고 있었다.

"그래서……" 햄이 말했다. "빈은 어떻게 된 거야?"

켈시어는 독슨을 슬쩍 쳐다보았고, 그의 눈 속에서 비관을 보았다. 몇 년의 훈련을 거친 켈시어도 간신히 달아났다. 빈이 아직 크레딕 쇼에 있다면…….

켈시어는 날카롭고 비꼬이는 고통을 가슴속에서 느꼈다.

'넌 그녀도 죽게 놔뒀어. 처음엔 메어, 그다음엔 빈. 이 일이 다 끝나기 전에 너는 도대체 얼마나 많은 사람들을 학살로 이끌 거냐?'

"그녀는 도시 어딘가에 숨어 있을 수도 있어." 켈시어가 말했다. "심문관들이 자기를 찾고 있을까 봐 가게로 못 오고. 아니면…… 어떤 이유로 펠리스에 돌아갔을 수도 있어."

'아마 그녀는 저 밖 어딘가에서, 빗속에서 혼자 죽어가고 있을 거야.'

"햄." 켈시어가 말했다. "너랑 나는 다시 궁전으로 가보자. 독스, 레스티번스를 데리고 다른 도둑 패거리들을 방문해. 그들의 감시병들 중 하나가 뭔가 보았을 거야. 클럽스, 르노의 저택에 도제를 하나 보내서 그녀가 거기에 있나 봐."

침통한 채로 무리는 움직이기 시작했다. 그러나 켈시어는 분명한 것을 말할 필요가 없었다. 그와 햄은 경비 순찰대와 싸우지 않으면 크레딕 쇼에 가까이 갈 수 없을 것이다. 빈이 도시 어딘가에 숨어 있다고 해도, 심문관들이 그녀를 먼저 발견할 수도 있었다. 그들은 아마⋯⋯.

켈시어는 얼어붙었다. 그의 갑작스러운 행동에 다른 사람들도 동작을 멈췄다. 그는 무언가를 들었다.

서두르는 발걸음이 울리고, 레스티번스가 계단을 뛰어 내려와 방으로 들어왔다. 그의 껑충한 형체가 비에 젖어 있었다.

"누가 오고 있어요! 어둠 속에서 나와 호출을 하면서요!"

"빈?" 햄이 희망에 차서 물었다.

레스티번스는 고개를 저었다.

"큰 남자예요. 로브 입고요."

'그럼 이걸로 다 끝났군. 나는 패거리에 죽음을 데려왔어. 심문관을 곧장 그들에게로 이끌고 온 거야.'

햄은 일어서면서 나무 스태프를 집어 들었다. 독슨은 한 쌍의 단검을 꺼냈고, 클럽스의 여섯 도제들은 두려움으로 눈이 커진 채 방 뒤쪽으로 움직이기 시작했다.

켈시어는 금속을 폭발시켰다.

부엌 뒷문이 쾅 열렸다. 젖은 로브를 걸친 키가 크고 어두운 형체가 빗속에 서 있었다. 그는 천으로 싼 그림자를 팔에 안고 있었다.

"세이즈드!" 켈시어가 말했다.

"그녀는 심하게 다쳤습니다." 세이즈드가 재빨리 방으로 걸어 들어오며 말했다. 그의 멋진 로브에서 빗물이 줄줄 흘렀다. "마스터 해먼드, 백랍을 주십시오. 그녀의 백랍이 고갈된 것 같습니다."

햄이 서둘러 달려갔고, 세이즈드는 빈을 부엌 테이블에 눕혔다. 그녀의 피부는 축축하고 창백했다. 그녀의 가냘픈 몸이 비에 흠뻑 젖어 있었다.

'이 아이는 이렇게 작구나.' 켈시어가 생각했다. '어린애티를 갓 벗었어. 어떻게 내가 데려가겠다는 생각을 할 수 있었지?'

그녀는 옆구리에 피가 철철 흐르는 커다란 상처를 입은 채였다. 세이즈드는 뭔가를 옆에다 놓았다. 빈의 몸 아래로 팔에 받쳐 들고 온 커다란 책이었다. 세이즈드는 해먼드에게서 병을 받아 몸을 굽히고 의식 없는 소녀의 입에 그 액체를 흘려 넣었다. 방은 조용해졌다. 아직 열린 문으로 쿵쾅거리는 빗소리가 새어 들었다.

빈의 얼굴에 약간 홍조가 돌고, 호흡이 안정되기 시작하는 것 같았다. 켈시어의 알로맨시 청동 감각으로는, 그녀의 맥이 가냘프게 뛰기 시작했다. 두 번째 심장 박동과 다르지 않은 맥박이었다.

"아, 좋습니다." 세이즈드가 빈의 임시 붕대를 풀면서 말했다. "그녀의 몸이 아직 알로맨시에 익숙하지 않아서 무의식적으로 금속을 태울 수준에는 이르지 못했을까 봐 걱정했습니다. 그녀에게는 희망이 있다고 생각합니다. 마스터 클래던트, 끓인 물 한 주전자와 붕대, 그리고 내 방에서 의료 가방을 가져다주십시오. 빨리, 지금 당장!"

클럽스는 고개를 끄덕이고, 그의 도제들에게 지시받은 대로 하라고 손짓했다. 켈시어는 세이즈드가 하는 일을 지켜보면서 움찔했다. 빈의 상처는 심했다. 그가 지금까지 당한 어떤 상처보다도 심했다. 벤상처는 그녀의 내장 속까지 깊이 파고들었다. 그것은 천천히, 그러나 꾸준히 사람을 죽이는 타입의 상처였다.

그러나 빈은 보통 사람이 아니었다. 백랍은 알로맨서 몸의 원기가 바닥이 나고도 한참 후까지 살아 있게 지켜주었다. 게다가 세이즈드는 보통 치료사가 아니었다. 키퍼들은 종교적인 의식만 그들의 무시무시한 기억력 속에 저장해둔 것이 아니었다. 그들의 메탈마인드*는 문화, 철학 그리고 과학에 대한 어마어마한 정보들을 담고 있었다.

수술이 시작될 때, 클럽스는 그의 도제들을 방에서 이끌고 나갔다. 그 절차는 놀랄 만큼 시간이 걸렸고, 햄은 세이즈드가 빈의 내장을 꿰매는 동안 상처에 압력을 가했다. 마침내 세이즈드가 바깥 상처를 봉합하고 깨끗한 붕대를 감은 다음, 햄에게 그 소녀를 조심스럽게 그녀의 침대에 올려다 두라고 부탁했다.

세이즈드는 침통하게 고개를 저었다.

"모르겠습니다, 마스터 켈시어. 그녀는 살아남을 수도 있습니다. 그녀에게 백랍을 계속 공급해줘야 할 겁니다. 그래야 그녀의 몸이 새 피를 만드는 걸 도와줄 겁니다. 하지만 전 이 상처보다 작은 상처로 많은 강한 남성들이 죽는 것을 봐왔습니다."

켈시어가 고개를 끄덕였다.

"제가 너무 늦게 도착한 것 같습니다." 세이즈드가 말했다. "그녀가 르노 저택에서 사라진 것을 발견했을 때, 저는 최대한 빨리 루서델로 왔습니다. 그 여행을 서두르느라 메탈마인드 전부를 써버

---

* 메탈마인드(METALMIND): 스카드리알의 세계에는 알로맨시와 또 다른 두 가지 금속술이 있다. 그중 하나인 페루케미(FERUCHEMY)를 익힌 페루케미스트가 힘이나 지식, 온기 등의 속성을 저장해놓을 수 있는 금속 조각이다.

렸습니다. 그러고도 너무 늦었습니다⋯⋯."

"아니야, 친구여." 켈시어가 말했다. "자네는 오늘 밤 잘했어. 나보다 훨씬 나았어."

세이즈드는 한숨을 쉬더니 손을 뻗어 수술 전에 옆으로 치워놓았던 커다란 책을 어루만졌다. 그 책은 빗물과 피로 젖어 있었다. 켈시어는 그것을 바라보며 얼굴을 찌푸렸다.

"그런데 그게 대체 뭐야?"

"모르겠습니다." 세이즈드가 말했다. "궁전에서 발견했습니다. 제가 저 아이를 찾고 있는 동안에요. 클레니로 씌어 있더군요."

클레니, 클레니움의 언어―클레니움은 고대의, '승천' 전의 로드 룰러의 고향이었다. 켈시어는 약간 생기가 돌았다.

"자네 그걸 번역할 수 있나?"

"아마도요." 세이즈드는 갑자기 매우 지쳐 보이는 모습으로 말했다. "하지만⋯⋯ 당분간은 안 될 것 같습니다. 오늘 저녁을 이렇게 보냈으니, 저는 쉬어야 합니다."

켈시어는 고개를 끄덕이며, 세이즈드에게 방을 준비해주라고 도제 한 명을 불렀다. 테리스인은 고마운 마음으로 고개를 끄덕인 후 지친 듯이 계단을 올라갔다.

"그는 오늘 밤 빈의 생명 그 이상을 구했어." 독슨이 뒤에서 조용히 다가오며 말했다. "네가 한 일은 어리석었어, 심지어 너에게도."

"난 알아야 했어, 독스." 그가 말했다. "난 되돌아갈 수밖에 없었어. 만약 아티움이 진짜 그 안에 있다면?"

"네가 없다고 말했잖아."

"그렇게 말했지." 켈시어가 고개를 끄덕이며 말했다. "그리고 그건 거의 확신해. 하지만 내가 틀렸다면?"

"그건 변명이 되지 않아." 독슨은 화가 나서 말했다. "이제 빈은 죽어가고, 로드 룰러는 우리에게 신경을 곤두세우고 있어. 그 방에 들어가려다가 메어를 죽인 걸로 부족했어?"

켈시어는 말을 하지 못했다. 그러나 그는 너무 지쳐서 화도 나지 않았다. 그는 한숨을 쉰 다음, 주저앉았다.

"그것만이 아니야, 독스."

독슨은 얼굴을 찡그렸다.

"다른 사람들에게는 로드 룰러에 대해 이야기하는 걸 피해왔어." 켈시어가 말했다. "하지만…… 난 걱정이 돼. 계획은 훌륭하지만, 그가 살아 있는 한 우리는 결코 성공하지 못할 거라는 끔찍한 느낌이 떠나질 않아. 우린 그의 돈을 빼앗을 수 있고, 그의 군대를 빼앗을 수 있어. 그를 속여서 도시 밖으로 나가게 할 수도 있어……. 하지만 여전히 우리가 그를 막을 수 없을 것 같아 걱정이 돼."

독슨은 얼굴을 찌푸렸다.

"너, 그럼 이 열한 번째 금속 일은 진심이야?"

켈시어는 고개를 끄덕였다.

"나는 2년 동안 그를 죽일 방법을 찾았어. 사람들은 할 수 있는 모든 걸 시도해보았지. 그는 보통의 상처 따윈 무시해버리고, 목을 베어도 화만 낼 뿐이야. 어느 초기 전쟁에서 한 무리의 군인들이 그가 묵던 여관을 태웠어. 로드 룰러는 해골이나 다름없는 꼴로 걸어나와서, 몇 초 만에 치유되었어.

오직 열한 번째 금속의 이야기만이 조금이라도 희망을 줘. 하지만 난 그걸 작동시킬 수가 없어! 그래서 궁전으로 다시 가야 했던 거야. 로드 룰러는 그 방에 뭔가를 숨기고 있어. 난 그걸 느낄 수 있어. 그게 뭔지 우리가 안다면, 우린 그를 막을 수 있을 거야."

"빈을 데려갈 필요는 없었잖아."

"그녀가 날 따라왔어." 켈시어가 말했다. "내가 그 애를 놔두고 가면 그녀가 직접 끼어들려고 할까 봐 걱정이 됐어. 그 소녀는 고집불통인 데가 있어, 독스. 그 애는 대개 잘 숨기지만, 마음만 먹으면 완전히 벽창호처럼 굴어."

독슨은 한숨을 쉬고는 조용히 고개를 끄덕였다.

"그리고 우린 아직 그 방에 뭐가 있는지 모른다는 거지."

켈시어는 세이즈드가 테이블 위에 둔 책을 보았다. 빗물이 그것에 얼룩을 남겼지만, 그 책은 분명 물을 견디도록 만들어져 있었다. 물이 안으로 스며들지 않도록 책 매기가 단단히 되어 있고, 표지는 잘 보존된 가죽으로 되어 있었다.

"그래." 켈시어가 마침내 말했다. "우린 몰라."

'하지만 우리는 이걸 손에 넣었어. 저게 뭐건 간에.'

"그게 가치가 있었어, 켈?" 독슨이 물었다. "이 미친 묘기에, 정말 너 자신과 저 아이를 죽을 뻔하게 만들면서까지 할 만한 가치가 있었던 거야?"

"난 모르겠어." 켈시어가 정직하게 말했다. 그는 독슨에게로 시선을 돌려 친구와 눈을 마주쳤다. "빈이 살 수 있을지 없을지 알게 되면 그때 물어봐."

3장

피 흘리는 태양의 아이들

16

클레니움, 그 위대하고 경이로운 도시에서 나의 여행이 시작되었다고 생각하는 사람들이 많다. 그들은 여정을 시작할 때 내가 왕이 아니었다는 사실을 잊어버리곤 한다. 왕과는 거리가 멀었다는 사실을.

이 일은 황제나, 사제나, 예언자나, 장군이 시작하지 않았다는 것을 사람들이 기억했으면 좋겠다. 이것은 클레니움이나 코르델에서 시작되지 않았다. 동쪽의 위대한 국가들이나 서부의 맹렬한 제국들에서 시작되지도 않았다.

그것은 아무 특징도 없는 이름을 가진 작고 하찮은 도시에서 시작됐다. 한 젊은이, 말썽에 빠져드는 능력만 제외하면 어느 면으로 보나 눈에 띄는 구석이 없는 어느 대장장이의 아들과 함께 시작됐다.

그것은 나와 함께 시작됐다.

빈이 깨어났을 때 그녀는 하도 아파서 린이 또다시 자기를 때린 줄 알았다. 내가 뭘 했더라? 패거리의 다른 일원에게 너무 친하게 굴었나? 두목이 화낼 만한 바보 같은 말을 했나? 그녀는 조용히, 언제나 조용히, 다른 사람들에게서 떨어져 있어야 했다. 결코 주의를 끌지 않아야 했다. 그러지 않으면 린이 그녀를 때릴 것이다. '넌 배워야 해.' 그가 말했다. 그녀는 배워야 했……

하지만 그렇다고 하더라도 너무 아픈 것 같았다. 이런 아픔은 오랫동안 겪어보지 못했다.

그녀는 약하게 기침을 하며 눈을 떴다. 그녀는 아주 편안한 침대에 누워 있었고, 침대 곁의 의자에는 흐느적거리는 듯한 10대 소년이 앉아 있었다.

'레스티번스야. 그게 이 애 이름이야. 나는 클럽스의 가게에 있어.'

레스티번스가 펄쩍 뛰어 일어났다.

"너 깨어나고 있어!"

그녀는 말을 하려고 했지만 기침만 다시 나올 뿐이었다. 소년은 서둘러 그녀에게 물을 한 잔 주었다. 빈은 그 물을 고맙게 마시다가, 옆구리에 느껴지는 고통 때문에 얼굴을 찡그렸다. 온몸을 흠씬 두들겨 맞은 것 같았다.

"레스티번스." 그녀는 마침내 쉰 목소리로 말했다.

"아니야 지금은 그거." 그가 말했다. "켈시어가 내 이름을 고쳤어. 스푸크로 바꿨어."

"스푸크?" 빈이 물었다. "어울리는데. 나 얼마나 오래 잤어?"

"2주." 소년이 말했다. "여기서 기다려." 그는 재빨리 나갔고, 뒤이어 먼 곳을 향해 소리치는 그의 목소리가 들렸다.

'2주라고?'

빈은 컵에서 물을 한 모금 마시면서 뒤죽박죽이 된 기억을 정리해보려고 했다. 오후의 붉은 햇빛이 창문을 통해 들이쳐 방을 밝혔다. 그녀는 컵을 치워놓고 옆구리를 살펴보았다. 그곳에는 희고 커다란 붕대가 감겨 있었다.

'심문관이 날 벤 곳이구나. 난 죽을 뻔했어.' 그녀는 생각했다.

떨어지다 지붕에 부딪쳐 옆구리가 멍들고 변색돼 있었다. 몸의 다른 곳에도 벤 자국, 멍, 긁힌 자국이 십여 군데나 있었다. 전체적으로 몸 상태가 끔찍하게 나빴다.

"빈! 너 깨어났구나!" 독슨이 방으로 걸어 들어오면서 말했다.

"간신히요." 빈은 신음 소리를 내며 도로 침대에 누웠다.

독슨은 씩 웃더니, 등받이 없는 의자로 걸어가 앉았다.

"어디까지 기억나니?"

"거의 다 기억나는 것 같아요. 우린 싸워서 궁전에 들어갔는데 거기 심문관들이 있었어요. 그들이 우리를 쫓아왔고, 켈시어가 싸웠……" 그녀는 말을 멈추고 독슨을 쳐다보았다. "켈시어는요? 그는……"

"켈은 괜찮아." 독슨이 말했다. "그는 너보다 훨씬 나은 상태로 빠져나왔어. 3년 전부터 계획을 짰기 때문에 그는 그 궁전을 아주 잘 알아. 그리고……"

독슨이 말끝을 흐리자 빈은 얼굴을 찌푸렸다.

"뭔데요?"

"그는 심문관들이 자기를 죽이는 데는 별로 집중하지 않는 것처럼 보였다고 했어. 그들은 켈을 쫓는 놈은 하나만 남기고, 너한테 둘을 보냈어."

'왜일까? 그냥 제일 약한 적에게 먼저 에너지를 집중하고 싶었던 걸까? 아니면 다른 이유가 있는 걸까?' 그녀는 뒤로 기대앉아 생각에 잠긴 채 그날 밤의 사건들을 검토해보았다.

"세이즈드. 그가 날 구했어요." 마침내 그녀가 말했다. "심문관이 막 나를 죽이려던 참에요. 하지만…… 독스, 그는 어떤 존재예요?"

"세이즈드?" 독슨이 물었다. "그건 그가 대답하게 해줘야 할 문제 같은데."

"그가 여기 있어요?"

독슨은 고개를 저었다.

"그는 펠리스로 돌아가야 했어. 브리즈와 켈은 모병을 하느라 나가 있고, 햄은 지난주에 우리 군대를 점검하기 위해 떠났어. 적어도 한 달은 돌아오지 않을 거야."

빈은 고개를 끄덕이다 졸음이 오는 걸 느꼈다.

"남은 물을 다 마시렴." 독슨이 말했다. "그 안에는 고통을 줄이도록 도와주는 약이 들어 있어."

빈은 물을 마저 마신 다음 침대 위로 굴러 다시 잠의 품속으로 들어갔다.

깨어나자 켈시어가 와 있었다. 그는 침대 옆 스툴에 앉아 있었다. 무릎 위에 팔꿈치를 괴고 양손을 움켜쥔 채, 희미한 등잔불 빛으로 그녀를 지켜보고 있었다. 그녀가 눈을 뜨자 그는 미소를 지었다.

"돌아와서 반가워."

그녀는 즉시 침대맡 협탁 위에 놓인 물에 손을 뻗었다.

"일은 어떻게 돼가요?"

그는 어깨를 으쓱했다.

"군대는 늘어나고 있고, 르노는 무기와 비품을 구입하기 시작했어. 미니스트리에 대한 네 제안은 아주 좋았어. 우린 테론의 연줄을 찾아 우리 중 한 사람을 미니스트리 견습으로 넣겠다는 거래를 거의 성사시켰어."

"마쉬요? 그가 직접 그 일을 할까요?" 빈이 물었다.

켈시어는 고개를 끄덕였다.

"그는 항상…… 미니스트리에 좀 매혹되어 있었지. 오블리게이터를 흉내 낼 수 있는 스카는 마쉬밖에 없어."

빈은 고개를 끄덕이고 물을 마셨다. 켈시어는 어딘가 달라졌다. 미묘했다. 분위기와 태도가 약간 바뀌었다. 그녀가 아파 누워 있는 동안 뭔가가 변한 모양이었다.

"빈." 켈시어가 머뭇거리며 말했다. "너한테 사과해야겠어. 나 때문에 넌 죽을 뻔했어."

빈은 작은 소리로 코웃음 쳤다.

"당신 잘못이 아니에요. 내가 고집을 부려서 당신이 날 데려가게 만들었잖아요."

"내가 네 말을 듣지 말았어야 했어. 너를 다른 데로 보내야 한다는 내 원래 판단이 맞는 거였어. 사과를 받아주렴." 켈시어가 말했다.

빈은 조용히 고개를 끄덕였다.

"이제 난 무슨 일을 해야 해요? 계획은 계속 진행되어야죠, 맞죠?"

켈시어가 미소를 지었다.

"그렇고말고. 네가 회복되자마자 널 도로 펠리스에 데려다 놓고 싶어. 우리는 레이디 발레트가 아팠다는 거짓 이야기를 만들어냈지만, 다른 소문들이 돌기 시작했어. 네가 직접 방문객들에게 모습을 보이는 게 빠르면 빠를수록 좋을 거야."

"난 내일이라도 갈 수 있어요." 빈이 말했다.

켈시어는 씩 웃었다.

"그건 의심스러운데. 하지만 곧 갈 수 있을 거야. 지금 당장은 그냥 쉬어." 그는 일어나서 떠나려고 했다.

"켈시어?" 빈이 묻자, 그가 걸음을 멈추었다. 그는 돌아서서 그녀를 바라보았다.

빈은 하고 싶은 말을 표현하려고 애썼다.

"궁전…… 심문관…… 우리는 무적이 아니에요. 그렇죠?" 그녀의 얼굴이 붉어졌다. 그 말은 그녀의 귀에도 바보같이 들렸다.

그러나 켈시어는 미소만 지었다. 그녀가 무슨 말을 하는지 이해하는 것 같았다. 그는 조용히 말했다.

"그래, 빈. 우린 무적과는 거리가 멀어."

빈은 마차 창밖으로 지나가는 풍경을 지켜보았다. 르노 저택에서 보내온 차는 레이디 발레트를 태우고 루서델을 돌아다니게 되어 있었다. 사실, 그 차는 클럽스의 가게가 있는 거리에서 잠깐 멈춰 서서 빈을 태웠다. 그러나 이제 마차의 차창 가리개는 열려 있었다. 누가 신경 쓸지는 모르겠지만 그렇게 그녀의 모습을 다시금 세상에 보여주고 있었다.

마차는 도로 펠리스 쪽으로 향했다. 켈시어의 말이 옳았다. 그녀는 클럽스의 가게에서 사흘을 더 쉬고서야 여행할 정도로 건강이 회복됐다는 느낌이 들었다. 멍든 팔과 상처 입은 옆구리로 귀족 여성이 입는 드레스 속에 들어가야 하는 힘든 싸움을 벌이기가 두려워서 기다린 점도 있었다.

하지만 다시 일어나자 기분이 좋았다. 침대에서 몸이 회복될 때까지 마냥 기다리기만 하는 건 좀…… 잘못된 일처럼 느껴졌다. 보통 도둑이었다면 그렇게 오랜 기간 쉴 수 없었을 것이다. 도둑은 재빨리 일을 다시 시작하지 않으면 버려져서 죽는다. 음식 살 돈을 가져올 수 없는 자들은 은신처에서 공간을 차지할 자격도 없다.

'하지만 사람이 사는 방식이 꼭 그런 것만 있는 건 아니야.' 빈은 생각했다. 그녀는 여전히 그 깨달음이 불편했다. 켈시어와 다른 사람들에게는 그녀가 자기들의 자원을 빨아먹고 있다는 사실이 중요하지 않았다. 그들은 그녀의 약해진 상태를 이용하지 않고 오히려 그녀를 돌봐주었다. 각자 돌아가며 그녀의 침대 곁에서 시간을 보냈다. 간병인들 가운데 가장 눈에 띄었던 건 어린 레스티번스였다. 빈은 자기가 그를 잘 안다고 생각하지도 않았다. 그러나 빈이 혼수상태에 빠져 있는 동안 그 소년이 몇 시간씩 그녀를 지켜보았다고 켈시어는 말했다.

패거리 두목이 부하들 때문에 고민하는 세계를 어떻게 생각해야 할까? 암흑가에서는 각자가 스스로에게 일어나는 일을 책임졌다. 패거리에서 약자는 다른 사람들이 살아남기 위한 몫을 버는 데 방해물이 될 수 있으므로 죽는대도 할 수 없었다. 어떤 사람이 미니스트리에 잡히면, 그자의 운명에 맡겨두고 다만 패거리에 대해 너무 많은 정보를 폭로하지 않기만을 바랄 뿐이었다. 타인을 위험에 몰아넣었다고 죄책감을 느낄 필요는 없었다.

'그들은 바보들이야.' 린의 목소리가 속삭였다. '이 계획은 전부

재앙으로 끝날 거야. 그리고 떠날 수 있을 때 떠나지 않은 네 잘못 때문에 넌 결국 죽을 테고.'

린은 떠날 수 있을 때 떠났다. 빈이 자기도 모르게 갖게 된 힘 때문에 심문관들이 끝내는 그녀를 사냥하리라는 것을, 린은 아마도 알고 있었을 것이다. 그는 언제나 떠나야 할 때를 알고 있었다. 그가 다른 카몬 패거리와 함께 도살당하지 않은 것은 우연이 아니라고 그녀는 생각했다.

그녀는 머릿속에서 린이 재촉하는 것을 무시한 채, 마차를 타고 펠리스 쪽으로 갔다. 켈시어의 패거리와 함께 있는 자리를 아주 안전하다고 느껴서 그런 것은 아니었다. 사실 어떤 면으로는, 그 사람들과 함께 있을 때 그녀의 자리는 더 불안했다. 그들이 이제 빈을 필요로 하지 않게 되면 어쩌지? 그들에게 쓸모가 없어지면 어쩌지?

그들이 빈에게 기대하는 일을 그녀가 해낼 수 있다는 걸 증명해야 했다. 행사에 참석하고, 사교계에 잠입해야 했다. 그녀는 할 일이 너무 많아서 잠을 잘 시간조차 없었다.

게다가 알로맨시 수련도 다시 시작해야 했다. 겨우 몇 달도 지나지 않아 그녀는 자기 힘에 의존하게 되었고, 안개 속을 뛰어 돌아다니며 하늘에서 '당기고' '미는' 자유를 사랑하게 되었다. 크레딕 쇼는 그녀가 무적이 아니라는 것을 가르쳐주었다. 그러나 켈시어가 거의 상처 하나 없이 살아왔다는 사실은 그녀가 지금보다 훨씬 더 나아질 가능성이 있음을 증명해주는 것이기도 했다. 빈은 켈시어처럼 심문관들에게서 도망칠 수 있기 위해 연습을 더 하고, 힘을 키워야 했다.

마차는 굽이를 돌아 펠리스로 들어왔다. 낯익고 목가적인 교외를 보고 빈은 자기도 모르게 미소 지었다. 그녀는 열린 마차 창에 몸을 기대고 바람을 느껴보았다. 행운이 따른다면, 레이디 발레트가 도시 안에서 마차를 타고 다니는 모습을 보았다는 소문이 퍼질 것이다. 그녀는 짧은 모퉁이를 몇 번 돌아 르노 저택에 도착했다. 하인이 문을 열었을 때, 로드 르노가 그녀가 내려오는 걸 돕기 위해 마차 밖에서 기다리는 것을 보고 빈은 깜짝 놀랐다.

"마이 로드?" 그녀는 손을 내밀면서 말했다. "돌보셔야 할 더 중요한 일들이 있을 텐데요."

"말도 안 되는 소리. 영주에게는 자기가 가장 좋아하는 조카딸을 맹목적으로 사랑할 시간이 있어야지. 마차 여행은 어땠니?" 그가 말했다.

'그가 역할에 어긋나는 일을 하는 거 아닐까?' 그는 루서델에 있는 다른 사람들에 대해 묻지 않았고, 그녀의 부상에 대해 알고 있다는 암시도 하지 않았다.

"기분 전환이 되었어요, 삼촌." 계단을 올라 함께 저택 문으로 향하면서 그녀가 말했다. 빈은 아직 약한 다리에 힘을 더하기 위해 배 속에서 약간 태우고 있는 백랍에 고마움을 느꼈다. 켈시어는 그녀가 백랍의 힘에 의존하게 될까 봐 너무 자주 사용하지 말라고 경고했었다. 하지만 몸이 나을 때까지는 다른 대안이 없었다.

"아주 잘됐구나." 르노가 말했다. "네가 더 회복되고 나면 정원 발코니에서 점심을 같이 먹어야겠다. 겨울이 다가오고 있는데도 최근에는 따뜻하니까."

"매우 상쾌하겠군요." 빈이 말했다. 전에는 이 대역 배우의 귀족적인 태도가 위압적이라고 생각했다. 그러나 레이디 발레트의 모습 속으로 미끄러져 들어가면서 그녀는 전과 같이 침착해졌다. 르노 같은 사람에게 도둑 빈은 아무것도 아니었지만, 사교계의 명사 발레트는 달랐다.

"아주 좋아." 르노가 입구 통로 안쪽에서 멈추면서 말했다. "하지만 그건 며칠 후에 하기로 하자. 지금은 여행이 힘들어서 쉬고 싶을 것 같구나."

"사실 그래요, 마이 로드. 저는 세이즈드에게 가보고 싶어요. 세이즈드와 의논해야 할 일이 몇 가지 있거든요."

"아, 그는 도서관에 있을 거다. 내 프로젝트 하나를 맡아서 일하고 있거든." 르노가 말했다.

"고맙습니다." 빈이 말했다.

르노는 고개를 끄덕이고 나서 하얀 대리석 바닥에 결투용 지팡이를 딱딱 내짚으며 걸어갔다. 빈은 얼굴을 찌푸리며 그가 완전히 제정신인 걸까, 하고 생각했다. 어떤 사람이 정말 저렇게 완전한 타인의 모습을 덮어쓸 수 있을까?

'넌 하잖아.' 빈이 자신을 일깨웠다. '레이디 발레트가 될 때, 너는 완전히 다른 면을 보여주잖아.'

그녀는 돌아서서, 북쪽 계단을 올라가기 위해 백랍을 폭발시켰다. 꼭대기에 다다르자 폭발 상태를 끄고 보통 때처럼 백랍을 태웠다. 켈시어가 말한 대로 금속을 너무 오랫동안 폭발시키면 위험했다. 알로맨서가 그 상태에 몸을 의존하기 쉽기 때문이었다.

그녀는 몇 번 숨을 들이쉬었다. 백랍을 태우면서도 계단을 오르는 일은 힘들었다. 계단을 오른 후 그녀는 도서관으로 통하는 복도를 걸어 내려갔다. 세이즈드는 작은 방 안쪽에 있는 책상 옆에 작은 석탄 난로를 놓고 앉아 종이 공책 위에 뭔가를 쓰고 있었다. 그는 보통 때처럼 시종 로브를 입었고, 코끝에는 얇은 안경을 걸고 있었다.

빈은 문가에 멈춰 서서 자기 생명을 구해준 남자를 지켜보았다.

'왜 안경을 쓰고 있지? 전에는 안경 없이 읽는 걸 봤는데.'

그는 자기 일에 완전히 빠져 있는 것 같았다. 책상 위의 커다랗고 두꺼운 책을 주기적으로 참조한 다음, 공책에 메모를 했다.

"당신, 알로맨서군요." 빈이 조용히 말했다.

세이즈드는 동작을 멈추더니, 펜을 내려놓고 돌아보았다.

"무엇 때문에 그렇게 말씀하시지요, 미스트리스 빈?"

"당신은 루서델에 너무 빨리 왔어요."

"로드 르노의 마구간에는 빠른 전령 말이 몇 필 있지요. 그중 하나를 타고 갔습니다."

"나를 궁전에서 찾아냈잖아요." 빈이 말했다.

"마스터 켈시어는 자기 계획을 제게 이야기해주었고, 당신이 그를 따라갔을 거라는 제 추측은 옳았습니다. 당신이 있는 곳을 찾아내는 데는 약간 행운이 따랐습니다. 시간이 많이 걸리지 않은 것이죠."

빈은 얼굴을 찌푸렸다.

"당신이 그 심문관을 죽였잖아요."

"죽여요?" 세이즈드가 물었다. "아뇨, 미스트리스. 제 힘으로는 그 괴물을 죽일 수 없습니다. 그냥…… 다른 데 정신을 팔게 했지요."

빈은 잠시 문가에 서서 왜 세이즈드가 그렇게 애매하게 말하는지 알아내려고 했다.

"그래서 당신은 알로맨서예요, 아니에요?"

그는 미소를 짓더니 책상 옆에서 스툴을 하나 꺼냈다.

"앉으시지요."

빈은 그의 말대로 방을 가로질러 가서 거대한 책장에 등을 돌리고 스툴에 앉았다.

"제가 알로맨서가 아니라고 말한다면 어떻게 생각하시겠습니까?" 세이즈드가 물었다.

"당신이 거짓말을 하고 있다고 생각할 거예요." 빈이 말했다.

"제가 전에 거짓말하는 걸 본 적이 있습니까?"

"가장 뛰어난 거짓말쟁이는 보통 때는 진실을 말하는 사람들이에요."

세이즈드는 안경을 쓴 눈으로 그녀를 바라보며 미소 지었다.

"그건 사실인 것 같습니다. 하지만 제가 알로맨서라는 증거를 갖고 계십니까?"

"당신은 알로맨시가 없으면 해낼 수 없는 일들을 했잖아요."

"오, 두 달 동안 미스트본 노릇을 했다고 벌써 세상에서 무슨 일이 가능한지 다 아시는 겁니까?"

빈은 말문이 막혔다. 바로 최근까지 그녀는 알로맨시에 대해 많이 알지 못했다. 세상에는 그녀의 생각보다 더 많은 것들이 있을 터였다.

'언제나 또 다른 비밀이 있어.' 켈시어가 늘 하는 말이었다.

"그럼 대체 '키퍼'가 뭐죠?" 그녀가 천천히 말했다.

세이즈드는 미소 지었다.

"아. 그건 훨씬 더 영리한 질문이로군요, 미스트리스. 키퍼들은…… 창고입니다. 우리는 뭐든지 기억합니다. 그것들이 미래에 사용될 수 있도록 말이지요."

"종교처럼요." 빈이 말했다.

세이즈드는 고개를 끄덕였다.

"종교적 진실은 저의 전문 분야입니다."

"하지만 당신은 다른 것들도 기억하죠?"

세이즈드가 고개를 끄덕였다.

"어떤 것들이요?"

"음." 세이즈드는 살펴보던 책을 닫으며 말했다. "예를 들어, 언어요."

빈은 상형문자로 덮인 표지를 즉시 알아보았다.

"내가 궁전에서 발견한 책이군요! 당신이 그걸 어떻게 갖고 있어요?"

"당신을 찾다가 우연히 발견하게 되었습니다." 테리스인이 말했다. "이 책은 매우 오래된 언어로 쓰여 있었습니다. 거의 천 년 동안 아무도 일상적으로 말하지 않은 언어로요."

"하지만 당신은 그걸 말할 수 있어요?" 빈이 물었다.

세이즈드가 고개를 끄덕였다.

"이걸 번역할 정도는 된다고 생각합니다."

"당신은…… 얼마나 많은 언어를 아나요?"

"172가지입니다." 세이즈드가 말했다. "그것들 대부분은 클레니처럼 더 이상 말하는 사람이 없습니다. 로드 룰러가 5세기에 벌인 통합 운동이 그렇게 만들었습니다. 사람들이 지금 말하는 언어는 사실 테리스 외딴곳의 방언입니다. 제 고향의 언어죠."

'172개라니.' 빈은 놀라면서 생각했다.

"그건…… 불가능해요. 한 사람이 그렇게 많이 기억할 수는 없어요."

"한 사람이 아닙니다." 세이즈드가 말했다. "한 키퍼지요. 제가 하는 일은 알로맨시와 비슷하지만 똑같지는 않습니다. 당신들은 금속에서 힘을 뽑아내지요. 저는…… 금속들을 사용해서 기억을 창조합니다."

"어떻게요?" 빈이 물었다.

세이즈드는 고개를 저었다.

"다른 때에 말할 수 있겠죠, 미스트리스. 나 같은 사람들…… '우리'는 우리의 비밀을 지키는 편을 좋아합니다. 로드 룰러는 놀랍고 당황스러울 정도로 열성적으로 우리를 사냥합니다. 우리는 미스트 본보다 훨씬 덜 위협적입니다. 그렇지만 그는 알로맨서들은 무시하고 우리를 찾아 없애려고 합니다. 우리 때문에 테리스 사람들을 증오하면서요."

"증오한다고요?" 빈이 물었다. "당신들은 보통 스카보다 대접을 더 잘 받잖아요. 당신들은 존경받는 위치에 있어요."

"그건 사실입니다, 미스트리스." 세이즈드가 말했다. "그러나 어떤 면으로는 스카가 더 자유롭습니다. 테리스인 대부분은 태어날 때부터 시종이 되도록 키워집니다. 우리는 거의 남지 않았고, 로드 룰러의 사육자들은 우리의 재생산을 통제합니다. 테리스인 시종은 누구도 가족을 가질 수 없습니다. 심지어 아이도요."

빈은 코웃음을 쳤다.

"그걸 강제할 수는 없을 것 같은데요."

세이즈드는 말을 멈추고, 커다란 책 표지에 한 손을 얹었다.

"아니, 전혀 그렇지 않습니다." 그는 얼굴을 찌푸리며 말했다. "테리스인 시종들은 모두 거세당했습니다, 아가씨. 당신이 알고 계시는 줄 알았습니다."

빈은 잠시 얼어붙었다가, 맹렬하게 얼굴을 붉혔다.

"나…… 난…… 미안해요……."

"진정으로 확실히 말씀드리지만, 어떤 사과도 필요 없습니다. 저는 태어난 지 얼마 안 돼 거세되었습니다. 시종이 될 사람들에게는 그게 표준입니다. 저는 제 삶을 보통 스카의 삶과 바꿀 수 있다면 쉽게 바꾸겠다고 생각할 때가 많습니다. 제 민족은 노예보다 못합니다……. 그들은 출산 프로그램으로 창조되고, 태어났을 때부터 로드 룰러의 소망을 충족시키도록 훈련받는, 잘 조작되는 자동인형들입니다."

빈은 계속 얼굴을 붉힌 채, 눈치 없는 자신을 속으로 욕했다. 왜 아무도 그녀에게 말해주지 않았을까? 그러나 세이즈드는 화난 것 같지 않았다. 그는 어떤 일에도 결코 화난 것처럼 보이지 않았다.

'아마 그의…… "상태"의 영향인가 봐.' 빈은 생각했다. '사육자들이 원하는 건 그게 틀림없어. 유순하고 차분한 시종들.'

"하지만 당신은 반역도잖아요, 세이즈드." 빈은 얼굴을 찌푸리며 말했다. "당신은 로드 룰러와 싸우고 있어요."

"저는 일종의 일탈자입니다." 세이즈드가 말했다. "그리고 제 종족들은 로드 룰러가 믿는 것만큼 완전히 예속되지는 않았다고 생각합니다. 우리는 키퍼들을 그의 눈 바로 아래 숨겨둡니다. 그리고 우리 중 몇 명은 용기를 모아 우리가 받은 훈련을 깨버리기도 하지요."

그는 말을 멈췄다가 고개를 저었다.

"하지만 그건 쉬운 일이 아닙니다. 우리는 약한 민족입니다, 미스트리스. 우리는 기꺼이 명령대로 행하고, 예속될 자리를 빠르게 찾습니다. 심지어 당신이 반역도라고 불러준 저조차 즉각 시종의 지위와 복종의 자리를 찾았습니다. 우리는 우리가 바라는 것만큼 용감하지는 않은 것 같습니다."

"당신은 절 구해줄 만큼 용감했어요." 빈이 말했다.

세이즈드가 미소 지었다.

"아, 하지만 거기에도 복종의 요소가 있습니다. 저는 마스터 켈시어에게 당신을 안전하게 돌보겠다고 약속했습니다."

'아.'

그녀는 그가 그런 행동을 한 이유가 있는지 궁금했다. 어쨌든 누가 순전히 빈을 구하기 위해서 자기 생명을 위험으로 몰아넣겠는가? 그녀는 잠시 생각에 잠겨 앉아 있었고, 세이즈드는 자기가 보던 책으로 돌아갔다. 마침내 그녀는 다시 테리스인의 주의를 끌며 말했다.

"세이즈드?"

"네, 미스트리스?"

"3년 전에 누가 켈시어를 배신했나요?"

세이즈드는 동작을 멈췄다가, 만년필을 내려놓았다.

"그 사실은 불분명합니다, 미스트리스. 패거리들은 대부분 그것이 메어였을 거라고 추측하는 것 같습니다."

"메어? 켈시어의 아내요?" 빈이 물었다.

세이즈드는 고개를 끄덕였다.

"그렇게 할 수 있었던 사람은 그녀밖에 없는 것으로 보입니다. 게다가 로드 룰러 자신이 그녀가 연루되었다고 시사했습니다."

"하지만 그녀도 '갱'으로 보내지지 않았나요?"

"그녀는 거기서 죽었습니다." 세이즈드가 말했다. "마스터 켈시어는 '갱'에 대해 별로 이야기하지 않습니다. 하지만 저는 그 끔찍한 장소에서 그가 받은 상처가 그의 팔에 보이는 흉터보다 훨씬 깊다고 느낍니다. 그는 그녀가 배신자인지 아닌지 알지도 못하는 것 같습니다."

"우리 오빠는 기회가 딱 맞고 동기만 충분하면 누구라도 날 배신할 수 있다고 말했어요."

세이즈드는 얼굴을 찌푸렸다.

"그게 사실이라고 해도 저는 그렇게 믿으면서 살고 싶지 않습니다."

'하지만 그쪽이 켈시어에게 일어났던 일보다 더 나아 보여. 자기가 사랑한다고 생각했던 사람이 자기를 로드 룰러에게 팔아넘기는 일.'

"켈시어는 최근에 달라졌어요. 그는 전보다 더 속마음을 털어놓지 않는 것 같아 보여요. 나한테 일어난 일 때문에 죄책감을 느끼기 때문인가요?" 빈이 말했다.

"그런 이유도 있을 거라고 생각합니다." 세이즈드가 말했다. "하지만 작은 도둑 패거리를 이끄는 것과 커다란 반역을 준비하는 것 사이에 큰 차이가 있다는 사실을 깨닫는 중이기도 합니다. 그는 옛날에는 기꺼이 졌던 위험을 이제 질 수는 없습니다. 이 과정이 그를 더 좋은 쪽으로 바꾸고 있다고 생각합니다."

빈은 그렇게 확신할 수 없었다. 그러나 그녀는 자기가 얼마나 지쳤는지 깨닫고 좌절감을 느끼며 조용히 입을 다물었다. 스툴에 앉아 있는 것도 지금은 매우 힘들었다.

"가서 주무십시오, 미스트리스." 세이즈드는 펜을 집어 들고 두꺼운 책의 읽던 곳을 다시 찾으면서 말했다. "당신은 죽어도 이상하지 않은 고비에서 살아남았습니다. 당신의 몸에게 그 몸이 마땅히 받아야 할 고마움을 표하십시오. 몸을 쉬게 하십시오."

빈은 지쳐서 고개를 끄덕인 다음 일어나 그를 떠났다. 그는 오후의 햇빛 속에서 조용히 글을 쓰고 있었다.

17

때때로 나는 그곳에, 내가 태어난 그 여유로운 마을에 그대로 머물러 있었다면 내게 무슨 일이 일어났을지 궁금하다. 나는 아버지와 마찬가지로 대장장이가 되었을 것이다. 아마 가족을 갖고, 아들들을 두었을 것이다.

아마 다른 사람이 이 끔찍한 짐을 졌을 것이다. 나보다 이 짐을 훨씬 잘 질 수 있는 사람, 영웅이 될 자격이 있는 사람이.

르노 저택에 오기 전에는, 빈은 세련된 정원을 한 번도 본 적이 없었다. 빈집털이나 척후 임무에서 때때로 장식용 식물들을 본 적은 있었다. 그러나 그런 것에 크게 주의를 기울인 적은 없었다. 귀족들의 여러 흥밋거리와 마찬가지로 그런 것들은 바보 같아 보였다.

식물들이 의도적으로 배열되었을 때 얼마나 아름다울 수 있는지 그전에는 깨달은 적이 없었다. 르노 저택의 정원 발코니는 아래쪽 땅이 내려다보이는 타원형의 얇은 구조물이었다. 정원은 크지 않았다. 건물 뒤쪽으로 얇게 주변부를 형성한 정도라서 물을 주고 돌보는 데 크게 주의를 기울일 필요가 없었다.

하지만 그곳은 멋있었다. 일상적인 갈색과 흰색 대신, 더 깊고 더 생기 넘치는 색깔—빨강과 오렌지와 노랑의 색조—을 자랑하는 잘 가꾸어진 식물들이 있었다. 색채는 식물의 잎에 집중되어 있었다. 관리인들은 식물이 복잡하고 아름다운 문양을 만들도록 계획했다. 발코니 가까이로 가면 다채로운 노란색 이파리를 가진 이국적인 나무들이 그늘을 드리우며 떨어지는 재를 막아주었다. 이번 겨울은 매우 온화해서 나무 대부분이 여전히 잎을 달고 있었다. 공기는 시원했고, 나뭇가지들이 바람에 살랑거리는 소리는 위안이 되었다.

사실, 자기가 얼마나 화났는지 거의 잊어버릴 만큼 위안이 되었다.

"차 더 마시겠니, 얘야?" 로드 르노가 물었다. 그는 대답을 기다리지 않고 그냥 하인에게 손을 흔들었다. 그러자 하인이 앞으로 달려와 그녀의 잔을 다시 채웠다.

빈은 플러시 쿠션에 앉아 있었고, 쿠션이 놓인 고리버들 의자는 안락하게 만들어진 것이었다. 지난 4주 동안 그녀의 모든 변덕과 소망은 충족되었다. 하인들은 그녀를 따라다니면서 청소하는 건 물론이고, 그녀가 몸치장을 하고 먹고 목욕하는 것까지 돌봐주었다. 르노는 그녀가 부탁만 하면 뭐든지 주도록 했고, 그녀는 힘들거나 위험한 일, 심지어 약간이라도 불편한 일은 하지 않도록 되어 있었다.

다른 말로 하면, 그녀의 삶은 미칠 듯이 지루했다. 전에 르노 저택에 있을 때는 세이즈드에게 수업을 받고 켈시어에게 훈련받느라 시간이 빡빡했다. 낮 동안에 잤고, 저택 하인들과는 거의 접촉하지 않았다.

그러나 이제 그녀에게 알로맨시─적어도 밤 시간에 뛰어다니는 종류의 훈련─ 는 금지되었다. 그녀의 상처가 아직 다 치료되지 않았기 때문에 너무 많이 움직이면 다시 벌어질 것이었다. 세이즈드는 여전히 가끔씩 빈에게 수업을 진행했지만, 그 책을 번역하는 데 시간을 거의 보내고 있었다. 그는 도서관에 오랫동안 자리를 잡고 앉아 그답지 않게 흥분한 분위기를 띤 채 책장을 한장 한장 자세히 들여다보고 있었다.

'그는 새로운 종류의 지혜를 찾아내고 있어. 키퍼에게는 그게 스트리트스파이스*만큼 중독적인가 봐.' 빈은 생각했다.

그녀는 심술을 억누르고 차를 마시며 근처에 있는 하인을 바라보았다. 그들은 횃대에 앉아 빈을 가능한 한 편안하게 해줄─그리고 좌절시킬─기회만 노리고 있는 육식 새들 같았다.

르노도 별 도움이 되지 않았다. 빈과 함께 '점심을 먹는다'는 개념은 앉아서 식사를 하며 자기 일을 하는 것이었다. 장부에 메모를 하거나 편지를 구술하거나. 그녀가 참석한다는 사실이 그에게는 중요한 것 같았지만, 그는 그날 하루가 어땠는지 묻는 것 외에는 그녀에게 그다지 주의를 기울이지 않았다.

하지만 그녀는 억지로 단정한 귀족 여성 역할을 했다. 로드 르노는 이 계획에 대해 모르는 새 하인들을 고용했다. 집 안의 직원이 아니라, 정원사와 노동자들이었다. 켈시어와 르노는 다른 가문들이 하인 겸 스파이를 르노 저택에 적어도 몇 명 들여보내지 못하면 의심을 품게 될까 봐 걱정했다. 켈시어는 그런 스파이가 계획에 위협이 되리라고는 보지 않았지만, 그것은 빈이 가능할 때마다 변장을 유지하고 있어야 한다는 뜻이었다.

---

* 스트리트스파이스(STREETSPICE): 스카들이 쓰는 마약의 일종.

'사람들이 이렇게 산다는 걸 믿을 수가 없어.' 몇몇 하인들이 식사를 치우기 시작했을 때 빈은 생각했다. '귀족 여성들은 어떻게 이렇게 아무것도 안하고 하루하루를 보낼 수가 있는 거지? 모든 사람들이 무도회에 참석하고 싶어 열심인 것도 당연해!'

"짧은 휴양은 즐거웠니, 애야?" 르노가 다른 장부 너머로 차를 따르며 물었다.

"네, 삼촌. 아주요." 빈은 입술을 앙다물고 말했다.

"넌 곧 쇼핑 여행을 가야 할 거야." 르노가 그녀를 쳐다보며 말했다. "켄톤 거리를 방문해보고 싶겠지? 네가 하고 있는 행상인 스터드(코나 귀 등에 피어싱으로 꽂는 작은 징 모양의 장신구)를 바꿀 새 귀걸이를 좀 사렴."

빈은 한 손을 귀로 가져갔다. 귀에는 어머니의 귀걸이가 아직 꽂혀 있었다. 그녀는 말했다.

"아뇨. 이걸 하고 있을게요."

르노는 얼굴을 찌푸렸지만 더 이상 말하지 않았다. 하인 하나가 다가와 그의 주의를 끌었기 때문이다. 그 하인은 르노에게 말했다.

"마이 로드. 루서델에서 방금 마차 한 대가 왔습니다."

빈은 생기가 돌았다. 그 말은 패거리의 일원이 도착했다는 뜻이었다.

"아, 잘됐군. 그들을 데려오게, 타운슨." 르노가 말했다.

"예, 마이 로드."

몇 분 후 켈시어, 브리즈, 예덴, 독슨이 발코니로 걸어 나왔다. 르노는 하인들에게 신중하게 손짓했다. 그들은 유리로 된 발코니 문을 닫고 패거리끼리만 있게 놔둔 채 떠났다. 다른 사람이 엿듣지 못하도록 몇 명이 문 바로 안쪽에 자리를 잡았다.

"식사를 방해했나?" 독슨이 물었다.

"아뇨!" 빈은 로드 르노의 대답을 막아버리며 재빨리 말했다. "어서 앉으세요."

켈시어는 발코니 선반 위를 거닐면서 정원과 부지를 내다보았다.

"여기 경치가 아주 좋은걸."

"켈시어, 그거 현명한 짓이야? 정원사 중 몇 명은 나도 보장할 수 없는 사람들이야." 르노가 말했다.

켈시어가 씩 웃었다.

"이 거리에서 날 알아볼 수 있다면, 그들은 '대가문'들이 지금 주는 돈보다 더 많이 받아야 해."

하지만 그는 발코니 가장자리에서 물러나 테이블로 와선 의자 하나를 돌리더니 그 위에 거꾸로 앉았다. 지난 몇 주 동안 그는 대체로 예전의 낯익은 모습으로 돌아왔다. 그러나 여전히 변한 점들이 있었다. 그는 회의를 더 자주 열었고, 자기 계획을 패거리와 더 많이 논의했다. 그것 말고도 달라 보이는 점이 있었다. 그는 더…… 생각에 잠겨 있는 것 같았다.

'세이즈드 말이 옳았어.' 빈은 생각했다. '우리가 궁전을 공격한 것 때문에 난 죽을 뻔했지만, 켈시어는 더 좋은 쪽으로 바뀌었어.'

"여기서 이번 주 모임을 가져야 할 것 같다고 생각했어. 두 사람이 거의 참석을 못 하니까." 독슨이 말했다.

"아주 사려 깊으시군, 마스터 독슨." 로드 르노가 말했다. "하지만 불필요한 걱정이야. 우리는 잘해나가고 있어."

"아뇨." 빈이 끼어들었다. "우린 잘해나가고 있지 않아요. 우리 중 누군가는 정보가 필요하단 말이에요. 패거리에 어떤 일들이 일어나고 있어요? 모병은 어떻게 되어가나요?"

르노가 불만스럽게 그녀를 쳐다보았지만 빈은 무시했다. 그녀는 속으로 말했다.

'그는 진짜 로드가 아니야. 또 한 명의 패거리 일원일 뿐이야. 내 의견은 그의 의견과 마찬가지로 중요해! 이제 하인들이 갔으니 나는 내 마음대로 말할 수 있어.'

켈시어는 씩 웃었다.

"흠, 빈은 갇혀 있더니 전보다 노골적으로 말하게 되었군."

"난 아무것도 할 일이 없어요. 미칠 지경이에요." 빈이 말했다.

브리즈는 테이블 위에 자기 와인 잔을 올려놓았다.

"어떤 사람들은 네 상태가 아주 부럽다고 생각할 거야, 빈."

"그럼 그 사람들은 이미 미친 사람들일 거예요."

"오, 그들은 대체로 귀족들이지. 그래, 맞아. 그들은 완전히 미쳤어." 켈시어가 말했다.

"계획은 어떻게 되어가고 있어요?" 빈이 다시 일깨워주었다.

"모병은 아직 너무 느려. 하지만 점점 나아지고 있어." 독슨이 말했다.

"숫자를 늘리기 위해 보안을 더 포기해야 할지도 몰라, 켈시어." 예덴이 말했다.

'저것도 변했네.' 그녀는 예덴의 예의 바른 태도를 보고 큰 인상을 받았다. 그는 더 좋은 옷을 입고 있었다. 독슨이나 브리즈가 입은 것 같은 완전한 신사용 정복은 아니었지만, 적어도 잘 재단된 재킷과 바지였다. 안에는 버튼이 달린 셔츠를 입었고, 옷에는 검댕 하나 묻어 있지 않았다.

"그건 도움이 안 돼, 예덴." 켈시어가 말했다. "운 좋게도 햄은 군대를 잘 훈련시키고 있어. 며칠 전에 그에게서 메시지를 받았어. 그는 군대의 발전에 감명을 받았대."

브리즈는 코웃음을 쳤다.

"조심해. 해먼드는 이런 일들을 좀 낙관적으로 보는 경향이 있어. 군대가 한쪽 발만 있는 벙어리들로 이루어져 있다 해도 그는 그들의 균형 감각과 귀 기울이는 자세를 칭찬할 거야."

"난 그 군대를 보고 싶어." 예덴이 열성적으로 말했다.

"곧 보게 될 거야." 켈시어가 약속했다.

"우리는 이 달 안에 마쉬를 미니스트리에 들여보내야 해." 독슨이 말했다. 세이즈드가 보초를 지나쳐 발코니로 들어오자 그는 테리스인에게 고개를 끄덕였다. "내 바람으로는, 마쉬가 '강철 심문관' 다루는 법을 어느 정도 알게 해줄 거야."

빈은 몸을 떨었다.

"그놈들은 골칫거리야." 브리즈가 동의했다. "놈들 두어 명이 너희 둘에게 했던 일을 생각하면 놈들이 안에 들어 있는 궁전을 함락시키는 일 따위 하나도 부럽지 않아. 그놈들은 미스트본만큼이나 위험해."

"그보다 더요." 빈이 조용히 말했다.

"진짜로 군대가 그들과 싸울 수 있어?" 예덴은 마음이 불편한 듯 말했다. "무슨 뜻이냐면, 그들은 불멸이잖아. 안 그래?"

"마쉬가 해답을 찾아낼 거야." 켈시어가 약속했다.

예덴은 말을 멈추더니 고개를 끄덕이며 켈시어의 말을 받아들였다.

'그래, 정말 변했구나.' 빈은 생각했다. 예덴조차도 켈시어의 카리스마에 오랫동안 버틸 수 없는 것 같았다.

"그동안 세이즈드가 로드 룰러에 대해 알게 된 걸 들어볼까." 켈시어가 말했다.

세이즈드는 두꺼운 책을 테이블 위에 놓고 자리에 앉았다.

"말씀드릴 수 있는 만큼 말씀드리겠습니다. 이 책이 당초 제가 추측했던 것 같은 책은 아니지만요. 처음에는 미스트리스 빈이 고대 종교에 관한 글을 찾았다고 생각했습니다. 하지만 이건 훨씬 더 세속적인 글이었습니다."

"세속적이라고? 어떻게?" 독슨이 물었다.

"이건 일기입니다, 마스터 독슨." 세이즈드가 말했다. "로드 룰러 자신이 쓴 것 같은 기록입니다. 아니면 로드 룰러가 된 사람이라고 해야겠지요. 심지어 미니스트리의 가르침들도 '승천' 전에는 그가 죽을 수 있는 인간이었다는 데 동의합니다.

이 책은 천 년 전 '승천의 우물'에서 벌어진 그의 마지막 전투 바로 직전의 삶을 이야기하고 있습니다. 대부분 그가 여행한 기록입니다. 그가 만난 사람들, 그가 방문했던 장소, 그리고 원정 여행 동안 마주쳤던 재판들에 관한 이야기입니다.

"흥미롭군." 브리즈가 말했다. "하지만 그게 어떻게 우리에게 도움이 되지?"

"저도 잘 모르겠습니다, 마스터 라드리안." 세이즈드가 말했다. "하지만 '승천' 뒤에 숨겨진 진짜 역사를 이해하면 쓸모가 있을 거라고 생각합니다. 최소한 우리는 로드 룰러의 정신에 대해 통찰할 수 있게 될 겁니다."

켈시어는 어깨를 으쓱했다.

"미니스트리는 그걸 중요하게 여겨. 빈은 그걸 중앙 궁전 건물에 있는 사원 같은 곳에서 발견했다고 했어."

"그렇다면 그게 진짜라는 데는 의문의 여지가 없겠군." 브리즈가 한마디 했다.

"위조문서 같지는 않습니다, 마스터 라드리안." 세이즈드가 말했다. "여기에는 세부적인 사항이 놀랄 만한 수준으로 담겨 있습니다. 특히 중요하지 않은 문제들, 짐꾼과 보급품 같은 것에 대한 이야기들이요. 게다가 여기에 나오는 로드 룰러는 심한 갈등을 겪고 있습니다. 미니스트리가 로드 룰러를 숭배하기 위해 이 책을 만들어냈다면, 자기들의 신에게 더 신성을 부여했을 것이라고 저는 생각합니다."

"자네가 번역을 다 끝내면 읽어보고 싶어, 세이즈." 독슨이 말했다.

"나도." 브리즈가 말했다.

"클럽스의 도제 중에는 가끔 필경사로 일하는 사람들이 있어. 모두 한 권씩 갖도록 필사시키면 돼." 켈시어가 말했다.

"그러면 매우 편하겠군." 독슨이 말했다.

켈시어는 고개를 끄덕였다.

"그럼 이제 뭐가 남지?"

모두 말을 멈추었다. 독슨이 빈에게 고갯짓을 했다.

"귀족 문제지."

켈시어는 약간 얼굴을 찡그렸다.

"난 다시 일할 수 있어요. 이제 거의 다 나았어요." 빈이 재빨리 말했다.

켈시어는 세이즈드를 쳐다보았고, 세이즈드는 한쪽 눈썹을 치켜세웠다. 그는 그녀의 상처를 주기적으로 살펴보고 있었다. 그가 보기에는 빈의 상처가 충분히 낫지 않은 것 같았다.

"켈, 난 미칠 것 같아요. 나는 도둑으로 자랐고 음식과 공간을 얻기 위해 앞다투어 경쟁해야 했어요. 하인들이 애지중지 보살피는 한가운데 앉아만 있으려니 못 참겠어요." 빈이 말했다.

'게다가 내가 아직 이 패거리에 쓸모 있다는 걸 증명해 보여야 해.'

"음, 우리가 오늘 여기 온 이유 중엔 네 문제도 있어." 켈시어가 말했다. "이번 주말에 무도회가 있는데……."

"갈게요." 빈이 말했다.

켈시어가 한 손가락을 들어 올렸다.

"내 말 끝까지 들어, 빈. 너는 최근에 많은 일을 겪었고, 이번 잠입은 위험할 수도 있어."

"켈시어. 내 삶은 지금까지 다 위험했어요. 난 갈 거예요." 빈이 단호하게 말했다.

켈시어는 빈에게 설득당한 것 같지 않았다.

"빈은 그 일을 해야 해, 켈." 독슨이 말했다. "우선 빈이 파티에 다시 가지 않으면 귀족들이 수상하게 여기기 시작할 거야. 또 그녀가 보는 걸 우리가 알아야 해. 직원들 속의 하인 스파이가 보고 들은 정보는 현장에서 직접 음모를 엿듣는 스파이의 정보와 같지 않아. 너도 그걸 알잖아."

"그럼 좋아." 마침내 켈시어가 말했다. "하지만 세이즈드가 괜찮다고 말할 때까지는 물리적 알로맨시를 쓰지 않겠다고 나한테 약속해야 해."

그날 저녁, 빈은 믿을 수 없을 정도로 무도회에 가고 싶었다. 그녀는 자기 방에서 독슨이 찾아준 앙상블 드레스(한 벌로 맞춰 입게 지은 옷)를 몸에 대보고 있었다. 적어도 한 달은 귀족 여성의 복장을 계속 입어야 할 것이므로 그녀는 예전 것보다 좀 더 편한 드레스를 찾기 시작했다.

'물론 이런 게 바보 같지 않다는 건 아냐.' 그녀는 네 벌의 드레스를 살펴보며 생각했다. '이 엄청난 레이스에 겹겹이 둘러싸인 천…… 단순한 셔츠와 바지가 훨씬 더 실용적이야.'

하지만 드레스에는 뭔가 특별한 것이 있었다. 바깥의 정원처럼, 드레스의 아름다움에도 뭔가가 있었다. 하나의 식물처럼 그저 물건으로 바라보자면 드레스들은 약간 인상적일 뿐이었다. 그러나 무도회에 참석한다고 생각하면 드레스들은 새로운 의미를 띠었다. 그것들은 아름다웠고, 그녀를 아름답게 만들 것이다. 그 옷들은 그녀가 궁중에 보일 얼굴이었다. 그녀는 잘 어울리는 것을 선택하고 싶었다.

'엘렌드 벤처가 거기 있으면 어떨까……' 세이즈드는 젊은 귀족들은 대부분 모든 무도회에 참석한다고 하지 않았나?

빈은 한 손을 드레스에다 얹었다. 은빛 자수가 놓인 검은 옷이었다. 그녀의 머리카락과 어울릴 것이다. 그렇지만 너무 어둡지는 않을까? 다른 여자들은 대부분 다채로운 드레스를 입었다. 어두운 색채는 남성의 정복에 쓰는 색으로 치부되었다. 그녀는 노란색 가운을 바라보았다. 그러나 그것은 너무…… 경박했다. 그리고 하얀 옷은 너무 장식적이었다.

그러자 붉은색 드레스가 남았다. 목선이 너무 낮았다. 그녀는 그렇게 많이 드러내 보이고 싶지는 않았다. 그러나 그 옷은 아름다웠다. 가늘고 고운 데다 군데군데 반투명한 레이스로 만들어진 풀 슬리브(헐렁한 소매 디자인의 총칭)가 달린 옷에 그녀는 매혹되었다. 그러나 그것은 너무…… 노골적이었다. 그녀는 옷을 집어 들고 손가락으로 부드러운 천의 감촉을 느끼며 그 옷을 입은 자신의 모습을 상상했다.

'내가 어쩌다 이렇게 됐지?' 빈은 생각했다. '이 옷을 입고서는 숨을 수가 없어! 이 주름장식투성이 물건들……. 이건 내가 아니야.'

그렇지만…… 그녀의 마음속 한구석에는 다시 무도회로 돌아가고 싶은 마음이 있었다. 귀족 여성의 일상생활은 그녀를 막막하게 했지만, 그날 하룻밤의 기억은 매력적이었다. 춤을 추는 아름다운 커플들, 완벽한 분위기와 음악, 신기하고 수정 같은 창…….

'난 이제 내가 향수를 뿌리고 있다는 걸 느끼지도 못해.'

빈은 그것을 깨닫고 충격을 느꼈다. 그녀는 매일 향수 넣은 물에 목욕하는 것이 더 좋다는 것을 깨달았고, 하인들은 그녀의 옷에도 향수를 뿌려놓았다. 물론 모두 미묘한 정도였지만, 어딘가로 숨어들 때 그녀의 존재를 드러내기에는 충분했다.

머리카락은 더 길게 자랐다. 르노의 미용사는 그녀의 머리칼을 아주 약간만 동그랗게 말리면서 귀 주위로 떨어지도록 주의 깊게 잘랐다. 거울 속의 앙상하기만 한 모습도 더 이상은 없었다. 긴 시간 동안 병자 생활을 했지만 규칙적인 식사 덕분에 그녀는 살이 쪘다.

'내가 되어가는 건……'

빈은 생각을 멈추었다. 그녀는 자기가 무엇이 되어가고 있는지 알지 못했다. 분명 귀족 여성은 아니었다. 귀족 여성들은 밤에 살금살금 나갈 수 없다고 화를 내지는 않았다. 그렇지만 그녀는 이제 부랑아 빈도 아니었다. 그녀는…….

'미스트본이야.'

빈은 아름다운 붉은색 드레스를 조심스럽게 침대 위에 올려놓고, 방을 가로질러 창밖을 내다보았다. 해 질 녘에 가까웠다. 곧 안개가 올 것이다. 그러나 보통 때와 같이 그녀가 알로맨시 연습에 나서지 못하게 하기 위해 세이즈드는 경비병을 배치해둘 것이다. 그녀는 아직 알로맨시를 써도 좋다고 허락받지 못했으니까. 그녀는 그 예방 조치에 불평하지 않았다. 세이즈드가 옳았다. 누가 지켜보지 않았다면 그녀는 아마 오래전에 약속을 깨버렸을지도 모른다.

오른편에서 희미한 움직임이 느껴졌다. 그녀는 이윽고 정원 발코니에 서 있는 사람의 모습을 간신히 알아볼 수 있었다. 켈시어였다. 빈은 잠시 서 있다가 방에서 나왔다.

그녀가 발코니 위로 올라오자 켈시어가 몸을 돌렸다. 그녀는 끼어들고 싶지 않아 그 자리에 멈추었지만, 켈시어는 그다운 미소를 보여주었다. 그녀는 앞으로 걸어가, 조각된 석조 발코니 난간에서 그와 만났다.

그는 돌아서서 서쪽을 보았다. 땅이 아니라 그 너머였다. 지는 해가 비추고 있는 도시 바깥의 황무지 쪽이었다.

"너한테는 이것들이 잘못된 것으로 보인 적 있니, 빈?"

"잘못돼요?" 그녀가 물었다.

켈시어가 고개를 끄덕였다.

"마른 식물, 화난 태양, 연기로 검어진 하늘."

빈은 어깨를 으쓱했다.

"그런 것들이 어떻게 옳거나 잘못될 수 있어요? 그건 원래 그런 거잖아요."

"그렇겠지." 켈시어가 말했다. "하지만 난 네 사고방식도 잘못됐다고 생각해. 세계는 이런 모습이 아니어야 해."

빈은 얼굴을 찌푸렸다.

"당신이 그걸 어떻게 알아요?"

켈시어는 조끼 주머니에 손을 넣더니 종잇조각 한 장을 꺼냈다. 그것을 부드러운 손길로 펼친 다음 빈에게 건네주었다.

그녀는 종이를 받아 조심스럽게 들어 올렸다. 종이는 아주 오래되고 닳아서 주름이 있는 곳은 부서질 것 같았다. 거기에는 아무 말도 쓰여 있지 않았다. 그냥 오래되고 빛바랜 그림뿐이었는데, 이상한 모습을 그린 것이었다. 식물 같았지만 빈이 한 번도 본 적 없는 것. 그것은 너무…… 엉성했다. 줄기는 두껍지 않았고, 잎은 너무 섬세했다. 꼭대기에는 나머지 부분과 다른 색의 낯선 이파리들이 모여 있었다.

"이건 꽃이라고 해." 켈시어가 말했다. "'승천' 전의 식물에서 자라곤 했어. 옛날 시와 이야기들에 그것이 묘사돼 있어. 하지만 이제 키퍼들과 반역도 현자들 외에는 알지 못하는 것들이야. 내가 들은 바로는, 이 식물들은 아름답고 상쾌한 향기를 가지고 있대."

"향기가 나는 식물이라고요? 과일처럼요?" 빈이 물었다.

"그럴 거라고 생각해. 어떤 보고에서는 심지어 '승천' 전의 시대에는 이 꽃들이 자라서 과일이 되었다고 주장하기도 해."

빈은 조용히 서서 얼굴을 찌푸린 채 그런 일을 상상해보려고 했다.

"그 그림은 내 아내 메어의 것이야." 켈시어가 조용히 말했다. "우리가 잡혀간 뒤 독슨이 그녀의 물건 속에서 찾아낸 거야. 그는 우리가 돌아올 거라는 희망을 갖고 그걸 간직했어. 내가 도망쳐 나온 후 그걸 내게 주었지."

빈은 그 그림을 다시 내려다보았다.

"메어는 '승천' 이전 시대에 매혹되어 있었어." 켈시어는 계속 바깥 정원을 내다보며 말했다. 멀리서 해가 지평선에 닿아 더욱 깊고 붉은 빛깔을 내고 있었다. "그녀는 그 종이 같은 것을 모았어. 옛 시절의 그림이나 글들. 그녀가 틴아이였다는 사실도 있겠지만 그런 매혹 또한 그녀를 암흑가로, 그리고 나에게로 이끄는 데 영향을 주었다고 생각해. 내게 처음으로 세이즈드를 소개해준 사람도 그녀였어. 그 당시에는 내 패거리가 아니었지. 그는 도둑질에는 흥미가 없었거든."

빈은 종이를 접었다.

"그런데 이 그림을 아직도 간직하고 있어요? 그녀가…… 당신에게 그런 짓을 한 뒤에도?"

켈시어는 잠시 침묵에 빠졌다가 그녀를 바라보았다.

"또 문가에서 엿들었구나, 응? 아, 걱정 마. 그건 다른 사람도 다 아는 사실이라고 생각해." 지는 해가 멀리서 활활 타오르고 있었다. 불그스름한 햇빛이 구름과 연기를 비추며 둘을 엇비슷하게 보이도록 만들었다.

"그래, 난 그 꽃을 간직했어." 켈시어가 말했다. "왜 그랬는지는 잘 모르겠어. 하지만…… 너는 어떤 사람이 널 배신했다는 이유만으로 그 사람을 사랑하다 그만둘 수 있니? 난 그럴 수 없을 것 같아. 그래서 배신이 그렇게 아픈 거야. 고통, 절망, 분노…… 그래도 난 그녀를 사랑했어. 아직도 사랑해."

"어떻게요?" 빈은 물었다. "어떻게 그럴 수가 있죠? 어떻게 당신은 사람들을 믿을 수가 있죠? 그녀가 당신한테 한 짓에서 배운 게 없어요?"

켈시어는 어깨를 으쓱했다.

"내 생각엔…… 내 생각엔 메어에게 배신당하는 것까지 포함해서 메어를 사랑하는 것 그리고 아예 그녀를 모르는 것 가운데서 고르라면, 난 사랑을 선택하겠어. 나는 위험을 무릅썼고, 그 도박에서

졌어. 그렇지만 가치 있는 위험이었어. 그건 내 친구들에 대해서도 마찬가지야. 우리 직업에서 의심은 건전한 거야. 하지만 그것도 어느 정도까지만이지. 나는 내 사람들이 나를 덮치면 어쩌나 걱정하기보다는 그냥 그들을 믿을 거야."

"바보 같아 보여요." 빈이 말했다.

"행복은 바보 같은 거 아니니?" 켈시어가 그녀 쪽을 바라보며 물었다. "빈, 너는 어디서 더 행복했니? 내 패거리에서? 아니면 카몬과 함께 있을 때?"

빈은 말문이 막혔다.

"난 메어가 날 배신했는지 잘 모르겠어." 켈시어가 다시 일몰을 바라보며 말했다. "메어는 언제나 자기가 그러지 않았다고 했어."

"그리고 그녀도 '갱'으로 보내졌죠, 맞죠?" 빈이 말했다. "그녀가 로드 룰러 편을 들었다면 그건 말이 안 돼요."

켈시어는 여전히 먼 곳을 바라보며 고개를 저었다.

"그녀는 내가 '갱'에 끌려가고 나서 몇 주 후에 그곳에 나타났어. 우리는 따로 갇혔어. 나는 그동안 무슨 일이 일어났는지, 왜 그녀가 결국 하스신에 보내졌는지 몰라. 그녀가 그곳에 끌려와 죽었다는 건 그녀가 진짜로 날 배신하지는 않았다는 사실을 말해주는 건지도 몰라. 하지만……."

그는 빈 쪽을 보았다.

"빈, 너는 로드 룰러가 우리를 붙잡았을 때 그가 한 말을 듣지 못했어. 로드 룰러…… 그는 메어에게 고맙다고 했어. 나를 배신해서 고맙다고. 그의 말은 으스스할 정도로 정직한 느낌을 띠었고, 그 내

용은 우리가 세웠던 계획과 밀접하게 연결돼 있었어……. 음, 메어를 믿기가 어려웠지. 하지만 그렇다고 내 사랑이 변하진 않았어. 마음속 깊은 곳에서는 변하지 않았어. 1년 후 메어가 '갱'의 노예 감독관에게 맞아 죽었을 때 나도 거의 죽을 뻔했어. 그날 밤, 그녀의 시체가 실려 간 후 나는 '끊어졌어'."

"미쳐버렸나요?" 빈이 물었다.

"아니. '끊어진다'는 건 알로맨시 용어야." 켈시어가 말했다. "우리의 힘은 처음에는 잠재돼 있어. 그 힘은 정신적으로 상처가 되는 사건을 겪은 후에만 나타나. 아주 강렬한…… 거의 치명적인 사건. 철학자들의 말로는, 어떤 사람이 죽음을 보고 그것을 거부한 다음에야 금속을 부릴 수 있다고 해."

"그러면…… 나한테는 그게 언제 일어난 거죠?" 빈이 물었다.

켈시어는 어깨를 으쓱했다.

"그건 알 수 없지. 너처럼 자랐다면 네가 '끊어질' 기회는 충분했을 거야."

그는 혼잣말을 하듯 고개를 끄덕였다.

"나한테는 그게 그날 밤이었어. 나는 '갱'에 혼자 있었고, 그날 한 일 때문에 팔에서는 피가 흐르고 있었지. 메어는 죽었고, 나는 그게 내 책임일까 봐 두려웠어. 내가 믿음이 부족했기 때문에 그녀의 힘과 의지가 사라져버린 게 아닐까, 하고. 그녀는 내가 자기의 충성을 의심했다는 사실을 알면서 죽었어. 진짜 그녀를 사랑했다면 나는 아예 의심을 품지도 않았을 거야. 난 모르겠어."

"하지만 당신은 죽지 않았잖아요." 빈이 말했다.

켈시어는 고개를 끄덕였다.

"나는 그녀의 꿈이 이루어지는 걸 보겠다고 결심했어. 난 꽃들이 돌아온 세계, 녹색 식물들이 있는 세계, 하늘에서 검댕이 떨어지지 않는 세계를 만들 거야……" 그의 말꼬리가 흐려졌다. 그는 한숨을 쉬었다. "나도 알아. 내가 미쳤지."

"진짜 그래요. 이제 좀 말이 되네요." 빈이 조용히 말했다.

켈시어는 미소를 지었다. 해는 지평선 아래로 가라앉았고, 햇빛이 아직 서쪽에서 타오르는 동안 안개가 나타나기 시작했다. 안개는 한 군데에서 나타나지 않았고, 말하자면 그냥…… 자라났다. 안개는 반투명하고 비비 꼬인 덩굴손을 하늘에 펼쳤다. 앞뒤로 돌돌 말리고 길게 늘어나고 춤추고 섞였다.

"메어는 아이들을 갖고 싶어 했어." 켈시어가 갑자기 말했다. "15년 전 우리가 결혼했을 때. 나는…… 그녀에게 동의하지 않았지. 나는 만세에 길이 남을 가장 유명한 스카 도둑이 되고 싶었기 때문에 내 계획을 늦출 일 같은 건 할 생각이 없었거든.

아마 좋은 일이었을 거야, 우리가 아이들을 갖지 않은 건. 로드 룰러가 그 아이들을 발견해서 죽여버렸을 수도 있어. 하지만 발견하지 못했을 수도 있지. 독스와 다른 사람들은 살아남았으니까. 지금 와서 때때로 나는 그녀의 일부분이 나와 함께 있었으면 좋겠다고 생각해. 아이 하나. 딸 하나. 아마 메어와 똑같은 짙은 머리와 유연하지만 고집 있는 성격을 가졌겠지."

그는 말을 멈추고 빈을 내려다보았다.

"나는 네게 일어나는 일을 책임지고 싶지 않아, 빈. 다시는."

빈은 얼굴을 찌푸렸다.

"난 더 이상 이 저택에 갇혀서 시간을 보내지는 않을 거예요."

"그래, 넌 그럴 거야. 우리가 널 더 오래 잡아놓으려 한다면 넌 어느 날 밤 엄청나게 바보 같은 짓을 저질러놓고는 클럽스 가게에 나타나겠지. 우린 그런 면에서는 너무 비슷해, 너와 나는. 그냥…… 조심해."

빈은 고개를 끄덕였다.

"그럴게요."

그들은 몇 분 동안 그 자리에 서서 안개가 모이는 걸 지켜보고 있었다. 마침내 켈시어가 똑바로 일어나 기지개를 켰다.

"음, 나만 그런지는 모르겠지만 네가 우리와 함께하기로 결정해서 기뻐, 빈."

빈은 어깨를 으쓱했다.

"솔직히 말하면, 나도 그 꽃이라는 걸 직접 보고 싶어졌어요."

18

나는 고향을 떠날 수밖에 없는 상황에 처했다고 할 수도 있을 것이다. 확실히, 그대로 머물렀다면 나는 지금쯤 죽었을 것이다. 이유도 모른 채 달리고 내가 알지도 못하는 짐을 운반하던 시절, 나는 클레니움에 매몰되어 특색 없는 삶을 살 것이라고 생각했다.

다른 많은 것들처럼, 그 익명성이 이미 내게서 영원히 없어졌다는 사실을 나는 천천히 이해하고 있다.

그녀는 붉은 드레스를 입기로 결심했다. 그건 확실히 가장 대담한 선택이었지만 그쪽이 옳다고 느껴졌다. 결국 그녀는 진정한 자아를 귀족의 모습 속에 숨기는 것이다. 외모가 눈에 더 띌수록 그녀가 숨기는 더 쉬워질 것이다.

한 하인이 마차 문을 열었다. 빈은 깊은숨을 들이쉬었다. 붕대를 숨기기 위해 입은 특별한 코르셋은 가슴을 약간 갑갑하게 만들었다. 그녀는 하인의 손을 잡고 내려와 드레스를 펴고, 세이즈드에게 고개를 끄덕인 다음 다른 두 명의 귀족과 함께 엘라리엘 아성으로 가는 계단으로 올라갔다. 그것은 벤처 가문의 아성보다는 약간 더 작았다. 벤처 가문이 무도회장을 거대한 메인 홀에 모아둔 반면, 엘라리엘 아성은 파티 무도회장을 따로 둔 것 같았다.

빈은 다른 귀족 여성들을 보고 자신감이 약간 사라지는 것을 느꼈다. 그녀의 드레스는 아름다웠다. 그러나 다른 여성들은 드레스보다 훨씬 더 많은 장점을 갖고 있었다. 길고 흘러내리는 듯한 머리와 자신 있는 태도는 보석으로 장식한 그들의 모습에 어울렸다. 그들은 드레스 윗부분을 풍만한 곡선으로 채우고 아래쪽 주름의 화려한 프릴 속에서 우아하게 움직였다. 빈은 때때로 여성들의 발에 시선을 빼앗겼다. 그들은 그녀처럼 단순한 슬리퍼가 아니라 꽤 높은 힐이 달린 구두를 신고 있었다.

"왜 나는 저런 구두가 없는 거죠?" 카펫으로 덮인 계단을 지나면서 그녀가 조용히 물었다.

"힐을 신고 걸으려면 연습이 필요합니다, 미스트리스." 세이즈드가 대답했다. "겨우 춤추는 법을 배운 참이니까 당분간은 보통 신발을 신으시는 게 좋을 겁니다."

빈은 얼굴을 구겼으나 그의 설명에 납득됐다. 그러나 세이즈드가 춤에 대해 말하자 마음이 더욱 불편해졌다. 그녀는 지난번 무도회에서 춤추는 사람들이 보였던 물 흐르는 듯한 균형 감각을 떠올렸다. 그녀는 절대로 그렇게 할 수 없을 것이다. 그녀는 이제 간신히 기본 스텝을 익혔을 뿐이다.

'그건 중요하지 않을 거야. 그들은 나를 보러 온 게 아니라 레이디 발레트를 볼 테니까. 그녀는 이곳을 잘 모르고 낯설어하는 데다, 모두들 그녀가 최근에 아팠다고 생각해. 그녀가 춤을 못 춰도 그러려니 할 거야.'

그런 생각을 하며, 빈은 약간 더 안심이 되는 것을 느끼면서 계단 꼭대기로 올라왔다.

"정말이지, 미스트리스. 이번에는 훨씬 덜 초조해 보이십니다." 세이즈드가 말했다. "사실 흥분한 걸로 보이기까지 합니다. 발레트가 보이기에 적절한 태도라고 생각합니다."

"고마워요." 그녀는 미소 지으며 말했다. 그가 옳았다. 그녀는 흥분했다. 다시 계획에 끼게 된 것에 흥분했고, 심지어 귀족들과 그들의 휘황찬란하고 우아한 분위기 속으로 다시 돌아온 것에도 흥분했다.

그들은 나지막한 무도회장 건물에 들어갔다. 주 아성에서 뻗어나간 몇 개의 낮은 관(館) 중 하나였다. 하인 한 명이 그녀의 숄을 가져갔다. 빈은 문가 바로 안쪽에 잠시 멈춰 서서 세이즈드가 그녀의 테이블과 식사를 준비하는 동안 기다렸다.

엘라리엘의 무도회장은 웅장하고 거대한 벤처의 홀과는 매우 달랐다. 어둑한 방은 겨우 1층 높이였고, 스테인드글라스 창이 많기는 했지만 모두 천장에 붙어 있었다. 원형의 채광용 장미창이 위쪽에서 빛났고, 지붕에 달린 작은 라임라이트들이 그 창들을 밝혔다. 테이블마다 촛불이 놓여 있었다. 위에서 빛이 비치는데도 방 안에 어둠이 남아 있었다. 수많은 사람들이 참석하고 있었는데도…… 은밀해 보였다.

이 방은 확실히 파티를 위해 설계된 방이었다. 제일 낮게 지어진 무도장이 한가운데에 놓여 있었는데, 그곳은 방의 나머지 부분보다 더 환하게 밝혀져 있었다. 두 단을 이룬 테이블들이 무도장을 둘러싸고 있었다. 첫 번째 단은 겨우 몇 피트 위쪽에 있었고, 두 번째 단은 좀 더 뒤쪽, 두 배가량 높은 곳에 위치해 있었다.

하인이 그녀를 방 가장자리 테이블로 안내했다. 그녀는 앉았고 세이즈드는 관례적으로 그녀 옆자리를 차지한 채 식사가 오기를 기다리기 시작했다.

"켈시어가 바라는 정보를 대체 내가 어떻게 얻어야 하나요?" 그녀는 어두운 방을 살펴보면서 조용히 물었다. 위에서부터 테이블과 사람들에게 비춰지는 깊고 수정 같은 색채는 인상적인 분위기를 만들어냈지만, 그것은 얼굴을 구별하기 어렵게 만드는 조명이기도 했다. 엘렌드도 여기 무도회에 온 사람들 속 어딘가에 섞여 있을까?

"오늘 밤 남자 몇이 춤을 추자고 할 겁니다." 세이즈드가 말했다.

"그들의 초청을 받아들이십시오. 나중에 그들을 찾아 무리에 섞일 구실이 될 겁니다. 대화에 참여하실 필요는 없습니다. 그냥 들어야 합니다. 앞으로 무도회에서 젊은이 몇이 동반해달라고 청하기 시작할 겁니다. 그러면 그들의 테이블에 앉아 그들이 하는 모든 논의를 들을 수 있게 됩니다."

"그럼, 한 사람과 내내 앉아 있으란 말이에요?"

세이즈드는 고개를 끄덕였다.

"드물지 않은 일입니다. 그날 밤 그 사람하고만 춤추기도 할 겁니다."

빈은 얼굴을 찡그렸다. 하지만 그 이야기는 그만하고 그녀는 방을 다시 살펴보려고 했다.

'그는 아마 여기 오지도 않았을 거야. 자기는 가능한 한 무도회를 피한다고 했잖아. 여기 왔다고 해도 혼자 떨어져 있을 거야. 넌 다만⋯⋯.'

낮은 쿵 소리를 내며, 어떤 사람이 그녀의 테이블에 책 더미를 떨어뜨렸다. 빈은 깜짝 놀라 펄쩍 뛰었다. 엘렌드 벤처가 의자를 빼더니 느긋한 자세로 앉았다. 그는 의자 등받이에 몸을 기대고 테이블 옆의 가지 달린 촛대 쪽으로 비스듬하게 자리를 잡더니 책을 한 권 펼쳐서 읽기 시작했다.

세이즈드는 얼굴을 찌푸렸다. 빈은 미소를 숨기고 엘렌드를 쳐다보았다. 그는 여전히 머리 빗질이 깔끔하지 않은 것 같았고, 버튼을 위까지 잠그지 않은 채 정복을 입은 것도 전과 마찬가지였다. 옷은 초라하지 않았지만 파티에 온 다른 사람들처럼 부티가 나지는 않았다. 그 옷은 딱 맞게 잘 재단된 전통적 패션에 도전하려고 일부러 느슨하고 헐렁하게 재단한 것 같았다.

엘렌드는 책장을 휙휙 넘겼다. 빈은 참을성 있게 그가 아는 척하기를 기다렸지만, 그는 계속 읽기만 했다. 마침내 빈은 한쪽 눈썹을 치켜세웠다.

"당신한테 제 테이블에 앉아도 된다고 허락한 기억이 없는데요, 로드 벤처." 그녀가 말했다.

"나는 신경 쓰지 마요." 엘렌드가 앞도 쳐다보지 않고 말했다. "당신 테이블은 크고, 우리 둘 다 앉을 공간이 아주 많아요."

"아마 우리 양쪽에게는 그렇겠죠." 빈이 말했다. "하지만 저 책들은 잘 모르겠네요. 서빙을 하는 하인들이 제 식사를 어디에 놓아야 할까요?"

"당신 왼쪽에 약간 공간이 있어요." 엘렌드가 퉁명스럽게 말했다.

세이즈드의 주름이 깊어졌다. 그는 앞으로 걸어 나가 책들을 모아선 엘렌드의 의자 옆 바닥에 쌓아두었다.

엘렌드는 계속 책을 읽었다. 그러면서 그는 한 손을 들어 손짓을 했다.

"자, 봐요. 이래서 내가 테리스인 하인을 쓰지 않는다니까. 그들은 정말이지 참을 수 없을 정도로 능률적이라고요."

"세이즈드는 전혀 참을 수 없는 사람이 아니에요." 빈은 냉랭하게 말했다. "그는 좋은 친구고, 아마 당신보다 훨씬 더 나은 사람일 거예요, 로드 벤처."

엘렌드는 마침내 위쪽을 쳐다보았다.

"미안…… 합니다." 그는 솔직한 어조로 말했다. "사과할게요."

빈은 고개를 끄덕였다. 그러나 엘렌드는 책을 도로 펴고는 계속 읽었다.

'그냥 책만 읽고 있을 거면 왜 나와 함께 앉은 거야?'

"날 괴롭히기 전에는 이런 파티들에서 뭘 하셨어요?" 그녀가 화난 어조로 물었다.

"이것 봐요, 내가 어떻게 당신을 괴롭히고 있을 수가 있어요?" 그가 물었다. "정말이에요, 발레트. 나는 그냥 여기 앉아서 조용히 혼자 책을 읽고 있잖아요."

"'제' 테이블에서요. 당신은 테이블을 따로 잡을 수 있어요. 당신은 벤처가의 상속자잖아요. 우리가 저번에 만났을 때 그 사실을 밝히지는 않았지만요."

"맞아요." 엘렌드가 말했다. "하지만 벤처 집안이 짜증 나는 패거리라고 당신에게 말하지 않았나요. 난 그냥 그 묘사에 맞게 행동하려고 하고 있어요."

"그렇게 말한 사람은 당신이잖아요!"

"그거 편리하군요." 엘렌드가 책을 읽으며 슬쩍 미소 지었다.

빈은 좌절감에 빠져 한숨을 쉬며 얼굴을 찡그렸다.

엘렌드는 책 너머로 그녀의 모습을 살짝 엿보았다.

"그거 엄청 멋진 드레스군요. 거의 당신만큼 아름다워요."

빈은 입이 살짝 벌어진 채 얼어붙었다. 엘렌드는 장난스럽게 미소 짓더니, 다시 책으로 돌아갔다. 그는 자기가 어떤 반응을 얻을지 알고 있어서 그 말을 했다는 것처럼 눈을 반짝이고 있었다.

세이즈드는 반감을 숨기려는 노력도 하지 않은 채 테이블 옆에 우뚝 서 있었다. 그러나 그는 아무 말도 하지 않았다. 엘렌드는 너무도 중요한 인물이라서 겨우 시종이 뭐라 꾸짖을 수는 없는 일이었다.

빈이 마침내 다시 말문을 열었다.

"로드 벤처, 당신처럼 좋은 신랑감이 이런 무도회에 혼자 온다는 건 대체 뭐죠?"

"오, 혼자 오지는 않아요." 엘렌드가 말했다. "우리 가족은 보통 나와 동반할 여성 한두 명을 세워놔요. 오늘 밤 그 역할은 레이디 스테이스 블랜치스죠. 녹색 드레스를 입고 우리 건너편 낮은 줄에 앉아 있는 사람이에요."

빈은 방을 슬쩍 건너다보았다. 레이디 블랜치스는 멋진 금발 미인이었다. 그녀는 얼굴을 찡그린 채 계속 빈의 테이블을 쳐다보고 있었다. 빈은 얼굴이 붉어져서 시선을 돌렸다.

"음, 저기 내려가서 그녀와 함께 있어야 하지 않아요?"

"아마 그렇겠죠." 엘렌드가 말했다. "하지만 이봐요, 비밀을 하나 말해줄게요. 사실 난 별로 신사가 아니에요. 게다가 내가 그녀를 초대하지도 않았어요. 마차에 탈 때까지 나는 같이 갈 사람이 누군지 알지도 못했어요."

"알겠어요." 빈이 얼굴을 찌푸리며 말했다.

"그렇지만 내 행동은 개탄할 만한 일이죠. 불행히도 나는 그런 개탄할 만한 짓을 여러 번 하는 경향이 있어요. 예를 들면 만찬 테이블에서 책을 읽는 걸 좋아한다든가. 잠시 실례하겠어요. 가서 마실

걸 좀 가져오죠."

그는 일어서서 책을 주머니에 쑤셔 넣고, 방에 있는 바 테이블 한 곳으로 걸어갔다. 빈은 화가 나기도 하고 재밌기도 한 기분으로 그가 가는 것을 지켜보았다.

"이건 좋지 않습니다, 미스트리스." 세이즈드가 낮은 목소리로 말했다.

"그는 그렇게 나쁘지 않아요."

"그는 당신을 이용하고 있어요, 미스트리스." 세이즈드가 말했다. "로드 벤처는 독특하고 반항적인 태도로 악명이 높습니다. 많은 사람들이 그를 싫어해요. 그가 바로 이런 일을 하기 때문이죠."

"이런 일?"

"그는 자기 가족을 화나게 할 일이라는 걸 알기 때문에 당신과 같이 앉아 있는 겁니다." 세이즈드가 말했다. "오, 아가씨. 고통을 드리고 싶지는 않지만 당신은 궁정의 방식을 이해하셔야 합니다. 이 젊은이는 당신에게 로맨틱한 면으로는 흥미가 없습니다. 그는 자기 아버지가 가하는 제약에 짜증을 내는 젊고 거만한 영주입니다. 그래서 그는 무례하고 공격적으로 행동해서 반항을 합니다. 자기가 오랫동안 버릇없이 행동하면 아버지가 누그러질 걸 알거든요."

빈은 위가 꼬이는 것을 느꼈다.

'물론 세이즈드가 옳을 거야. 아니면 왜 엘렌드가 일부러 나를 찾겠어? 나는 바로 그가 필요로 할 만한 사람이야. 자기 아버지를 화나게 할 만큼 지체가 낮지만 진실을 보지 못할 정도로 경험이 없는 어린애지.'

식사가 도착했지만 빈은 이제 별로 식욕이 없었다. 그녀가 음식을 깨작거리기 시작했을 때, 엘렌드가 돌아와 혼합된 술로 채워진 커다란 잔을 내려놓았다. 그는 책을 읽으면서 조금씩 술을 마셨다.

'독서를 방해하지 않으면 그가 어떻게 반응하나 보자.' 빈은 짜증이 나서 생각했다. 그녀는 자기가 받은 수업을 떠올리며 우아하고 숙녀답게 음식을 먹었다. 아주 배부른 식사는 아니었다. 대부분 버터를 바른 비싼 채소들이었다. 그녀가 더 빨리 먹을수록 더 빨리 춤을 추러 갈 수 있었다. 그러면 적어도 엘렌드 벤처와 함께 앉아 있지 않아도 될 것이다.

젊은 영주는 그녀가 먹는 동안 몇 번 읽기를 멈추고 책 너머로 그녀를 살짝 훔쳐보았다. 그는 분명히 그녀가 무슨 말을 할 거라고 기대하고 있었지만, 그녀는 전혀 말하지 않았다. 그러나 음식을 먹으면서 그녀의 분노는 점차 사라졌다. 그녀는 엘렌드를 흘끗하면서, 약간 헝클어진 그의 외관을 살피고 진지하게 책을 읽는 모습을 보았다. 이 남자가 진짜로 세이즈드가 말한 것 같은 작위적이고 뒤틀린 감각을 숨길 수 있을까? 그는 진짜로 빈을 이용하는 것뿐일까?

'누구라도 널 배신할 거야.' 린이 속삭였다. '모든 사람이 널 배신할 거야.'

엘렌드는 그냥 너무나…… 진짜 같았다. 겉모습만 꾸며내거나 가면을 쓴 것이 아니라 그는 진짜 사람처럼 느껴졌고, 그녀가 자기에게 말을 걸기를 바라는 것 같았다. 마침내 그가 책을 내려놓고 그녀를 보자 빈은 개인적인 승리를 거둔 것 같은 기분이었다.

"왜 여기 왔지요, 발레트?" 그가 물었다.

"여기 파티에요?"

"아뇨, 루서델에요."

"여긴 모든 것의 중심이잖아요." 빈이 말했다.

엘렌드는 얼굴을 찌푸렸다.

"그럴지도 모르지요. 하지만 제국은 이런 조그만 곳을 중심으로 두기에는 아주 큰 장소예요. 우린 제국이 얼마나 큰지 진짜로 실감하지 못할 거예요. 여기까지 오는 데 얼마나 오래 걸렸어요?"

빈은 한순간 공황 상태에 빠진 느낌이었지만, 세이즈드의 수업이 재빨리 마음을 스치고 지나갔다.

"운하로 거의 두 달이요. 몇 번 쉬어가면서요."

"아주 긴 시간이로군요." 엘렌드가 말했다. "사람들 말로는 제국의 한쪽 끝에서 다른 쪽 끝으로 여행하려면 반년이 걸릴 거랍니다. 하지만 우리 대부분은 중심에 있는 이 작은 조각 외에는 모든 것을 무시하죠."

"나는……." 빈은 말을 흐렸다. 그녀는 린과 함께 '중앙 지배지'를 전부 가로질렀다. 그러나 그곳은 지배지들 가운데 가장 작은 곳이었고, 그녀는 제국에서 가장 이국적인 장소들에는 한 번도 가보지 못했다. 중앙 지역은 도둑들에게 좋은 곳이었다. 이상하게도 로드 룰러에게 가장 가까운 장소는 가장 부유한 곳인 동시에 가장 부패한 곳이기도 했다.

"그럼 이 도시를 어떻게 생각하십니까?" 엘렌드가 물었다.

빈은 잠시 말문이 막혔다.

"여기는…… 더러워요." 그녀는 정직하게 말했다. 흐린 빛 속에서 하인 한 명이 나타나 빈 접시를 가져갔다. "여기는 더럽고 북적거려요. 스카들은 끔찍한 취급을 받고요. 하지만 그건 어디나 마찬가지겠죠."

엘렌드는 머리를 곧추세우고 그녀에게 이상한 표정을 지어 보였다.

'스카 이야기는 하지 말 걸 그랬어. 그건 별로 귀족답지 않아.'

그는 앞으로 몸을 기울였다.

"여기 스카들이 당신 농장에 있는 스카들보다 더 심한 취급을 받고 있다고 생각합니까? 나는 그들이 도시에 있는 게 더 나을 거라고 언제나 생각했어요."

"음…… 잘 모르겠어요. 난 들에 별로 자주 나가지 않아요."

"그럼 그들과 의사소통을 많이 해보지 않았군요?"

빈은 어깨를 으쓱했다.

"그게 왜 중요한가요? 그들은 그냥 스카일 뿐인데."

"그래요, 우린 언제나 그렇게 말하죠." 엘렌드가 말했다. "하지만 난 잘 모르겠어요. 아마 내가 너무 호기심이 많은가 봐요. 하지만 난 그들에게 흥미를 느껴요. 당신은 그들이 서로 이야기하는 걸 들어본 적이 있나요? 그들도 보통 사람처럼 말하나요?"

"뭐라고요?" 빈이 물었다. "물론 그렇게 말하죠. 그들이 달리 무슨 말을 하겠어요?"

"음, 당신은 미니스트리가 어떻게 가르치는지 알죠?"

그녀는 몰랐다. 하지만 미니스트리가 스카에 대해 좋은 말을 하지는 않을 것 같았다.

"난 미니스트리가 말하는 걸 뭐든지 전부 믿지는 않기로 했어요."

엘렌드는 다시 말을 멈추고 고개를 바로 세웠다.

"당신은…… 내가 예상했던 것과 다르군요, 레이디 발레트."

"사람들은 예상대로인 경우가 드물죠."

"그럼 농장 스카에 대해 말해줘요. 그들은 어떻게 생겼어요?"

빈은 어깨를 으쓱했다.

"다른 모든 곳의 스카와 비슷하죠."

"지성이 있나요?"

"어떤 사람들은요."

"하지만 당신이나 나 같지는 않죠, 맞죠?" 엘렌드가 물었다.

빈은 잠시 말을 하지 못했다.

'귀족 여성이라면 어떻게 대답할까.'

"그럼요, 물론 아니죠. 그들은 그냥 스카일 뿐인걸요. 당신은 왜 그렇게 그들에게 관심을 갖죠?"

엘렌드는…… 실망한 듯이 보였다.

"이유는 없어요." 그는 의자에 도로 앉아 책을 펴면서 말했다. "저기 남자들 몇 명이 당신에게 춤을 청하고 싶어 하는 것 같은데요."

돌아보자 정말로 한 무리의 젊은 남자들이 그녀의 테이블에서 가까운 곳에 서 있었다. 그들은 그녀가 돌아보자마자 눈길을 돌려버렸다. 몇 초 후, 그중 한 사람이 다른 테이블을 가리키더니 그쪽으로 걸어가 젊은 숙녀에게 춤을 추자고 청했다.

"몇 사람이 아가씨를 주목했습니다, 마이 레이디." 세이즈드가 말했다. "하지만 절대로 다가오지는 않습니다. 제 생각엔, 로드 벤처가 여기 계시기 때문에 위축된 것 같습니다."

엘렌드가 코웃음을 쳤다.

"내가 절대로 누굴 위축시킬 존재가 아니라는 걸 그 작자들이 알아야 하는데."

빈은 얼굴을 찌푸렸지만, 엘렌드는 계속 책만 읽었다.

'좋아!'

그녀는 그 젊은이들 쪽으로 몸을 돌렸다. 그러다가 한 남자와 눈길이 마주치자 살짝 미소 지어주었다.

잠시 후, 그 젊은이가 다가왔다. 그는 뻣뻣하고 공적인 어조로 말했다.

"레이디 르노, 저는 로드 멜렌드 리제입니다. 저와 춤을 춰주시겠습니까?"

빈은 엘렌드 쪽으로 눈길을 쏘아 보냈지만, 그는 책에서 눈을 떼지 않았다.

"기꺼이 그러지요, 로드 리제." 빈은 그렇게 말하며 그 젊은이의 손을 잡고 일어섰다.

그는 그녀를 데리고 무도장으로 내려갔다. 무도장이 다가오자 빈은 다시 초조해졌다. 갑자기 한 주 연습한 것으로는 충분하지 않을 것 같다는 생각이 들었다. 음악이 그치면서 커플들이 무도장에 들어가거나 나갈 시간이 되었고, 로드 리제는 그녀를 앞으로 안내했다.

빈은 자신의 편집증을 가라앉히려고 안간힘을 썼다. 모두들 드레스와 서열만 보지 빈 자신은 보지 않는다는 사실을 계속 떠올렸다. 그녀는 고개를 들어 로드 리제의 눈을 보다가, 그 눈 안에 떠오른 불안을 보고 놀랐다.

음악이 시작되면서 사람들이 춤을 추기 시작했다. 로드 리제의 얼굴에 실망의 표정이 깃들었다. 그녀는 그의 손바닥이 자기 손안에서 땀으로 축축해지는 것을 느꼈다.

'와, 이 사람도 나만큼이나 초조해하고 있어! 어쩌면 나보다 훨씬 더할지도 몰라.'

리제는 엘렌드보다 젊었고, 빈과 더 비슷한 나이였다. 그는 무도회 경험이 많지 않은 것 같았다. 별로 춤을 많이 춰본 것 같지도 않았다. 스텝에 너무 집중하느라 동작이 뻣뻣했다.

'그럴 만하네.' 빈은 긴장을 풀고 세이즈드가 가르쳐준 동작에 따라 몸을 움직이면서 깨달았다. '경험 있는 사람들이라면 나처럼 낯선 사람에게 춤을 추자고 청하지는 않을 거야. 주의 깊게 지켜보고만 있겠지.'

'하지만 엘렌드는 왜 내게 주의를 기울이고 있을까? 그냥 세이즈드가 말한 대로 자기 아버지를 짜증 나게 하려는 술책일까? 그럼 왜 내가 하는 말에 흥미를 갖는 것 같지?'

"로드 리제, 엘렌드 벤처에 대해 많이 아시나요?" 빈이 말했다.

리제는 고개를 들었다.

"음, 나는……"

"춤에 그렇게 집중하지 마세요. 내 춤 교사는 너무 잘하려고 애쓰지 않을 때 춤이 더 자연스럽게 흘러간댔어요." 빈이 말했다.

리제의 얼굴이 붉어졌다.

'로드 룰러시여! 이 소년은 정말 풋풋하구나.' 빈은 생각했다.

"그의 혈통 때문에 위축될 필요 없어요. 내가 보기에는 그는 전혀 해를 끼칠 사람이 아닌걸요." 빈이 말했다.

"전 모르겠습니다, 마이 레이디. 벤처가는 영향력이 매우 큰 가문 이죠." 리제가 말했다.

"네, 음, 하지만 엘렌드는 가문의 명성에 걸맞게 살지는 않아요. 그는 대놓고 그런 걸 무시하기를 매우 좋아하는 것 같아요. 모두에 게 그러지 않나요?"

리제는 어깨를 으쓱했다. 둘이 이야기를 하다 보니 그의 춤은 더 자연스러워졌다.

"전 모르겠습니다. 당신이…… 저보다 그분을 더 잘 아는 것 같 은데요, 마이 레이디."

"저는……." 빈은 말끝을 흐렸다. 그녀는 그를 잘 아는 것 같은 느낌이 들었다. 한 남자와 두 번의 짧은 만남 뒤에 알 수 있는 정도 보다 훨씬 더 잘 아는 것처럼 느껴졌다. 그러나 그 점을 리제에게 설명하기란 쉽지 않았다.

'그렇지만 아마…… 르노가 엘렌드를 한 번 만났다고 했었지?'

"오, 엘렌드는 우리 가족의 친구예요." 빈은 수정 같은 채광창 아 래를 돌면서 말했다.

"그렇습니까?"

"네. 우리 삼촌이 친절하게도 파티에서 저를 지켜봐달라고 엘렌 드에게 부탁하셨고, 지금까지 그는 매우 상냥했어요. 하지만 나는 그가 책만 읽지 말고 나를 소개하는 데도 신경을 더 써주면 좋겠어요."

리제에게 생기가 돌면서 그는 조금 더 자신감을 갖는 것 같았다.

"오, 그렇군요. 그럴 만하지요."

"그래요. 엘렌드는 내가 이곳 루서델에 있는 동안 내게 오빠처럼 대해주었어요." 빈이 말했다.

리제는 미소를 지었다.

"엘렌드가 자기 얘기는 많이 하지 않기 때문에 당신에게 물어본 거예요." 빈이 말했다.

"벤처가 사람들은 요즘 모두 조용하지요. 몇 달 전 벤처 아성에 공격이 가해진 뒤부터요." 리제가 말했다.

빈은 고개를 끄덕였다.

"그 일에 대해 많이 아시나요?"

리제가 고개를 저었다.

"누구도 내게는 아무 말도 해주지 않는걸요." 그는 아래를 내려다보고 그들의 발동작을 지켜보았다. "춤을 아주 잘 추시는군요, 레이디 르노. 고향 도시에서 여러 무도회에 참석하셨나 봅니다."

"괜한 칭찬을 하시네요, 마이 로드."

"아닙니다, 정말입니다. 당신은 아주…… 우아하십니다."

빈은 약간 자신감이 솟는 것을 느끼며 미소 지었다.

"그래요." 리제는 거의 혼잣말처럼 말했다. "당신은 레이디 샨이 말한 것과 전혀 다르군요……." 그러다 그는 말을 멈추었고, 몸이 약간 굳는 듯했다. 자기가 무슨 말을 하고 있는지 이제야 알아차린 것 같았다.

"뭔데요?" 빈이 말했다.

"아무것도 아닙니다." 리제가 말했다. 그의 얼굴에 홍조가 올라왔다. "미안해요. 아무것도 아니었어요."

'레이디 샨. 이름을 기억해두자.' 빈은 생각했다.

춤에 점차 흥이 오르면서 그녀는 리제를 더 찔러보았지만, 그는 확실히 경험이 너무 없어서 아는 것이 거의 없었다. 그는 가문들 사이에 긴장이 차오르고 있다는 것은 느끼고 있었다. 무도회가 연달아 열렸지만 사람들은 자신의 정적(政敵)이 연 파티에 참석하지 않았기 때문에 비는 자리가 점점 더 많아졌다.

춤이 끝나자, 빈은 자기가 한 노력 때문에 기분이 좋았다. 켈시어에게 큰 가치가 있는 것을 찾아내지는 못했을지도 모른다. 그러나 리제는 시작일 뿐이었다. 그녀는 더 중요한 사람들에게 다가갈 것이다.

'그건 내가 이런 무도회에 훨씬 더 많이 참석하게 된다는 뜻이야.'

빈은 리제가 자기를 테이블로 데려다줄 때 생각했다. 무도회 자체는 불쾌하지 않았다. 특히 그녀가 춤에 더 자신감이 생긴 지금은. 그러나 무도회가 더 많아진다는 것은 안개 속에 나가 있을 기회가 더 적어진다는 뜻이었다.

'어차피 세이즈드가 나를 못 가게 할 테니까.' 빈은 리제가 절을 하고 물러가는 동안 예의 바른 미소를 지으며, 마음속으로는 한숨을 지으면서 생각했다.

엘렌드는 테이블에 책을 펼쳐놓았고, 그녀의 벽감에는 몇 개의 가지 촛대가 더 늘어나 있었다. 보아하니 엘렌드가 다른 테이블들에서 슬쩍 가져온 것 같았다.

'뭐, 우린 적어도 도둑질을 한다는 공통점을 갖게 되었네.' 빈은 생각했다.

엘렌드는 테이블 위에 몸을 굽히고 작은 주머니 크기의 책에다 표시를 하고 있었다. 그녀가 앉을 때도 그는 쳐다보지 않았다. 그녀는 세이즈드가 아무 데도 보이지 않는 것을 알아차렸다.

"그 테리스인은 저녁 식사를 하라고 보냈어요." 엘렌드가 뭔가 끼적이면서 멍하니 말했다. "당신이 아래에서 빙글빙글 돌고 있는 동안 그가 배곯아가며 기다릴 필요는 없으니까요."

빈은 한쪽 눈썹을 치켜세우고 자기 테이블 위를 점령한 책들을 바라보았다. 그녀가 지켜보고 있는 동안에도 엘렌드는 펼쳐진 두툼한 책 하나를 옆으로 밀어놓고 또 다른 책을 가져왔다.

"그래, 아까 말한 빙글빙글 돌기는 어떻던가요?" 그가 말했다.

"정말 재미있던데요."

"당신은 거기 별로 능숙하지 않았다고 생각하는데요."

"능숙하지 않았어요. 하지만 연습했지요." 빈이 말했다. "이 정보를 놀라운 것으로 생각하실지는 모르지만, 어두운 방 뒤 구석에 책을 읽으며 앉아 있는 건 춤 솜씨가 느는 데 전혀 도움이 되지 않는답니다."

"그건 제안인가요?" 엘렌드가 책을 밀어놓고 또 다른 책을 고르며 물었다. "당신도 알겠지만, 남자에게 춤추자고 청하는 건 숙녀답지 않아요."

"오, 당신을 독서에서 끌어낼 생각은 없어요." 빈은 책 한 권을 자기 쪽으로 돌려 보며 말했다. 그녀는 눈살을 찌푸렸다. 책은 작고 빽빽한 필체로 쓰여 있었다. "게다가 당신과 춤추면 내가 방금 했던 일을 다 망칠 거예요."

엘렌드는 잠시 동작을 멈추더니 마침내 그녀를 쳐다보았다.

"일이라고요?"

"네." 빈이 말했다. "세이즈드 말이 맞았어요. 로드 리제는 당신이 다른 사람들을 위축시킨다고 생각했고, 당신과 관련이 있기 때문에 나도 자기를 위축시킨다고 여겼어요. 단지 짜증 나는 영주 한 분이 어느 숙녀의 테이블에서 공부하기로 결심했다는 이유만으로 젊은 남성들이 그녀를 모두 손댈 수 없는 여성으로 여기게 된다면, 젊은 숙녀의 사교계 생활에 매우 큰 재앙이 될 수 있죠."

"그래서……." 엘렌드가 말했다.

"그래서 나는 그에게 당신이 나를 궁정의 방식대로 남에게 보여주고 있는 것이라고 말했어요. 말하자면…… 오빠같이."

"오빠?" 엘렌드가 얼굴을 찌푸리며 물었다.

"매우 나이 차이 나는 오빠요." 빈이 미소 지으며 말했다. "그러니까, 당신 나이는 적어도 내 나이의 두 배는 될 거 아닌가요."

"당신 두 배라니……. 발레트, 난 스물한 살이에요. 당신이 열 살 치고 매우 조숙한 게 아니라면, 나는 '당신 나이의 두 배'와는 거리가 멀어요."

"전 수학을 잘했던 적이 한번도 없어서요." 빈이 퉁명스럽게 말했다.

엘렌드는 한숨을 쉬면서 눈을 굴렸다. 가까운 곳에서 로드 리제는 자기 친구 무리와 조용히 이야기하고 있었다. 그들은 빈과 엘렌드 쪽을 손으로 가리키고 있었다. 곧 한 사람이 와서 그녀에게 춤을 추자고 청할 것 같았다. 빈은 그러기를 바랐다.

"레이디 샨을 알아요?" 빈은 기다리는 시간에 한가하게 물어보았다.

놀랍게도 엘렌드가 고개를 들었다.

"샨 엘라리엘?"

"그런 것 같군요. 그녀는 누구죠?" 빈이 말했다.

엘렌드는 자기 책으로 돌아갔다.

"중요한 사람은 아니에요."

빈은 한쪽 눈썹을 추켜세웠다.

"엘렌드, 난 사교계 생활이 이제 겨우 몇 달째지만 나조차도 그런 말은 믿지 않겠어요."

"음…… 난 그녀와 약혼했는지도 모르겠어요." 엘렌드가 말했다.

"당신, 약혼자가 있어요?" 빈은 화가 나서 물었다.

"잘 모르겠네요. 우리 관계는 그때부터 1년이 다 되도록 정말 아무것도 진전된 게 없어요. 지금쯤 모두가 그 일을 잊어버렸을걸요."

'대단하군.' 빈은 생각했다.

잠시 후 리제의 친구 한 명이 다가왔다. 짜증 나는 벤처가 상속자와 떨어지는 게 기뻐서 빈은 일어나 그 젊은 영주의 손을 잡았다.

무도장으로 걸어 나가면서 그녀는 엘렌드를 슬쩍 바라보았고, 그가 책 너머로 자기를 엿보고 있는 모습을 보았다. 그러나 그는 즉시 공공연하게 무관심한 분위기를 띠면서 자기 공부로 돌아갔다.

빈은 놀랄 만큼 탈진한 느낌으로 테이블에 돌아와 앉았다. 그녀는 신발을 벗고 발을 마사지하고 싶은 유혹을 참았다. 그것은 별로 숙녀답지 못한 일인 것 같았다. 그녀는 조용히 구리를 켠 다음 백랍을 태워 몸을 강화하고 피로를 조금 씻어냈다.

그녀는 우선 백랍을, 그다음에는 구리를 차츰 껐다. 켈시어는 구리를 켜놓고 있으면 알로맨서라는 것을 들킬 리 없다고 그녀에게 장담했지만, 빈은 그렇게 확신하지 않았다. 백랍을 태우고 있을 때 그녀의 반응은 너무 빨랐고, 몸은 너무 강했다. 그녀의 생각으로는, 관찰력 있는 사람이라면 알로맨서건 아니건 간에 이런 모순을 알아차릴 수 있을 것 같았다.

백랍을 끄자 피로가 되돌아왔다. 그녀는 최근에 백랍을 계속 사용하지 않으려고 노력하고 있었다. 그녀의 상처는 옆구리를 잘못 뒤틀었을 경우에만 매우 아픈 정도까지 회복되었고, 그녀는 할 수 있는 한 자력으로 힘을 되찾고 싶었다.

어떤 면으로는 그날 저녁 그녀가 피로하다는 건 좋은 일이었다. 그것은 춤을 춘 시간이 늘어났다는 말이었다. 이제 그 젊은이들은 엘렌드가 그녀에게 로맨틱한 흥미를 가진 것이 아니라 그저 보호자 역일 뿐이라고 생각했고, 그래서 빈에게 춤을 청하는 데 주저함이 없었다. 거부하면 의도와 상관없이 정치적 입장 때문에 그러는 것으로 보일까 봐 걱정이 된 빈은 모든 요청에 응했다. 몇 달 전이었다면 그녀는 춤 때문에 탈진한다는 말을 비웃었을 것이다. 그러나 화끈거리는 발과 쑤시는 옆구리, 지친 다리는 춤의 피로 중 일부일 뿐이었다. 춤 상대와 나누는 비단결 같은 대화를 참아내는 것은 말할 것도 없고, 상대의 이름과 가문을 기억하려는 노력을 하다가 그녀는 진이 빠져버렸다.

'세이즈드가 내게 힐 대신 슬리퍼를 신게 한 건 좋은 일이었어.' 빈은 한숨을 쉬며 생각하고는 시원한 주스를 마셨다. 테리스인은 아직 저녁 식사에서 돌아오지 않았다. 게다가 엘렌드도 테이블에 없었다. 하지만 그의 책은 여전히 테이블 위에 흩어진 채 놓여 있었다.

빈은 두꺼운 책을 바라보았다. 그녀가 그걸 읽고 있는 것처럼 보이면 젊은 남자들이 잠시 동안 그녀를 건드리지 않을지도 모른다. 그녀는 손을 뻗어 그럴싸하게 보일 만한 책이 있나 훑어보았다. 가장 관심이 있던 엘렌드의 작은 공책―가죽 장정이 된 것―은 없었다.

대신 그녀는 커다랗고 파랗고 두툼한 책을 집어 테이블 옆으로 들고 무게를 가늠해보았다. 그녀는 글자가 커서 그 책을 골랐다. 종이란 진짜 그렇게 비싼 것일까? 필경사들이 한 페이지에 가능한 한 많은 글씨를 써넣어야 할 필요가 있을 정도로? 빈은 한숨을 쉬고 책을 대충 획획 넘겼다.

'사람들이 이렇게 큰 책을 읽는다니 믿을 수가 없어.' 그녀는 생각했다. 글자는 컸지만 페이지마다 단어들이 가득 차 있었다. 그 책을 전부 읽으려면 며칠은 걸릴 것 같았다. 린이 읽기를 가르쳐준 덕분에 그녀는 계약서를 이해하고, 쪽지를 쓸 수 있었다. 귀족 여성 연기도 할 수 있었다. 그러나 이렇게 두꺼운 책을 술술 읽을 수 있을 정도로 훈련받지는 않았다.

'제국의 정치적 지배의 역사적 관습.' 첫 번째 페이지에는 그렇게 쓰여 있었다. 책의 각 장에는 '5세기 영주 직위 프로그램'이나 '스카 농장의 발흥' 같은 제목이 붙어 있었다. 그녀는 책을 끝까지 대충 넘겨보며 끝 쪽이 아마 제일 흥미로울 거라고 생각했다. 마지막 장에는 '현재의 정치적 구조'라는 제목이 붙어 있었다. 그녀는 읽어보았다.

'지금까지는 농장 시스템이 그전의 방법들보다 훨씬 더 안정적인 정부를 만들어냈다. 각 지방 영주들이 자기 스카를 지배하고 책임지는 "지배지" 구조는 가혹한 규율이 실시되는 경쟁적인 환경을 조성했다.

로드 룰러는 이 시스템이 귀족들에게 자유를 허용하기 때문에 골칫거리라는 것을 깨달은 것 같다. 그러나 조직적 반란이 상대적으로 덜 일어난다는 것은 확실히 매혹적이었다. 2세기 동안, 그 시스템이 자리 잡은 다섯 개의 "내부 지배지"에서 큰 반란은 일어나지 않았다.

물론 이 정치 시스템은 더 큰 신정 통치의 확장일 뿐이다. 이 귀족정의 독립성은 오블리게이터의 집행이 다시 열성적으로 시행되면서 길들여졌다. 아무리 지위가 높은 영주라도 자신이 법 위에 있다고 생각하지 말라는 충고를 받았다. 심문관의 소환장은 누구에게나 올 수 있었다.'

빈은 얼굴을 찌푸렸다. 글 자체는 밋밋했지만 로드 룰러가 자기 제국에 대해서 이렇게 분석적인 논의를 허용했다는 것이 놀라웠다. 그녀는 도로 의자에 자리를 잡고 그 책을 펼쳐 들었지만 더 읽지는 못했다. 그녀는 몇 시간 동안 춤 상대들에게서 정보를 조금씩, 살며시 짜내느라 너무나 지쳐 있었다.

불행히도 정치학은 빈의 탈진 상태를 회복하는 데 도움이 되지 않았다. 엘렌드의 책에 푹 빠져 있는 것처럼 보이려고 최선을 다했건만 곧 또 한 사람이 그녀의 테이블로 다가왔다.

빈은 한숨을 쉬고, 다시 춤을 출 준비를 했다. 그러나 이번에 온 사람은 귀족이 아니라 테리스인 시종이라는 것을 곧 깨달았다. 세이즈드와 마찬가지로 그는 V자로 겹치는 디자인의 로브를 입었고 보석 장식을 매우 좋아하는 것 같았다.

"레이디 발레트 르노?" 키 큰 테리스인은 희미한 억양이 묻어나는 목소리로 물었다.

"그런데요." 빈이 머뭇거리며 말했다.

"저의 미스트리스이신 레이디 샨 엘라리엘이 자신의 테이블에 왕림해주시기를 요청합니다."

'요청해?' 빈은 생각했다. 이미 그 어조가 마음에 들지 않았고, 엘렌드의 전 약혼녀와 만나고 싶은 마음은 전혀 없었다. 그러나 불행히도 엘라리엘 가문은 가장 강력한 '대가문' 중 하나였다. 즉석에서 그녀의 요청을 거절했다간 곤란해질 것이다.

테리스인은 열심히 기다리고 있었다.

"좋아요." 빈은 최대한 우아하게 보이려고 애쓰면서 일어났다.

테리스인은 빈을 가까이 있는 다른 테이블로 데려갔다. 그 테이블에는 사람이 많았다. 다섯 명의 여자들이 테이블 주위에 둘러앉아 있었는데, 빈은 그중에 샨이 누구인지 금방 알아볼 수 있었다. 길고 검은 머리의 조각상 같은 사람이 레이디 엘라리엘임이 분명했다. 그녀는 대화에 참여하지는 않았지만 대화를 지배하고 있는 것 같았다. 그녀의 팔에서 드레스와 어울리는 라벤더색 팔찌가 반짝거렸다. 빈이 도착하자 그녀는 무시하는 눈길을 던졌다.

그러나 그 짙은 눈은 날카로웠다. 그 눈앞에서 빈은 벌거숭이가 된 것 같았다. 멋진 드레스가 벗겨지고, 다시 한 번 더러운 부랑아로 쪼그라드는 것 같았다.

"여러분, 우리끼리 잠시 실례할게요." 샨이 말했다. 여자들은 명령대로 즉시, 우아한 꽃보라처럼 테이블을 떠났다.

샨은 포크를 집어 들고 작은 디저트 케이크 조각을 잘게 잘라 먹기 시작했다. 빈은 머뭇거리며 서 있었다. 테리스인 시종은 샨의 의자 뒤에 자리를 잡았다.

"앉아도 좋아요." 샨이 말했다.

'다시 스카가 된 것 같은 기분이야. 귀족들도 서로를 이런 식으로 대하나?' 빈은 앉으면서 생각했다.

"아가씨, 당신은 선망의 대상이 되는 입장에 있어요." 샨이 말했다.

"왜요?"

"나를 '레이디 샨'이라고 불러요. 아니면 '마님'이라고 부르든가." 샨이 변함없는 어조로 말했다.

샨은 작은 케이크 조각을 먹으면서 빈의 대답을 기다렸다. 마침내 빈이 말했다.

"왜 그런가요, 마님?"

"왜냐하면 젊은 로드 벤처가 당신을 자기 게임에 써먹기로 했기 때문이죠. 그건 나도 당신을 쓸 가능성이 있다는 뜻이에요."

빈은 얼굴을 찌푸렸다.

'내 역할 안에 머무르는 걸 명심하자. 너는 쉽게 겁먹는 발레트야.'

"전혀 쓰이지 않는 편이 좋지 않을까요, 마님?" 빈은 조심스럽게 말했다.

"말도 안 돼요." 샨이 대답했다. "당신같이 교양 없는 얼간이라도 당신보다 더 높은 사람들에게 소용이 있다는 게 얼마나 중요한지 알아야죠." 샨은 그런 모욕적인 말도 평온하게 했다. 그녀는 당연히 빈이 동의할 거라고 여기고 있는 것 같았다.

빈은 어안이 벙벙한 채 앉아 있었다. 다른 어떤 귀족도 그녀를 이런 식으로 대하지는 않았다. 물론 그녀가 지금까지 만나본 '대가문' 사람은 엘렌드뿐이었지만.

"당신의 멍한 얼굴을 보니 당신 위치를 제대로 받아들이고 있는 것 같군요." 샨이 말했다. "잘해요, 아가씨. 그러면 당신을 내 동아리에 넣어줄지도 몰라요. 그러면 여기 루서델의 아가씨들에게서 많은 것을 배울 수 있을 거예요."

"예를 들면요?" 빈이 목소리에서 무뚝뚝한 기운을 빼려고 애쓰며 말했다.

"가끔은 자기 자신을 봐요, 아가씨. 머리카락은 무슨 끔찍한 병을 앓은 것 같고, 몸에는 뼈만 앙상해서 드레스가 가방처럼 매달려 있잖아요. 루서델에서 귀족 여성이 된다는 건…… 완벽해져야 한다는 뜻이에요. 이런 게 아니라." 그녀는 마지막 말을 할 때 무시하듯이 빈을 향해 손을 저었다.

빈은 얼굴이 빨개지는 걸 느꼈다. 이 여자의 모욕적인 태도에는 이상한 힘이 있었다. 샨의 모습에 자기가 아는 어떤 패거리의 두목들이 겹쳐지는 것을 깨닫고 빈은 깜짝 놀랐다. 그런 부류 중 가장 최근에 만난 자가 카몬이었다. 상대가 전혀 저항하지 않을 것을 알고 사람을 때릴 수 있는 남자들. 그런 사람들에게 저항하면 더 세게 얻어맞게 된다는 것을 모두 다 아는 인물들.

"저한테 뭘 원하시나요?" 빈이 물었다.

샨은 케이크를 반쯤 먹다 남기고 옆으로 포크를 치워놓으면서 한쪽 눈썹을 치올렸다. 테리스인이 접시를 가지고 그 자리를 떠났다.

"당신 정말 멍청한 사람이군요, 안 그래요?" 샨이 물었다.

빈은 잠시 말문이 막혔다.

"마님은 저한테 뭘 원하시는데요?"

"나중에 말해줄게요. 로드 벤처가 당신을 가지고 계속 수를 쓰기로 한다면." 엘렌드의 이름을 말할 때, 그녀의 눈 속에서 희미한 증오가 번뜩였다.

"지금은, 오늘 저녁 그와 한 대화를 말해줘요." 샨이 말했다.

빈은 대답을 하려고 입을 열었다. 하지만…… 뭔가 잘못됐다고 느꼈다. 아주 약간, 흔적만 감지할 수 있었다. 브리즈의 훈련을 받지 않았더라면 그만큼도 알아차리지 못했을 것이다.

'수더야? 흥미롭군.'

샨은 빈을 자기만족에 빠지게 하려 하고 있었다. 그러면 빈이 털어놓을 테니까? 빈은 엘렌드와 자신이 나눈 대화에 대해 다시 말하기 시작했지만, 흥미로울 만한 것은 다 빼고 말했다. 그러나 여전히 무언가 이상하게 느껴졌다. 샨이 그녀의 감정을 조작하는 방식이 좀 이상했다. 곁눈질로 빈은 샨의 테리스인 시종이 부엌에서 돌아오는 것을 보았다. 그러나 그는 샨의 테이블 뒤로 걸어오는 것이 아니라, 다른 방향을 향하고 있었다.

빈의 테이블로 가고 있었다. 그는 잠시 그 옆에 멈춰 서서 엘렌드의 책들을 뒤져보기 시작했다.

'그가 뭘 원하든 간에 그걸 찾도록 놔둘 수는 없어.'

빈은 갑자기 일어섰다. 그러자 마침내 샨이 눈에 띄는 반응을 보였다. 놀라서 위를 쳐다본 것이다.

"제 테리스인에게 제 테이블에 있겠다고 말해둔 게 방금 기억났어요! 거기 앉아 있지 않으면 그가 걱정할 거예요." 빈이 말했다.

"오, 로드 룰러의 이름으로 말하건대 그럴 필요는……." 샨이 낮은 목소리로 중얼거렸다.

"죄송합니다, 마님. 전 가봐야겠어요." 빈이 말했다.

좀 빤한 짓이었지만 그녀가 할 수 있는 최선의 행동이었다. 빈은 절을 하고 화가 난 샨을 뒤에 남겨둔 채 샨의 테이블에서 물러났다. 샨의 테리스인은 훌륭했다. 빈이 샨의 테이블에서 몇 발자국 물러나자 그는 빈을 알아차리고 계속 가던 길을 갔다. 그의 동작은 인상적일 정도로 매끄러웠다.

빈은 샨을 그렇게 무례하게 떠나온 것이 실수 아니었을까 생각하며 자기 테이블로 돌아왔다. 그러나 너무 피곤해져서 신경을 쓸 수가 없었다. 다른 무리의 젊은 남자들이 자신을 바라보고 있는 것을 알아차리고, 빈은 서둘러 앉아 엘렌드의 책 가운데 하나를 휙 펼쳤다.

다행히 이번에는 그 술수가 더 잘 먹혀들었다. 젊은 남자들은 차츰 떠났고, 빈은 평화 속에 홀로 남았다. 그녀는 앞에 책을 펴놓은 채 뒤로 기대 앉아 조금 긴장을 풀었다. 저녁 시간이 늦어지면서 무도회장은 천천히 비어가기 시작했다.

'테리스인은 이 책들로 뭘 하고 싶었을까?' 그녀는 주스 잔을 들어 한 모금 마시면서 얼굴을 찌푸린 채 생각했다.

그녀는 테이블을 훑어보며 무언가 손댄 흔적이 있는지 알아보려고 했다. 하지만 엘렌드가 책들을 몹시 어지럽혀놓고 떠난 탓에 알 수 없었다. 두꺼운 책 아래 있는 작은 책 하나가 눈을 끌었다. 대부분의 다른 책들은 특정한 페이지가 펼쳐져 있어서 엘렌드가 그곳을 숙독하고 있다는 걸 알 수 있었다. 한데 이 책은 덮여 있었고, 그가 그 책을 펼쳤던 기억도 나지 않았다. 그러나 아까도 있었던 책이었다. 다른 책들보다 훨씬 얇았기 때문에 알아볼 수 있었다. 그러니 그 테리스인이 남겨두고 간 책은 아니었다.

호기심에 찬 빈은 손을 뻗어 큰 책 아래에 있는 그 책을 꺼내보았다. 검은 가죽 표지였고, 책등에는 '북쪽 지배지의 날씨 패턴'이라고 쓰여 있었다. 빈은 얼굴을 찡그리며 손으로 책을 훑어보았다. 표제지는 없었고, 저자도 적혀 있지 않았다. 책은 곧장 본문부터 시작했다.

　'마지막 제국'을 전체적으로 바라볼 때 한 가지 사실은 확실하다. 자칭 신이 통치하는 국가이기 때문에, 제국은 통치상의 엄청난 실수를 무시무시할 정도로 많이 경험했다. 이런 실수는 대부분 성공적으로 감춰져서, 페루케미스트의 메탈마인드 안이나 금서들 속에서나 찾을 수 있다. 그러나 가까운 과거를 살펴보기만 해도 드바넥스의 학살, '디프니스 교리'의 수정, 르네이트 사람들의 재배치 같은 실수를 볼 수 있다.

　로드 룰러는 나이를 먹지 않는다. 적어도 그것만큼은 부인할 수 없다. 그러나 이 글에서는 그가 전혀 무결한 존재가 아님을 증명한다고 주장하겠다. '승천' 이전의 시대에, 인류는 왕과 황제, 다른 군주들이 끊임없이 교체되는 주기 때문에 생겨난 혼란과 불확실성에 시달렸다. 이제 단 한 명의 불멸의 지배자가 다스리니 사회에 마침내 안정성과 계몽이 자리 잡을 기회가 생겼다고 생각할 사람이 있을지도 모른다. 그러나 로드 룰러의 가장 통탄할 만한 통치 속에 있는 '마지막 제국'에 안정성과 계몽 양쪽 속성이 모두 결여되어 있다는 것은 주목할 만한 사실이다.

　빈은 그 페이지를 뚫어지게 들여다보았다. 어떤 단어들은 그녀가 아는 수준보다 어려웠지만 저자의 뜻은 파악할 수 있었다. 그가 말하고 있는 것은…….

　그녀는 그 책을 탁 덮고 서둘러 제자리에 집어넣었다. 오블리게이터들이 엘렌드가 이런 책을 갖고 있다는 걸 알게 되면 어떤 일이 일어날까? 그녀는 이쪽저쪽을 슬쩍 살펴보았다. 물론 그들은 다른 무도회에서처럼 그곳의 군중과 섞여 있었다. 회색 로브와 문신을 한 얼굴로 그들을 알아볼 수 있었다. 귀족들과 함께 앉아 있는 오블리게이터들이 많았다. 친구들일까? 아니면 로드 룰러의 스파이일까? 오블리게이터가 근처에 있을 때는 누구도 썩 편해 보이지 않았다.

'엘렌드는 이런 책으로 뭘 하고 있는 거지? 자기도 강력한 귀족이면서? 왜 로드 룰러를 비방하는 글들을 읽는 걸까?'

웬 손이 그녀의 어깨에 놓이자, 빈은 배 속에서 백랍과 구리를 폭발시키며 반사적으로 빙글 돌았다.

"후아." 엘렌드가 뒤로 물러서서 손을 들어 올리며 말했다. "당신이 얼마나 깜짝깜짝 잘 놀라는지 누가 말해준 적 없나요, 발레트?"

빈은 긴장을 풀고 의자에 도로 앉아 금속들을 껐다. 엘렌드는 한가롭게 자기 자리로 가서 앉았다.

"헤베렌은 재미있었나요?"

빈이 얼굴을 찌푸리자 엘렌드는 그녀 앞에 놓여 있는 더 크고 두꺼운 책 쪽으로 고갯짓을 했다.

"아뇨. 지루해요. 그냥 남자들이 날 잠깐 혼자 놔두었으면 해서 읽는 척하고 있었던 거예요." 빈이 말했다.

엘렌드는 씩 웃었다.

"거봐요. 영리하게 굴려다가 헛똑똑이 짓을 했군요."

빈은 한쪽 눈썹을 치켜세웠다. 엘렌드는 책을 모아 테이블 위에다 쌓기 시작했다. 그는 그녀가 그 '날씨' 책을 건드렸다는 것을 눈치채지 못한 것 같았다. 그는 책을 조심스럽게 책 무더기 가운데 끼워 넣었다.

빈은 그 책에서 눈을 돌렸다.

'세이즈드와 이야기해보기 전에는 엘렌드에게 샨 이야기를 하면 안 될 것 같아.'

"나는 영리한 대로 잘 살고 있다고 생각하는데요. 어쨌든 무도회에 춤을 추러 왔으니까요." 그녀는 이렇게 말했다.

"춤이란 건 참 과대평가되고 있군요."

"당신도 영원히 궁정에 냉담한 채로 있을 수는 없을 거예요, 로드 벤처. 당신은 매우 중요한 가문의 상속자잖아요."

그는 한숨을 쉬고 기지개를 펴더니 도로 의자에 기댔다.

"당신 말이 옳은 것 같습니다." 그는 놀라울 정도로 솔직하게 말했다. "하지만 내가 더 오래 버틸수록 우리 아버지는 더 화가 나겠죠. 그건 그 자체로 가치 있는 목표예요."

"당신 아버지만 상처받는 게 아니에요. 당신이 책을 뒤지느라 너무 바빠서 한 번도 당신한테 춤 신청을 받지 못한 소녀들은 어쩌고요?" 빈이 말했다.

"내가 기억하기로는 누군가는 춤을 안 추려고 책을 읽는 척만 하고 있었는데요." 엘렌드가 마지막 책을 자기 책 무더기 꼭대기에 얹으면서 말했다. "그 숙녀들은 나보다 더 친절한 춤 상대를 찾는 데 전혀 곤란을 겪지 않았을 겁니다."

빈은 한쪽 눈썹을 추켜세웠다.

"나는 새로 등장한 사람이고 서열이 낮기 때문에 곤란을 겪지 않은 거죠. 당신의 지위에 더 가까운 아가씨들은 친절하든 아니든 춤 상대를 찾는 게 어려울 거라고 생각해요. 내가 알기로는, 귀족 남성들은 자기보다 지위가 높은 여성들과 춤추는 걸 불편해하더군요."

엘렌드는 말문이 막혔다. 그는 응수할 말을 찾으려고 하는 것 같았다.

빈은 앞으로 몸을 숙였다.

"왜 그래요, 엘렌드 벤처? 왜 자기 의무를 피하려고 그렇게 애쓰는 거죠?"

"의무?" 엘렌드가 그녀를 향해 몸을 숙이고 물었다. 열성적인 자세였다. "발레트, 이건 의무가 아니에요. 이 무도회…… 이건 질 낮은 오락물이고 머리 식히기예요. 시간 낭비죠."

"그럼 여자들은요? 그들도 시간 낭비인가요?" 빈이 물었다.

"여자들?" 엘렌드가 물었다. "여자들은…… 뇌우(雷雨) 같죠. 보기에는 아름답고 때때로 귀를 기울여줄 만큼 친절하기도 하지요. 하지만 대체로 그들은 거북하기만 해요."

빈의 입이 살짝 벌어졌다. 그때 그녀는 그의 입가에 어린 미소와 눈의 반짝임을 알아차렸다. 빈은 자기도 미소 짓고 있다는 것을 깨달았다.

"그냥 날 화나게 하려고 이런 이야기를 하는 거죠!"

그의 미소가 더 커졌다.

"나는 그런 식으로 매력을 부리거든요." 그가 일어서더니, 애정을 담은 눈으로 그녀를 쳐다보았다. "아, 발레트. 분위기에 속아서 이런 놀음에 너무 심각하게 임하지 말아요. 여기엔 그런 노력을 들일 가치가 없어요. 하지만 이제 작별을 해야겠어요. 앞으론 다시 무도회에 나타나는 데 몇 달이나 걸리는 일이 없도록 해봐요."

빈은 미소 지었다.

"생각해보지요."

"부탁해요." 엘렌드가 몸을 굽혀 높다랗게 쌓인 책 무더기를 양팔에 안으면서 말했다. 그는 잠시 불안하게 서 있다가 자세를 안정시키고 옆쪽을 슬쩍 보았다. "혹시 알아요? 어쩌면 그런 날 하루쯤 당신이 진짜로 나를 춤추게 만들지."

빈은 미소를 지으며 고개를 끄덕였다. 그는 몸을 돌리고 걸어가 무도회장의 두 번째 단 둘레를 따라 돌아갔다. 그는 곧 두 명의 다른 젊은이와 마주쳤다. 빈은 그중 한 명이 친근한 태도로 엘렌드의 어깨를 철썩 치고는 그가 든 책 절반을 들어주는 모습을 호기심에 차 지켜보았다. 그들 셋은 이야기를 나누면서 함께 걷기 시작했다.

빈은 나머지 두 사람이 누군지 알아볼 수 없었다. 그녀가 생각에 잠겨 앉아 있을 때 마침내 세이즈드가 옆쪽 복도에서 나왔다. 빈은 열심히 그에게 손을 흔들었다. 그는 서두르는 발걸음으로 그녀에게 다가왔다.

"로드 벤처와 함께 있는 저 사람들은 누구죠?" 빈이 엘렌드 쪽을 가리키며 물었다.

세이즈드는 안경 뒤에서 눈을 가늘게 떴다.

"음…… 한 명은 로드 제이스티스 레칼입니다. 다른 사람은 이름은 모르겠지만 헤이스팅 가문 사람이군요."

"그런데 왜 놀란 눈치예요?"

"레칼과 헤이스팅 가문은 둘 다 벤처 가문의 정적들입니다, 미스트리스. 귀족들은 무도회 뒤에 열리는 더 작은 파티에서 서로 방문하고, 동맹을 맺고……." 테리스인은 말을 멈추고 다시 그녀를 바라보았다. "제 생각에는, 마스터 켈시어는 이 일에 대해 듣고 싶어 할 것 같습니다. 이제 우리도 갈 때입니다."

"맞아요." 빈이 일어나며 말했다. "내 발도 그렇다고 하네요. 가요."

세이즈드는 고개를 끄덕였고, 둘은 앞문으로 나아갔다.

"뭐 때문에 그렇게 오래 걸렸나요?"

숄을 가져오는 하인을 기다리면서 그녀가 물었다.

"몇 번 돌아왔었습니다, 미스트리스. 하지만 언제나 춤을 추고 계시더군요." 세이즈드가 말했다. "그래서 테이블 옆에 서 있는 것보다 하인들과 이야기하는 것이 훨씬 더 도움이 될 거라고 생각했습니다."

빈은 고개를 끄덕이며 숄을 받아 들고는 앞문 통로로 걸어 나가 카펫이 깔린 계단을 내려갔다. 세이즈드가 바로 뒤를 따랐다. 그녀는 빠르게 걸었다. 그녀는 명단을 전부 잊어버리기 전에 돌아가 자기가 외운 이름들을 켈시어에게 이야기해주고 싶었다. 그녀는 층계참에 잠시 멈춰 서서 하인이 마차를 몰고 오기를 기다렸다. 그러다 뭔가 이상한 것을 알아차렸다. 안개 속 멀지 않은 곳에서 작은 소란이 일어나고 있었다. 그녀는 앞으로 걸어가려고 했지만, 세이즈드가 한 손을 어깨에 얹어 그녀를 뒤로 잡아당겼다. 숙녀는 안개 속에서 헤매는 법이 아니었다.

그녀는 마음의 손길을 뻗어 구리와 주석을 태우려고 하다가 기다렸다. 소동이 점점 가까워지고 있었다. 그 소동의 정체는 경비병이 몸부림치는 작은 아이의 형체를 끌고 안개 밖으로 나타나면서 밝혀졌다. 검댕으로 얼굴이 얼룩진, 더러운 옷을 입은 스카 소년이었다. 군인은 빈에게 가까이 오지 않은 채 죄송하다는 듯이 그녀에게 고개를 끄덕인 후 경비병 대장 한 명에게로 다가갔다. 빈은 무슨 말이 오가는지 들으려고 주석을 태웠다.

"부엌 허드렛일을 하는 놈인데요." 군인은 조용히 말했다. "정문이 열리는 동안 마차가 잠깐 멈춰 있을 때를 틈타 안에 있던 귀족한 분에게 구걸을 하려고 했습니다."

대장은 고개만 끄덕였다. 병사는 포로를 다시 안개 속으로 끌고들어가 멀리 있는 안뜰 쪽으로 걸어갔다. 소년은 몸부림쳤고, 군인은 짜증이 나 툴툴거리면서도 계속 소년을 꽉 붙잡고 있었다. 빈은그가 가는 것을 지켜보았다. 세이즈드의 손이 그녀를 제지하려는 듯이 어깨에 얹혀 있었다. 물론 그녀는 그 소년을 도울 수 없었다. 소년은 그러지 말았어야 했다.

안개 속에서, 보통 사람의 시야 너머에서 군인은 단도를 뽑아 소년의 목을 그었다. 빈은 충격을 받아 소스라쳤다. 소년이 몸부림치는 소리가 점점 줄어들었다. 경비병은 시체를 땅에 떨어뜨린 다음 다리를 쥐고 끌고 가기 시작했다.

빈이 멍해져서 서 있는데 그녀의 마차가 다가왔다.

"미스트리스." 세이즈드가 재촉했으나 그녀는 그대로 서 있을 뿐이었다.

3장 피 흘리는 태양의 아이들

'그들이 그 아이를 죽였어.' 그녀는 생각했다. '바로 여기, 귀족들이 자기 마차를 기다리고 있는 데서 몇 걸음 떨어지지도 않은 곳에서. 마치…… 정말 일상적인 일처럼. 그냥 또 하나의 스카가 도살된 거야, 짐승처럼.'

어쩌면 짐승보다 더 못한 방식으로. 누구도 돼지를 아성 안마당에서 도살하지는 않을 것이다. 살인을 하던 순간 경비병의 태도는, 소년이 몸부림치는 데 짜증이 나서 더 적당한 장소를 물색할 여유가 없었다는 것만을 보여주었다. 빈 주위의 다른 귀족들 중에서 누가 그 사건을 눈치챘다고 해도, 아무도 거기에 주의를 기울이지 않고 마차를 기다리며 잡담이나 계속했을 것이다. 사실, 비명이 멈추고 나자 그들은 조금 더 수다스러워진 듯이 보였다.

"미스트리스." 세이즈드가 다시 말하며 그녀를 앞으로 밀었다.

그녀는 마차 속으로 안내받아 들어갔지만, 정신은 여전히 딴 데 팔려 있었다. 빛과 드레스들로 반짝이는 방 안에서 춤을 추는 즐거운 귀족들과 안뜰에서 일어난 죽음은 있을 수 없을 만치 대조적으로 보였다. 그들은 신경 쓰지 않는 걸까? 모르는 걸까?

'이게 "마지막 제국"이야, 빈.' 마차가 굴러가기 시작했을 때 그녀는 속으로 말했다. '실크를 조금 봤다고 재를 잊으면 안 돼. 거기 있는 사람들이 네가 스카라는 걸 알았다면, 그들은 그 가엾은 소년에게 저지른 것만큼 쉽게 너를 도살했을 거야.'

찬물을 끼얹는 듯한 생각이었다. 펠리스로 돌아가는 여행길 내내 그녀는 그 생각에 골몰했다.

19

크완과 나는 우연히 만났다. 그러나 그러면 '신의 섭리'라는 말을 쓸 것이다.

그날부터 나는 다른 테리스 철학자들을 많이 만났다. 그들은 모두 엄청난 지혜를 가졌고, 대단히 영민한 사람들이었다. 얼마나 중요한 지가 손으로 만져질 듯이 실감 나던 사람들.

크완은 그렇지 않았다. 어떤 면에서는, 내가 영웅 같지 않은 것만큼 그도 예언자 같지 않았다. 그는 격식 있고 지혜로운 분위기를 전혀 띠고 있지 않았다. 종교적인 학자조차도 아니었다. 우리가 처음 만났을 때, 그는 위대한 클레니 도서관 안에서 자신의 터무니없는 관심거리를 공부하고 있었다. 그는 나무가 생각할 수 있는지 없는지 판단하려 하고 있었던 것 같다.

마침내 위대한 '영원의 영웅'에 대한 예언을 발견한 사람이 바로 그라는 사실은, 사건이 조금만 다르게 펼쳐졌더라면 나를 웃게 만들 일이었다.

안개 속에서 켈시어는 다른 알로맨서의 맥박을 느낄 수 있었다. 그 진동은 고요한 해안을 스치는 리듬감 있는 파도처럼 그를 엄습했다. 희미하지만 확실했다.

그는 낮은 정원 벽 위에 웅크리고 앉아 그 파동에 귀를 기울였다. 곱슬곱슬한 흰 안개는 보통 때처럼 차분하고 무심하게 계속 퍼져 갔다. 켈시어의 몸과 가장 가까운 부분만이 달랐는데, 그곳에서 안개는 그의 사지 주변을 감싼 정상적인 알로맨시의 흐름을 타며 돌돌 말리고 있었다.

켈시어는 어둠 속에서 눈을 가늘게 뜨고 주석을 폭발시키며 다른 알로맨서를 찾았다. 그림자 하나가 먼 벽 위에 웅크리고 있는 것을 본 것 같았지만 확신할 수는 없었다. 그러나 그는 그 알로맨시 파동을 알아보았다. 모든 금속은 타오를 때 분명한 신호를 내뿜고, 청동을 잘 연습한 사람은 그것을 알아볼 수 있다. 멀리 있는 그 사람은 켈시어가 테키엘 아성 주위에서 감지한 다른 네 명처럼 주석을 태우고 있었다. 그 다섯 틴아이들은 어둠 속을 지켜보며 침입자를 찾는 울타리를 형성했다.

켈시어는 미소 지었다. '대가문'들은 초조해하고 있었다. 테키엘 같은 가문이라면 다섯 명의 틴아이를 동원해 감시한다는 것이 그렇게 부담스러운 일은 아닐 것이다. 그러나 그 귀족 알로맨서들은 단순한 경비 임무에 동원된 것에 화가 나 있을 것이다. 그리고 틴아이 다섯 명이 감시를 하고 있다면 써그, 코인샷*, 러처** 들도 한 무리씩 대기하고 있을 가능성이 매우 높았다. 루서델은 조용히 비상대기 상태에 들어가 있었다.

사실 '대가문'들이 너무 경계하게 된 바람에 켈시어는 그들이 친 방어벽의 틈을 찾기가 힘들었다. 그는 겨우 한 사람이었고 미스트본이라도 한계는 있었다. 지금까지 그가 성공한 것은 그가 선택한

---

* 코인샷(COINSHOT): 강철을 미는 미스팅.
** 러처(LURCHER): 철을 당기는 미스팅.

방법이 기습이었기 때문이었다. 그러나 다섯 명의 틴아이가 경비를 서고 있다면, 켈시어가 그 경비에 포착될 위험을 심각하게 무릅쓰지 않으면 아성에 좀처럼 가까이 갈 수 없을 것이다.

다행히도 켈시어는 오늘 밤 테키엘의 방비를 시험할 필요가 없었다. 그러는 대신 그는 바깥쪽 땅으로 향하는 벽을 따라 기어가다 정원 벽 근처에서 멈췄다. 그리고 알로맨서가 가까이에 없는지 확인하기 위해 청동을 태우면서, 한 구역의 덤불 안으로 손을 뻗어 커다란 자루를 찾아냈다. 그 자루는 아주 무거웠기 때문에 그는 그것을 어깨 위로 둘러메기 위해 백랍을 태워야 했다. 그는 안개 속에서 소리가 나는지 긴장하며 어둠 가운데 잠시 멈춰 있다가, 자루를 아성 쪽으로 끌고 갔다.

그는 커다랗고 하얗게 칠한 정원 베란다 근처에서 멈췄다. 옆에 있는 작은 연못이 베란다를 비추고 있었다. 그는 자루를 어깨에서 들어 올려 안에 든 것을 땅에 쏟았다. 방금 죽인 시체였다.

그 시체—로드 차스 엔트론이라는 자의 시체였다— 는 굴러가다 흙 속에 얼굴을 처박고 멈추었다. 단검이 낸 두 개의 상처가 등에서 번들거렸다. 켈시어는 스카 빈민가 바로 바깥 거리에서 반쯤 취한 남자를 기습해 귀족 한 명의 명줄을 끊은 것이었다. 로드 엔트론의 죽음을 안타까워하는 사람은 없을 것이다. 그는 왜곡된 쾌락을 추구하는 것으로 악명이 높았다. 예를 들자면, 스카의 혈투는 그가 특별히 즐기는 취미였다. 그가 그날 저녁을 보낸 곳도 그런 곳이었다.

우연찮게도 엔트론은 테키엘 가문의 주요 정치적 동맹이었다.

켈시어는 피 속에 시체를 남겨두었다. 정원사들이 제일 먼저 시체를 발견할 것이다. 그리고 일단 하인들이 그 죽음에 대해 알게 되면, 귀족들이 아무리 엄하게 단속을 한다 해도 사건을 조용히 묻어버리지는 못할 것이다. 그 살인은 격렬한 반응을 일으킬 것이고, 아마도 테키엘 가문의 적수인 이젠리 가문에게 즉각 비난이 쏟아질 것이다. 그렇지만 엔트론의 의심스러운 급사 때문에 테키엘 가문이 경계하게 될지도 모른다. 그들이 주변을 조사하기 시작하면 그날 밤의 혈투에서 엔트론의 도박 상대가 크루스 게펜리였다는 것을 알게 될 것이다. 게펜리 가문은 더 강한 동맹을 얻기 위해 테키엘에 청원하고 있었고, 크루스는 유명한 미스트본이자 매우 뛰어난 검사였다.

이렇게 음모는 시작될 것이다. 이젠리 가문이 엔트론을 살해했는가? 아니면 테키엘의 경각심을 고조시켜 더 낮은 귀족들 사이에서 동맹을 찾게 만들기 위해 게펜리 가문이 시도한 것일까? 어쩌면 제3의 해답이 있는 걸까? 즉, 테키엘과 이젠리 사이의 경쟁을 악화시키고 싶은 어느 가문의 짓일까?

켈시어는 정원 벽에서 뛰어 떨어져 나오며 얼굴에 붙인 가짜 턱수염을 긁었다. 테키엘 가문이 엔트론의 죽음을 누구 탓으로 돌리든 사실 중요하지 않았다. 켈시어의 진짜 목적은 귀족들로 하여금 의문을 품고, 걱정하고, 불신하고, 오해하게 만드는 것이었다. 혼란은 가문 전쟁을 만들어내는 데 가장 강력한 협력자였다. 마침내 그 전쟁이 일어나면 귀족들이 죽어갈 것이고, 스카가 반역을 일으킬 때 맞서야 할 귀족의 수가 그만큼 줄어들 것이다.

테키엘 아성에서 조금 떨어진 곳에 오자마자, 켈시어는 동전을 튕겨 옥상으로 올라갔다. 때때로 그는 자기 발아래 집에 있는 사람들이 위에서 나는 발소리를 들을 때 무슨 생각을 할까 궁금해했다. 미스트본이 자기들 집을 경비병이나 도둑들 때문에 걸리적거릴 일 없는 편리한 고속도로로 쓰고 있다고 말하면 그들은 믿을까? 아니면 이 지붕을 두드리는 소리조차 늘 비난하는 안개유령의 탓으로 돌렸을까?

'아마 알아차리지도 못할 거야. 제정신인 사람들은 안개가 밖으로 나올 때 잠을 자겠지.'

그는 뾰족지붕 위에 내려앉아, 구석에서 회중시계를 찾아 시간을 살펴본 후 시계를—그리고 시계를 이루는 위험한 금속을—다시 집어넣었다. 많은 귀족들은 뻔뻔스럽게 허세를 부리기 위해 금속을 찼다. 그러한 관습은 로드 룰러가 시작하고 귀족들이 따라 한 것이었다. 그러나 켈시어는 시계든 반지든 팔찌든 몸에 꼭 필요한 것 말고는 어떤 금속도 갖고 다니는 걸 좋아하지 않았다.

그는 다시 공중에 몸을 띄워 수트워런스 쪽으로 갔다. 수트워런스는 도시의 먼 북쪽에 있는 스카 빈민가였다. 루서델은 거대하고 제멋대로 퍼져 나가는 도시였다. 몇십 년마다 새로운 부분이 생겨나고, 성벽은 스카들의 땀과 노동을 통해 팽창했다. 현대 운하 시대가 도래하면서 돌은 상대적으로 싸지고, 옮기기 쉬워지고 있었다.

'로드 룰러가 왜 성벽에 신경을 쓰는지도 모르겠어.' 켈시어는 거대한 건물과 나란히 있는 옥상을 따라 움직이며 생각했다. '누가 공격을 한다고? 로드 룰러가 모든 것을 지배하잖아. 서쪽의 섬들조차

더 이상 저항하지 않아.'

몇 세기 동안 '마지막 제국'에는 진짜 전쟁이 없었다. 때때로 일어나는 '반역'은 언덕이나 동굴에 숨어 있는 몇천 명이 주기적으로 습격하러 나오는 것이었다. 예덴의 반역도들도 힘에는 많이 의존하지 않을 것이다. 그들은 가문 전쟁으로 인한 혼란과 루서델 주둔군의 전략적 오판이 동시에 일어나 자기들에게 출구가 열릴 것을 기대하고 있었다. 대규모 군사행동으로 국면이 전개되면 켈시어는 질 것이다. 로드 룰러와 '강철 미니스트리'는 필요하다면 문자 그대로 수백만 명의 병력을 모을 수 있었다.

물론 켈시어에게는 다른 계획도 있었다. 그러나 그 계획에 대해 그는 말하지 않았고, 그저 고려만 하고 있었다. 아마 그 계획을 실현할 기회는 얻지 못할 것이다. 그러나 만약 기회가 온다면……. 아니, 아마 그 계획을 구현할 기회도 얻지 못할 것이다. 그러나 만약 기회가 온다면…….

그는 수트워런스 바로 바깥쪽 땅에 떨어졌다. 그다음 미스트클록을 여며 입고 자신 있는 발걸음으로 거리를 걸어갔다. 그의 연락 상대는 닫힌 가게의 문가에 앉아 가만히 파이프를 뻐끔대고 있었다. 켈시어는 한쪽 눈썹을 치켜세웠다. 담배는 비싼 사치품이었다. 호이드는 매우 낭비하는 성품이거나, 아니면 독스가 넌지시 암시한 것처럼 성공한 인물인 것 같았다.

호이드는 조용히 파이프를 치우더니 일어섰다. 그래봤자 키가 그리 커 보이지는 않았다. 뼈만 앙상한 대머리 남자는 안개 낀 어둠 속에서 고개를 깊이 숙였다.

"안녕하십니까, 마이 로드."

켈시어는 미스트클록 안에 조심스럽게 팔을 집어넣고 남자 앞에서 멈추었다. 거리의 정보원에게 자기가 만나고 있는 정체 모를 '귀족'의 팔에 하스신의 상처가 있다는 것을 알려서 좋을 일은 없었다.

"꽤 평판이 좋더군." 켈시어가 귀족의 거만한 억양을 흉내 내어 말했다.

"저는 최고 수준이죠, 마이 로드."

'너만큼 오래 살아남을 수 있는 놈이라면 누구라도 훌륭하겠지.' 켈시어는 생각했다. 영주들은 다른 사람들이 자기 비밀을 아는 것을 좋아하지 않았다. 정보원들은 보통 오래 살지 못했다.

"알아야 할 게 있어, 정보원. 하지만 우선 이 만남에 대해 절대 아무에게도 말하지 않겠다고 맹세해." 켈시어가 말했다.

"물론이죠, 마이 로드." 호이드가 말했다. 그러나 그는 밤이 채 끝나기도 전에 그 약속을 깰 것 같았다. 정보원들이 그리 오래 살지 못하는 또 하나의 이유였다. "하지만 지불 문제가 있습니다요……."

"돈은 주겠다, 스카." 켈시어가 날카롭게 말했다.

"물론입죠, 마이 로드." 호이드가 재빨리 고개를 끄덕이며 말했다. "제가 알기로는 르노 가문에 대한 정보를 요청하셨지요……."

"그래. 그곳에 대해 뭐가 알려져 있지? 어느 가문이 그곳과 보조를 맞추고 있지? 난 이런 것들을 알아야겠어."

"사실 알 만한 것이 많지는 않습니다, 마이 로드." 호이드가 말했다. "로드 르노는 이 지역에 새로 온 사람이고, 주의 깊은 사람입니다. 그는 당분간 동맹도 적도 만들지 않고 있습니다. 많은 양의 무기와 갑옷을 사들이고 있긴 하지만 그냥 다양한 가문과 상인들에게서 사들이는 것 같습니다. 그들 모두에게 환심을 사려고요. 영리한 전략입죠. 아마 그의 상품은 필요 이상으로 많아질 겁니다. 하지만 친구들도 아주 많아지겠죠, 그렇지요?"

켈시어는 코웃음을 쳤다.

"왜 내가 이런 소리에 돈을 내야 하는지 모르겠군."

"그의 상품이 너무 많아질 겁니다, 마이 로드." 호이드가 재빨리 말했다. "르노가 손해를 보면서 선적을 하고 있다는 걸 아시면 상당한 이익을 올리실 수 있을 겁니다."

"난 장사꾼이 아니야, 스카. 이익이나 선적 같은 건 상관하지 않아!" 켈시어가 말했다.

'이걸 곱씹어보라지. 이제 그는 내가 "대가문" 사람이라고 생각할 거야. 물론 미스트클록을 보고도 그런 의심을 품지 않았다면 지금 누리는 명성을 받을 자격이 없겠지.'

"물론입니다, 마이 로드." 호이드가 재빨리 말하기 시작했다. "더 있습니다, 물론……."

'자, 이제 한번 보자. 저잣거리에서는 르노 가문이 반역도의 소란과 연관되어 있다는 걸 알고 있을까?' 누군가가 그 비밀을 알아냈다면 켈시어의 패거리는 심각한 위험에 처해 있는 것이었다.

호이드는 조용히 기침을 하고, 손을 내밀었다.

"못 견디게 싫은 놈 같으니!" 켈시어는 쏘아붙이면서 호이드의 발치에 동전 주머니를 던졌다.

"네, 마이 로드." 호이드가 무릎을 꿇고 손으로 주위를 더듬으며 말했다. "죄송합니다, 마이 로드. 시력이 약해서요. 겨우 제 얼굴 앞에 들이댄 손가락이나 보일 정도랍니다."

'영리하군.' 켈시어는 호이드가 주머니를 찾아 품에 집어넣는 것을 보며 생각했다. 시력에 대한 말은 물론 거짓이었다. 그런 시력장애를 갖고 암흑가에서 오래 버틸 수 있는 사람은 없다. 그러나 자기 정보원이 반쯤 눈멀었다고 생각하는 귀족은 정체를 확인당할 걱정을 훨씬 덜게 될 것이다. 켈시어 자신도 걱정하지 않았다. 그는 독슨의 최고작이라 할 만한 변장을 하고 있었다. 턱수염 외에도 가짜지만 진짜 같은 코를 달고, 굽을 높인 구두를 신고, 피부색을 더 밝아 보이게 하는 화장을 하고 있었다.

"더 있다고 했지?" 켈시어가 말했다. "맹세하지만, 스카, 좋은 정보가 아니면……."

"좋은 겁니다." 호이드가 재빨리 말했다. "로드 르노는 조카딸인 레이디 발레트와 로드 엘렌드 벤처의 결혼을 고려하고 있습니다."

켈시어는 몸이 굳었다.

'이건 예상치 못한…….'

"말도 안 돼. 벤처는 르노보다 훨씬 위에 있어."

"그 두 젊은이가 오랫동안 이야기하고 있는 모습이 한 달 전 벤처의 무도회에서 목격됐습니다."

켈시어는 비웃듯이 웃었다.

"그건 모두 다 알아. 그건 아무 뜻도 없어."

"그런가요?" 호이드가 물었다. "로드 엘렌드 벤처가 그 소녀를 자

기 친구들에게 매우 칭찬했다는 걸 모든 사람이 다 압니까? 브로큰
퀼에서 어슬렁거리는 젊은 귀족 학자들의 모임이 있지요."

"젊은 남자들은 아가씨들 이야기를 하지. 그건 아무 의미도 없어.
동전은 돌려줘야겠어." 켈시어가 말했다.

"잠깐만요!" 호이드가 처음으로 초조한 듯이 말했다. "더 있습니
다. 로드 르노와 로드 벤처는 비밀 거래를 하고 있습니다."

'뭐라고?'

"이건 사실입니다." 호이드가 말을 계속했다. "그리고 새 소식입
니다. 저도 겨우 한 시간 전에 들었는걸요. 르노와 벤처 사이에는
모종의 관계가 있고, 어떤 이유 때문인지 로드 르노는 엘렌드 벤처
가 레이디 발레트를 무도회에서 감독하도록 정할 수 있었습니다."
그는 목소리를 낮추었다. "심지어 로드 르노가 벤처 가문에 일종
의…… 영향력을 갖고 있다는 이야기들도 사람들 입에 오르내립
니다."

'오늘 밤 무도회에서 대체 무슨 일이 일어난 거야?' 하고 켈시어
는 생각했지만, 입으로는 이렇게 말했다.

"모두 다 근거가 약한 것 같아. 스카, 너한테는 그렇게 한가한 추
측밖에 없나?"

"르노 가문에 대해서는 별게 없습니다, 마이 로드." 호이드가 말
했다. "잘 알아보려고 했습니다만, 이 가문에 대한 나리의 걱정은
무의미합니다! 나리는 정치적으로 좀 더 중심에 있는 가문을 고르
셔야 합니다. 예를 들면 엘라리엘 가문처럼……."

켈시어는 얼굴을 찌푸렸다. 호이드가 엘라리엘을 언급하는 것은

켈시어의 동전에 대한 값어치를 할 만한 중요한 토막 소식이 있다는 암시였다. 다른 가문들에 대한 논의로 이야기를 움직여야 할 때였다. 그래야 켈시어가 르노에 대해 가진 관심에 호이드가 의심을 품지 않을 것이다.

"좋아." 켈시어가 말했다. "하지만 이게 내 시간을 들일 값어치가 없다면……."

"있습니다요, 마이 로드. 레이디 샨 엘라리엘은 수더입니다."

"증거는?"

"제 감정에 와 닿는 그녀의 손길을 느꼈습니다, 마이 로드." 호이드가 말했다. "일주일 전 엘라리엘 아성에서 화재가 났을 때, 그녀는 그곳에서 하인들의 감정을 진정시키고 있었습니다."

그 불을 지른 것은 켈시어였다. 불행히도 불은 위병소 너머까지 번지지 않았다.

"최근 엘라리엘 가문은 그녀에게 궁정 행사에서 힘을 더 사용해도 좋다는 허가를 내렸습니다." 호이드가 말했다. "그들은 가문 전쟁을 두려워하고 있기 때문에 그녀가 어디든 동맹을 맺을 수 있게 만들어주기를 바랍니다. 그녀는 언제나 오른쪽 장갑 속에 황동을 깎아 만든 얇은 봉투를 갖고 다닙니다. 무도회에서 시커를 그녀에게 접근시켜보세요. 그러면 아실 겁니다. 마이 로드, 거짓말이 아닙니다! 정보원으로서 저의 생명은 순전히 제 명성에 달려 있습니다. 샨 엘라리엘은 수더입니다."

켈시어는 잠시 생각에 잠긴 것처럼 침묵했다. 그 정보는 그에게 쓸모없었다. 그러나 그의 진짜 목적인 르노 가문에 대해 알아내는 일은 이미 이루어졌다. 그가 깨달았든 그렇지 않든 호이드는 자기 동전을 정당하게 벌었다.

켈시어는 미소 지었다.

'이제 혼란의 씨를 조금 더 뿌려보자.'

"살멘 테키엘과 샨의 은밀한 관계는 어떤가?" 켈시어가 그럴듯한 젊은 귀족의 이름을 갖다 붙이며 말했다. "그녀가 그의 호의를 얻는 데 힘을 쓴 것 같은가?"

"오, 그렇고말굽쇼, 마이 로드." 호이드는 재빨리 말했다. 켈시어는 그의 눈에서 흥분이 반짝이는 것을 볼 수 있었다. 그는 켈시어가 정치적 소문 중에서 아주 달콤한 부분을 자기에게 공짜로 주었다고 생각하는 게 틀림없었다.

"지난주 헤이스팅과 엘라리엘의 거래를 성사시킨 사람이 아마 그녀겠군." 켈시어는 생각에 잠긴 척 말했다. 그런 거래는 없었다.

"분명 그럴 겁니다요, 마이 로드."

"좋아, 스카." 켈시어가 말했다. "그 동전은 자네 거야. 아마 자네를 또 부를 일이 있을 테지."

"고맙습니다, 마이 로드." 호이드가 깊숙이 허리를 숙여 절하면서 말했다.

켈시어는 동전 한 닢을 떨어뜨려 공중에 몸을 띄웠다. 옥상에 착지하며 호이드를 슬쩍 보니, 그는 그 동전을 주우려고 서둘러 달려가고 있었다. '약한 시력'에도 불구하고 호이드는 아무 어려움 없이 동전을 찾아냈다. 켈시어는 미소를 지은 후 계속 움직였다. 호이드는 켈시어가 지각했다고 뭐라 말하지 않았지만, 다음 약속 상대는 그렇게 너그럽지 않을 것이었다.

그는 동쪽에 있는 알스트롬 광장 쪽으로 갔다. 움직이면서 미스트클록을 벗고, 그다음 조끼를 벗어 그 아래 숨겨져 있던 낡아빠진 셔츠를 드러냈다. 그는 골목길에 내려앉으며 클록과 조끼를 버린 다음, 모퉁이에서 재를 두어 줌 쥐었다. 버석버석한 검은 재를 팔에 문질러 흉터를 가린 후 얼굴과 가짜 턱수염에도 묻혔다.

몇 초 후 골목길에서 비틀거리며 나온 남자는 호이드가 만났던 귀족과는 매우 달랐다. 아까는 깔끔했던 턱수염이 지금은 헝클어지고 너덜너덜하게 튀어나와 있었다. 켈시어는 수염 조각을 몇 개 골라 뽑아서 수염이 드문드문하고 병든 것처럼 보이게 만들었다. 그는 다리를 절름거리는 척하며 휘청거렸고, 광장의 조용한 분수 근처 어두운 그늘 속에 서 있던 사람을 불렀다.

"마이 로드?" 켈시어가 쉰 목소리로 물었다. "마이 로드, 맞으십니까?"

벤처 가문의 수장인 로드 스트라프 벤처는 귀족 중에서도 고압적인 사람이었다. 켈시어는 그의 옆에 한 쌍의 경비병이 서 있는 것을 보았다. 로드 벤처는 안개에 받는 지장이라곤 조금도 없는 것 같았다. 그가 틴아이라는 것은 공공연히 알려진 사실이었다. 벤처는 결투용 지팡이로 땅을 두드리며 앞으로 단호히 걸어 나왔다.

"늦었다, 스카!" 그가 날카롭게 말했다.

"마이 로드, 저…… 저…… 저는 골목길에서 기다리고 있었습니다, 마이 로드. 그러기로 한 대로요!"

"그렇게 하기로 한 적 없어!"

"죄송합니다, 마이 로드." 켈시어가 말하며 절을 하다가 그의 '절름거리는' 다리 때문에 휘청거렸다. "죄송합니다, 죄송합니다. 전 그냥 골목길에 있었습니다. 기다리시게 하려던 건 아니었습니다."

"우리가 안 보였나, 엉?"

"죄송합니다, 마이 로드." 켈시어가 말했다. "제 시력이…… 그게 별로 좋지 않습니다요. 저는 얼굴 앞에 손을 펼쳐 갖다 대야 간신히 보입니다."

'팁 고맙네, 호이드.'

벤처는 코웃음을 치고, 결투용 지팡이를 경비병에게 넘겨주더니 켈시어의 얼굴을 세게 갈겼다.

켈시어는 뺨을 잡고 비틀거리며 땅에 쓰러졌다.

"죄송합니다, 마이 로드." 그가 다시 중얼거렸다.

"다음에 나를 또 기다리게 하면 지팡이로 얻어맞을 게다." 벤처가 무뚝뚝하게 말했다.

'그래, 다음에 내가 누군가의 잔디밭에 시체를 버려야 할 때 어디로 가야 할지 알겠다.' 켈시어는 휘청거리며 일어나면서 생각했다.

"자, 일을 시작하자. 나한테 알려주겠다고 약속한 중요한 소식이 뭐지?" 벤처가 말했다.

"에리켈 가문의 일입니다요, 마이 로드. 나리가 예전부터 그들과 거래를 하신 걸 압니다." 켈시어가 말했다.

"그런데?"

"예, 마이 로드. 그들은 나리를 몹시 속여먹고 있습니다. 그들은 자기네 칼과 지팡이를 테키엘가에 나리가 지불하시는 가격의 절반에 팔고 있습니다!"

"증거는?"

"테키엘의 새 군비를 보시기만 하면 됩니다, 마이 로드." 켈시어가 말했다. "제 말은 사실입니다. 제게 있는 건 제 명성뿐입니다! 그게 없었더라면 저는 지금쯤 시체일 겁니다요."

켈시어의 말은 거짓이 아니었다. 적어도 완전히 거짓은 아니었다. 벤처가 쉽게 입증하거나 무시할 수 있는 정보를 퍼뜨려봤자 켈시어에게 소용없을 것이다. 그가 한 말 중 어떤 말은 사실이었다. 에리켈은 테키엘에게 약간 더 유리한 조건으로 팔고 있었다. 물론 켈시어는 그것을 부풀려 말했다. 게임이 잘된다면 그는 에리켈과 벤처 사이에 균열을 내고, 동시에 벤처가 테키엘을 질투하게 만들 수 있을 것이다. 그러면서 만약 벤처가 에리켈 대신 르노에게 무기를 사러 온다면…… 뭐, 덤으로 얻는 이익일 뿐이다.

스트라프 벤처는 코웃음을 쳤다. 그의 가문은 강력했다. 엄청나게 강력했다. 그리고 가문의 재산을 쌓는 데 특정한 산업이나 사업에 의지하지 않았다. 로드 룰러의 세금과 아티움의 값을 생각하면, '마지막 제국'에서 성취하기 매우 어려운 일이었다. 그래서 벤처는 켈시어에게 강력한 도구가 될 수 있었다. 이 작자에게 진실과 허구를 딱 맞게 섞어줄 수 있다면…….

"그건 나한테 별로 소용없어." 벤처가 갑자기 말했다. "네가 진짜로 얼마나 많이 알고 있는지 보자, 정보원. '하스신의 생존자'에 대해 말해봐."

켈시어는 얼어붙었다.

"뭐라굽쇼, 마이 로드?"

"돈을 받고 싶지?" 벤처가 물었다. "자, '생존자'에 대해 말해라. 그가 루서델에 돌아왔다는 소문이 있더군."

"소문일 뿐입니다요, 마이 로드." 켈시어가 재빨리 말했다. "저는 그 '생존자'를 한 번도 만나본 적이 없습니다. 하지만 그가 루서델에 있을 것 같지는 않습니다요. 그가 정말로 살아 있다고 해도요."

"그놈이 스카 반역도들을 모으고 있다고 들었어."

"언제나 바보들이 스카들에게 반역을 속삭이지요, 마이 로드." 켈시어가 말했다. "그리고 언제나 '생존자'의 이름을 이용하려는 작자들이 있습니다. 하지만 저는 어떤 사람도 '갱'에서 살아 나올 수 있다고 믿지 않습니다. 원하신다면 이 문제에 대한 정보를 더 찾을 수 있습니다만, 제가 발견하는 것에 실망하실까 봐 두렵습니다. '생존자'는 죽었습니다. 로드 룰러…… 그분은 그런 실수를 용납하지 않으시죠."

"맞다." 벤처는 생각에 잠긴 듯이 말했다. "하지만 스카들은 '열한 번째 금속'의 소문을 확신하는 것 같단 말이지. 그 이야기를 들어봤나, 정보원?"

"아, 네." 켈시어가 충격을 숨기며 말했다. "전설입죠, 마이 로드."

"난 한 번도 들어본 적이 없는 전설이야." 벤처가 말했다. "난 그런 것에 매우 주의를 기울이지. 이건 '전설'이 아니야. 매우 영리한 어느 작자가 스카들을 조종하고 있어."

"음…… 흥미로운 결론입니다, 마이 로드." 켈시어가 말했다.

"사실이야." 벤처가 말했다. "그리고 '생존자'가 '갱'에서 죽었다치고, 누군가가 그의 시체를…… 뼈라도…… 입수했다면, 사람의 겉모습을 흉내 내는 방법들이 있어. 내가 무슨 말 하는지 알지?"

"예, 마이 로드."

"이걸 감시해봐." 벤처가 말했다. "네놈이 가져온 소문 따위에는 관심 없어. 스카를 이끄는 사람이건 뭐건 거기에 대한 걸 가져와. 그러면 내게 동전을 받을 수 있을 거다."

벤처는 어둠 속에서 돌아서서 부하들에게 손짓을 하고는 생각에 잠긴 켈시어를 남겨놓고 떠났다.

켈시어는 잠시 후 르노 저택에 도착했다. 펠리스와 루서델 사이의 금속 길 덕분에 두 도시 사이를 빠르게 여행할 수 있었다. 그 금속 대못들을 설치한 것은 그가 아니었다. 그는 누가 그렇게 했는지 몰랐다. 그는 만약 금속 길로 가다가 맞은편에서 오는 다른 미스트본과 마주친다면 어떻게 될까 자주 생각해보았다.

'아마 그냥 서로 무시하겠지. 미스트본들은 그런 걸 아주 잘하니까.' 켈시어는 르노 저택의 안마당에 내려앉으면서 생각했다.

그는 등잔불로 밝혀진 저택을 안개 사이로 바라보았다. 다시 찾아 입은 미스트클록이 잔잔한 바람에 살짝 펄럭였다. 빈 마차를 보고 빈과 세이즈드가 엘라리엘가에서 돌아왔다는 것을 알았다. 켈시어는 저택 안에서 그들을 볼 수 있었다. 그들은 거실에 앉아 로드 르노와 조용히 이야기하고 있었다.

"새로운 모습이네요." 켈시어가 방으로 들어가자 빈이 한마디 했다. 그녀는 여전히 아름다운 붉은색 드레스를 입고 있었지만, 숙녀답지 않은 자세로 앉아 있었다.

켈시어는 속으로 미소 지었다.

'몇 주 전이었다면 돌아오자마자 저 드레스부터 갈아입었겠지. 우리는 빈을 숙녀로 바꿀 수 있을 거야.'

그는 의자를 찾아 앉고, 숯으로 얼룩진 가짜 턱수염을 쓰다듬었다.

"이거 말하는 거야? 턱수염 유행이 금방 돌아올 거라고 들었거든. 난 유행의 선두에 서려는 것뿐이야."

빈이 코웃음을 쳤다.

"거지 의상 유행의 선두겠죠."

"오늘 저녁은 어땠나, 켈시어?" 로드 르노가 물었다.

켈시어는 어깨를 으쓱했다.

"대체로 다른 날과 비슷해. 다행히 르노 가문은 의심을 받지 않는 것 같아. 나 자신은 어떤 귀족들에게 관심의 대상이 된 것 같지만."

"자네가?" 르노가 물었다.

켈시어는 고개를 끄덕였다. 하인 한 명이 그에게 얼굴과 팔을 닦을 따뜻한 물수건을 가져다주었다. 하지만 하인들이 그의 청결 상태를 걱정하는 건지, 아니면 그가 재를 가구에 묻힐지도 몰라서 걱정하는 건지 알 수 없었다. 그는 팔을 닦아내어 흰 흉터들을 드러내고, 뒤이어 턱수염을 뜯어내기 시작했다.

"많은 스카들이 '열한 번째 금속'의 소문을 들은 것 같아." 켈시어가 말을 계속했다. "몇몇 귀족들이 퍼져가는 소문을 들었고, 가장 영리한 자들은 걱정하기 시작했지."

"그게 우리에게 어떤 영향을 미칠까?" 르노가 물었다.

켈시어는 어깨를 으쓱했다.

"귀족들이 서로에게 더 집중하고 내게는 신경을 안 쓰도록 반대 소문들을 퍼뜨려야지. 재밌게도 로드 벤처가 나한테 나 자신에 대한 정보를 찾아내라고 격려를 해주시긴 했지만 말이야. 이런 연기를 하면 매우 혼란스러워질 것 같아. 자네는 어떻게 해내는지 모르겠어, 르노."

"나는 그런 존재니까." 칸드라가 짧게 말했다.

켈시어는 다시 어깨를 으쓱하고 빈과 세이즈드를 보았다.

"그래, 너희는 저녁을 어떻게 보냈니?"

"좌절이에요." 빈이 부루퉁한 어조로 말했다.

"미스트리스 빈은 좀 화나셨습니다." 세이즈드가 말했다. "루서델에서 돌아오는 길에 춤을 추면서 모은 정보들을 제게 말해주셨습니다."

켈시어는 씩 웃었다.

"흥미로운 게 별로 없나 보지?"

"세이즈드가 이미 다 알고 있었어요!" 빈이 쏘아붙였다. "몇 시간이나 남자들과 빙글빙글 돌고 수다를 떨었는데, 그게 다 쓸모없었어요!"

"전혀 쓸모없는 게 아니야, 빈." 켈시어가 가짜 턱수염을 마저 뜯어내며 말했다. "너는 연줄을 몇 개 만들었고, 모습을 보였고, 수다 떠는 연습을 했어. 정보라는 면에서는…… 뭐, 아직 아무도 너한테 중요한 건 말하지 않을 거야. 시간을 좀 들여."

"얼마나 많이요?"

"이제 네 건강이 더 나아지고 있으니까, 넌 무도회에 정기적으로 참석할 수 있어. 몇 달 후면 우리가 필요한 정보를 찾을 수 있게 충분히 연줄을 모아놓고 있어야 해."

빈은 한숨을 쉬며 고개를 끄덕였다. 하지만 정기적으로 무도회에 참석해야 한다는 점을 예전처럼 아주 질색하지는 않는 것 같았다.

세이즈드는 헛기침을 했다.

"마스터 켈시어, 이야기해야 할 것이 있습니다. 저녁 시간 내내 우리 테이블에 로드 엘렌드 벤처가 함께 있었습니다. 미스트리스 빈이 로드 엘렌드에게 받는 관심 때문에 궁정에서 위협을 받지 않는 방법을 찾아냈지만요."

"그래, 알겠어." 켈시어가 말했다. "그 사람들에게 뭐라고 말했지, 빈? 르노와 벤처가 친구라고?"

빈은 살짝 창백해졌다.

"어떻게 알았어요?"

"나는 신비롭고 강력하거든." 켈시어는 손을 저으며 말했다. "아무튼 모든 사람이 르노 가문과 벤처 가문이 비밀 사업 거래를 하고 있다고 생각해. 그들은 벤처가 무기를 비축하고 있다고 추측할 거야."

빈은 얼굴을 찌푸렸다.

"그렇게까지 가려던 건 아니었는데……."

켈시어는 고개를 끄덕이며 턱에서 풀을 문질러 뜯어냈다.

"궁정이란 곳이 그래, 빈. 사태가 감당할 수 없이 빠르게 돌아갈 수 있어. 하지만 이건 큰 문제가 아니야. 로드 르노 자네한테는 벤처 가문을 다룰 때 매우 주의해야 한다는 뜻이 되겠지만. 그들이 빈의 말에 어떤 반응을 보이는지 보고 싶어."

로드 르노가 고개를 끄덕였다.

"맞아."

켈시어는 하품을 했다.

"그럼, 다른 일이 없으면 이만. 하룻저녁에 귀족과 거지를 둘 다 연기했더니 엄청나게 피곤해져서……."

"한 가지 더 있습니다, 마스터 켈시어." 세이즈드가 말했다. "저녁이 끝날 무렵, 미스트리스 빈은 로드 엘렌드 벤처가 레칼 가문과 헤이스팅 가문의 젊은 영주들과 함께 무도회를 떠나는 것을 보았습니다.

켈시어는 동작을 멈추고 얼굴을 찌푸렸다.

"그거 이상한 조합이군."

"저도 그렇게 생각합니다." 세이즈드가 말했다.

"아마 자기 아버지를 화나게 하려고 그러는 것뿐이겠지." 켈시어가 생각에 잠기며 말했다. "대중 앞에서 적과 친하게 지내는 것은……."

"아마도요." 세이즈드가 말했다. "그러나 그 셋은 좋은 친구들 같아 보였습니다."

켈시어는 고개를 끄덕이고 일어섰다.

"좀 더 조사해봐, 세이즈. 로드 벤처와 그의 아들이 우리를 모두 갖고 노는 걸 수도 있어."

"네, 마스터 켈시어." 세이즈드가 말했다.

켈시어는 방에서 나가, 기지개를 펴고 미스트클록을 하인에게 건네주었다. 동쪽 계단으로 걸어 올라갈 때 빠른 발걸음 소리가 났다. 돌아보자 빈이 그의 뒤를 바짝 따라오고 있었다. 빈은 번쩍이는 붉은 드레스를 치켜들고 계단을 올라왔다.

"켈시어." 그녀가 조용히 말했다. "다른 일이 있어요. 당신과 이야기 좀 하고 싶어요."

켈시어는 한쪽 눈썹을 추켜세웠다.

'세이즈드에게도 들려주기 싫은 일인가?'

"내 방으로 와." 그가 말했고, 그녀는 그를 따라 계단을 올라가 방에 들어갔다.

"무슨 일이야?" 그녀가 문을 닫자 그가 물었다.

"로드 엘렌드 일이에요." 빈이 약간 당황한 듯이 아래를 내려다보며 말했다. "세이즈드는 이미 그를 좋아하지 않기 때문에 다른 사람들 앞에서는 이걸 말하고 싶지 않았어요. 하지만 난 오늘 밤 이상한 걸 발견했어요."

"뭔데?" 켈시어는 책상에 뒤로 기댄 채 호기심에 차서 물었다.

"엘렌드는 책을 한 무더기 갖고 있었어요." 빈이 말했다.

'그냥 이름으로 부르는군.' 켈시어는 못마땅해하며 생각했다. '빈이 그 젊은이에게 빠지고 있어.'

"그가 책을 많이 읽는 건 유명해요." 빈이 말을 계속했다. "하지만 그 책들 중에서 어떤 것은…… 음, 그가 자리를 비웠을 때 나는 그 책들을 살펴봤어요."

'잘했군. 적어도 거리에서 배운 좋은 본능 몇 가지는 살아 있어.'

"그중 하나가 이상했어요." 그녀가 말했다. "제목은 뭔가 날씨에 대한 거였는데, 그 안의 글은 '마지막 제국'과 그 결점에 대해 말하고 있었어요."

켈시어는 한쪽 눈썹을 치올렸다.

"정확히 뭐라고 쓰여 있었는데?"

빈은 어깨를 으쓱했다.

"로드 룰러가 불멸이 된 후부터 그의 제국이 얼마나 더 발전하고 평화로워져야 했는지에 대한 거였어요."

켈시어는 미소를 지었다.

"『거짓 새벽의 책』이구나. 키퍼라면 누구든지 그걸 너한테 전부 읊어줄 수 있을 거야. 실제로 남아 있는 책이 있는 줄은 몰랐군. 그 책의 저자 들루즈 쿠브르는 더 지독한 책들도 계속 썼지. 그는 알로맨시의 신성을 모독하지 않았지만, 오블리게이터들은 그의 경우를 예외로 두어 갈고리에 목매달아 죽였어."

"그런데 엘렌드는 책으로 갖고 있었어요." 빈이 말했다. "다른 귀족 여성 한 명도 그 책을 찾으려고 하는 것 같아요. 그녀의 하인 한 명이 책들을 뒤지는 걸 봤거든요."

"어떤 귀족 여성?"

"샨 엘라리엘요."

켈시어는 고개를 끄덕였다.

"예전 약혼자군. 아마 벤처가 젊은이를 협박할 만한 걸 찾고 있었을 거야."

"그녀는 알로맨서 같아요, 켈시어."

켈시어는 그 정보에 대해 생각하느라 마음이 산만해져서 고개를 끄덕였다.

"그녀는 수다야. 벤처가의 상속자가 『거짓 새벽』 같은 책을 읽고 있다면 그런 책을 어떻게 해야 할지 잘 알고 있을걸. 그걸 직접 갖고 돌아다닐 정도로 어리석다니……."

"그게 그렇게 위험한가요?" 빈이 물었다.

켈시어는 어깨를 으쓱했다.

"적당히. 오래된 책이고 실제로 반역을 독려하는 건 아니니까, 아마 빠져나갈 수 있을 거야."

빈은 얼굴을 찌푸렸다.

"그 책은 로드 룰러에게 매우 비판적인 것 같았어요. 로드 룰러는 귀족들에게 그런 것을 읽도록 허락하나요?"

"사실은 '허락'하지 않아." 켈시어가 말했다. "하지만 때때로 귀족들이 그런 일을 하는 걸 무시하지. 책을 금지한다는 건 까다로운 일이야, 빈. 미니스트리가 어떤 책을 악명 높게 만들어놓을수록 그 책은 더 주의를 끌게 되고, 더 많은 사람들이 그걸 읽고 싶어지겠지. 『거짓 새벽』은 딱딱한 책이고, 미니스트리가 그 책을 금지하지 않았기 때문에 오히려 그 책은 잊혔어."

빈은 천천히 고개를 끄덕였다.

"게다가 로드 룰러는 스카보다 귀족에게 훨씬 더 관대해. 그는 귀족들을 오래전 죽은 자기 친구와 동맹자들의 아이들이라고 봐. 그가 '디프니스'를 이기도록 도운 사람들 말이야. 그는 가끔 그들이 아슬아슬한 글을 읽거나 가문의 일원을 암살해도 벌을 주지 않고 모른 체해."

"그러면…… 그 책은 걱정할 만한 건 아닌가요?" 빈이 물었다.

켈시어는 어깨를 으쓱했다.

"난 그렇게도 말하지 않겠어. 젊은 엘렌드가 『거짓 새벽』을 갖고 있다면, 공공연히 금지된 다른 책들도 가지고 있을 수 있겠지. 오블리게이터들이 그 증거를 갖게 되면 그들은 젊은 엘렌드가 귀족이든 아니든 그를 심문관에게 넘길 거야. 문제는 어떻게 그런 일이 일어나게 만드느냐야. 만약 벤처가의 상속자가 처형된다면, 그 사건은 확실히 루서델의 정치적 혼란에 일조하게 되겠지."

빈은 눈에 띄게 창백해졌다.

'그래.' 켈시어는 속으로 한숨을 쉬며 생각했다. '이 애는 확실히 그에게 반해 있어. 이걸 예측했어야 하는데. 젊고 예쁜 소녀를 귀족 사회에 들여보낸다? 틀림없이 맹금 한두 마리가 그녀를 낚아챌 텐데.'

"그를 죽이려고 당신에게 이 이야기를 한 건 아니에요, 켈시어!" 그녀가 말했다. "내 생각엔, 아마도…… 음, 그는 금지된 책들을 읽고 있고, 좋은 사람 같아 보여요. 아마 우리가 그를 동맹자 같은 걸로 이용할 수 있을 거예요."

'오, 아가야.' 켈시어가 생각했다. '그가 너를 버릴 때 네가 너무 큰 상처를 입지 않으면 좋겠는데. 너는 세상 물정을 좀 더 알아야 해.'

"그런 건 기대하지 마라." 그는 입 밖으로 내어 말했다. "로드 엘렌드는 금지된 책을 읽고 있을 수도 있지만, 그렇다고 우리 친구가 되는 건 아니야. 언제나 그와 같은 귀족들이 있었어. 자기 사상이 새롭다고 생각하는 젊은 철학자와 몽상가들 말이야. 그들은 친구들과 함께 술을 마시고 로드 룰러에 대해 투덜거리는 걸 좋아하지. 하지만 마음속에서는 여전히 귀족이야. 그들은 절대로 기득권층을 타도하지 못해."

"하지만……."

"아니야, 빈." 켈시어가 말했다. "날 믿어라. 엘렌드 벤처는 우리나 스카에게 상관하지 않아. 그는 단지 유행에 맞고 흥분되니까 아나키스트 노릇을 하는 신사일 뿐이야."

"그는 내게 스카 이야기를 했어요." 빈이 말했다. "그들이 지적인지, 진짜 사람들처럼 행동하는지 알고 싶어 했어요."

"그런데 그의 흥미가 연민 어린 것이던, 지적인 것이던?"

그녀는 말하지 못했다.

"봐라, 빈." 켈시어가 말했다. "그 남자는 우리 동맹자가 아니야. 사실 너한테는 그와 거리를 두고 있으라고 분명히 말해뒀던 걸로 기억하는데. 엘렌드 벤처와 시간을 보낼 때 너는 우리 작전과 네 동료 패거리를 위험에 처하게 하고 있는 거야, 알겠니?"

빈은 아래로 눈을 내리깔고 고개를 끄덕였다.

켈시어는 한숨을 쉬었다.

'왜 나는 빈이 그에게서 절대로 떨어지고 싶어 하지 않는다는 생각이 들지? 빌어먹을…… 지금 당장은 이 문제를 해결할 시간이 없어.'

"가서 좀 자렴. 이 문제에 대해서는 나중에 더 이야기할 수 있으니까." 켈시어가 말했다.

20

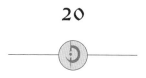

그것은 그림자가 아니다.

나를 따라오는 그 어두운 것, 나만 볼 수 있는 것…… 그것은 정말로 그림자가 아니다. 그것은 거무스름하고 반투명하지만, 그림자같이 또렷한 윤곽이 없다. 그것은 비현실적이다. 성글고 형체가 없다. 마치 어두운 수증기로 만들어진 것처럼.

아니면 아마도 안개로 만들어진 것처럼.

빈은 루서델과 펠리스 사이의 경치가 매우 지루해져갔다. 지난 몇 주간 똑같은 여행을 적어도 십여 번은 했기 때문이다. 똑같은 갈색 언덕, 듬성듬성한 나무들, 잡초가 무성한 덤불이 깔개처럼 깔려 있는 땅. 그녀는 이 길의 울퉁불퉁한 부분을 하나하나 다 알아볼 수 있을 듯 느끼기 시작했다.

그녀는 수많은 무도회에 참석했다. 그러나 무도회는 시작일 뿐이었다. 오찬이나 앉아서 즐기는 파티, 그 밖의 다른 형식의 일상적인 여흥도 무도회와 마찬가지로 널리 퍼져 있었다. 빈은 두 도시 사이를 하루에 두 번, 심지어 세 번도 여행할 때가 많았다. 보아하니 젊은 귀족 여성들에게는 하루에 여섯 시간 마차에 앉아 있는 것이

제일 큰일 같았다.

빈은 한숨을 쉬었다. 가까운 거리에서 스카 한 무리가 운하 옆 배 끄는 길을 따라 루서델을 향해 바지선을 끌면서 느릿느릿 걷고 있었다. 그녀의 생활은 훨씬 더 나쁠 수도 있었다.

그럼에도 그녀는 좌절감을 느꼈다. 아직 한낮이었지만 저녁때까지 중요한 행사는 하나도 없었고, 그래서 펠리스로 돌아가는 수밖에 없었다. 그녀는 금속 길을 이용하면 얼마나 더 빨리 갈 수 있을지 계속 생각하고 있었다. 안개 속을 다시 뛰어다니고 싶은 마음이 간절했지만 켈시어는 그녀의 훈련을 내켜 하지 않았다. 그는 그녀가 기술을 유지하기 위해서 하는 정도라면 매일 밤 잠깐은 밖에 나와도 좋다고 허락했다. 그러나 흥분을 일으키는 과격한 도약은 절대 허락하지 않았다. 대체로 땅에 서 있는 동안 작은 물건들을 '밀고' '당기는' 몇 가지 기본적인 동작이 전부였다.

회복이 더뎌지자 그녀는 좌절하기 시작했다. 그녀가 심문관과 마주친 지도 석 달이 넘었다. 겨울 중에서 가장 추운 기간이 눈송이 하나 떨어지지 않고 지나갔다. 완전히 회복되려면 얼마나 걸릴까?

'적어도 아직 무도회에는 갈 수 있잖아.' 그녀는 생각했다. 끊임없는 여행에 짜증을 내면서도 빈은 자기 의무를 즐기게 되었다. 귀족 여성인 척하는 것은 사실 보통의 도둑 일보다 훨씬 긴장이 덜했다. 비밀이 드러난다면 그녀는 생명을 빼앗기겠지만, 지금은 귀족들이 기꺼이 그녀를 받아들이는 것 같았다. 그녀와 춤을 추고, 함께 저녁을 먹고, 담소를 나누었다. 좋은 생활이었다. 약간 지루하긴 했지만 알로맨시로 돌아가면 따분함도 나아질 것이다.

그 생활은 그녀를 두 가지 면에서 좌절하게 만들었다. 첫 번째는 쓸모 있는 정보를 모으지 못하는 그녀의 무능력 때문이었다. 그녀는 질문의 답을 얻어내지 못하는 데 점점 더 짜증이 나고 있었다. 그녀는 엄청나게 많은 음모들이 진행되고 있다는 것을 알 정도의 경험은 쌓았지만, 그 속에 끼기에는 아직 너무 신참이었다. 그러나 여전히 외부인과 같은 그녀의 지위에 화가 나 있으면서도 켈시어는 결국은 상황이 바뀔 거라고 장담했다.

빈의 두 번째 커다란 짜증은 그렇게 쉽게 해결될 문제가 아니었다. 로드 엘렌드 벤처는 지난 몇 주 동안 몇 차례 무도회에 나타나지 않았는데, 아직도 그녀와 저녁 시간 전부를 보내는 행동을 되풀이했다. 이제 혼자 앉아 있는 일은 드물었지만, 다른 귀족들은 아무도 엘렌드 만한…… 깊이를 갖고 있지 않다는 것을 그녀는 재빨리 깨닫게 되었다. 아무도 엘렌드의 우스꽝스러운 재치나, 정직하고 진지한 눈을 갖고 있지 않았다. 다른 사람들은 진짜같이 느껴지지 않았다. 그렇지만 그는 달랐다.

그는 그녀를 피하는 것 같지 않았다. 그렇지만 그녀와 시간을 보내려고 애를 쓰고 있는 것 같지도 않았다.

'내가 그를 잘못 봤나?' 마차가 펠리스에 다다랐을 때 그녀는 생각했다. 엘렌드가 때때로 이해되지 않았다. 불행히도 그가 망설이는 모습은 그의 전 약혼녀의 성미를 바꾸지 못했다. 빈은 왜 켈시어가 너무 중요한 사람의 주의를 끌지 말라고 경고했는지 깨닫기 시작했다. 고맙게도 그녀는 샨 엘라리엘과 자주 마주치지는 않았다. 그러나 어쩌다 마주칠 때면 샨은 모든 기회를 이용해서 빈을 조롱하고 모욕하고 깎아내렸다. 그러면서 어찌나 차분하고 귀족적인 태도를 유지하는지, 그녀의 자세만 봐도 빈은 자기가 얼마나 열등한가를 생각하게 될 지경이었다.

'내가 발레트 역할에 너무 빠져 있나 봐.' 빈은 생각했다. 발레트는 위장일 뿐이었다. 그녀는 뭐든지 샨이 말하는 대로 해야 했다. 하지만 모욕에는 여전히 화가 났다.

빈은 고개를 저으며 샨과 엘렌드 양쪽 다 마음속에서 밀어냈다. 도시로 가는 도중 재가 떨어졌고, 지금은 그쳤지만 그 여파가 눈에 보였다. 작고 검은 재 조각들이 떠다니며 도시의 거리를 가로지르다가 돌개바람이 되어 빙글빙글 돌았다. 스카 노동자들이 돌아다니며 검댕을 통 속에 쓸어 넣어 도시 밖으로 가지고 나갔다. 그들은 때때로 귀족 마차가 지나는 길에서 비키기 위해 서둘러야 했다. 어떤 마차도 노동자들을 위해 속도를 늦춰주지 않았다.

'가엾은 애들.' 빈은 누더기를 걸친 아이들 한 무리를 지나치며 생각했다. 그 아이들은 사시나무에서 재를 떨어내기 위해 나무들을 흔들어대고 있었다. 재가 떨어져야 쓸어낼 수 있었고, 그래야 나무에 쌓여 있던 재가 지나가는 귀족의 머리 위로 갑자기 쏟아지는 일이 없을 것이다. 아이들은 둘씩 붙어서 나무 하나를 흔들며, 검은 소나기를 맹렬하게 자기들 머리 위로 내리게 했다. 작업 감독들이 조심스럽게 지팡이를 휘두르며 거리를 오르락내리락했다. 아이들이 계속 일하는지 확인하는 것이었다.

'엘렌드와 다른 사람들은 스카의 삶이 얼마나 나쁜지 이해하지 못할 거야. 그들은 자기들의 멋진 아성에서 살고 춤이나 추지, 로드

룰러가 얼마나 스카를 억압하는지 절대 이해하지 못해.'

그녀는 귀족들이 아름답다고 생각했다. 그들을 완전히 증오하는 켈시어와는 달랐다. 그중 어떤 사람들은 그들 나름대로 아주 친절해 보였다. 스카가 귀족의 잔인함에 대해 말한 것들 중에서 어떤 것은 과장된 이야기일 거라고 그녀는 생각하기 시작했다. 그렇지만 그 가엾은 소년의 처형 같은 사건이나, 저런 스카 아이들을 볼 때면 그녀는 이렇게 생각할 수밖에 없었다. 귀족들은 어떻게 그런 모습을 보지 못할 수가 있는 걸까? 그들은 어떻게 이해하지 못할 수가 있는 걸까?

마침내 마차가 르노 저택으로 들어가자, 그녀는 한숨을 쉬고 스카들에게서 눈을 돌렸다. 저택에 들어서자마자 그녀는 안뜰에 사람들이 많이 모여 있는 것을 알아차리고는 로드 룰러가 로드 르노를 체포하라고 군인들을 보낸 걸까 생각하며 새 금속 병을 움켜쥐었다. 그러나 그녀는 그 군중이 병사들이 아니라 소박한 노동자 옷을 입은 스카들이라는 것을 곧 깨달았다.

마차는 정문 안으로 굴러 들어갔고, 빈은 더욱 혼란스러워졌다. 스카들 사이에 가방과 배낭들이 무더기로 쌓여 있었다. 그중 많은 것들에 최근에 떨어진 재의 검댕 먼지가 묻어 있었다. 노동자들은 줄줄이 수레를 채우느라 바쁘게 움직였다. 빈의 마차는 저택 안에서 멈추었다. 그녀는 세이즈드가 문을 열어줄 때까지 기다리지 않고 직접 뛰어내려 드레스를 위로 당겨 잡은 다음 켈시어와 르노에게로 성큼성큼 걸어갔다. 그들은 스카들의 작업을 조사하고 있었다.

"물건들을 여기서 꺼내 동굴에 갖다 놓으시게요?" 두 남자에게

온 빈이 낮은 목소리로 물었다.

"나한테 인사해야지, 얘야." 로드 르노가 말했다. "혹시라도 누구한테 보일 가능성이 있는 동안에는 겉모습을 유지해야 해."

빈은 짜증을 눌러 담으며 명령대로 했다.

"당연한 거야, 빈." 켈시어가 말했다. "르노는 모아둔 무기와 보급품들로 뭔가를 해야 해. 그걸 어디론가 보내는 모습을 보지 않으면 사람들은 의심하기 시작할 거야."

르노는 고개를 끄덕였다.

"표면상으로는, 운하 바지선을 통해 전부 서쪽의 내 농장으로 보낼 거야. 하지만 바지선은 반역도 동굴에 정선해 보급품과 많은 뱃사람들을 내려줄 거야. 남들 눈에 이상하지 않도록 바지선과 사람 몇 명은 계속 갈 거고."

"우리 군인들은 르노가 그 계획에 가담하고 있다는 건 알지도 못해." 켈시어가 미소를 지으며 말했다. "그들은 그가 귀족이고 내가 사기를 치고 있다고 생각해. 게다가 이건 우리가 직접 군대를 확인해볼 엄청난 기회가 될 거야. 동굴에서 일주일 정도 머문 다음 동쪽으로 가는 르노의 바지선 한 척을 타고 루서델로 돌아올 수 있어."

빈은 잠시 말문이 막혔다.

"'우리'라고요?"

그녀는 불현듯 바지선에서 몇 주를 보내는 장면을 상상하며 물었다. 바지선에서 똑같은, 지루한 풍경을 매일같이 지켜보는 건 루서델과 펠리스 사이를 왔다 갔다 하는 것보다 훨씬 더 싫을 터였다.

켈시어가 한쪽 눈썹을 치켜세웠다.

"넌 걱정스러운 것 같구나. 보아하니 무도회와 파티를 즐기게 된 사람이 하나 있나 본데."

빈의 얼굴이 빨개졌다.

"나는 여기 있어야 한다고 생각하고 있었을 뿐이에요. 내 말은, 아파서 그렇게 허송세월한 다음이니까……."

켈시어는 빙긋 웃으며 손을 들어 올렸다.

"너는 여기 머물러 있을 거야. 갈 사람은 예덴과 나야. 나는 병력을 점검해야 하고, 예덴이 교대해 군대를 지켜볼 거야. 그래야 햄이 루서델로 돌아오지. 또 형도 우리와 함께 가다가 미니스트리 신입들에 낄 지점인 베니아스에 내릴 거야. 네가 돌아와서 잘됐어. 우리가 떠나기 전에 네가 형과 시간을 좀 보냈으면 좋겠어."

빈은 얼굴을 찌푸렸다.

"마쉬와요?"

켈시어는 고개를 끄덕였다.

"그는 미스팅 시커야. 청동은 쓸모가 적은 금속이지. 특히 완전한 미스트본에게는. 하지만 마쉬는 너한테 몇 가지 기술을 알려줄 수 있다고 해. 아마 네가 그와 함께 훈련할 마지막 기회일 거야."

빈은 모여 있는 캐러밴 쪽을 흘끗 보았다.

"그는 어디 있어요?"

켈시어가 얼굴을 찌푸렸다.

"형이 늦네."

'내 생각엔 집안 내력인 것 같은데.'

"그는 곧 올 거야, 얘야." 로드 르노가 말했다. "안에서 다과를 좀 먹고 있으면 어떻겠니?"

'다과는 최근에 아주 많이 먹었어.'

그녀는 짜증을 참으면서 생각했다. 저택 안으로 들어가는 대신 그녀는 안뜰을 가로질러 거닐며 각종 물건과, 그 물건들을 포장해서 지역 운하 부두로 수송할 수레에 싣고 있는 노동자들을 살펴보았다. 땅의 상태는 잘 관리되어 있었고, 재가 아직 치워지지는 않았지만 바싹 깎은 잔디 덕에 드레스가 끌리지 않게 높이 들고 다닐 필요는 없었다.

더구나 재를 옷에서 떨어내는 일은 놀라울 정도로 쉬웠다. 적당히 빨고 비싼 비누를 좀 쓰면, 그것이 흰색 옷이더라도 아예 처음부터 묻지 않은 것처럼 재를 깨끗이 씻어낼 수가 있었다. 귀족들이 언제나 새것 같은 옷을 입고 있을 수 있는 이유가 바로 그것이었다. 스카와 귀족을 나누는 것은 그렇게 쉽고 간단한 일이었다.

'켈시어 말이 옳아. 난 귀족 여성 노릇을 즐기게 되었어.' 빈은 생각했다. 자기 생활의 변화가 마음까지 바꾸려는 것 같아 걱정되었다. 한때 그녀가 당면했던 문제는 굶어 죽느냐, 매를 맞느냐 하는 것이었다. 그런데 이제는 마차 타는 시간이 길어지느냐, 수행원들이 약속 시간에 늦게 도착하느냐 하는 것들이었다. 그런 변화가 한 사람에게 어떤 영향을 끼칠 것인가?

그녀는 보급품 사이를 걸으며 혼자 한숨을 쉬었다. 어떤 상자들에는 칼, 전쟁용 스태프, 활 따위의 무기가 채워져 있을 것이다. 그러나 커다란 짐들은 대부분 부대에 드는 식품류였다. 켈시어는 군대를 만드는 데는 철보다 곡물이 훨씬 더 많이 든다고 말했다.

그녀는 상자 위의 재를 쓸어내지 않으려고 조심하며 상자 한 무더기를 손가락으로 훑었다. 그녀는 그 상자들이 오늘 바지선에 실려 보내지리라는 걸 알고 있었지만, 켈시어가 함께 가리라고는 예상치 못했다. 물론 조금 전까지는 갈 생각이 아니었을 것이다. 새로 태어난, 더 책임감 있는 켈시어도 마찬가지로 충동적인 사람이었다. 어쩌면 지도자에게는 좋은 속성일 것이다. 그는 새로운 아이디어라면 언제 떠오르건 간에 그것을 예전 계획에 합치기를 서슴지 않았다.

'나도 함께 가자고 해야 할지도 몰라.' 빈은 느긋하게 생각했다. '귀족 여성 노릇을 최근에 너무 많이 하고 있었어.' 며칠 전, 그녀는 혼자 있는데도 자기가 마차 안에서 단정한 자세로 등을 똑바로 하고 앉아 있다는 걸 깨달았다. 그녀는 자신의 본능을 잃는 것 같아 두려웠다. 이제 빈 노릇보다 발레트 노릇이 더 자연스러울 지경이었다.

하지만 그녀는 떠날 수 없었다. 그녀는 레이디 플래바인과 점심 약속이 있었다. 헤이스팅 무도회는 말할 것도 없었다. 그 무도회는 이번 달에 손꼽히는 사교계 행사가 될 것이다. 발레트가 참석하지 않는다면 그 피해를 회복하는 데만 몇 주가 걸릴 것이다. 게다가 그곳에는 언제나 엘렌드가 있었다. 빈이 다시 사라지면 그는 아마 그녀를 잊어버릴 것이다.

'그는 이미 너를 잊어버렸어.' 그녀는 속으로 생각했다. '그는 지난 파티 세 번 동안 너하고 말도 별로 하지 않았는걸. 정신 차려, 빈. 이것들 전부가 또 하나의 사기일 뿐이야. 전에 네가 저지른 것과 마찬가지로 게임일 뿐이라고. 너는 추파를 던지고 놀기 위해서

가 아니라, 정보를 얻기 위해서 평판을 쌓고 있는 거야.'

그녀는 혼자 결연히 고개를 끄덕였다. 옆에서 스카 남자 몇이 수레 한 대에 짐을 싣고 있었다. 빈은 잠시 멈춰 선 채 커다란 상자 더미 옆에서 남자들이 일하는 모습을 지켜보았다. 독슨의 말에 따르면 군대 모집은 점차 기세를 더해가고 있었다.

'일에 탄력이 붙고 있어. 소문이 퍼지고 있을 거야.' 빈은 생각했다. 너무 멀리까지 퍼지지만 않는다면, 소문이 퍼지는 것은 좋은 일이었다.

그녀는 짐꾼들을 잠시 지켜보다가 뭔가…… 이상하다고 느꼈다. 그들은 일에 집중하지 않는 것 같았다. 얼마 후, 그녀는 그들이 어디에 정신이 팔렸는지 알 수 있었다. 그들은 일하는 도중에 계속 켈시어를 바라보며 속삭이고 있었다. 빈은 상자 옆에 몸을 숨긴 채 살짝 더 접근해서 주석을 태웠다.

"……아냐, 저건 확실히 그 사람이야. 나는 그 상처들을 봤어." 한 사람이 속삭였다.

"그는 키가 크잖아." 다른 사람이 말했다.

"당연히 키가 크지. 뭘 기대한 거야?"

"그는 나를 모집한 모임에서 말했었어. '하스신의 생존자'야." 다른 사람이 말했다. 그의 어조에는 경외감이 서려 있었다.

사람들은 상자를 더 모으러 갔다. 빈은 고개를 세우고 그 노동자들 쪽으로 움직이며 귀를 기울였다. 모두 켈시어 이야기를 하는 건 아니었지만, 놀라울 정도로 많은 수의 사람들이 켈시어에 관해 이야기하고 있었다. 또, '열한 번째 금속' 이야기도 많이 들렸다.

'그래서 그런 거야.' 빈은 생각했다. '반역도의 일에 탄력이 붙고 있는 게 아니야. 켈시어의 일이 그런 거야.' 남자들은 켈시어에 대해 거의 숭배하듯 조용한 어조로 말했다. 왜 그런지 몰라도 그 모습에 빈의 마음이 불편해졌다. 그녀는 누가 자기에게 비슷한 말들을 한다면 절대 참고 듣지 못할 것이다. 그러나 켈시어는 그런 것들을 당연하게 받아들였다. 그의 카리스마 넘치는 자아가 소문들을 더 부채질하고 있는 건지도 몰랐다.

'이 일이 전부 끝났을 때, 그가 이런 것들을 포기할 수 있을지 모르겠어.' 패거리의 다른 사람들은 확실히 지도자 역할에 별로 흥미가 없었다. 그러나 켈시어는 그것을 즐기는 것 같았다. 그가 정말로 스카 반역도에게 모든 걸 다 넘겨줄까? 그런 힘을 포기할 수 있는 사람이 있을까?

빈은 얼굴을 찌푸렸다. 켈시어는 좋은 사람이었다. 아마 좋은 통치자가 될 것이다. 그러나 그가 군대를 지배하려고 한다면…… 거기에선 배신의 냄새가 풍겼다. 그가 예덴에게 한 약속을 저버리는 것이었다. 그녀는 켈시어가 그렇게 하는 것을 보고 싶지 않았다.

"발레트." 켈시어가 불렀다.

빈은 움찔 놀라며 약간의 죄책감을 느꼈다. 켈시어는 저택 부지로 들어오고 있는 마차를 가리켰다. 마쉬가 도착한 것이다. 그녀는 마차가 멈출 때 되돌아 걸어가서 마쉬와 거의 동시에 켈시어에게 닿았다.

켈시어는 미소를 짓고, 빈 쪽으로 고개를 끄덕였다.

"아직 얼마 동안은 떠날 준비를 해야 할 거야." 그는 마쉬에게 말했다. "형한테 시간이 있다면, 이 아이에게 몇 가지 보여줄 수 있겠어?"

마쉬가 그녀 쪽을 보았다. 그는 켈시어와 같이 껑충한 체격에 금발이었다. 그러나 마쉬는 켈시어만큼 잘생기지 않았다. 아마 미소를 짓지 않기 때문일 것이다. 그는 위쪽, 저택 앞 발코니를 가리켰다.

"저 위에서 날 기다리렴."

빈은 대답하려고 입을 벌렸다가, 마쉬의 표정에 깃든 어떤 분위기에 다시 입을 다물어버렸다. 그는 그녀에게 옛 시절을 생각나게 했다. 몇 달 전, 그녀가 윗사람들에게 질문하지 않았던 때를. 그녀는 돌아서서 세 남자를 떠나 저택으로 들어갔다.

계단을 올라 앞쪽 발코니로 가는 길은 짧았다. 그녀는 하얗게 칠해진 나무 난간 옆 의자를 빼고 앉았다. 물론 발코니의 재는 이미 깨끗하게 닦여 있었다. 아래쪽에서 마쉬는 아직 켈시어, 르노와 이야기하고 있었다. 그들 너머, 구불구불 줄을 짓고 퍼져 나가는 캐러밴들 너머에서 빈은 붉은 태양빛에 비친 도시 바깥의 황량한 언덕들을 볼 수 있었다.

'겨우 몇 달 귀족 여성 노릇을 했다고 난 이미 세련되지 않은 걸 열등하다고 생각하는구나.' 린과 함께 여행하던 시절에는 한 번도 풍경이 '황량하다'고 생각해본 적이 없었다. '그런데 켈시어는 이 땅 전체가 귀족의 정원보다 더 비옥했다고 하지.'

그는 그런 것들을 다시 복구할 생각일까? 키퍼들은 언어와 종교를 암기할 수는 있을 테지만 오래전에 멸종한 식물들의 씨를 만들어낼 수는 없었다. 그들은 재가 떨어지는 것을 멈추거나 안개가 물러가게 만들 수도 없었다. '마지막 제국'이 사라진다고 해서 세계가 진짜로 그렇게 많이 바뀌는 걸까?

더구나 로드 룰러가 자기 장소에 대한 권리를 어느 정도 가졌다고 봐야 하는 게 아닐까? 그는 '디프니스'를 이겼거나, 적어도 그렇게 주장했다. 그는 세계를 구했고, 그 사실은 왜곡된 방식으로나마 세계를 그의 것으로 만들었다. 그들이 그에게서 그 세계를 빼앗을 무슨 권리가 있을까?

그녀는 다른 사람들에게 불안을 표현하지는 않았지만, 이런 것들이 자주 궁금했다. 그들은 모두 켈시어의 계획에 열성적인 것 같았다. 어떤 사람들은 그의 환상을 공유하기까지 하는 것 같았다. 그러나 그들이 그럴수록 빈은 더 머뭇거렸다. 그녀는 린에게서 낙관주의를 회의해야 한다고 배웠다.

그리고 머뭇거려야 할 계획이 있다면, 이것이야말로 그런 계획이었다.

그러나 그녀는 스스로에게 의문을 제기할 지점을 지나가고 있었다. 그녀는 자기가 패거리에 머문 이유를 확실히 알고 있었다. 그건 계획 때문이 아니었다. 사람들 때문이었다. 그녀는 켈시어가 좋았다. 독슨과 브리즈, 햄도 좋았다. 심지어 이상한 꼬마 스푸크와 화잘 내는 그의 삼촌도 좋았다. 그녀가 같이 일해본 다른 어떤 패거리와도 달랐다.

'그게 그들 때문에 너까지 살해당할 이유가 되니?' 린의 목소리가 물었다.

빈은 움찔했다. 그녀는 최근 마음속에서 린의 속삭임을 훨씬 덜 들고 있었지만, 그 속삭임은 여전히 그곳에 있었다. 16년의 삶 동안 그녀에게 주입된 린의 가르침은 쉽게 버릴 수 있는 게 아니었다.

몇 분 후에 마쉬가 발코니에 도착했다. 그는 그녀를 특유의 딱딱한 눈길로 슬쩍 쳐다본 다음 말했다.

"보아하니 켈시어는 오늘 저녁에 내가 너한테 알로맨시 훈련을 시켰으면 하는 것 같구나. 시작하자."

빈은 고개를 끄덕였다.

마쉬는 더 분명한 대답을 기대하면서 그녀를 바라보았다. 빈은 조용히 앉아 있었다.

'이봐요, 당신만 퉁명스러울 수 있는 건 아니라고요.'

"좋아." 마쉬가 그녀 옆에 앉으며 한 팔을 발코니 난간에 걸쳤다. 말을 계속하는 그의 목소리는 화가 좀 풀린 것 같았다. "켈시어는 네가 내적 정신 능력 훈련에는 시간을 거의 못 썼다더구나. 맞니?"

빈은 다시 고개를 끄덕였다.

"나는 완전한 미스트본들 중에서도 이 힘을 소홀히 하는 사람들이 많지 않나 생각해." 마쉬가 말했다. "그건 실수하는 거야. 청동과 구리는 다른 금속들처럼 번쩍거리지는 않을지 몰라도, 제대로 훈련받은 사람의 손에서는 매우 강력할 수 있어. 심문관들은 청동을 조작해서 일하고, 암흑가의 미스팅은 구리에 의지하기 때문에 살아남아.

두 가지 힘 중에서 단연코 청동이 더 미묘해. 너한테 그걸 제대로 사용하는 법을 가르쳐줄 수 있어. 내가 가르쳐주는 대로 연습한다면 너는 많은 미스트본들이 간과하는 이점을 갖게 될 거야."

"하지만 다른 미스트본들은 구리를 태울 줄 모르나요?" 빈이 물었다. "싸우는 상대들이 전부 그 힘에 면역되어 있다면 청동을 배우는 게 무슨 쓸모가 있죠?"

"너도 이미 그들처럼 생각하는구나." 마쉬가 말했다. "모든 사람이 미스트본은 아니야, 아가씨. 사실 매우 적은 사람들만 미스트본이야. 그리고 너희 부류가 생각하는 것과 달리 보통 미스팅들도 사람을 죽일 수 있단다. 너를 공격하는 사람이 코인샷이 아니라 써그라는 걸 알면 매우 쉽게 네 생명을 구할 수 있어."

"알았어요." 빈이 말했다.

"또 청동은 미스트본을 알아보도록 도와줄 거야." 마쉬가 말했다. "근처에 스모커가 없는데 누군가가 알로맨시를 사용하고 있다, 그렇지만 그들이 알로맨시 파동을 내보내는 건 느껴지지 않는다, 그렇다면 그들이 미스트본이라는 걸 알 수 있지. 아니면 심문관이거나. 어느 쪽이든 넌 달아나야 해."

빈은 조용히 고개를 끄덕였다. 옆구리 상처가 살짝 욱신거렸다.

"청동을 태우는 건 그냥 구리를 켜놓고 돌아다니는 것보다 엄청나게 큰 장점이 있어. 사실 구리를 사용할 때 너는 '스모크'를 하지만 어떤 면으로는 너 자신도 눈이 머는 거야. 구리는 네가 감정을 '밀거나' '당기는' 힘에 면역이 되게 해줘."

"하지만 그건 좋은 거잖아요."

마쉬는 고개를 약간 세웠다.

"그래? 그런데 어느 게 더 큰 이점일까? 어느 수더에게 면역은 되지만 그 수더의 의도는 모르는 것? 아니면, 청동을 태워서 그가

3장 피 흘리는 태양의 아이들

정확히 어떤 감정을 억누르려고 하는지 아는 것?"

빈은 잠시 말문이 막혔다.

"그렇게 정밀한 것까지 알 수 있어요?"

마쉬는 고개를 끄덕였다.

"주의를 기울이고 연습을 하면 너는 네 적수가 알로맨시를 태울 때 부리는 아주 작은 변화까지 알아차릴 수 있어. 수더나 라이오터가 영향을 주려고 하는 사람의 감정을 속속들이 알 수 있지. 또 누가 언제 금속을 폭발시키고 있는지도 알 수 있어. 아주 숙련된다면 그들의 금속이 언제 떨어지는지까지 알 수 있을지도 몰라."

빈은 생각에 잠겨 말을 잃었다.

"청동의 장점을 알기 시작했구나. 좋아, 이제 청동을 태워보렴." 마쉬가 말했다.

빈은 청동을 태웠다. 즉시 두 개의 율동적인 쿵쿵거림이 느껴졌다. 그 소리 없는 맥박들이 드럼의 울림이나 대양의 몰아치는 파도처럼 그녀에게로 거세게 밀려왔다. 그것들은 섞여서 뒤죽박죽이 되었다.

"뭐가 느껴지니?" 마쉬가 물었다.

"그게…… 두 가지 다른 금속이 타고 있는 것 같아요. 하나는 아래의 켈시어에게서 나오고 있어요. 다른 건 당신에게서 나오고 있고요."

"좋아. 연습을 좀 했구나." 마쉬가 호의적으로 말했다.

"많이는 못 했어요." 빈은 인정했다.

그는 한쪽 눈썹을 치켜세웠다.

"많이는 못 했다고? 넌 이미 맥박의 근원을 알아낼 수 있잖아. 그건 연습이 필요해."

빈은 어깨를 으쓱했다.

"저한테는 자연스럽게 보이는데요."

마쉬는 잠시 입을 다물었다.

"좋아." 그가 마침내 말했다. "두 맥박이 서로 다르니?"

빈은 집중해서 얼굴을 찌푸렸다.

"눈을 감아." 마쉬가 말했다. "다른 것에 신경 쓰지 마. 알로맨시 맥박에만 집중해."

빈은 그렇게 했다. 귀로 듣는 것과는 같지 않았다. 정말 달랐다. 그녀는 맥박들을 자세히 분별해내기 위해 집중해야 했다. 하나는…… 그녀를 때리고 있는 것 같은 느낌이었다. 다른 하나는 이상한 느낌으로, 맥박이 한 번 뛸 때마다 그녀를 자기 쪽으로 끌어당기고 있는 것 같았다.

"하나는 '당기는' 금속이에요, 그렇죠?" 빈이 눈을 뜨고 물었다. "그건 켈시어의 맥박이에요. 당신은 '밀고' 있어요."

"아주 잘했어." 마쉬가 말했다. "그는 네 훈련을 위해 내가 부탁한 대로 철을 태우고 있어. 난 물론 청동을 태우고 있지."

"그것들은 모두 그런가요? 제 말은, 다르게 느껴져요?" 빈이 물었다.

마쉬는 고개를 끄덕였다.

"넌 알로맨시의 특징으로 '당기는' 금속과 '미는' 금속을 구분할 수 있어. 사실 금속을 몇 가지 범주로 가르는 방식이 바로 그거야.

예를 들어, 주석이 '당기고' 백랍이 '민다'는 건 직관적으로 느낄 수 있는 건 아니야. 너한테 눈 떠도 좋다고 말하지 않았다."

빈은 눈을 감았다.

"맥박에 집중해." 마쉬가 말했다. "두 고동의 길이를 구별해봐. 둘 사이의 차이를 알겠니?"

빈은 얼굴을 찌푸렸다. 최대한 열심히 집중했지만 그녀의 금속 감각이…… 뒤죽박죽이 된 것 같았다. 애매했다. 몇 분 후에도 맥박의 길이는 여전히 같게 느껴졌다.

"아무것도 못 느끼겠어요." 그녀는 기가 꺾여서 말했다.

"잘했어." 마쉬가 단호하게 말했다. "나는 맥박 길이를 구별하느라 여섯 달을 연습해야 했어. 네가 처음 시도에서 그 일을 해냈다면, 난 내가 무능하다고 느꼈을 거야."

빈은 눈을 떴다.

"그럼 왜 나한테 그렇게 하라고 한 거죠?"

"넌 연습해야 하니까. '당기는' 금속과 '미는' 금속을 이미 구별할 수 있다면…… 그래, 넌 보아하니 재능이 있어. 켈시어가 자랑하는 만큼 재능이 있는 것 같아."

"그럼 내가 뭘 알아야 해요?" 빈이 물었다.

"결국 너는 서로 다른 두 맥박의 길이를 느낄 수 있게 될 거야. 청동이나 구리 같은 내적인 금속은 철과 강철 같은 외적 금속보다 더 긴 맥박을 내뿜는단다. 더 연습해보면 그 맥박 안의 세 가지 패턴을 느끼게 될 거야. 하나는 물리적 금속이고, 하나는 정신적 금속, 또 하나는 두 가지의 더 큰 금속이야.

맥박의 길이, 금속 그룹 그리고 '밀고' '당기는' 변화. 일단 이 세 가지를 알게 되면 너는 적수가 어떤 금속을 태우고 있는지 정확히 알 수 있을 거야. 긴 맥박과 빠른 패턴으로 너를 때리는 건 백랍일 거다. 내적이고 '미는' 물리적 금속이지."

"왜 이름이 그래요? 외적 금속, 내적 금속이라니요?" 빈이 물었다.

"금속은 네 가지 그룹으로 묶여. 적어도 낮은 금속 여덟 가지는 그래. 외적인 금속 둘, 내적인 금속 둘이 있고, 각각 한 가지는 '밀고' 한 가지는 '당기'는 거지. 철로는 네 바깥에 있는 것을 '당길' 수 있고, 강철로는 바깥에 있는 것을 '밀' 수 있지. 주석으로 너는 네 안의 어떤 것을 '당기'고, 백랍으로는 네 안의 뭔가를 '밀지'."

"하지만 청동과 구리는요?" 빈이 말했다. "켈시어는 그것들이 내적인 금속이라고 했지만 외적인 것에 영향을 미치는 것 같아요. 구리는 내가 알로맨시를 사용할 때 사람들이 느끼지 못하게 하잖아요."

마쉬는 고개를 저었다.

"구리는 네 적수를 변화시키지 않아. 네 적수에게 영향을 주는 네 안의 무엇인가를 변화시키지. 그래서 그게 내적인 금속인 거야. 하지만 황동은 다른 사람의 감정을 직접 바꿔. 그래서 외적 금속이지."

빈은 생각에 잠겨 고개를 끄덕이다가, 눈을 돌려 켈시어 쪽을 보았다.

"당신은 모든 금속에 대해 아주 많이 아는군요. 하지만 당신은 미스팅일 뿐이잖아요, 맞죠?"

마쉬는 고개를 끄덕였다. 그러나 대답할 마음은 없는 것 같았다.

'그럼 뭐 하나 시험해보자.' 빈은 생각하며 청동을 껐다. 그녀는 알로맨시를 숨기기 위해 가볍게 구리를 태우기 시작했다. 마쉬는 반응하지 않았다. 그는 켈시어와 캐러밴들만 계속 내려다보고 있었다.

'난 그의 감각에 잡히지 않아야 해.' 그녀는 조심스럽게 아연과 황동을 둘 다 태우면서 생각했다. 그녀는 브리즈가 훈련해준 것과 똑같이 마음을 뻗어 마쉬의 감정을 미묘하게 건드렸다. 그의 의심과 거리낌을 억누르고 동시에 아쉬움의 감각을 끌어냈다. 이론적으로는, 그가 더 말하고 싶어질 것이다.

"당신도 어딘가에서 알로맨시를 배웠겠지요?" 빈은 조심스럽게 말했다.

'그는 내가 무슨 짓을 했는지 분명 알 거야. 그는 화를 낼 거고……'

"나는 아주 어렸을 때 '끊어졌어'." 마쉬가 말했다. "그래서 연습할 시간이 많았단다."

"그런 사람들은 많을 거 아니에요." 빈이 말했다.

"나한테는…… 이유가 있었어. 설명하기는 힘들어."

"그건 언제나 그래요." 빈이 알로맨시 압력을 약간 강화시키며 말했다.

"넌 켈시어가 귀족에 대해 어떻게 느끼는지 아니?" 마쉬가 그녀를 보면서 물었다. 그의 눈은 얼음 같았다.

'사람들 말처럼 "강철 눈"이야.' 그녀는 생각했다. 그녀는 그의 질문에 고개를 끄덕였다.

"음, 나는 오블리게이터들에 대해서 비슷하게 느낀단다." 그가 눈길을 돌리며 말했다. "난 그들을 상처 입히기 위해서라면 뭐든지 할 거야. 그들은 우리 어머니를 데려갔어. 난 그때 '끊어졌'고, 그들을 파괴하겠다고 맹세했어. 그래서 나는 반역도에 합류했고 알로맨시에 대해 최대한 많은 것을 배우기 시작했지. 심문관들이 그것을 사용하기 때문에 난 그걸 알아야 했어. 내가 할 수 있는 모든 것을 알고 내 능력 안에서 최대한 잘해야 했지. 그런데 넌 나를 '달래고' 있니?"

빈은 깜짝 놀라서 갑자기 금속을 꺼버렸다. 마쉬는 그녀 쪽을 다시 돌아보았다. 그의 표정은 냉랭했다.

'도망쳐!' 빈은 생각했다. 거의 도망칠 뻔했다. 옛 본능들이 약간 파묻혀 있기는 해도 여전히 살아 있다는 것을 알게 되어 다행이었다.

"네." 그녀는 고분고분 대답했다.

"잘하는구나." 마쉬가 말했다. "내가 횡설수설하기 시작하지 않았다면 나도 결코 몰랐을 거야. 그만둬라."

"이미 그만뒀어요."

"잘했어." 마쉬가 말했다. "넌 두 번째로 내 감정을 바꾼 거다. 다시는 그러지 마라."

빈은 고개를 끄덕였다.

"두 번째라고요?"

"첫 번째는 내 가게에서였지. 여덟 달 전에."

'맞아. 왜 난 그를 기억 못 했을까?'

"미안해요."

마쉬는 고개를 젓다가, 마침내 눈길을 돌렸다.

"넌 미스트본이니까. 네가 하는 일이 그런 거지. 저 아이도 같은 일을 해." 그는 켈시어를 내려다보았다.

그들은 잠시 조용히 앉아 있었다.

"마쉬, 내가 미스트본이라는 걸 어떻게 알았어요?" 빈이 물었다. "난 그때는 '달래는' 법밖에 몰랐는데요."

마쉬는 고개를 저었다.

"넌 본능적으로 다른 금속들을 알고 있었어. 그날 너는 백랍과 주석을 태우고 있었어. 아주 조금이어서 거의 알아차릴 수 없을 정도였지만. 넌 아마 물과 주방 기구를 쓰면서 그 금속들을 얻었을 거야. 넌 다른 사람들이 그렇게 많이 죽어가는데 왜 네가 살아남았는지 생각해본 적 없니?"

빈은 잠시 말을 하지 못했다.

'난 많이 얻어맞으면서 살았어. 음식 없이 보낸 날도 많았고, 비나 화산재가 떨어지는 동안 골목길에서 보낸 밤들…….'

마쉬는 고개를 끄덕였다.

"금속을 본능적으로 태울 정도로 알로맨시에 익숙한 사람들은 매우 적어. 심지어 미스트본조차도 그래. 그래서 내가 너한테 흥미를 가진 거야. 내가 네 거취를 계속 파악하고 독슨에게 너를 어디서 찾아야 할지 말해준 이유가 바로 그거였어. 그런데도 넌 내 감정을 다시 '밀' 거니?"

빈은 고개를 저었다.

"약속할게요."

마쉬는 얼굴을 찌푸린 채 차가운 시선으로 그녀를 살펴보았다.

"너무 엄격해요. 우리 오빠처럼요." 빈은 조용히 말했다.

"너희는 친했니?"

"난 오빠를 미워했어요." 빈이 속삭였다.

마쉬는 잠시 침묵하다가 눈길을 돌렸다.

"알겠다."

"당신은 켈시어를 미워해요?"

마쉬는 고개를 저었다.

"아니, 그 애를 미워하지 않아. 그 애는 경솔하고 자만심이 강하지. 하지만 내 동생이야."

"그걸로 충분해요?" 빈이 물었다.

마쉬는 고개를 끄덕였다.

"난…… 그걸 이해하기가 힘들어요." 빈은 스카와 상자, 자루 들이 펼쳐진 마당을 내다보며 솔직하게 말했다.

"네 오빠는 네게 잘 대해주지 않은 것 같구나."

빈은 고개를 끄덕였다.

"네 부모는? 한쪽은 귀족이고 다른 쪽은?" 마쉬가 물었다.

"미쳤어요." 빈이 말했다. "엄마는 머릿속에서 목소리를 들었어요. 그게 너무 심해져서 오빠는 우리만 엄마 곁에 두고 가는 걸 두려워했어요. 하지만 당연히 선택의 여지가 없었어요……."

마쉬는 아무 말도 하지 않고 조용히 앉아 있었다.

'그는 내게 어떤 반응을 보일까?' 빈은 생각했다. '그는 수더가 아

285

3장 피 흘리는 태양의 아이들

니야. 하지만 내가 그에게서 끌어낸 얘기만큼 나한테서 끌어내고 있어.'

하지만 속을 털어놓자 기분이 후련했다. 그녀는 손을 위로 올려 무심코 귀걸이를 만지작거렸다.

"난 기억은 못 해요." 그녀가 말했다. "하지만 린은 어느 날 집에 갔는데 엄마가 피에 덮여 있는 것을 발견했다고 말했어요. 엄마는 내 아기 동생 메실리를 죽였어요. 하지만 나는 건드리지 않았대요. 나한테 귀걸이를 준 것 외에는. 린의 말로는…… 그의 말로는, 엄마가 나를 무릎에 앉히고 횡설수설하면서 내가 여왕이라고 선언하고 있었대요. 여동생의 시체는 우리 발치에 놓여 있었고요. 린은 엄마에게서 나를 빼앗았고 엄마는 달아났어요. 아마 린이 내 생명을 구한 걸 거예요. 내가 그와 함께 머무른 데는 그런 이유도 있었다고 생각해요. 린과 함께 있는 게 나빴을 때도요."

그녀는 고개를 젓고 마쉬를 쳐다보았다.

"당신은 켈시어를 동생으로 둬서 얼마나 운이 좋은지 몰라요."

"그렇겠지." 마쉬가 말했다. "난 그냥…… 그 애가 사람들을 장난감처럼 다루지 않기를 바랄 뿐이란다. 난 오블리게이터를 죽인 걸로 유명해. 하지만 귀족이라고 해서 사람을 그냥 죽이는 건……." 마쉬는 고개를 저었다. "그것만이 아니야. 그는 사람들이 자기 비위를 맞추는 걸 좋아해."

그는 요점을 짚었다. 그러나 빈은 그의 목소리에서 뭔가를 느꼈다. 질투일까?

'당신이 형이잖아요, 마쉬. 당신에게 책임이 있어요. 당신은 도둑

들과 일하는 대신 반역도에 합류했어요. 모든 사람이 켈시어를 좋아했다는 건 상처가 되었을 거예요.'

"하지만 그 애는 나아지고 있어." 마쉬가 말했다. "'갱' 때문에 바뀌었어. 그녀의…… 죽음 때문에 바뀌기도 했고."

'이건 무슨 소리지?' 빈은 약간 더 흥미를 느꼈다. 여기에도 확실히 뭔가가 있었다. 아픔. 죽은 제수를 향해 느끼는 감정 이상의 깊은 아픔.

'그거였구나. "모든 사람이" 켈시어를 더 좋아해서 그런 게 아니었어. 특별한 한 사람이었어. 당신이 사랑한 사람.'

"아무튼 켈시어에게서 과거의 오만한 태도는 사라졌어." 마쉬의 목소리가 더 단호해졌다. "그 애의 이번 계획은 미쳤어. 그리고 부분적으로는 그 애가 자기 재산을 쌓기 위해서 이 일을 하고 있다고 확신해. 하지만…… 음, 그 애는 반역도들에게 갈 필요는 없었어. 그는 좋은 일을 하려고 해. 아마 그 때문에 죽겠지만."

"그가 실패할 거라고 그렇게 확신한다면 왜 같이하나요?"

"왜냐하면 그가 나를 미니스트리에 집어넣어줄 테니까." 마쉬가 말했다. "내가 거기서 모을 정보는 켈시어나 내가 죽더라도 몇 세기 동안은 반역도들에게 도움이 될 거야."

빈은 고개를 끄덕이며 안마당을 슬쩍 내려다보았다. 그녀는 머뭇거리다가 말했다.

"마쉬, 난 그런 태도가 그에게서 전부 사라졌다고 생각하지는 않아요. 그가 스카들 앞에 등장하는 방식이나…… 스카들이 그를 바라보는 방식이……"

"나도 알아." 마쉬가 말했다. "그건 그 애의 '열한 번째 금속' 계획과 함께 시작됐어. 별로 걱정할 필요는 없을 것 같은데. 이건 보통 때 켈이 하는 게임일 뿐이야."

"그런데 그가 왜 이 여행을 떠나려고 하는지 궁금해요. 넉넉히 한 달은 현장에서 떨어져 있게 될 텐데요." 빈이 말했다.

마쉬는 고개를 저었다.

"그 대신 인원이 가득 찬 군대 앞에서 연기를 하게 되겠지. 게다가 그 애는 도시에서 벗어나 있을 필요가 있어. 그의 명성이 거추장스러울 정도로 커지고 있고, 귀족들도 '생존자'에게 너무 관심을 갖게 되었어. 만약 팔에 흉터가 있는 사람이 로드 르노와 머물고 있다는 소문이 난다면……."

빈은 그의 말을 이해하고 고개를 끄덕였다.

"지금 당장은 그가 르노의 먼 친척 역할을 하고 있지만, 누군가가 그와 '생존자'를 연관 짓기 전에 떠나야 해. 켈이 돌아올 때면 자세를 납작 낮춰야 할 거야. 계단을 올라오는 대신 저택으로 몰래 숨어 들어와야 하고, 루서델에 있을 때는 후드를 올려 써야지."

마쉬는 말끝을 흐리더니 일어섰다.

"아무튼 너한테 기초는 가르쳐줬다. 이제 연습하기만 하면 돼. 미스팅들과 있을 때마다 너를 위해 금속을 태워달라고 하고 그들의 알로맨시 맥박에 집중하렴. 우리가 다시 만나면 너에게 더 많은 걸 가르쳐줄게. 하지만 네가 숙련될 때까지는 내가 달리 해줄 것이 없구나."

빈은 고개를 끄덕였고, 마쉬는 아무 작별 인사도 없이 문으로 나갔다. 몇 초 후, 그가 다시 켈시어와 르노에게 다가가는 것이 보였다.

'그들은 정말로 서로를 미워하지 않아.' 빈은 난간 위에서 팔짱을 끼며 생각했다. '그건 어떤 느낌일까?' 그에 관해 어느 정도 생각하다가, 그녀는 형제를 사랑한다는 개념에는 그녀가 찾아내야 하는 알로맨시의 맥박 길이와 같은 구석이 있다는 판단을 내리게 되었다. 즉, 그녀에게는 너무 낯설어서 당분간은 이해하기 힘들었다.

21

"'영원의 영웅'은 사람이 아니라 힘일 것이다. 어떤 나라도 그가 자기네 출신이라고 주장할 수 없을 것이고, 어떤 여자도 그를 잡아 둘 수 없을 것이며, 어떤 왕도 그를 죽일 수 없을 것이다. 그는 아무에게도, 심지어 자기 자신에게도 속하지 않을 것이다."

보트가 천천히 운하를 따라 북쪽으로 움직이는 동안, 켈시어는 조용히 앉아 글을 읽고 있었다. '때때로, 내가 모든 사람이 생각하는 영웅이 아닐까 봐 걱정스럽다.' 그 글은 말했다.

우리에게 무슨 증거가 있는가? 지금은 예언으로 여겨지는, 오래전에 죽은 사람들의 말? 우리가 그 예언들을 받아들인다고 해도 그것과 나를 연결 짓는 해석은 보잘것없을 뿐이다. 내가 '서머 힐'을 방어해낸 것이 정말 '영웅이란 호칭으로 불릴 만한 과업'일까? 내가 몇 번 결혼했던 것은 나를 '세계의 왕들과 혈연 없는 연결'을 짓는 것으로 볼 수 있을 것이다. 그런 식으로 본다면, 내 삶의 사건들을 언급하는 것처럼 보이는 비슷한 문구들이 수십 개 있다. 그러나 다시 보면 모두 그저 우연의 일치일 뿐이다.

학자들은 지금이 그때라고, 징후들이 맞아떨어진다고 내게 장담한다. 그러나 나는 여전히 그들이 사람을 잘못 본 것이 아닐까 생각한다. 내게 의지하는 사람들이 너무나 많다. 그들은 전 세계의 미래가 내 손에 달려 있다고 말한다. 자신들의 전사, '영원의 영웅', 자신들의 구원자가 스스로를 의심한다는 걸 알면 그들은 어떻게 생각할까?

어쩌면 그들은 전혀 충격받지 않을 것이다. 어떤 면에서는, 내가 가장 걱정하는 것이 바로 그것이다. 아마 마음속으로 그들도 궁금해할 것이다, 나와 마찬가지로. 그들은 나를 거짓말쟁이로 보고 있을까?

라셰크는 그렇게 생각하는 것 같다. 내가 단순한 짐꾼 때문에 동요해서는 안 된다는 걸 알고 있다. 그러나 그는 예언이 발원된 곳인 테리스 출신이다. 누군가가 사기꾼을 찾아낼 수 있다면, 그것은 그가 아닐까?

그렇지만 나는 길을 계속 가고 있다. 휘갈겨진 전조가 내게 운명을 만날 거라 주장하는 곳으로 걸어간다. 라셰크의 눈길을 내 등 뒤로 느끼며. 질투에 차고, 조롱하고, 증오하는.

결국, 나의 오만 때문에 우리 모두가 멸망할까 봐 걱정스럽다.

켈시어는 얇은 책을 내렸다. 바깥의 노잡이들이 힘들여 노를 젓느라 선실이 약간 흔들렸다. 캐러밴 보트가 떠나기 전에 세이즈드가 로드 룰러의 일기장 번역본을 한 권 준 것이 다행이었다. 여행 중에는 달리 할 일이 없었다.

다행히도 그 일기책은 매우 흥미로웠다. 흥미롭고 오싹했다. 로드 룰러가 직접 쓴 원래의 글을 읽는 것은 충격적이었다. 켈시어에게 로드 룰러는 인간이라기보다는…… 괴물이었다. 파괴되어야 하는 사악한 힘이었다.

그러나 일기장에서 보이는 인물은 지극히 보통 사람처럼 보였다. 그 사람은 의문을 품고 깊이 생각했다. 그는 깊이가 있었고, 심지어 자기 나름의 성격을 가진 사람처럼 보였다.

'그러나 그의 이야기를 너무 믿지 않는 편이 좋을 거야.' 켈시어가 손가락으로 책장을 훑으며 생각했다. '자기 자신의 행동이 정당화되지 않는다고 생각하는 사람들은 매우 드무니까.'

하지만 로드 룰러의 이야기를 읽자 켈시어는 전에 들었던 전설이 생각났다. 스카들이 속삭이고, 귀족들이 논의하고, 키퍼들이 암기한 이야기들. 그 전설들은 한때, '승천' 전의 로드 룰러는 가장 위대한 인간이었다고 주장했다. 사랑받는 지도자, 모든 인류의 운명을 짊어진 사람.

불행히도 켈시어는 그 이야기가 어떻게 끝나는지 알고 있었다. '마지막 제국' 자체가 그 일기장의 유산이었다. 로드 룰러는 인류를 구하는 대신, 인류를 노예로 만들었다. 당사자가 직접 쓴 설명을 통해 로드 룰러의 자기 불신과 내적 투쟁을 보자 그 이야기가 훨씬 더 비극적으로 느껴질 따름이었다.

켈시어는 계속 읽으려고 그 작은 책을 들어 올렸다. 그러나 그가 탄 보트가 느려지기 시작했다. 그는 선실 창으로 운하를 내다보았다. 수십 명의 사람들이 그들의 수송대가 될 네 척의 바지선과 두 척의 거룻배를 끌고 운하 옆에 난 작은 길인 배 끄는 길을 따라 터벅터벅 걷고 있었다. 그것은 노동 집약적이고 능률적인 여행 방법이었다. 사람들이 운하를 가로질러 바지선을 끌면 그들이 직접 짐을 운반할 때보다 수백 파운드의 무게를 더 움직일 수 있었다.

하지만 사람들은 멈추었다. 앞에 잠금 기구가 보였다. 그 너머로 운하가 두 갈래로 갈려 나가는, 일종의 수로 교차로였다.

'마침내.' 켈시어는 생각했다. 몇 주나 걸렸던 여행이 끝났다.

켈시어는 전령을 기다리지 않았다. 그냥 자기가 탄 거룻배 갑판 위로 걸어 나가 동전 주머니에서 손으로 몇 개의 동전을 미끄러뜨렸다.

'약간 허세를 부려야 할 때지.' 그는 그렇게 생각하며 동전을 숲으로 떨어뜨렸다. 그는 강철을 불태우며 자기 몸을 공중으로 '밀었다'.

그는 비스듬한 위쪽으로 휘청거리며, 사람들이 만든 줄 전체를 볼 수 있는 높이까지 재빨리 올라갔다. 절반쯤 되는 사람들이 보트를 끌었고, 나머지 절반쯤은 걸어가며 교대 순서를 기다리고 있었다. 켈시어는 호를 그리며 날았고, 보급품을 실은 바지선 한 대 위를 넘어가면서 또다시 동전 몇 닢을 떨어뜨린 후, 몸이 내려가기 시작할 때 거기에 대고 '밀었다'. 예비 병사들은 위를 쳐다보며 경외감에 차서 켈시어가 운하 위로 날아오르는 모습을 가리켰다.

켈시어는 백랍을 태워 몸을 강화시키며 캐러밴을 이끄는 거룻배 갑판에 쿵 떨어졌다.

예덴이 놀라 선실에서 뛰쳐나왔다.

"로드 켈시어! 우리는, 어, 교차로에 도착했소."

"나도 알아." 켈시어가 말하며 보트들이 이룬 줄을 따라 뒤를 돌아보았다. 배 끄는 길 위에 있는 사람들이 흥분해서 그를 가리키며 웅성거리고 있었다. 알로맨시를 대낮에 이렇게 눈에 띄게, 이렇게 많은 사람들 앞에서 쓰자 기분이 이상했다.

'하지만 어쩔 수 없어.' 그는 생각했다. '이번 방문은 몇 달 동안 사람들이 나를 보게 될 마지막 기회야. 나는 깊은 인상을 주어야 해. 그들이 의지할 수 있는 것을 주고, 이게 모두 잘된다면……'

"동굴에서 온 사람들이 우리를 만날 준비가 됐는지 보러 갈까?" 켈시어는 예덴을 도로 바라보며 물었다.

"당연히 그래야죠." 예덴은 그렇게 말하고, 하인 한 명에게 손을 저어 자기 거룻배를 운하 옆으로 끌어올리고 판자를 걸치라고 신호했다. 예덴은 흥분한 것 같았다. 그는 정말 성실한 사람이었고, 그 점만은 켈시어도 존경할 만했다. 약간 존재감은 없다고 해도.

'살아오는 대부분의 기간 동안 내 문제는 그 반대였지.' 켈시어는 예덴과 함께 걸어 보트에서 내리면서 재미있다고 생각했다. '존재감은 넘치고 성실하지는 않았어.'

두 사람은 운하 노동자들의 줄을 따라 올라갔다. 사람들 앞쪽에서, 햄의 써그 한 명이 경례했다. 켈시어의 경비대장 노릇을 하던 사람이었다.

"교차로에 도착했습니다, 로드 켈시어."

"나도 알아." 켈시어는 되풀이했다. 앞에는 빽빽하게 선 자작나무들이 비탈을 따라 서서 언덕 안으로 들어가고 있었다. 운하는 숲을 피해서 돌아갔다. '마지막 제국'의 다른 지역에는 더 좋은 목재 산지들이 있었으니까. 숲은 외따로 서 있었고 대체로 무시당했다.

켈시어는 주석을 태우며, 갑자기 눈이 멀 정도로 밝아지는 햇빛에 움찔했다. 그러나 눈이 적응하면서 그는 숲 속을 세세히 볼 수 있었고, 그 안에서 이는 약간의 움직임도 볼 수 있었다.

"저기." 그는 동전을 공중에서 튕긴 다음 '밀면서' 말했다. 동전은 앞으로 휙 날아가 나무에 탁 맞았다. 미리 협의한 신호를 받자, 줄지어 선 나무들 사이에서 위장하고 있던 작은 무리가 나와 재로 얼룩진 땅을 가로질러 운하 쪽으로 왔다.

"로드 켈시어." 맨 앞에 있던 남자가 경례하며 말했다. "제 이름은 드무 대령입니다. 자, 신병들을 모아 함께 가십시다. 해먼드 장군이 여러분을 만나길 고대하고 있습니다."

드무 '대령'은 잘 훈련받은 젊은이였다. 갓 20대인 그는 조금만 덜 유능했다면 자만심으로 보였을 근엄함으로 자신의 작은 분대를 이끌었다.

'그보다 더 어린 사람들이 병사들을 이끌고 전투를 했지.' 켈시어는 생각했다. '내가 저 나이 때 그냥 멋 내기나 좋아했다고 해서 모든 사람이 그럴 거라는 뜻은 아니야. 가엾은 빈을 봐. 겨우 열여섯인데, 이미 진지하기로는 마쉬와 필적하지.'

그들은 숲 속으로 둘러 가는 길을 잡았다. 햄의 명령으로 부대마다 다른 길을 택했다. 발자국 때문에 길이 생기는 일이 없도록 하기 위해서였다. 켈시어는 뒤에 있는 200명가량의 사람들을 슬쩍 둘러보며 살짝 얼굴을 찌푸렸다. 그들은 발자국을 남길 테지만, 그걸 어떻게 할 수는 없었다. 이렇게 많은 사람들의 이동은 숨기기가 거의 불가능했다.

드무는 속도를 늦추고 손을 흔들었다. 그러자 그의 분대에서 몇 명이 재빨리 앞으로 움직였다. 그들은 자기들 대장의 군대예절 감각을 절반도 따라가지 못했지만, 그래도 켈시어는 감명받았다. 지난번에 방문했을 때는 사람들 대부분이 어중이떠중이인 데다, 스카 비렁뱅이들이 대체로 그렇듯 전혀 조직화되어 있지 않았다. 햄과 그의 장교들은 자기 일을 잘해냈다.

군인들이 가짜 덤불에서 움직이기 시작하자, 땅에 난 균열이 드러났다. 그 속은 어두웠고, 옆에는 수정 같은 화강암들이 튀어나와 있었다. 보통 산허리에 나는 그런 동굴이 아니라, 땅이 찢어져 곧장 아래로 통하는 길이었다.

켈시어는 조용히 서서 돌이 끈처럼 장식된 어두운 균열을 내려다보았다. 그는 살짝 몸을 떨었다.

"켈시어?" 예덴이 얼굴을 찌푸리며 물었다. "무슨 일이오?"

"'갱'이 생각나서. 그곳이 이렇게 생겼어. 땅속에 난 균열처럼."

예덴은 살짝 창백해졌다.

"오. 나는, 어……."

켈시어는 아무것도 아니라는 듯 손을 흔들었다.

"이런 일이 올 줄 알았어. 난 1년 동안 그 동굴 속으로 기어 내려갔고, 언제나 밖으로 나왔지. 난 그들을 이겼어. 이건 내게 아무 영향도 없어."

자신의 말을 증명하기 위해, 그는 앞으로 걸어가 좁은 균열 속으로 내려갔다. 그곳은 몸집이 큰 사람 하나가 미끄러져 들어갈 정도의 넓이였다. 내려가면서 그는 군인들이 자신을 조용히 지켜보고 있는 모습을 보았다. 드무의 분대와 새 모병자들 양쪽 모두 그를 보고 있었다. 아까 그는 일부러 그들에게 들릴 만큼 크게 말했다.

'그들에게 내 약점을 보여주고, 그다음 내가 그걸 극복하는 모습을 보여주겠어.'

그것은 용감한 생각이었다. 하지만 일단 표면 아래로 내려가자 마치 '갱'에 돌아온 기분이었다. 두 개의 돌벽 사이에 낀 채 떨리는 손가락으로 아래를 더듬으며 내려갔다. 차갑고 축축하고 어두웠다. 아티움을 찾아내야 하는 건 바로 노예들이었다. 알로맨서들이라면 더 효율적이었을지도 모르지만, 아티움 결정 근처에서 알로맨시를 사용하면 결정이 산산조각 났다. 그래서 로드 룰러는 죄인들을 이용했다. 그들을 갱 속으로 억지로 들여보내 아래로 기어 내려가게 만들었다. 아주 아래로……

켈시어는 억지로 계속 전진했다. 여기는 하스신이 아니었다. 균열 속으로 몇 시간을 내려가야 하지도 않을 것이고, 수정으로 가장자리가 둘러진 구멍도 없을 것이다. 찢기고 피가 흐르는 팔로 구멍 안에 손을 넣어 그 안에 숨겨진 아티움 정동석(晶洞石)을 찾아야 할 일도 없었다. 정동석 하나면 일주일을 더 살아남을 수 있었다. 작업 감독의 매질 아래서, 가학적인 신의 통치 아래서, 붉어진 태양 아래서.

'난 다른 사람들을 위해 세상을 바꿀 거야. 세상을 더 나은 곳으로 만들겠어.' 켈시어는 생각했다.

내려가는 길은 힘들었다. 절대 인정하지 않겠지만, 힘들었다. 다행히 균열은 곧 넓어져 아래에서 더 큰 동굴이 되었고, 켈시어는 그곳에서 빛이 깜박이는 것을 보았다. 남은 길은 그냥 몸을 떨어뜨려 지나쳐서 고르지 않은 돌바닥에 착지했다. 그는 서서 기다리던 사람에게 미소를 지었다.

"입구가 지옥 같군, 햄." 켈시어가 손에서 먼지를 떨어내며 말했다.

햄은 미소를 지었다.

"네가 화장실을 봐야 해."

켈시어는 웃으며 다른 사람들에게로 다가갔다. 그 방에서 자연적인 터널 몇 개가 갈라져 나갔고, 켈시어가 내려온 균열의 끝 쪽에는 땅 위로 올라가기 쉽게 하기 위한 작은 줄사다리가 매달려 있었다. 예덴과 드무는 곧 사다리를 내려와 동굴로 들어갔다. 내려오느라 그들의 옷은 긁히고 더러워졌다. 그곳은 통과하기 쉬운 입구는 아니었다. 그러나 그것이 중요했다.

"널 만나니 좋군, 켈." 햄이 말했다. 소매가 있는 옷을 입은 그를 보니 기분이 이상했다. 네모지게 머리를 자르고 앞에 단추가 달린 군대 복장을 입으니 그는 좀 딱딱해 보였다.

"얼마나 데려왔어?"

"240이 간신히 넘어."

햄은 눈썹을 치올렸다.

"그럼 모병이 더 잘된 건가?"

"드디어." 켈시어가 고개를 끄덕이며 말했다. 군인들이 동굴로 떨어지기 시작했고, 햄의 보좌관 몇 명이 앞으로 나와 새로 온 사람들을 도와주고 옆쪽 터널로 안내했다.

예덴이 와서 켈시어와 햄에게 합류했다.

"이 동굴은 놀랍소, 로드 켈시어! 나는 이런 동굴에 와본 적이 한 번도 없어요. 로드 룰러가 이 아래 있는 사람들을 찾아내지 못한 것도 당연해!"

"이 동굴계는 아주 안전해." 햄은 자랑스럽게 말했다. "입구가 모두 세 군데인데, 그게 모두 이런 균열이야. 보급품만 적당하다면 침략군에 맞서 무기한으로 지킬 수 있는 장소야."

"게다가 이 언덕 아래 이 동굴계만 있는 것도 아니야." 켈시어가 말했다. "설사 로드 룰러가 우리를 멸망시키려고 결심한다 해도, 그의 군대가 몇 주를 찾아도 우린 발견되지 않을 수 있어."

"놀라워." 예덴이 말했다. 그는 몸을 돌려 켈시어를 쳐다보았다. "내가 당신을 잘못 봤소, 로드 켈시어. 이 작전…… 이 군대…… 아, 당신은 아주 인상적인 일을 해냈소."

켈시어는 미소를 지었다.

"사실 자네가 날 제대로 봤어. 이 일을 시작했을 때 자네는 나를 믿었잖나. 우리는 오직 자네 덕분에 여기 있는 거야."

"내가…… 그랬던 것도 같군, 안 그래?" 예덴이 미소 지으며 말했다.

"어느 쪽이든 난 그 신임투표를 고맙게 생각해." 켈시어가 말했다. "사람들을 전부 이 아래로 데려오려면 시간이 어느 정도 걸릴 거야. 여기서 자네가 일을 지휘해도 괜찮겠나? 나는 잠깐 해먼드와 이야기 좀 하고 싶어."

"물론이죠, 로드 켈시어." 그의 목소리에는 존경과 약간의 아부까지도 섞여 있었다.

켈시어는 옆쪽으로 고갯짓을 했다. 햄은 약간 얼굴을 찌푸렸지만, 등잔을 집어 들고 켈시어를 따라 방에서 나갔다. 그들은 옆 터널로 들어왔다. 대화가 다른 이들에게 들릴 만한 거리를 벗어나자 햄은 멈춰 서서 뒤를 흘끔 바라보았다.

켈시어도 멈춰 서서 한쪽 눈썹을 치켜세웠다.

햄은 전실(前室) 쪽으로 고갯짓을 했다.

"예덴은 확실히 변했어."

"나는 사람들에게 그런 효과를 미치지."

"네가 경외감이 들 정도로 겸손한 덕분이겠지." 햄이 말했다. "난 심각해, 켈. 어떻게 그런 일을 했어? 저 남자는 사실상 널 증오했어. 그런데 이제는 큰형을 우상화한 아이처럼 너를 바라봐."

켈시어는 어깨를 으쓱했다.

"예덴은 전에는 한 번도 효율적인 팀에 끼어본 적이 없어. 그는 우리에게 실제로 승산이 있을지도 모른다고 깨닫기 시작한 것 같아. 반년 남짓한 사이에 우리는 그가 보았던 어떤 수보다 더 큰 규모의 반역도들을 모았어. 이런 결과는 완고한 사람도 바꿀 수 있지."

햄은 납득하지 못하는 것 같았다. 하지만 마침내 그는 어깨만 으쓱하고는 다시 걷기 시작했다.

"무슨 이야기를 하고 싶었던 거야?"

"사실은, 할 수 있다면 다른 두 입구에도 가보고 싶어." 켈시어가 말했다.

햄은 고개를 끄덕이고, 옆 터널을 가리키며 길을 앞장섰다. 그 터널은 대부분의 다른 동굴들처럼 인간의 손으로 판 것이 아니었다. 동굴계가 자연스럽게 자라난 것이었다. '중앙 지배지'에는 비슷한 동굴계가 수백 개 있었지만, 대부분 이 정도로 큰 규모는 아니었다. 그리고 오직 하나의 동굴계, '하스신의 갱'에서만 아티움 정동석이 나왔다.

"아무튼 예덴 말이 옳아." 햄이 터널의 좁은 장소를 통해 길을 돌아가며 말했다. "자네가 이 사람들을 숨겨놓을 만한 멋진 장소를 골라냈어."

켈시어가 고개를 끄덕였다.

"몇 세기 동안 여러 반역도 무리들이 이 언덕들 아래의 동굴계를 사용했을 거야. 여기는 루서델과 놀라울 정도로 가깝지만 로드 룰러는 이곳에 공격을 가해서 한 번도 성공한 적이 없었어. 그는 이제 그냥 이 장소를 무시해. 너무 많이 실패했기 때문일 거야."

"그건 의심치 않네." 햄이 말했다. "이 아래 있는 온갖 구석진 곳과 병목같이 생긴 곳을 생각하면 여기는 전투하기 아주 고약한 곳일 거야."

그는 통로에서 벗어나 또 하나의 작은 동굴 방으로 들어갔다. 이곳에도 천장에 균열이 있었는데, 그곳으로 희미한 햇빛이 흘러들었다. 열 명의 병사로 이뤄진 분대가 방 안 경비를 서고 있었다. 그들은 햄이 들어가자마자 즉각 차렷 자세를 취했다.

켈시어는 흡족하게 고개를 끄덕였다.

"늘 열 사람이야?"

"입구 세 곳 모두." 햄이 말했다.

"좋아." 켈시어는 앞으로 걸어 나가며 병사들을 살펴보았다. 그는 소매를 걷어 올려 흉터를 드러냈고, 병사들이 그것을 흘끔대는 걸 보았다. 사실 그는 무엇을 살펴봐야 할지 몰랐으나 알고 있는 양 보이려고 했다. 그는 그들의 무기를 검사했다. 여덟 명은 스태프, 두 명은 칼이었다. 아무도 제복을 입고 있지는 않았지만, 몇 명의 어깨에서 먼지를 떨어주기도 했다.

마침내 그는 어깨에 휘장을 달고 있는 병사 한 명을 보았다.

"동굴 밖으로는 어떤 사람들을 내보내나?"

"해먼드 장군께서 직접 봉한 편지를 갖고 있는 사람들만 내보냅니다!"

"예외는 없고?" 켈시어가 물었다.

"없습니다!"

"그런데 내가 지금 나가려고 한다면?"

그 남자는 머뭇거렸다.

"어……."

"날 막아야지!" 켈시어가 말했다. "아무도 예외일 수 없네. 나도 안 되고, 자네 내무반 동료도 안 되고, 장교도 안 돼. 아무도 안 돼. 봉인을 갖고 있지 않으면 아무도 나갈 수 없어!"

"예, 알겠습니다!" 군인이 말했다.

"좋은 부하군." 켈시어가 말했다. "장군, 자네 군인들이 모두 이만큼 뛰어나다면 로드 룰러는 두려워해야 할 이유가 충분해."

군인들은 그 말에 약간 가슴이 부풀어 올랐다.

"계속하게, 여러분." 켈시어는 햄에게 따라오라고 손짓하며 말했다. 그는 방에서 나왔다.

"잘해줬군." 햄이 작은 소리로 말했다. "그들은 몇 주 동안 네가 방문하기를 기다리고 있었어."

켈시어는 어깨를 으쓱했다.

"난 그들이 입구 경비를 제대로 서고 있는지 보고 싶었을 뿐이야. 이제 부하들이 더 생겼으니, 이 출구 굴로 통하는 모든 터널에 경비병들을 배치했으면 좋겠어."

햄이 고개를 끄덕였다.

"하지만 좀 지나친 것 같은데."

"내 말대로 해줘." 켈시어가 말했다. "도망자나 불만분자가 한 사람만 있어도 우리 모두 로드 룰러에게 발각될 수 있어. 네가 이 장소를 방어할 수 있다고 느끼는 건 좋아. 하지만 바깥에서 군대가 야영을 하며 너희를 덫에 가둔다면 이 군대는 실질적으로 우리에게 아무 소용도 없어."

"좋아." 햄이 말했다. "세 번째 입구도 보고 싶어?"

"부탁해." 켈시어가 말했다.

햄은 고개를 끄덕이며 그를 데리고 또 다른 터널을 내려갔다.

"오, 한 가지 더." 조금 걸어가다가 켈시어가 말했다. "100명을 한 무리로 묶어. 모두 자네가 신뢰하는 사람들로. 숲으로 가서 근처를 밟고 돌아다니게 해. 누군가가 우리를 찾으러 온다면 많은 사람들이 이 지역을 지나갔다는 사실은 숨길 수 없을 거야. 하지만 자국을 엉망으로 만들어서 발자국들이 어디를 가리키는지 모르게 만들 수는 있을지도 몰라."

"좋은 생각이야."

"나야 지혜 꾸러미지." 켈시어는 또 하나의 동굴 방으로 걸어 들어가면서 말했다. 이번 방은 앞의 방 두 개보다 훨씬 더 컸다. 입구로 쓰는 균열이 아니라, 실질적인 연무장이었다. 여러 사람이 칼이나 스태프를 들고 서서 제복을 입은 교관들의 감독 아래 훈련을 하고 있었다. 장교에게 제복을 입히자는 것은 독슨의 아이디어였다. 모든 사람에게 군복을 입힐 여유는 없었다. 비용도 많이 들 것이고, 그렇게 많은 제복을 주문하면 의심스러울 것이다. 그러나 제복을 입은 지휘관들의 모습은 병사들이 결속감을 느끼게 만드는 데 도움이 될 것이다.

햄은 계속 가지 않고 방 가장자리에서 멈추었다. 그는 군인들을 바라보며 작은 소리로 이야기했다.

"언젠가 이 이야기는 할 필요가 있어, 켈. 사람들은 군인이 된 것 같은 기분을 느끼기 시작하고 있어. 하지만…… 음, 그들은 스카야. 평생 방앗간이나 들판에서 일하면서 보낸 사람들이야. 실제로 전장에 데리고 나갔을 때 그들이 얼마나 잘 싸울지 모르겠어."

"모든 일이 제대로만 된다면 그들이 싸울 일은 많지 않을 거야." 켈시어가 말했다. "'갱'을 지키는 병사는 200명 정도뿐이야. 로드 룰러는 그곳에 많은 부하를 배치할 수 없어. 그러면 그 장소가 중요하다는 걸 암시하게 될 테니까. 우리 군사 천 명은 '갱'을 쉽게 빼앗

3장 피 흘리는 태양의 아이들

을 수 있어. 그런 다음 주둔군이 도착하자마자 퇴각하는 거야. 나머지 9천 명도 '대가문' 경비병 분대나 궁전 경비대와 마주칠 수 있겠지만, 수적으로는 우리 부하들이 우세할 거야."

햄은 고개를 끄덕였으나 그의 눈에는 여전히 확신이 없었다.

"왜 그래?" 켈시어가 어느 동굴의 매끄럽고 수정 같은 입구에 기대면서 물었다.

"그리고 일을 다 끝냈을 땐, 켈?" 햄이 물었다. "일단 우리가 아티움을 챙기면 우리는 도시와 군대를 예덴에게 넘겨주겠지. 그다음엔 어쩌지?"

"그건 예덴에게 달렸지." 켈시어가 말했다.

"그들은 학살될 거야." 햄이 아주 작은 소리로 말했다. "'마지막 제국' 전체에 대항하는데 겨우 만 명 가지고 루서델을 지킬 수는 없어."

"난 네가 생각하는 것보다 더 좋은 기회를 만들어줄 작정이야, 햄." 켈시어가 말했다. "우리가 귀족들을 서로 반목하도록 해놓고 정부를 파괴할 수 있다면……."

"아마 그렇겠지." 햄은 여전히 확신 없이 말했다.

"넌 계획에 찬성했어, 햄." 켈시어가 말했다. "이건 우리가 원래 작정했던 대로잖아. 군대를 일으켜서 예덴에게 인도한다."

"알아." 햄이 한숨을 쉬고 동굴 벽에 기대면서 말했다. "내 생각에는…… 음, 실제로 군대를 이끌다 보니 생각이 달라졌어. 난 이렇게 지휘를 맡을 사람이 아니었나 봐. 난 장군이 아니라 경호원감이야."

'친구, 네가 어떻게 느끼는지 알아.' 켈시어가 생각했다. '난 예언자가 아니라 도둑이야. 때때로 우린 계획이 요구하는 역할을 해야만 하지.'

켈시어는 햄의 어깨에 한 손을 얹었다.

"넌 여기서 훌륭하게 잘해냈어."

햄은 잠시 움찔했다.

"잘'해냈다'고?"

"너 대신 두려고 예덴을 데려왔어. 독스와 나는 그를 군사령관으로 순환 근무를 시키는 게 좋겠다고 결정했어. 그런 식으로 하면 군대는 그를 지도자로 받아들이고 익숙해질 거야. 그리고 루서델에서 네가 다시 필요해. 누군가가 주둔군을 방문하고 정보를 모아야하는데, 군대에 연줄이 있는 사람은 너밖에 없어."

"그래서 너와 함께 돌아가자고?" 햄이 물었다.

켈시어는 고개를 끄덕였다.

햄은 잠시 의기소침해 보였지만, 긴장을 풀고 미소를 지었다.

"마침내 이 제복을 벗을 수 있게 되겠군! 하지만 예덴이 잘해낼 수 있을 것 같아?"

"너도 네 입으로 지난 몇 달 동안 그가 많이 변했다고 말했잖아. 그리고 그는 관리자로서 정말 훌륭해. 우리 형이 떠난 뒤부터 반역도들과 아주 일을 잘해냈어."

"내 생각엔……."

켈시어는 유감스럽다는 듯이 고개를 저었다.

"우리 세력은 얇게 퍼져 있어. 햄, 너와 브리즈는 내가 믿을 수 있는 단 두 사람이고, 루서델에서는 네가 필요해. 예덴이 여기 일에 완벽하지는 않지만 군대는 결국 그의 것이 될 거야. 한동안 자기가 이끌어보는 게 나을 거야. 게다가 그에게도 할 일이 생기잖아. 그는 패거리에서 자기가 차지하는 위치에 대해 약간 예민해지고 있어." 켈시어는 잠시 말을 멈추더니 재미있다는 듯이 미소 지었다. "내가 다른 사람들에게 주의를 돌릴 때 그가 질투하는 것 같아."

햄이 미소를 지었다.

"변했다니까."

그들은 연무장을 뒤에 두고 다시 걷기 시작해 또 다른 꼬불꼬불한 돌 터널에 들어갔다. 이번 굴은 약간 아래쪽을 향하고 있었다. 그들이 볼 수 있는 빛이라곤 햄의 등잔뿐이었다.

"자네도 알지." 몇 분 걷다가 햄이 말했다. "이 장소에는 또 다른 좋은 점이 있어. 자네도 이미 알아차렸을지 모르지만, 이 아래는 가끔 정말 아름다워."

켈시어는 전에는 한 번도 알아채지 못했다. 그는 걸어가면서 옆을 훑어보았다. 방의 한쪽 면은 천장에서 떨어지는 무기물들로 만들어져 있었다. 더러운 고드름 같은 얇은 종유석과 석순들이 함께 녹아 난간 같은 것을 형성했다. 무기물들은 햄이 든 등잔 불빛에 반짝였고, 그들 앞에 놓인 길은 흘러가 떨어지며 녹은 강 모양으로 얼어붙어 있었다.

'아냐.' 켈시어는 생각했다. '아니, 난 이곳의 아름다움을 모르겠어, 햄.' 다른 사람들은 겹겹이 쌓인 색채와 녹은 바위에서 예술 작품을 볼 수도 있겠지만 켈시어는 '갱'만을 떠올릴 따름이었다. 대부분 똑바로 아래를 향하는 끝없는 굴들. 그는 균열을 통해 꿈지럭거리며 내려가 어둠 속에서 아래로 떨어져야 했다. 길을 밝혀주는 불빛은 하나도 없었다.

도로 기어 올라가지 말까 생각한 적도 많았다. 그럴 때면 그는 동굴 속에서 시체를 발견하곤 했다. 길을 잃었거나 그냥 포기해버린 다른 죄수의 시체였다. 켈시어는 그들의 뼈를 더듬어보며 마음속으로 더 많은 것을 맹세했다. 매주 그는 아티움 정동석을 하나 발견했다. 매주 그는 야만적으로 얻어맞아 죽는 처형을 피했다.

마지막 순간만 제외하고. 그는 살아 있을 가치가 없었다. 살해당했어야 했다. 그러나 메어가 그에게 아티움 정동석 하나를 주었다. 그녀는 자기가 그 주에 두 개를 찾아냈다고 장담했다. 그것을 내놓을 때까지 그는 그녀의 거짓말을 알아채지 못했다. 그녀는 그다음 날 맞아죽었다. 바로 그의 앞에서 맞아죽었다.

그날 밤 켈시어는 '끊었고', 미스트본의 힘을 갖게 되었다. 그다음 날 밤, 사람들이 죽었다.

많은 사람들이.

'하스신의 생존자. 살아 있어서는 안 될 사람. 그녀가 죽는 걸 지켜보고서도 나는 그녀가 날 배신했는지 아닌지 판단할 수가 없었어. 그녀는 날 사랑해서 그 정동석을 주었을까? 아니면 죄책감 때문에 그렇게 했을까?'

아니, 그는 동굴의 아름다움을 볼 수 없었다. 다른 사람들은 '갱' 때문에 미쳐갔다. 그들은 작고 폐쇄된 공간에 겁을 먹게 되었다. 그런 일은 켈시어에게는 일어나지 않았다. 그러나 그 미궁에 어떤 경이가 깃들어 있고 경치나 섬세한 아름다움이 아무리 놀랍더라도, 그는 결코 그것을 인정할 수 없으리라는 사실을 확실히 알았다. 메어가 죽었으므로.

'이 생각은 더 이상 하지 말자.' 켈시어는 결심했다. 동굴 안 그의 주변이 점점 더 어두워지는 것 같았다.

"좋아, 햄. 어서 말해. 무슨 생각을 하고 있는 건데."

"정말?" 햄이 열성적으로 말했다.

"그래." 켈시어가 체념하며 말했다.

"좋아. 그럼 내가 최근에 걱정하던 걸 말할게. 스카는 귀족과 달라?" 햄이 말했다.

"물론 다르지. 귀족들은 돈과 땅을 갖고 있어. 스카에겐 아무것도 없고." 켈시어가 말했다.

"경제적인 문제를 말하는 게 아니야. 난 육체적인 차이에 대해 이야기하고 있는 거야. 너도 오블리게이터들이 뭐라고 말하는지 알잖아, 그렇지?"

켈시어는 고개를 끄덕였다.

"그게 사실이야? 내 말은, 스카는 진짜로 아이를 많이 낳고, 귀족들은 재생산에 문제가 있다고 들었어."

'균형.' 그것은 그렇게 불렸다. 스카가 먹여 살리지 못할 만큼 많은 귀족이 생기지 않게 하고, 구타와 살해가 횡행해도 언제나 작물을 키우고 방앗간에서 일을 할 만큼 스카가 충분히 살아남도록 로드 룰러가 보장하는 방법일 것이다.

"난 언제나 미니스트리에서 그냥 하는 말이라고 생각했어." 켈시어는 솔직히 말했다.

"난 스카 여자들이 아이들을 열 명도 넘게 갖는 걸 알아." 햄이 말했다. "하지만 아이를 셋 이상 낳은 주요 귀족 가문 이름은 하나도 댈 수가 없어."

"그냥 문화적인 차이야."

"그러면 키 차이는? 사람들은 스카와 귀족을 보기만 해도 구별할 수 있다고 말하잖아. 혼혈 때문에 바뀐 것 같긴 하지만, 스카들은 대부분 여전히 키가 작아."

"그건 영양 문제야. 스카는 충분히 못 먹잖아."

"알로맨시는?"

켈시어는 얼굴을 찌푸렸다.

"거기에 육체적인 차이가 있다는 건 인정해야 해." 햄이 말했다. "조상 다섯 세대 안에 귀족의 피가 흐르지 않는다면 스카는 절대로 미스팅이 될 수 없어."

적어도 그것만은 사실이었다.

"스카는 귀족과 다르게 생각해, 켈." 햄이 말했다. "우리 군인들조차 좀 소심해. 그런데 그들은 스카 중에서 용감한 자들이라고! 보통의 스카들에 대해서 예덴이 한 말이 옳아. 그들은 결코 반역하지 않을 거야. 만약…… 만약 우리가 진짜로 육체적으로 다른 점이 있다면? 귀족들이 우리를 지배하는 게 옳다면?"

켈시어는 복도에서 얼어붙었다.

"너, 진심은 아니겠지."

햄도 멈추었다.

"내 생각엔…… 아냐, 진심은 아냐. 하지만 때때로 궁금해. 귀족들은 알로맨시를 가졌어, 맞지? 그들은 지배하도록 태어난 건지도 몰라."

"누가 그렇게 태어나게 했다는 거야? 로드 룰러?"

햄이 어깨를 으쓱했다.

"아니야, 햄." 켈시어가 말했다. "그건 옳지 않아. '이건' 옳지 않아. 그걸 깨닫기 어렵다는 건 알아. 세상이 너무 오랫동안 이런 식으로 돌아갔으니까. 하지만 스카가 사는 방식은 매우 심각하게 잘못돼 있어. 넌 그걸 믿어야 해."

햄은 잠시 침묵하다가 고개를 끄덕였다.

"가자. 다른 입구도 방문해보고 싶어." 켈시어가 말했다.

그 주는 천천히 지나갔다. 켈시어는 병력과 훈련, 음식, 무기, 보급품, 정찰병, 경비병 그리고 자기가 생각해낼 수 있는 다른 모든 것을 조사했다. 더 중요한 일은 사람들을 방문하는 것이었다. 그는 그들을 칭찬하고 격려했다. 그리고 그들 앞에서 알로맨시를 자주 썼다.

'알로맨시'에 대해서는 많은 스카들이 들어보았지만 그것이 무엇을 할 수 있는지 제대로 아는 스카는 거의 없었다. 귀족 미스팅들은 다른 사람들 앞에서 자기 힘을 거의 쓰지 않았고, 혼혈들은 훨씬 더 조심해야 했다. 보통의 스카는 도시에 산다고 해도 '강철-밀기'나 '백랍-태우기' 같은 것을 알지 못했다. 켈시어가 공중을 날거나 초자연적인 힘으로 대련하는 것을 보았을 때, 그들은 그저 형체 없는 '알로맨시 마법'으로 여길 것이다. 켈시어는 그런 오해에 전혀 신경 쓰지 않았다.

하지만 그 주 내내 그러한 모든 활동을 하면서도, 그는 햄과 나눈 대화를 결코 잊지 못했다.

'그는 어떻게 스카가 열등한 게 아닌가 하는 의심을 품을 수가 있었을까?' 켈시어는 중앙 회합 동굴 속 높은 테이블에 앉아 밥을 깨작거리면서 생각했다. 그 거대한 '방'은 7천 명의 군대 전체가 들어갈 수 있을 만큼 컸지만, 옆방에 앉아 있거나 터널 중간에 나가 있는 사람들이 많았다. 높은 테이블은 방의 먼 끝에 솟아 있는 바위 위에 놓여 있었다.

'아마 내가 너무 걱정이 많은 걸 거야.' 햄은 제정신인 사람이 고려하지 않을 일들에 대해 생각하는 경향이 있었다. 그것도 그의 철학적 딜레마일 뿐이리라. 사실 그는 이미 예전의 불안을 잊어버린 것같이 보였다. 그는 예덴과 함께 웃고, 즐겁게 식사를 했다.

예덴으로 말하면, 마르고 키 큰 이 반역도 지도자는 자기가 입은 장군 제복에 아주 만족하는 것처럼 보였다. 그리고 그 주 내내 햄에게서 군사작전에 대한 설명을 듣고 매우 진지하게 받아 적으면서 시간을 보냈다. 그는 자신의 직무에 아주 자연스럽게 빠져들고 있는 것 같았다.

그 잔치를 즐기지 못하고 있는 사람은 켈시어 혼자뿐인 것 같았다. 그날 저녁의 음식은 특별히 그 행사를 위해 바지선에 실어 온 것으로, 귀족 기준으로는 초라했지만 군인들에게는 익숙해져 있던 음식보다 훨씬 뛰어난 것들이었다. 사람들은 그 음식을 즐겁고 기쁘고 떠들썩하게 먹었고, 소량 배급된 맥주를 마시며 그 순간을 축하했다.

그럼에도 켈시어는 걱정이 되었다. 이 사람들은 자기들이 무엇을 위해 싸운다고 생각할까? 그들은 열성적으로 훈련받는 것 같았지만, 단지 규칙적인 끼니 때문일 수도 있었다. 그들은 진짜로 자기들에게 '마지막 제국'을 타도할 자격이 있다고 믿을까? 그들은 스카가 귀족보다 열등하다고 생각할까?

켈시어는 그들이 품는 의구심을 감지할 수 있었다. 위험이 임박했다는 것을 깨달은 사람이 많았고, 그들이 달아나는 것을 막고 있는 것은 엄격한 출입 규칙뿐이었다. 그들은 훈련에 대해 열심히 이야기하기는 했지만 최종 임무에 대해 말하는 것은 피했다. 궁전과 도시 성벽을 점거하고, 루서델 주둔군을 물리치는 것.

'자기들이 성공할 수 있다고 생각하지 않는 거야.' 켈시어는 추측했다. '그들에겐 확신이 필요해. 나에 대한 소문은 시작이야. 하지만……'

그는 햄을 쿡 찔러 그의 주의를 끌었다.

"훈련에서 문제를 일으킨 부하들이 있었어?" 켈시어가 조용히 물었다.

햄은 이상한 질문을 받았다는 듯이 얼굴을 찌푸렸다.

"물론 두어 명 있지. 이렇게 큰 무리가 모이면 언제나 반골들이 있는 법이야."

"특별히 누가 있나?" 켈시어가 물었다. "떠나고 싶어 한 사람들? 우리가 하는 일에 대해 반대 의견을 노골적으로 말할 사람이 필요해."

"지금 당장 영창에 두 명 있어." 햄이 말했다.

"여기는 없어?" 켈시어가 물었다. "가급적이면 우리가 볼 수 있는 테이블에 앉아 있는 사람으로?"

햄은 잠시 생각에 빠져 군중을 훑어보았다.

"두 번째 테이블에 붉은 클록을 입고 있는 녀석. 두어 주 전에 달아나려다 잡혔어."

문제의 그 남자는 깡마르고 초조해 보였다. 그는 등을 굽힌 쓸쓸한 자세로 테이블에 앉아 있었다.

켈시어는 고개를 저었다.

"약간 더 카리스마 있는 사람이 필요해."

햄은 생각에 잠겨 턱을 문질렀다. 그러더니 동작을 멈추고 또 다른 테이블 쪽으로 고갯짓을 했다.

"빌그. 오른쪽으로 네 번째 테이블 너머에 앉아 있는 덩치 큰 남자."

"누군지 알겠어." 켈시어가 말했다. 빌그는 조끼를 입고 턱수염을 잔뜩 기른 건장한 남자였다.

"그는 아주 영리해서 명령에 불복종하지는 않아." 햄이 말했다. "하지만 조용히 말썽을 일으키고 있어. 그는 우리가 '마지막 제국'에 대항해 이길 가능성이 있다고 생각하지 않아. 나는 그를 가뒀었지만 단지 공포를 표현했다는 이유만으로 정말로 큰 벌을 줄 수는 없는 법이네. 만약 내가 그렇게 했다면 군대의 절반을 똑같이 가둬놔야 했을 거야. 더구나 그는 그냥 버리기엔 너무 훌륭한 병사야."

"완벽하군." 켈시어가 말했다. 그는 아연을 태우고 빌그 쪽을 보았다. 아연으로 그 남자의 감정을 읽을 수는 없었지만 그 금속을 태우는 동안 단 한 명의 개인을 '달래거나' '격동시키기' 위해 고립시킬 수는 있었다. 수백 가지 '끌어당길' 금속 중에서 단 한 조각만 고립시킬 수 있는 것과 같이.

그렇다고 해도, 이렇게 큰 군중 속에서 빌그를 가려내기는 어려웠다. 그래서 켈시어는 그냥 그 테이블 사람들 전체에 초점을 맞춰 그들의 감정을 나중에 사용할 수 있도록 '손안에' 넣어두었다. 그다음 그는 일어섰다. 천천히, 동굴이 조용해졌다.

"여러분, 떠나기 전에 나는 마지막으로 이 방문에서 얼마나 깊은 감명을 받았는지 표현하고 싶습니다." 동굴의 자연적인 음향 효과 덕분에 그의 말은 증폭되어 방 안에 울렸다.

"여러분은 훌륭한 군대가 될 겁니다." 켈시어가 말했다. "해먼드 장군을 훔쳐가서 미안합니다. 그러나 그 자리에 매우 능력 있는 사람을 남겨둘 겁니다. 여러분 중 많은 사람이 예덴 장군을 알 겁니다. 그가 오랜 세월 동안 반역의 지도자로 봉사해온 것을 여러분도 알고 있을 겁니다. 나는 그가 여러분을 더 군인답게 훈련시킬 수 있는 능력을 가졌다고 믿습니다."

그는 빌그와 그 테이블의 사람들을 '격동시키기' 시작했다. 그들의 감정을 흥분시키면서, 그들이 동의하지 못한다고 느낀다는 사실에 기대를 걸었다.

"나는 여러분에게 커다란 임무를 수행하도록 요청합니다." 켈시어는 빌그를 보지 않고 말했다. "루서델 밖의 스카들, 아니, 사실 모든 곳에 있는 대부분의 스카들은 여러분이 그들을 위해 하려는 일을 전혀 모릅니다. 그들은 여러분이 견디고 있는 훈련이나 여러분이 준비하고 있는 전투에 대해 모릅니다. 그러나 그들은 보상을 줄 것입니다. 언젠가, 그들은 여러분을 영웅이라 부를 것입니다."

그는 빌그의 감정을 더 '격동시켰다'.

"루서델 주둔군은 강합니다." 켈시어가 말했다. "그러나 우리는 그들을 이길 수 있습니다. 특히 우리가 도시 성벽을 재빨리 점령한다면 말입니다. 여러분이 왜 여기 왔는지 잊지 마십시오. 단순히 칼을 휘두르거나 헬멧을 쓰는 법을 배우려고 온 게 아닙니다. 이것은 전 세계가 한 번도 보지 못한 혁명을 위한 것입니다. 우리 자신을 위해 정권을 잡고, 로드 룰러를 쫓아내기 위한 것입니다. 여러분의 목표를 시야에서 놓치지 마십시오."

켈시어는 말을 멈추었다. 곁눈질을 하자 빌그의 테이블에 있는 사람들의 어두운 표정이 보였다. 침묵 속에서 마침내, 켈시어는 투덜거리는 소리를 들을 수 있었다. 그 소리는 동굴의 음향 효과 때문에 많은 이들의 귀에 전해졌다.

켈시어는 얼굴을 찌푸리고 빌그 쪽을 보았다. 동굴 전체가 훨씬 더 조용해지는 것 같았다.

"무슨 말을 했나요?" 켈시어가 물었다.

'이제 결단의 순간이다. 그는 저항할 것인가, 겁을 먹을 것인가?'

빌그는 뒤를 돌아보았다. 켈시어는 '격동'을 폭발시켜 그를 맞혔다. 보상이 돌아왔다. 빌그가 얼굴이 벌게진 채 자기 테이블에서 일어난 것이다.

"예, 대장님." 건장한 남자가 쏘아붙였다. "제가 말했습니다. 저는 우리 가운데 어떤 사람들은 우리 '목표'를 시야에서 놓쳤다고 말했습니다. 우리는 그 생각을 매일 합니다."

"왜 그렇지요?" 켈시어가 물었다. 군인들이 너무 멀리 있어서 듣지 못하는 사람들에게 소식을 전해주면서 동굴 뒤편에서 속삭임들이 우르르 울렸다.

빌그는 숨을 깊이 들이쉬었다.

"왜냐하면, 대장님. 대장님은 우리를 자살하라고 보내고 있다고 생각합니다. '마지막 제국'의 군대는 주둔군 하나보다 규모가 훨씬 큽니다. 우리가 벽을 점령하느냐 못하느냐는 중요하지 않을 겁니다. 아무튼 우리는 결국 학살당할 테니까요. 2천 명의 군인으로는 제국을 타도하지 못합니다."

'완벽해.' 켈시어가 생각했다. '미안하네, 빌그. 하지만 누군가는 그 말을 해야 했고, 분명한 건 내가 그 말을 할 수는 없었어.'

"우리에게 의견 차이가 있다는 걸 알겠습니다." 켈시어가 큰 소리로 말했다. "나는 여기 있는 사람들과 이 사람들의 목적을 믿습니다."

"나는 당신이 망상에 현혹된 바보라고 믿습니다." 빌그가 소리쳤다. "그리고 이런 망할 동굴에 온 나는 더 큰 바보였고요. 우리의 성공 가능성을 그렇게 확신한다면, 왜 아무도 떠나지 못하게 합니까? 당신이 죽으라고 우리를 보낼 때까지 우리는 여기 갇혀 있어야 해요!"

"당신은 나를 모욕했소." 켈시어가 쏘아붙였다. "당신은 왜 사람들이 떠나도 좋다는 허락을 받지 못하는지 아주 잘 알고 있습니다. 왜 가고 싶어 합니까? 당신은 동료들을 로드 룰러에게 팔아넘기고 싶어 그렇게 몸이 단 겁니까? 7천 명의 생명과 바꿔서 박싱 몇 개를 빨리 벌려고?"

빌그의 얼굴이 더 붉어졌다.

"나는 절대 그런 일을 하지 않을 겁니다. 하지만 당신이 나를 죽으라고 보내도록 놔두지도 않을 겁니다! 이 군대는 헛수고요."

"당신은 반란을 선동하는군." 켈시어가 말했다. 그는 돌아서서 군중을 훑어보았다. "장군이 자기 명령을 받는 부하와 싸울 수는 없습니다. 여기 우리 반역도들의 명예를 지키기 위해 기꺼이 싸울 전사가 있습니까?"

당장 스무 명가량의 사람들이 일어섰다. 켈시어는 그중 한 명을 알아보았다. 그는 나머지 사람들보다 키가 작았지만 켈시어가 전에 주목했던 소박한 성실성이 있었다.

"드무 대령."

즉각 젊은 대령이 앞으로 뛰어나왔다.

켈시어는 자기 칼을 그에게 던져 주었다.

"칼을 쓸 줄 아나, 청년?"

"예, 대장님!"

"누가 빌그에게 무기와 징 박은 조끼를 갖다 줘." 켈시어는 빌그를 보았다. "귀족들에게는 이런 전통이 있어. 두 사람 사이에 논쟁이 일면 결투로 해결하지. 내 전사를 이기게. 그럼 자넨 마음대로 떠나도 돼."

"만약 그가 저를 이기면요?" 빌그가 물었다.

"그러면 자네는 죽겠지." 켈시어가 말했다.

"여기 머물러도 난 죽을 거야." 빌그가 근처의 병사에게서 칼을 받아 들며 말했다. "그 조건을 받아들이겠소."

켈시어는 고개를 끄덕이고, 몇몇 사람에게 테이블을 옆으로 밀어서 높은 테이블 앞에 트인 자리를 만들라고 손짓했다. 사람들이 일어서서 시합을 보려고 웅성웅성 모여들기 시작했다.

"켈, 뭐하고 있는 거야!" 햄이 그의 옆에서 속삭였다.

"해줘야 할 일을 하는 거야."

"해줘야 한다니…… 켈시어, 저 아이는 빌그와 상대가 안 돼! 난 드무를 믿어. 그러니까 승진시켰지. 하지만 그는 그렇게 뛰어난 전사가 아니야. 빌그는 군대에서 가장 뛰어난 전사 중 하나라고!"

"사람들도 그걸 알아?"

"물론이지." 햄이 말했다. "이 시합을 취소시켜. 드무는 빌그 체격의 절반밖에 안 돼. 팔 길이, 힘, 기술에서 다 불리하단 말이야. 드무는 살해당할 거야!"

켈시어는 그 요청을 무시했다. 빌그와 드무가 무기를 들어 올리고, 한 쌍의 군인이 그들의 가죽 흉갑을 매어주는 동안, 그는 조용히 앉아 있었다. 그들이 준비를 끝내자 켈시어는 전투를 시작하라는 신호로 한 손을 흔들었다.

햄은 신음했다.

싸움은 길지 않을 것이다. 두 사람 다 장검을 들었고 소형 갑옷을 입었다. 빌그는 자신감을 갖고 앞으로 걸어 나오며 드무를 향해 시험 삼아 몇 차례 칼을 휘둘러보았다. 소년은 그래도 솜씨가 있었다. 그는 그 일격들을 막아냈다. 그러나 그러면서 자기 능력을 많이 드러내 보이고 말았다.

깊이 숨을 들이쉬고, 켈시어는 강철과 철을 태웠다.

빌그는 칼을 휘둘렀지만, 켈시어는 그 칼날을 옆으로 슬쩍 밀어서 드무에게 빠져나갈 공간을 주었다. 소년은 찔러 들어가려고 했지만 빌그는 쉽사리 그 일격을 물리쳐버렸다. 그다음 몸집이 더 큰 전사가 마구 칼을 휘두르며 공격하자 드무는 뒤로 비틀거렸다. 드무는 마지막으로 날아오는 칼날의 궤도에서 뛰어 비켜나려고 했으나, 그의 몸은 너무 느렸다. 칼날이 끔찍하고 불가피하게 그의 몸 위로 떨어졌다.

켈시어는 철을 폭발시키고, 뒤의 등잔 받침대를 '당겨서' 자기 몸을 지탱한 후 드무의 조끼에 박힌 철 징을 움켜쥐었다. 켈시어는 드무가 뛰어오를 때 '당겨서' 소년을 뒤로 획 잡아당겼다. 소년은 작은 호를 그리며 빌그에게서 떨어졌다.

드무는 어색하게 휘청거리며 착지했고, 빌그의 칼은 돌바닥에 부딪쳤다. 빌그는 놀라서 쳐다보았고, 감탄으로 낮게 웅얼거리는 소리가 군중 속에 퍼져갔다.

빌그는 으르렁거리며 무기를 높이 쥐고 앞으로 달려 나왔다. 드무는 빌그가 강력하게 휘두른 칼을 막아냈지만, 빌그는 소년의 무기를 거침없이 옆으로 쓸어내 쳐내버렸다. 빌그는 다시 칼을 휘둘렀고, 드무는 반사적인 방어 동작으로 한 손을 올렸다.

켈시어는 '밀어서' 빌그가 칼을 휘두르는 도중에 멈추게 했다. 드무는 손을 앞으로 내밀고 일어섰다. 마치 빌그의 공격을 재빨리 막아낸 것처럼 보였다. 둘은 잠시 그렇게 서 있었다. 빌그는 칼을 앞으로 밀려고 하고, 드무는 경외감에 차서 자기 손을 쳐다보았다. 좀 더 똑바로 선 채로, 드무는 망설이며 앞으로 손에 힘을 주었다.

켈시어는 '밀어서' 빌그를 뒤로 던져버렸다. 커다란 전사는 놀라서 큰 소리를 외치며 땅으로 굴러떨어졌다. 잠시 후 그가 일어났을 때 켈시어는 그를 화나게 하기 위해 감정을 '격동시킬' 필요가 없었다. 그는 분노로 소리 지르며, 두 손으로 칼을 쥐고 드무를 향해 달려 나갔다.

'어떤 사람들은 물러날 때를 모른단 말이야.' 빌그가 칼을 휘두를 때 켈시어는 생각했다.

드무는 피하기 시작했다. 켈시어는 소년을 옆으로 떠밀어 칼이 날아오는 궤도에서 벗어나게 했다. 그다음 드무는 돌아서서 자기 무기를 두 손에 쥐고 빌그를 향해 휘둘렀다. 켈시어는 드무의 무기가 호를 그리는 순간, 붙잡아 강하게 '당겼다'. 철이 강력하게 폭발하면서 강철이 앞으로 날아갔다.

두 칼이 맞부딪치면서, 켈시어가 강화한 드무의 일격이 빌그의 무기를 그의 손에서 날려 보냈다. 커다란 딱 소리가 나고, 덩치 큰 악당이 마루에 쓰러졌다. 드무의 일격을 맞고 완전히 균형을 잃어 나둥그러진 것이다. 빌그의 무기는 돌바닥에 튀어 멀리 떨어졌다.

드무는 앞으로 나가 얼떨떨한 빌그 위로 무기를 들었다. 그다음, 그는 멈추었다. 켈시어는 철을 태우고 마음의 손을 뻗어 무기를 움켜쥐고는 아래로 '당겨서' 억지로 치명타를 가하게 하려고 했다. 그러나 드무는 저항했다.

켈시어는 멈추었다.

'이자는 죽어야 해.' 그는 화가 나서 생각했다. 땅 위에서 빌그는 조용히 신음하고 있었다. 켈시어는 그의 뒤틀린 팔을 간신히 볼 수 있었다. 팔뼈가 강력한 일격으로 부러졌다. 팔에서 피가 흐르고 있었다.

'아니야. 이걸로 충분해.' 켈시어는 생각했다.

그는 드무의 무기를 풀어주었다. 드무는 칼을 내리고 빌그를 뚫어지게 내려다보다가, 양손을 올리고 경이감이 깃든 눈길로 쳐다보았다. 그의 팔이 살짝 떨리고 있었다.

켈시어가 일어났고, 군중은 다시 한 번 조용해졌다.

"여러분은 내가 여러분을 준비도 없이 로드 룰러에게 보낼 거라고 생각합니까?" 켈시어는 커다란 목소리로 날카롭게 물었다. "내가 그냥 여러분을 죽으라고 보낼 거라고 생각합니까? 여러분은 옳은 것을 위해 싸웁니다, 여러분! 여러분은 나를 위해 싸웁니다. 여러분이 '마지막 제국'의 병사들과 싸울 때 여러분에게 도움을 주지 않고 놔두지는 않을 것입니다."

켈시어는 손에 쥔 작은 금속 막대기를 공중으로 찌르듯이 쳐들었다.

"여러분은 이것에 대해 들어보았을 것입니다, 안 그렇습니까? 여러분은 '열한 번째 금속'의 소문을 압니까? 자, 내게 그것이 있습니다. 그리고 나는 이걸 사용할 겁니다. 로드 룰러는 죽을 것입니다!"

사람들이 환호하기 시작했다.

3장 피 흘리는 태양의 아이들

"우리의 도구는 이것만이 아닙니다!" 켈시어가 소리쳤다. "여러분 군인들은 여러분 내부에 엄청난 힘을 갖고 있습니다! 여러분은 로드 룰러가 사용하는 신비로운 마법에 대해 들어보았습니까? 자, 우리에게도 그런 마법이 있습니다! 마음껏 먹읍시다, 나의 전사들이여. 그리고 다가올 전투를 두려워하지 맙시다. 전투를 기대합시다!"

방에서 환호가 폭발하며 분출됐고, 켈시어는 손을 흔들어 맥주를 더 나눠주라고 신호했다. 하인 두어 명이 앞으로 달려 나와 빌그가 방에서 나가도록 도왔다.

켈시어가 앉았을 때, 햄은 얼굴을 심하게 찡그린 채였다.

"난 이런 거 마음에 들지 않아, 켈." 그가 말했다.

"알아." 켈시어가 조용히 말했다.

햄이 뭔가를 더 말하려는데, 갑자기 예덴이 그를 밀어젖히고 몸을 숙였다.

"놀라웠어! 난…… 켈시어, 난 몰랐어! 다른 사람에게 자네 힘을 전해줄 수 있다는 걸 나한테 말했어야지. 자, 이 힘이 있는데 우리가 어떻게 질 수가 있겠어?"

햄이 한 손을 예덴의 어깨에 얹어 그를 도로 자기 자리로 밀어냈다.

"먹어." 그는 명령했다. 그런 다음 켈시어를 보다가 그는 의자를 더 가까이 끌어당기고 낮은 목소리로 말했다.

"넌 방금 내 군대 전체에 거짓말을 했어, 켈."

"아니야, 햄." 켈시어는 조용히 말했다. "나는 '내' 군대에 거짓말을 했어."

햄은 말문이 막혔다. 그의 얼굴이 어두워졌다.

켈시어는 한숨을 쉬었다.

"일부분만 거짓일 뿐이야. 그들은 전사가 될 필요가 없어. 그들은 우리가 아티움을 손에 넣을 때까지만 위협적으로 보이면 될 뿐이야. 아티움이 있으면 우리는 주둔군에게 뇌물을 먹일 수 있고, 우리 부하들은 싸울 필요도 없을 거야. 내가 그들에게 한 약속과 사실상 같은 거야."

햄은 대답하지 않았다.

"떠나기 전에 자네가 몇십 명을 골라주면 좋겠어. 가장 믿을 만하고 헌신적인 병사들로." 켈시어가 말했다. "군대가 어디 있는지 폭로하지 않겠다는 맹세를 시킨 다음 그들을 루서델로 보낼 거야. 그리고 오늘 저녁의 일을 스카들에게 퍼뜨리게 할 거야."

"그럼 이건, 네 자의식 때문인 거야?" 햄이 쏘아붙였다.

켈시어가 고개를 저었다.

"때때로 우리는 불쾌한 일을 해야 할 때가 있어, 햄. 내 자의식은 상당히 클지 모르지만 이건 완전히 다른 일이야."

햄은 잠시 앉아 있다가 다시 식사를 시작하는 듯했다. 그러나 그는 먹지 않았다. 그냥 앉아서 높은 테이블 앞의 땅을 적신 피만 바라보고 있었다.

'아, 햄. 모든 걸 자네에게 설명할 수 있다면 좋겠어.' 켈시어가 생각했다.

음모 뒤의 음모, 계획 너머의 계획.

언제나 또 다른 비밀이 있었다.

22

처음에는 '디프니스'가 심각한 위험이 아니라고, 적어도 자기들에게는 아니라고 생각하는 사람들이 있었다. 그러나 '디프니스'는 병충해를 가져왔고, 나는 그 병충해가 거의 모든 땅을 감염시키는 것을 보았다. 그 앞에서 군대는 소용없다. 그 힘 앞에서 대도시들은 쓰러진다. 수확량은 떨어지고, 땅은 죽는다.

나는 이런 것과 싸운다. 내가 이겨야 하는 괴물은 이런 것이다. 내가 너무 오래 걸릴까 봐 두렵다. 이미 파괴된 부분이 너무 많아서 인류가 생존할 수 있을까 두렵다.

많은 학자들의 예언대로, 이것이 진정 세계의 종말일까?

우리는 이번 주에 테리스에 도착했고 그곳의 전원은 아름다웠다는 것을 말해두어야겠다. 이 풍요로운 녹색 땅 위에, 북쪽의 거대한 산맥이 대머리 같은 산 정상의 눈과 숲으로 뒤덮인 지층을 보여주며 이곳을 지켜보는 신들처럼 서 있다. 내가 있던 남쪽 땅은 대체로 평평하다. 그곳에도 산이 몇 개 있어 지형에 변화를 준다면 덜 따분해 보일 거라고 생각한다.

이곳 사람들은 대부분 목동이다. 벌목꾼과 농민들도 드물지는 않지만, 일단은 목축지다. 이렇게 두드러지게 농사를 주업으로 삼고 있는 장소가, 지금 전 세계가 의지하고 있는 예언과 신학을 생산해낼 수 있었다는 것이 이상하게 느껴진다.

우리는 힘든 산길을 안내해줄 테리스 짐꾼 한 무리를 뽑았다. 그렇지만 이들은 보통 사람들이 아니다. 그 이야기는 사실인 것 같다. 어떤 테리스인들은 아주 흥미롭고 놀라운 능력을 지니고 있다.

어떻게 하는지는 몰라도, 그들은 다음 날 쓸 힘을 저장해둘 수 있다. 밤에 자기 전 그들은 한 시간 동안 침낭 속에 누워 있다. 그 시간 동안 그들은 갑자기 매우 약해진 것처럼 보인다. 거의 반세기의 나이를 먹은 것 같다. 그러나 다음 날 아침 깨어날 때면 그들은 튼튼한 근육질의 몸이 된다. 보아하니 그들의 힘은 그들이 언제나 차고 있는 금속 팔찌와 귀걸이와 관련이 있는 것 같다.

짐꾼들의 지도자는 라셰크라고 하고, 좀 과묵한 편이다. 그러나 언제나 호기심이 많은 브래치스는 힘을 저축하는 이런 놀라운 일이 어떻게 가능한지 알고 싶다는 희망에서 그에게 이것저것 캐물어보겠다고 약속했다.

내일 우리는 순례 여행의 마지막 단계를 시작한다. '테리스의 먼 산들'로 가는 것이다. 거기서 평화를 발견할 수 있다면 좋겠다. 나 자신과, 우리의 가엾은 대지 양쪽 모두의 평화를.

그 일기장을 읽으면서 빈은 재빨리 몇 가지 결론을 내리고 있었다. 첫 번째 결론은 자기는 읽기를 좋아하지 않는다는 굳은 믿음이 틀리지 않았다는 것이다. 세이즈드는 그녀의 불평에 귀를 기울이지 않았다. 그는 빈이 충분히 연습하지 않았다고만 주장했다. 그는 읽기가 단검을 다루거나 알로맨시를 사용하는 것만큼 실용적인 기술이 아니라는 것을 전혀 알지 못한단 말인가?

그렇지만 그녀는 그의 명령대로 계속 읽었다. 자기가 할 수 있다는 것을 고집스럽게 증명하기 위해서일 뿐일지라도. 일기책에 나오는 많은 단어들이 그녀에게는 어려웠고, 그녀는 르노 저택에서 소리 내어 읽을 수 있는 외딴 구석을 찾아 그것을 읽으며 로드 룰러의 이상한 문체를 해독해야 했다.

계속 읽으면서 그녀는 두 번째 결론을 내렸다. 로드 룰러는 어떤 신보다도 훨씬 더 불평이 많다. 일기책은, 로드 룰러의 여행에 대한 지루한 메모들로 채워져 있지 않을 때면 그의 마음속 숙고와 긴 도덕적 횡설수설로 빽빽하게 채워져 있었다. 빈은 애초에 그 책을 발견하지 않으면 좋았을걸 하고 바라기 시작했다.

그녀는 한숨을 쉬며 고리버들 의자에 도로 앉았다. 서늘한 초봄 바람이 낮은 정원을 통과해 불어와 그녀 왼쪽의 작은 분수 개울을 지나갔다. 공기는 쾌적할 정도로 촉촉했고, 머리 위 나무들은 오후의 태양을 막을 그늘을 드리워주었다. 귀족 노릇은—비록 가짜 귀족일지라도—확실히 특권을 갖고 있었다.

등 뒤에서 조용한 발소리가 났다. 멀리 떨어진 곳에서 나는 소리였지만, 빈은 언제나 주석을 약간 태우는 버릇을 들였다. 그녀는 어깨 뒤를 슬쩍 돌아보았다.

"스푸크?" 어린 레스티번스가 정원 길을 걸어 내려오는 것을 보고 그녀는 놀라서 말했다. "너 여기서 뭐 하고 있어?"

스푸크는 얼어붙은 채 얼굴을 붉혔다.

"독스와 함께 왔고 머물지는 않아."

"독슨? 그도 여기 왔어?" 빈이 말했다.

'그는 켈시어의 소식을 갖고 있을 거야.'

스푸크는 고개를 끄덕이며 다가왔다.

"무기는 가지러 왔고, 당분간 있을 시간은 주고."

빈은 멈칫했다.

"무슨 말인지 모르겠어."

"우리는 무기를 내려놓아야 해." 스푸크가 사투리를 쓰지 않고 말하려고 애썼다. "여기다 당분간 저장해두는 거야."

"아." 빈은 일어나서 그녀의 드레스를 털었다. "가서 그를 봐야겠어."

스푸크는 갑자기 불안해하는 듯이 보였고 또다시 얼굴을 붉혔다. 빈은 고개를 똑바로 세웠다.

"뭐 다른 일 있니?"

느닷없이 스푸크는 조끼 안에 손을 넣어 뭔가를 꺼냈다. 빈은 반사적으로 백랍을 폭발시켰지만, 그의 손에 들린 물건은 분홍색과 흰색의 손수건이었다. 스푸크는 그것을 냅다 그녀의 손에 쥐여주었다.

빈은 머뭇거리다가 그것을 받았다.

"이건 왜?"

스푸크는 다시 얼굴이 빨개지더니, 돌아서서 쏜살같이 달아나버렸다.

빈은 말문이 막힌 채 그가 가는 것을 지켜보았다. 그녀는 손수건을 내려다보았다. 부드러운 레이스로 만들어져 있었지만 특이한 점은 없어 보였다.

'쟤도 참 이상한 아이야'라고 생각하며 그녀는 손수건을 소매 속에 넣어두었다. 그녀는 일기책을 집어 들고 정원 길을 걸어 올라가기 시작했다. 이제는 드레스를 입는 데 익숙해져서 밑단이 덤불이나 돌에 쓸릴까 봐 신경 쓰지 않아도 되었다.

'이건 그 자체로 가치 있는 기술이라고 생각해.' 드레스에 나뭇가지 하나 걸리지 않은 채 저택의 정원 입구에 닿자 빈은 생각했다. 그녀는 창이 많은 유리문을 밀어 열고 들어가 처음 만난 하인을 불러 세웠다.

"마스터 델턴이 도착하셨어?" 그녀가 독슨의 가짜 이름을 써서 물었다. 그는 루서델 안에서 르노가 잡은 상업적인 연줄 노릇을 하고 있었다.

"네, 마이 레이디. 로드 르노와 회의하고 계세요." 하인이 말했다.

빈은 하인을 보냈다. 그녀라면 회의장에 밀고 들어갈 수 있을 테지만, 그럴 필요는 없어 보였다. 레이디 발레트는 르노와 델턴의 상업적인 모임에 참석할 이유가 없었다.

빈은 생각에 잠겨 아랫입술을 씹었다. 세이즈드는 언제나 보이는 모습에 신경 써야 한다고 말했다.

'좋아. 난 기다리겠어. 그 이상한 애가 이 손수건으로 나한테 뭘 기대하는지는 세이즈드가 말해줄 수 있을 거야.' 그녀는 생각했다.

그녀는 상냥하고 숙녀다운 미소를 유지하며 위쪽 서재로 갔다. 하지만 마음속으로는 르노와 독슨이 무슨 이야기를 하고 있을지 추측해보려 했다. 무기를 내려놓고 간다는 것은 구실이었다. 독슨은 그렇게 일상적인 일 때문에 직접 오지는 않았을 것이다. 아마 켈시어가 늦어지고 있나 보다. 아니면 독슨이 드디어 마쉬에게 연락을 받았는지도 모른다. 다른 오블리게이터 신참들과 함께 있는 켈시어의 형은 곧 루서델에 도착할 것이다.

'독슨과 르노가 나를 부르러 사람을 보낼 수도 있었을 텐데.' 그녀는 짜증을 내며 생각했다. 발레트는 자주 삼촌과 함께 손님들을 접대했다.

그녀는 고개를 저었다. 켈시어는 그녀를 패거리의 완전한 일원으로 대우했지만, 다른 사람들은 분명 그녀를 아직 아이로 대하고 있었다. 그들은 다정했고 그녀를 잘 받아주었다. 그러나 그녀를 그들 사이에 끼워줄 생각은 하지 않았다. 의도적으로 그러는 것은 아니겠지만 그렇다고 해서 좌절감이 덜하지는 않았다.

앞쪽 서재에서 빛이 비쳤다. 세이즈드가 안에 앉아 일기책의 마지막 페이지를 번역하고 있는 것 같았다. 빈이 들어가자 그는 고개를 들어 보았고, 미소를 지으며 공손하게 고개를 끄덕였다.

'이번에는 안경을 안 썼네.' 빈은 생각했다. '왜 얼마 전에는 안경을 썼던 거지? 오래전도 아닌데.'

"미스트리스 빈." 그가 일어나서 그녀에게로 의자를 가져오며 말했다. "일기책 공부는 어떻게 되어가고 있습니까?"

빈은 손에 든 느슨하게 장정이 된 책을 내려다보았다.

"좋다고 생각해요. 하지만 왜 내가 이걸 읽느라 이렇게 고생해야 하는지 모르겠어요. 켈과 브리즈에게도 책을 줬지요, 아닌가요?"

"물론 드렸죠." 세이즈드가 의자를 자기 책상 옆에 놓으면서 말했다. "하지만 마스터 켈시어는 패거리의 모든 사람들에게 그 일기를 읽으라고 부탁하셨습니다. 그렇게 하신 게 옳다고 저는 생각합니다. 그 글을 읽는 눈이 더 많을수록 그 안에 숨겨져 있는 비밀을 찾아낼 가능성이 더 커지기 때문입니다."

빈은 살짝 한숨을 쉬고, 드레스를 바로 펴고 앉았다. 하얀색과 파란색이 섞인 드레스는 아름다웠다. 일상복인데도 그녀의 무도회 드레스보다 사치스러움의 면에서 뒤떨어지지 않았다.

"이건 인정하셔야 합니다, 미스트리스." 세이즈드가 앉으면서 말했다. "이 글은 놀랍습니다. 이 작품은 키퍼의 꿈과 같은 것입니다. 저는 제가 알지도 못했던 저의 문화들을 발견하고 있습니다!"

빈은 고개를 끄덕였다.

"난 그들이 테리스에 도착하는 부분까지 읽었어요."

'그다음 부분에는 보급품 이름이 더 적게 적혀 있었으면 좋겠어. 솔직히, 어둠의 사악한 신치고 그는 확실히 지루해.'

"예, 예." 세이즈드가 그답지 않게 열정적으로 말했다. "그가 테리스를 '풍요로운 녹색 땅'으로 묘사한 걸 보셨습니까? 키퍼 전설들도 그 이야기를 합니다. 테리스는 지금은 얼어붙은 동토(凍土)입니다. 어떤 식물도 거기서 살아남을 수 없습니다. 그러나 한때 그곳은 녹색이고 아름다웠습니다. 그 글에서 말하는 것처럼요."

'녹색이고 아름답다니.' 빈은 생각했다. '왜 녹색이 아름다울까? 파란색이나 자줏빛 식물처럼 이상하기만 할 것 같은데.'

그러나 일기책에는 그녀의 호기심을 자극하는 뭔가가 있었다. 세이즈드와 켈시어 둘 다 이상할 정도로 입을 열지 않는 무엇인가가.

"방금 로드 룰러가 몇 명의 테리스 짐꾼을 얻는 부분을 읽었어요." 빈은 조심스럽게 말했다. "그는 그들이 밤 동안 약해져 있기 때문에 낮 동안 강해진다고 이야기했어요."

세이즈드의 기분이 갑자기 더 가라앉는 것 같았다.

"예, 그렇지요."

"거기에 대해 뭔가 아나요? 그건 키퍼와 관계가 있나요?"

"그렇습니다." 세이즈드가 말했다. "그러나 그건 비밀로 남아 있어야 한다고 생각합니다. 미스트리스 빈, 당신을 신뢰하지 못해서가 아닙니다. 하지만 키퍼에 대해 아는 사람이 적을수록 우리에 대한 소문도 더 적게 날 것입니다. 로드 룰러가 우리를 완전히 멸족시켰다고 생각하는 게 가장 이상적이겠죠. 지난 천 년 동안 그의 목표가 그랬듯이요."

빈은 어깨를 으쓱했다.

"좋아요. 켈시어가 우리에게 원하는, 이 글에서 찾아내기를 바라는 비밀 중 하나라도 테리스인의 힘과 연관되어 있지 않았으면 좋겠네요. 만약 연관돼 있다면 난 그걸 못 보고 완전히 놓쳐버릴 테니까요."

세이즈드는 말이 없었다.

"아, 좋아요." 빈은 아직 읽지 않은 부분을 가볍게 훑으면서 무심하게 말했다. "그는 테리스인 이야기를 하는 데 많은 시간을 보낸 것 같아요. 나는 켈시어가 돌아와도 별로 조언을 못 해줄 것 같네요."

"좋은 지적을 하셨습니다. 약간 연극적이긴 했지만요." 세이즈드가 천천히 말했다.

빈은 당돌하게 미소 지었다.

"좋습니다." 세이즈드가 한숨을 쉬며 말했다. "제 생각엔 당신이 마스터 브리즈와 그렇게 많은 시간을 보내게 놔두지 말았어야 했습니다."

"그 일기장에 나오는 사람들, 그들은 키퍼들인가요?" 빈이 말했다.

세이즈드는 고개를 끄덕였다.

"우리가 지금 키퍼라고 부르는 존재는 그때는 훨씬 더 흔했습니다. 아마 당시의 그들 숫자는 현대 귀족 가운데 미스팅이 차지하는 비율보다도 컸을 겁니다. 우리의 기술은 '페루케미'라 불리고, 물리적인 속성을 금속 조각 안에 저장할 수 있는 능력을 준답니다."

빈은 얼굴을 찌푸렸다.

"당신도 금속을 태우나요?"

"아뇨, 미스트리스." 세이즈드는 고개를 흔들며 말했다. "페루케미스트들은 알로맨서와 다릅니다. 우리는 금속을 '태워'버리지 않습니다. 저장 장소로 쓰지요. 크기와 합금에 따라 다르지만 금속 조각은 각각 특정한 물리적 성질을 저장할 수 있습니다. 페루케미스트는 속성을 모아두고 그 저장량을 나중에 이용합니다."

"속성? 힘 같은 건가요?" 빈이 물었다.

세이즈드가 고개를 끄덕였다.

"글에서는, 테리스 짐꾼들이 저녁 시간 동안 약해져 있다고 했죠. 다음 날 쓰기 위해 팔찌에 힘을 저장해두면서요."

빈은 세이즈드의 얼굴을 살펴보았다.

"그래서 그렇게 귀걸이를 많이 하고 있는 거군요!"

"예, 미스트리스." 그가 손을 뻗어 소매를 걷어 올리며 말했다. 로브 아래 위팔 주위에 두꺼운 철 팔찌가 끼워져 있었다. "저는 제 저장고 중에 어떤 것들은 숨겨둡니다. 하지만 팔찌와 귀걸이, 다른 보석 장신구를 많이 차는 것은 언제나 테리스 문화의 일부였습니다. 한번은 로드 룰러가 테리스인들이 어떤 금속도 만지거나 소유하지 못하도록 금지하려고 한 적이 있었지요. 사실, 그는 금속을 차는 것을 스카가 아닌 귀족의 특권으로 만들려고 했습니다."

빈은 얼굴을 찌푸렸다.

"그거 이상하네요. 사람들 생각에는 귀족들이 알로맨시에 취약해지기 때문에 금속을 차고 싶어 하지 않을 것 같은데."

"그렇습니다." 세이즈드가 말했다. "그러나 의상을 금속으로 강조하는 것은 오랫동안 제국의 유행이었습니다. 제 생각에는 그 유행이 테리스인에게서 금속을 만질 권리를 박탈하려는 로드 룰러의 의도 때문에 시작된 것 같습니다. 그는 직접 금속 반지와 팔찌를 끼기 시작했고, 귀족들은 언제나 그를 따라 유행을 만들었습니다. 요즘은 가장 부유한 사람들이 힘과 자부심의 상징으로 금속을 자주 차지요."

"바보 같은데요." 빈이 말했다.

"유행이란 게 그런 일이 많답니다, 미스트리스." 세이즈드가 말했다. "그렇지만 그 계책은 실패했습니다. 금속처럼 보이게 색칠한 나무만 찬 귀족들도 많았고, 테리스인들은 결국 테리스인이 금속을 만지지 못하게 만들려는 로드 룰러의 결심을 느즈러지게 하는

데 성공했지요. 관리인들에게 금속을 다루는 일을 금지시킨다는 건 너무나 비실용적이었습니다. 그러나 그것은 로드 룰러가 키퍼들을 멸족시키려는 시도를 막지 못했습니다."

"그는 당신들을 두려워하는군요."

"그리고 미워합니다. 페루케미스트뿐만 아니라 모든 테리스인을." 세이즈드는 아직 번역되지 않은 부분에 한 손을 얹었다. "그 비밀도 역시 여기서 찾을 수 있으면 좋겠습니다. 왜 로드 룰러가 테리스 사람들을 박해하는지 아무도 기억하지 못합니다. 그러나 저는 그것이 그 짐꾼들과 뭔가 관계가 있지 않을까 의심스럽습니다. 짐꾼들의 지도자인 라셰크는 로드 룰러와는 매우 대조적인 사람인 것 같습니다. 로드 룰러는 이야기 속에서 그에 대해 자주 말합니다."

"그는 종교 이야기를 해요. 테리스 종교요. 예언에 대해 뭔가 아나요?" 빈이 말했다.

세이즈드는 고개를 저었다.

"그 질문에 대답을 드릴 수 없습니다, 미스트리스. 왜냐하면 저는 테리스 종교에 대해 당신보다 더 아는 것이 없기 때문입니다."

"하지만 당신은 종교들을 모으잖아요. 그런데 당신 자신의 종교를 몰라요?" 빈이 말했다.

"그렇습니다." 세이즈드가 침통하게 말했다. "아시겠습니까, 미스트리스? 이것이 키퍼들이 생겨난 이유입니다. 몇 세기 전에, 우리 민족은 얼마 되지 않는 마지막 테리스 페루케미스트들을 숨겼습니다. 로드 룰러의 테리스 민족 숙청은 아주 폭력적으로 변해가고 있었습니다. 그가 사육 프로그램을 시작하기 전이었습니다. 그 때 우리는 관리인이나 하인이 아니었습니다. 심지어 스카도 아니었습니다. 우리는 파괴되어야 할 존재들이었습니다.

그렇지만 우리를 완전히 말살하지 못하도록 뭔가가 로드 룰러를 막았습니다. 왜인지는 모르겠습니다. 어쩌면 그가 종족 학살은 너무 친절한 벌이라고 생각했는지도 모르지요. 아무튼 그는 자신이 통치하기 시작한 처음 두 세기 동안 우리의 종교를 성공적으로 파괴했습니다. 그다음 세기 동안 키퍼들의 조직이 형성되었습니다. 조직의 일원들은 사라져가는 것들을 발견하고 미래를 위해 그것들을 기억하는 데 열중했습니다."

"페루케미로요?"

세이즈드는 고개를 끄덕이며 손가락으로 오른쪽 팔에 찬 팔찌를 문질렀다.

"이건 구리로 만들어졌습니다. 기억과 생각을 저장할 수 있지요. 키퍼들마다 지식으로 채워진 이런 팔찌를 몇 개씩 갖고 다닙니다. 노래, 이야기, 기도, 역사, 언어. 많은 키퍼들은 특별한 관심 분야가 있습니다. 제 분야는 종교지요. 그러나 우리는 수집된 것을 모두 기억합니다. 우리 중 한 명이라도 로드 룰러가 죽을 때까지 살아남는다면, 세상 사람들은 자기들이 잃었던 모든 것을 다시 찾을 수 있게 될 겁니다."

그는 말을 멈추고 소매를 내렸다.

"음, 잃어버린 모든 것까지는 아니더라도요. 아직 우리가 갖지 못한 것들이 있습니다."

"당신 자신의 종교. 그건 전혀 찾지 못했군요, 그렇죠?" 빈이 조용히 말했다.

세이즈드가 고개를 끄덕였다.

"로드 룰러는 이 일기책에서 자기를 '승천의 우물'로 안내했던 것이 바로 우리의 예언자들이라고 시사합니다. 그러나 이것조차 우리에게는 새로운 정보입니다. 우리는 무엇을 믿었을까요? 무엇을, 아니면 누구를 숭배했을까요? 이 테리스 예언자들은 어디서 왔고, 어떻게 미래를 예지했을까요?"

"미안…… 해요."

"우리는 계속 찾아보고 있습니다, 미스트리스. 우리는 결국 대답을 찾을 거라고 생각합니다. 찾지 못한다고 해도 우리는 여전히 인류에게 매우 귀중한 봉사를 할 것입니다. 다른 민족들은 우리가 온순하고 굽실거린다고 하지만, 우린 그와 싸우고 있습니다. 우리 나름의 방식으로요."

빈은 고개를 끄덕였다.

"그러면 당신은 다른 어떤 것들을 저장할 수 있지요? 힘과 기억, 또 다른 건요?"

세이즈드는 그녀를 바라보았다.

"이미 제가 너무 많이 말한 것 같습니다. 이제 당신은 우리가 하는 일의 구조를 아셨습니다. 로드 룰러가 이런 것들을 자기 글에서 언급한다면 헷갈리지 않으실 겁니다."

"시력이군요." 빈은 활기를 띠며 말했다. "그래서 나를 구출하고 나서 몇 주 동안 안경을 쓰고 있었군요. 나를 구해준 그날 밤 당신은 더 잘 보아야 할 필요가 있었어요. 그래서 시력 저장분을 다 써 버렸어요. 그다음에는 몇 주 동안 약한 시력으로 지내면서 다시 그 힘을 채웠지요."

세이즈드는 그 말에 대답하지 않았다. 그는 펜을 집고 자기가 하던 번역 작업으로 다시 돌아가려는 것 같았다.

"다른 말씀이 있으십니까, 미스트리스?"

"네, 사실은요." 빈이 손수건을 소매 속에서 꺼내면서 말했다. "이게 뭔지 아세요?"

"손수건으로 보입니다만, 미스트리스."

빈은 우스꽝스럽게 한쪽 눈썹을 치올렸다.

"아주 웃기네요. 당신은 켈시어 근처에 너무 오래 있었나 봐요, 세이즈드."

"압니다." 그는 조용히 한숨을 쉬며 말했다. "저도 그가 절 타락시켰다고 생각합니다. 그렇지만 당신 질문은 이해하지 못하겠습니다. 이 손수건에 뭔가 독특한 점이 있는 겁니까?"

"내가 알고 싶은 게 그거예요." 빈이 말했다. "스푸크가 조금 전 그걸 내게 줬어요."

"아, 그러면 그건 말이 되는군요."

"뭐가요?" 빈이 날카롭게 물었다.

"미스트리스, 귀족 사회에서 손수건은 젊은 남자가 진지하게 구혼하고 싶은 숙녀에게 주는 전통적인 선물입니다."

빈은 충격에 빠져 말문이 막힌 채 손수건을 바라보았다.

"뭐라고요? 그 애가 미쳤나?"

"그 나이 때 젊은 남자들은 대부분 좀 미쳐 있다고는 생각합니다." 세이즈드가 미소를 지으며 말했다. "하지만 이건 전혀 예상치 못한 일이군요. 당신이 방에 들어갈 때 그가 당신을 어떻게 바라보는지 알아차린 적이 있습니까?"

"그냥 걔가 이상하다고 생각했어요. 걔는 무슨 생각을 하고 있는 거예요? 나보다 훨씬 어리잖아요."

"그 소년은 열다섯 살입니다, 미스트리스. 아가씨보다 한 살밖에 어리지 않습니다."

"두 살이죠." 빈이 말했다. "난 지난주에 열일곱이 되었어요."

"아무튼 그는 당신보다 그렇게 많이 어리지 않습니다."

빈은 눈을 굴렸다.

"나는 그 애의 관심을 받아줄 시간이 없어요."

"어떤 사람은 당신이 그런 기회를 가질 수 있어 고마울 거라고 생각할 겁니다, 미스트리스. 모든 사람이 그렇게 운이 좋은 건 아닙니다."

빈은 말문이 막혔다.

'그는 거세당했어, 이 바보야.'

"세이즈드, 미안해요. 난……."

세이즈드는 한 손을 저었다.

"저는 그에 대해 아쉬워할 만큼 충분히 알지도 못합니다, 미스트리스. 아마 제 쪽이 행운일 겁니다. 암흑가의 삶은 가족을 이루고 살기 쉽지 않습니다. 예를 들면, 가엾은 마스터 해먼드는 몇 달 동안 아내분과 떨어져 있습니다."

"햄이 결혼했어요?"

"물론이죠." 세이즈드가 말했다. "마스터 예덴도 그렇다고 들었습니다. 그들은 가족들을 암흑가 활동에서 격리시켜서 보호합니다. 그러나 그러려면 긴 시간을 떨어져서 보내야 합니다."

"또 누가 있어요? 브리즈? 독슨?" 빈이 물었다.

"마스터 브리즈는 가족을 이루기에는 너무…… 자율적이시죠. 제가 알기로는 마스터 독슨은 자신의 애정 생활에 대해 말한 적이 없습니다. 하지만 그의 과거에는 뭔가 고통스러운 일이 있었을 겁니다. 예측하실 수 있겠지만, 농장 스카에게는 드물지 않은 일이죠."

"독슨이 농장 출신이에요?" 빈이 놀라서 물었다.

"물론입니다. 당신은 친구들과 이야기를 하면서 시간을 보내지 않으십니까, 미스트리스?"

'친구들. 내게 친구들이 있다니.' 그것은 이상한 깨달음이었다.

"아무튼 저는 제 일을 계속해야겠습니다." 세이즈드가 말했다. "너무 내쫓는 것 같아 죄송합니다만, 번역이 거의 끝나가기 때문에……."

"물론이죠." 빈은 일어서서 드레스의 주름을 폈다. "고마워요."

독슨은 손님용 서재에 앉아 책상 위에 깔끔하게 정리된 서류 한 무더기를 두고 종이 위에 조용히 뭔가를 쓰고 있었다. 그는 표준적인 귀족 정복을 입었고, 그 옷을 입으면 언제나 다른 사람들이 그 옷을 입었을 때보다 더 편안해 보였다. 켈시어는 멋있고, 브리즈는 티 한 점 없이 깔끔하면서 사치스러워 보였지만, 독슨은…… 그는 그 옷을 입었을 때 그냥 자연스러워 보일 뿐이었다.

빈이 들어오자 그가 쳐다보았다.

"빈? 미안. 널 부르러 사람을 보냈어야 했는데. 왠지 몰라도 네가 나갔을 거라고 생각했어."

"난 요즘 자주 나가요." 그녀가 문을 닫으면서 말했다. "오늘은 집에 머물러 있었어요. 점심 식사에 대해 수다를 떠는 귀족 여성들 얘기에 귀를 기울이면 짜증이 날 것 같아서요."

"상상이 된다." 독슨이 미소 지으며 말했다. "앉으렴."

빈은 고개를 끄덕이고 한가로이 방으로 걸어 들어갔다. 방은 조용했고, 따뜻한 색깔과 짙은 나무로 장식되어 있었다. 바깥은 여전히 좀 밝았지만, 독슨은 이미 저녁 커튼을 쳐놓고 촛불 빛으로 일하고 있었다.

"켈시어에게서 무슨 소식 있나요?" 빈은 앉으면서 물었다.

"아니." 독슨이 서류를 옆으로 밀어놓으면서 말했다. "하지만 예상 못 한 일도 아니야. 그는 동굴에 오래 머물지 않을 테니 전령을 보내는 것도 좀 우습지. 그는 알로맨서니까 말을 탄 사람보다 일찍 돌아올 수도 있는걸. 어느 쪽이든 그는 며칠 늦을 것 같아. 켈은 늘 그렇잖아."

빈은 고개를 끄덕인 후 잠시 조용히 앉아 있었다. 그녀는 켈시어와 세이즈드와 함께 보낸 만큼 독슨과 시간을 보낸 적이 없었다. 심지어 햄과 브리즈와 보낸 만큼도 같이한 적이 없었다. 하지만 그는 친절한 사람처럼 보였다. 매우 안정적이고 영리했다. 다른 사람들이 대부분 어떤 종류의 알로맨시 힘으로 패거리에 공헌하고 있는 반면, 독슨은 그의 조직력만으로도 가치가 있었다.

빈의 드레스같이 뭔가를 구입해야 할 필요가 있으면 독슨은 그 물건이 준비되게끔 배려했다. 건물을 빌려야 할 필요가 있거나, 비품을 마련하거나, 허가증을 획득할 때 독슨은 그 일을 해냈다. 그는 앞에 나서지도 않았고, 사기를 치는 귀족도 아니었고, 안개 속에서 싸우거나 군인들을 모집하지도 않았다. 그러나 그가 없다면 패거리 전부가 뿔뿔이 흩어지지 않을까 하고 빈은 생각했다.

'그는 좋은 사람이니까, 내가 물어도 화내지 않을 거야.' 그녀는 속으로 자신에게 말했다.

"독스, 농장에서 사는 건 어땠어요?"

"음? 농장?"

빈은 고개를 끄덕였다.

"당신은 농장에서 자랐잖아요, 맞죠? 농장 스카지요?"

"그래." 독슨이 말했다. "아니면 적어도 농장 스카였지. 그게 어땠냐고? 어떻게 대답해야 할지 모르겠어, 빈. 그건 힘든 생활이야. 하지만 스카들은 대부분 힘든 생활을 해. 나는 농장을 떠날 수 없었어. 허락받지 못하면 스카 우리 공동체 밖으로 나가지도 못했어. 우린 거리의 스카들보다는 규칙적으로 먹어. 하지만 우린 방앗간 노동자만큼이나 힘들게 일했어. 어쩌면 그것보다 더.

농장은 도시와는 달라. 거기선 모든 영주가 절대적인 주인 노릇을 해. 엄밀히 따지면 로드 룰러가 스카를 소유하고, 귀족들은 그들을 빌리고 원하는 만큼 죽여도 된다는 허락을 받지. 영주들은 자기

수확물을 거둬들이는 것만 확인하면 돼."

"당신은 그 이야기를 아주…… 침착하게 하는 것 같아요." 빈이 말했다.

독슨은 어깨를 으쓱했다.

"난 거기 산 지 꽤 됐어, 빈. 난 농장 생활이 내게 굉장히 큰 상처가 됐는지 잘 모르겠어. 그건 그냥 생활이야. 우린 더 나은 삶을 몰랐어. 사실 지금은 농장 영주들 가운데 우리 영주가 꽤 관대한 편이었다는 걸 알지."

"그럼 왜 떠났어요?"

독슨은 잠시 말을 잇지 못했다.

"한 가지 사건 때문이었지." 그가 말했다. 그의 목소리가 아련해지는 것 같았다. "너도 법에서 영주는 자기 마음에 든 어떤 스카 여자와도 잘 수 있다는 걸 알지?"

빈은 고개를 끄덕였다.

"다 끝났을 때 그 여자를 죽이기만 하면 되죠."

"아니면 그 후 곧. 그 여자가 혼혈 아이를 낳을 수 없을 만큼 일찍 죽이기만 하면 되지." 독슨이 말했다.

"그럼, 영주가 당신이 사랑하던 여자를 데려갔군요?"

독슨은 고개를 끄덕였다.

"나는 그 이야기를 별로 하지 않아. 말을 할 수 없어서가 아니라, 말해봤자 무의미하다고 생각하기 때문이야. 영주의 육욕에, 심지어 영주의 무관심 때문에 사랑하는 사람을 잃은 스카가 나만도 아니고. 사실 자기가 사랑하는 사람이 귀족한테 죽임당한 경험이 없는 스카를 찾기가 오히려 힘들 거라고 나는 내기라도 걸 수 있어. 그건 그냥…… 그런 거야."

"그 여자는 누구였어요?" 빈이 물었다.

"농장 소녀였어. 내가 아까 말한 대로 내 이야기는 그렇게 별다른 건 아니야. 기억나는 건…… 그녀와 시간을 보내기 위해 밤에 우리 같은 집 사이를 살금살금 지나가던 일이야. 공동체 전체가 협조해서 우리를 작업 감독에게서 숨겨주었어. 알다시피 나는 어두워진 후에 밖에 나오면 안 됐어. 나는 그녀를 위해 처음으로 안개를 무릅쓰고 나왔고, 내가 밤에 밖에 나가는 게 바보짓이라고 생각하는 사람들이 많았지만 다른 사람들은 미신을 극복하고 날 격려해줬어. 로맨스가 그들을 고무시켰던 것 같아. 카레이엔과 나는 모든 사람에게 살아야 할 목적이 있다는 걸 상기시켜주었어.

카레이엔이 로드 데빈셰에게 끌려갔다가 다음 날 아침에 시체로 돌아왔을 때 뭔가가 그냥…… 스카 우리 안에서 죽어버렸어. 나는 그다음 날 저녁에 떠났어. 더 나은 삶이 있을지 없을지 알지 못했지만 거기 머물 수가 없었어. 카레이엔의 가족과 함께 그곳에 머물며, 로드 데빈셰가 우리가 일하는 것을 지켜보게 할 수는……."

독슨은 한숨을 쉬면서 고개를 저었다. 빈은 마침내 그의 얼굴에서 감정을 볼 수 있었다.

"그거 아니? 이따금 우리가 시도한다는 사실만으로도 나는 놀라워. 그들이 우리에게 저지른 모든 짓, 죽음, 고문, 고통을 생각하면 너는 우리가 희망이나 사랑 같은 걸 포기하리라고 생각할 거야. 그러나 우리는 그러지 않아. 스카는 여전히 사랑에 빠져. 여전히 가족을 가지려 하고, 여전히 싸워. 내 말은, 여기에 우리가 있다는 거야……. 켈의 정신 나간 작은 전쟁에 참전하고, 우리 모두를 학살해버릴 신에게 저항하면서."

빈은 그가 묘사한 공포를 이해하려고 애쓰면서 조용히 앉아 있었다.

"당신은…… 당신 영주는 친절했다고 말했던 것 같은데요."

"오, 그랬지." 독슨이 말했다. "로드 데빈셰는 자기 스카를 거의 때려죽이지 않았고, 인구 수가 통제를 완전히 벗어났을 때에만 노인들을 없앴어. 귀족들 사이에서 그의 평판은 흠잡을 데 없었지. 너도 그를 어느 무도회에서 보았을 수 있어. 농한기라 그는 최근에 루서델에서 겨울을 지냈거든."

빈은 한기를 느꼈다.

"독슨, 그건 끔찍해요! 어떻게 귀족들이 자기들 사이에 그런 괴물을 놔둘 수 있죠?"

독슨은 얼굴을 찌푸리더니 앞으로 약간 몸을 숙이고 책상 위에 팔을 올려놓았다.

"빈, 그들은 모두 그래."

"어떤 스카들이 그렇게 말하는 건 알아요, 독스." 빈이 말했다. "하지만 무도회에 오는 사람, 그들은 그렇지 않아요. 난 그 사람들을 만나보고 그들과 함께 춤을 췄어요. 독스, 그들 중 많은 사람이 좋은 사람들이에요. 난 그들이 세상이 스카에게 얼마나 끔찍한지 잘 모른다고 생각해요."

독슨은 이상한 표정으로 그녀를 바라보았다.

"내가 진짜 너한테서 듣고 있는 말 맞지, 빈? 너는 왜 우리가 그들과 맞서 싸우고 있다고 생각하니? 그 사람들, 그자들 모두가 무슨 일을 할 수 있는지 깨닫지 못했니?"

"아마 잔인하게 굴겠죠. 무관심하고요." 빈이 말했다. "그러나 그들은 괴물이 아니에요. 모두 그렇지는 않아요. 당신의 전 농장 영주와는 달라요."

독슨은 고개를 저었다.

"넌 제대로 보지 못하고 있을 뿐이야, 빈. 귀족은 어느 날 스카 여자를 강간한 후 살해하고, 그다음 날 덕성이 높다고 칭송받을 수 있어. 스카는 그들에게 사람이 아닐 뿐이야. 귀족 여성들은 자기 영주가 스카 여자와 자는 걸 간통으로 생각하지도 않아."

"난……." 빈은 자신이 없어져서 말끝을 흐렸다. 이것은 그녀가 마주치기 싫었던 귀족 문화의 한 부분이었다. 구타라면 아마 용서할 수 있을 것이다. 하지만 이건…….

독슨은 고개를 저었다.

"넌 그들에게 속아 넘어가고 있어, 빈. 도시에는 사창가가 있기 때문에 이런 사건이 덜 보이지. 하지만 살인은 여전히 일어나. 어떤 매음굴은 아주 가난한 귀족 출신 여자들을 사용해. 그렇지만 대부분은 심문관의 심기를 거스르지 않기 위해 스카 창녀들을 주기적으로 죽여버려."

빈은 마음이 조금 약해지는 것을 느꼈다.

"난…… 그런 매음굴들을 알아요, 독스. 우리 오빠는 언제나 날 그런 데 팔아버리겠다고 위협했어요. 하지만 매음굴이 있다고 해서 모든 남자가 거기 가는 건 아니잖아요. 많은 노동자들은 스카 사창가에 가지 않잖아요."

"귀족들은 달라, 빈." 독슨은 단호하게 말했다. "그들은 끔찍한 괴물이야. 너는 켈시어가 그들을 죽일 때 왜 내가 반대하지 않는다고 생각하니? 왜 내가 그와 함께 그들의 정부를 타도하기 위해 일하고 있다고 생각하니? 너와 같이 춤추는 그 예쁘장한 사내애들에게 스카 여자와 얼마나 자주 자는지 물어봐야 할걸. 그들도 그 여자들이 얼마 후 살해된다는 걸 알아. 그들은 모두 그 짓을 했어. 이때가 됐건 저때가 됐건."

빈은 아래를 내려다보았다.

"그들은 구제할 수 없어, 빈." 독슨이 말했다. 그는 그 주제에 대해 켈시어만큼 열정적으로 말하는 것 같지 않았다. 그는 그냥…… 체념한 것 같아 보였다. "나는 그들이 모두 죽어야 켈이 행복해질 거라고 생각해. 우리가 거기까지 가야 하는지, 거기까지 갈 수는 있는 건지 잘 모르겠어. 하지만 나는, 나 자신은 그들의 세계가 무너지는 것을 보면 보통 행복한 정도가 아닐 거야."

빈은 조용히 앉아 있었다.

'그들이 모두 그럴 리 없어.' 그녀는 생각했다. '그렇게 아름답고, 그렇게 기품 있는 사람들. 엘렌드는 절대 스카 여자를 데리고 잔 다음 죽이지 않았을 거야. ……아닌 걸까?'

23

나는 매일 밤 몇 시간밖에 자지 못한다. 우리는 매일 갈 수 있는 만큼 최대한 많이 여행하면서 앞으로 밀고 나가야 한다. 그러나 마침내 누웠을 때, 나는 잠이 달아나는 것을 깨닫는다. 낮 동안 나를 괴롭히던 생각은 고요한 밤에 더욱 악화될 뿐이다.

그리고 무엇보다도 내 잠을 물리치는 것은 위에서 들려오는 쿵쿵 소리, 산의 맥박 소리다. 한 박자 들려올 때마다 나를 더 가까이 끌어당기는 그 소리.

"사람들 말로는 게펜리 형제의 죽음이 로드 엔트론을 살해한 것에 대한 보복이었대요." 레이디 클리스가 조용히 말했다. 빈의 그룹 뒤편 무대에서는 연주자들이 음악을 연주하고 있었다. 그러나 시간이 늦었고, 춤을 추는 사람은 거의 없었다.

레이디 클리스의 파티 손님 동아리는 그 소식에 얼굴을 찌푸렸다. 그곳에는 빈과 빈의 짝을 포함해 여섯 명 정도가 있었다. 빈의 짝은 밀렌 데이븐플루라는 이름의, 소가문 작위의 젊은 상속자였다.

"클리스, 정말입니까?" 밀렌이 말했다. "게펜리 가문과 테키엘 가문은 동맹입니다. 왜 테키엘이 게펜리 귀족 두 사람을 암살하겠어요?"

"정말 왜 그랬을까요?" 클리스가 음모를 꾸미듯 앞으로 몸을 기울이며 말했다. 그 바람에 거대하게 쪽 찐 금발 머리가 약간 흔들렸다. 클리스는 한 번도 제대로 된 패션 감각을 보여준 적이 없었지만, 소문의 진원지로서는 훌륭했다.

"로드 엔트론이 테키엘의 정원에서 죽은 채 발견된 거 기억해요?" 클리스가 물었다. "테키엘 가문의 어느 적이 그를 죽인 게 분명해 보였죠. 하지만 게펜리 가문은 테키엘에게 동맹을 청하고 있었어요. 분명 그 가문 중에서 어느 분파가, 테키엘 가문에게 흥분할 일이 일어난다면 그들이 더 열심히 동맹을 찾으리라고 생각한 거예요."

"그럼 게펜리가 일부러 테키엘의 협력자를 죽였다는 말인가요?" 클리스의 데이트 상대인 르네가 물었다. 그는 생각에 잠겨 넓은 이마를 쥐어뜯었다.

클리스는 르네의 팔을 두드렸다.

"그 문제는 너무 걱정 말아요, 자기." 그녀는 그렇게 충고한 다음 도로 열성적인 대화에 빠져들었다. "모르겠어요? 로드 엔트론을 비밀리에 죽임으로써 게펜리는 자기들에게 필요한 동맹을 얻기를 바랐어요. 그러면 동쪽 들판을 지나는 저 테키엘 운하 길에 접근할 수 있는 권리를 얻을 수 있겠지요."

"하지만 그건 역효과였어요." 밀렌이 생각에 잠겨 말했다. "테키엘은 그 계략을 발견하고 아더스와 칼린스를 죽였지요."

"지난 무도회에서 아더스와 두어 번 춤을 췄는데." 빈이 말했다.

'이제 그는 죽었어. 그의 시체는 스카 빈민가 외곽 거리에 누워 있어.'

"오, 그는 춤을 잘 췄나요?" 밀렌이 물었다.

빈은 어깨를 으쓱했다.

"그다지요."

'당신이 물어볼 건 그것밖에 없나요, 밀렌? 사람이 죽었는데, 내가 당신보다 그를 더 좋아했는지에만 관심이 있어요?'

"뭐, 이제 그는 벌레들과 춤을 추고 있겠군요." 그룹의 마지막 남자인 타이든이 말했다.

밀렌은 그 재담에 형식적인 웃음을 날려주었다. 그 말이 받기에는 과분한 대접이었다. 타이든이 유머를 시도하면 유감스러울 때가 많았다. 그는 댄스홀의 귀족들보다 카몬 패거리의 깡패들과 있으면 더 잘 어울릴 것 같은 부류의 사람이었다.

'물론 독스는 그들의 속을 보면 모두 그렇다고 말하지만.'

빈과 독슨의 대화는 여전히 그녀의 머릿속을 지배하고 있었다. 귀족들의 무도회에 갔던 첫날 밤, 그녀가 거의 살해당할 뻔했던 그 밤에 그녀는 모든 것이 얼마나 가짜 같은지에 대해 생각했었다. 처음의 그 인상을 어떻게 잊어버릴 수 있었을까? 어떻게 그들의 침착함과 화려함을 존경하기 시작하며 홀딱 속아 넘어갈 수가 있었을까?

이제는, 어떤 귀족이든 그녀의 허리에 팔을 두를 때마다 그녀는 움찔했다. 마치 그들의 마음속에 깃든 부패를 느낄 수 있는 것처럼. 밀렌은 얼마나 많은 스카를 죽였을까? 타이든은 어떨까? 그는 창녀와 하룻밤을 즐길 만한 사람 같았다.

그러나 그녀는 여전히 그들과 함께 어울렸다. 그러다 그날 저녁에 결국, 그녀는 검은 드레스를 입었다. 왜인지 몰라도 그녀는 다른 여자들의 밝은 색깔과, 그녀들의 더 밝은 미소와 구별되고 싶다고 느꼈다. 그러나 다른 사람과 동행하는 것을 피할 수는 없었다. 빈은 드디어 그녀의 패거리들이 필요로 하던 신뢰를 얻기 시작했다. 켈시어는 테키엘 가문에 대한 자신의 계획이 맞아 들어가고 있다는 사실을 알면 기뻐할 것이다. 게다가 그녀가 알아낸 것은 그뿐만이 아니었다. 그녀는 패거리의 일에 있어 중요하고 쓸모가 있을 만한 수십 가지의 작은 토막 소식을 모아놓고 있었다.

그중에는 벤처 가문에 대한 것도 있었다. 그 가문은 가문 전쟁이 확전될 것을 예상하고 벙커에 진을 치고 있었다. 그 증거 가운데 하나는 엘렌드를 무도회에서 보는 일이 전보다 뜸해졌다는 사실이었다. 빈은 신경 쓰지 않았다. 그는 무도회에 오더라도 보통 그녀를 피했고, 그녀도 정말로 그와 이야기하고 싶은 건 아니었다. 독슨이 한 말 때문에 그녀는 엘렌드에게 예의를 지키지 못할지도 모른다는 생각이 들었다.

"밀렌?" 로드 르네가 물었다. "당신 아직 내일 셸드라이* 게임 하러 우리에게 올 예정인가요?"

"물론이죠, 르네." 밀렌이 말했다.

"지난번에도 약속하지 않았나요?" 타이든이 말했다.

"이번엔 갈 겁니다." 밀렌이 말했다. "지난번엔 일이 생겼어요."

"그건 다시는 일어나지 않을 일이고?" 타이든이 물었다. "우리에게 네 번째 사람이 없으면 플레이를 할 수 없다는 걸 알잖소. 당신

---

* 셸드라이(SHELLDRY): '마지막 제국'에서 행해지는 게임 중 하나.

이 오지 않을 거라면 우린 다른 사람에게 부탁할 수도……."

밀렌은 한숨을 쉬더니 한 손을 들고 거칠게 옆쪽으로 손짓을 했다. 그 움직임이 빈의 주의를 끌었다. 그녀는 대화에 절반쯤만 귀를 기울이고 있었던 것이다. 빈은 옆으로 시선을 돌렸다가 충격으로 펄쩍 뛰어오를 뻔했다. 오블리게이터가 이쪽으로 다가오고 있었다.

지금까지 그녀는 무도회에서 용케 오블리게이터를 피할 수 있었다. 몇 달 전 처음으로 하이 프렐란과 마주치고 심문관의 경계심을 산 후, 그녀는 오블리게이터 가까이 가기만 해도 불안했다.

그 오블리게이터는 으스스한 미소를 지은 채 다가왔다. 그 인상은 아마도 앞으로 팔짱을 낀 팔과 회색 소매 속에 감추어진 손 때문일 것이다. 나이 들어가는 피부와 함께 주름진 눈 주위의 문신 때문일 것이다. 그의 눈이 그녀를 쳐다보는 방식 때문일 것이다. 그 눈은 그녀의 겉모습을 꿰뚫어볼 수 있을 것처럼 보였다. 이자는 그냥 귀족이 아니었다. 이자는 오블리게이터였다. 로드 룰러의 눈, 그의 법을 집행하는 자.

오블리게이터는 빈의 그룹 앞에서 멈추었다. 그의 문신 표시는 미니스트리의 주요 관료 조직 가운데 하나인 정교 캔턴의 일원이라는 것을 가리키고 있었다. 그가 잔잔한 목소리로 물었다.

"무슨 일이신지요?"

밀렌은 동전 몇 개를 꺼냈다.

"나는 내일 셸드라이를 하기 위해 이 두 사람과 만나기로 약속합니다." 그는 동전을 나이 먹은 오블리게이터에게 건네면서 말했다.

그것은 오블리게이터를 부른 이유치고는 아주 바보 같아 보였다. 아니, 적어도 빈은 그렇게 생각했다. 그러나 오블리게이터는 웃거나 그 요구가 경박하다고 지적하지 않았다. 그는 미소만 짓고는 동전을 일급 도둑만큼이나 교묘하게 손안에 감추었다.

"나는 이것을 증언합니다, 로드 밀렌." 그가 말했다.

"만족합니까?" 밀렌은 다른 둘에게 물었다.

그들은 고개를 끄덕였다.

오블리게이터는 빈에게 눈길 한 번 더 주지 않고 돌아서서 한가로이 걸어가버렸다. 그가 발을 끌며 걷는 모습을 바라보며 빈은 조용히 숨을 내뱉었다.

'그들이 궁정에서 일어나는 모든 일을 알 수밖에 없구나.' 그녀는 깨달았다. '귀족들이 그들을 불러서 이렇게 간단한 일도 증언하라고 한다면……' 미니스트리에 대해 알면 알수록, 그녀는 로드 룰러가 얼마나 영리하게 그것을 조직해놓았는지 절감했다. 그들은 모든 상업 계약에 대해 증언했다. 독슨과 르노는 거의 매일 오블리게이터들과 마주해야 할 것이다. 그들만이 결혼과 이혼과 땅의 구매를 재가하거나, 칭호의 상속을 비준할 수 있었다. 오블리게이터가 어떤 사건을 목격하지 못했다면 그 사건은 일어나지 않은 것이었고, 오블리게이터가 서류를 봉인하지 않았다면 그 서류는 쓰이지 않은 것이나 마찬가지일 것이다.

대화가 다른 주제로 흘러가자 빈은 고개를 저었다. 그날은 힘든 밤이었고, 그녀의 머릿속은 펠리스로 돌아가는 길에 옮겨 적을 정보로 가득 차 있었다.

"실례합니다, 로드 밀렌." 그녀는 한 손을 그의 팔에 얹으며 말했다. 하지만 그를 만지자 살짝 떨렸다. "저는 지금 물러나야 할 것 같아요."

"마차까지 데려다드리지요." 그가 말했다.

"그럴 필요는 없을 거예요." 그녀가 상냥하게 말했다. "기분 전환도 좀 하고 싶고, 어차피 제 테리스인을 기다려야 하는걸요. 전 그냥 제 테이블에 가서 앉아 있을게요."

"그러시군요." 그가 예의 바르게 고개를 끄덕이며 말했다.

"꼭 가야 하면 가요, 발레트." 클리스가 말했다. "하지만 그러면 내가 가져온 미니스트리 소식을 절대 모르게 될걸요……."

빈은 그 자리에서 멈추었다.

"무슨 소식인데요?"

클리스는 눈을 반짝이며 사라져가는 오블리게이터를 바라보았다.

"심문관들이 벌레처럼 윙윙대고 있어요. 그들은 지난 몇 달 동안 스카 도둑 떼들을 보통 때보다 두 배나 자주 습격했어요. 처형할 죄수들조차 잡지 않았다고요. 그들은 그 도둑들을 그 자리에서 모두 죽이고 떠났을 뿐이에요."

"그걸 어떻게 압니까?" 밀렌이 회의적으로 물었다. 그는 등이 아주 곧았고 고결해 보였다. 그러나 실제 모습이 어떤지는 절대로 모를 일이다.

"나한테 소식통이 있거든요." 클리스가 미소를 지으며 말했다. "그런데 그 심문관들이 바로 오늘 오후에 또 다른 떼거리를 찾았어요. 여기서 멀지 않은 곳에 본부를 두고 있대요."

빈은 한기를 느꼈다. 이곳은 클럽스의 가게에서 그렇게 멀리 떨어져 있지 않았다…….

'아냐, 그들일 리가 없어. 독슨과 다른 사람들은 아주 영리해. 켈시어가 도시에 없더라도 다들 안전할 거야.'

"저주받을 도둑들." 타이든이 씹어뱉었다. "망할 스카는 자기 분수를 몰라요. 도둑질에 가까울 정도로 우리 주머니에서 음식과 옷을 많이 가져가지 않나요?"

"그 괴물들이 도둑으로 살아남을 수 있다는 것도 놀라워요." 타이든의 젊은 아내 카를리가 보통 때처럼 가르랑거리는 목소리로 말했다. "대체 어떤 무능력자들이 스카에게 도둑 따위를 맞나 몰라요."

타이든은 얼굴이 붉어졌고, 빈은 호기심을 느끼며 그를 바라보았다. 카를리는 자기 남편을 쿡 찌를 때를 제외하면 말을 거의 하지 않았다.

'그가 도둑질을 당한 게 틀림없어. 사기당했나?'

그 정보는 나중에 조사하도록 간직해놓고, 빈은 그만 가려고 몸을 돌렸다. 그러다 그룹에 새로 온 사람과 정면으로 마주쳤다. 샨 엘라리엘.

엘렌드의 전 약혼자는 언제나 그렇듯이 흠 하나 없었다. 긴 적갈색 머리칼에는 빛이 날 정도로 윤이 흘렀다. 그녀의 아름다운 모습을 보며 빈은 자기가 얼마나 깡말랐는지를 깨달을 뿐이었다. 웬만큼 자신감 있는 사람이라도 쭈뼛거리게 만들 수 있는 자만심에 찬 샨은, 빈이 깨달은 것같이 귀족들 대부분이 완벽한 여자라고 생각하는 바로 그런 존재였다.

빈의 그룹에 있던 남자들은 존경의 표시로 고개를 끄덕였고, 여자들은 그렇게 중요한 사람이 대화에 합류하러 와준 것에 영광스러워하며 절을 했다. 빈은 옆쪽으로 슬쩍 빠져나가려고 했지만, 샨은 그녀의 바로 앞에 서 있었다.

샨이 미소를 지었다.

"아, 로드 밀렌." 샨은 빈의 동반자에게 말했다. "당신의 원래 데이트 상대가 오늘 저녁에 아팠다니 안된 일이에요. 당신에게는 다른 선택지가 별로 없었겠군요."

밀렌의 얼굴이 붉어졌다. 샨의 말은 교묘하게 그를 어려운 입장으로 몰아넣었다. 매우 강력한 권력을 가진 여성의 노여움을 살지도 모르는데 빈을 변호해야 하나? 아니면 데이트 상대를 모욕하면서 샨에게 동의해야 하나?

그는 비겁자의 탈출로를 택했다. 즉, 그녀의 말을 무시했다.

"레이디 샨, 저희 자리에 와주셔서 기쁩니다."

"그렇겠지요." 샨은 침착하게 말했다. 그녀는 빈이 불편하하는 모습을 바라보며 기쁨으로 눈을 반짝이고 있었다.

'망할 년!' 빈은 생각했다. 샨은 지루해질 때마다 빈을 찾고는 오락 삼아 궁지에 몰아넣는 것 같았다.

"하지만 여기서 이야기를 나누러 온 게 아니라 아쉽군요." 샨이 말했다. "불쾌하실지도 모르지만, 난 이 르노 댁 아가씨에게 용건이 있어요. 우리끼리 실례해도 되겠지요?"

"물론입니다, 마이 레이디." 밀렌이 움찔하면서 말했다. "레이디 발레트, 오늘 밤 함께해주셔서 감사합니다."

빈은 그와 다른 사람들에게 고개를 끄덕였다. 상처를 입어 무리에서 버림받은 동물이 된 것 같은 느낌이 약간 들었다. 진심으로 그녀는 오늘 저녁 샨과 있고 싶지 않았다.

일단 그들 둘만 남게 되자 빈이 말했다.

"레이디 샨, 저에 대해 느끼시는 흥미는 근거가 없다고 생각해요. 저는 정말로 최근에 엘렌드와는 별로 시간을 보내지 않았어요."

"나도 알아요." 샨이 말했다. "내가 당신 능력을 과대평가한 것 같아요, 아가씨. 일단 자기보다 그렇게 높은 지위에 있는 남자의 호의를 샀다면 그토록 쉽게 놓치지는 않을 거라고 생각하는 게 인지상정인데 말이죠."

'질투하는 거야?' 빈은 샨의 알로맨시가 자기 감정에 와 닿는 피할 수 없는 손길을 느끼고 움찔하는 것을 억누르며 생각했다. '자기 자리를 빼앗았다고 날 증오하는 게 아닐까?'

그러나 그건 귀족들의 방식이 아니었다. 빈은 순간적인 외도 상대일 뿐 아무것도 아니었다. 샨은 엘렌드의 애정을 다시 붙잡는 데는 흥미가 없었다. 자기를 무시한 남자를 역습할 방법만 생각하고 있었다.

"현명한 여자라면 자기가 가진 유일한 장점을 발휘할 수 있는 자리에 들어가겠죠." 샨이 말했다. "다른 중요한 귀족이 당신에게 조금이라도 주의를 기울일 거라고 생각한다면 오산이에요. 엘렌드는 궁정에 충격을 주는 걸 좋아해요. 그리고 당연히, 그러기 위해서 자기가 찾을 수 있는 가장 소박하고 멍청한 여자를 선택했죠. 이 기회를 잡아요. 다른 기회가 금방 오지는 않을 테니까."

빈은 그녀의 모욕과 알로맨시에 이를 갈았다. 샨은 분명 자기가 주고 싶은 모욕을 무엇이든 억지로 들이대는 데 있어 예술의 경지에 올라 있었다.

"자, 엘렌드가 갖고 있는 책들에 대한 정보를 알아 와요. 읽을 수는 있죠, 그렇죠?" 샨이 말했다.

빈은 짧게 고개만 끄덕였다.

"좋아요. 그가 가진 책 제목을 외우기만 하면 돼요." 샨이 말했다. "바깥 표지는 보지 말아요. 내용과 다른 것일 수 있으니까. 처음 몇 페이지를 읽은 다음 그걸 나한테 보고해요."

"만약 당신이 뭘 계획하고 있는지 내가 엘렌드에게 말한다면요?"

샨이 웃었다.

"아가씨, 당신은 내가 뭘 계획하고 있는지 모르잖아요. 게다가 당신은 궁정에 섞이고 있는 것 같아 보이던데. 나를 배신하면 생각하기도 싫은 일이 일어난다는 걸 분명히 깨닫게 되겠죠."

그 말과 함께 샨은 즉각 주위 귀족들에서 한 무리의 추종자들을 모아 떠나버렸다. 샨의 '달래기'가 약해지면서 빈은 좌절과 분노가 일어나는 것을 느꼈다. 자아가 이미 너무 망가진 탓에 샨의 모욕을 견딜 수 없어서 그저 들입다 달아났던 적도 있었다. 하지만 오늘 밤에는 역습할 방법이 있었으면, 하고 빈은 바랐다.

'침착해. 이건 좋은 일이야. 넌 "대가문"들의 음모에서 졸이 되었어. 하위 귀족들은 대부분 이런 기회가 오기를 꿈꿀 거야.'

그녀는 한숨을 쉬며 밀렌과 함께 있던 테이블로 돌아갔다. 이제 그 테이블은 비어 있었다. 오늘 저녁의 무도회는 놀라우리만치 멋진 헤이스팅 아성에서 열리고 있었다. 높고 둥근 중앙 아성에는 여섯 개의 보조 탑이 있었고, 보조 탑은 모두 주 건물에서 조금 떨어진 곳에 세워진 채 벽 꼭대기에 만들어진 길로 주 건물에 연결되어 있었다. 일곱 개의 탑 전부에 구불구불한 곡선 문양의 스테인드글라스가 달려 있었다.

무도회장은 넓은 중앙 탑 꼭대기에 있었다. 다행히, 스카의 힘으로 돌리는 도르래 플랫폼 시스템 덕택에 귀족 손님들은 꼭대기까지 걸어가지 않아도 되었다. 무도회장 자체는 빈이 방문해본 것 중에서도 그리 웅장한 편은 아니었다. 아치형 천장의 주위에 색칠된 유리가 둘러져 있는, 거의 정사각형에 가까운 방일 뿐이었다.

'재미있네, 사람이 얼마나 쉽게 질릴 수 있는지.' 빈은 생각했다. '그래서 귀족들이 그렇게 끔찍한 일을 하는 걸 거야. 그들은 아주 오랫동안 사람을 죽여왔기 때문에 더 이상 그런 걸로 동요하지 않아.'

그녀는 하인에게 세이즈드를 불러다 달라고 부탁한 다음 발을 쉬게 하려고 앉았다.

'켈시어가 얼른 돌아왔으면 좋겠어.' 그녀는 생각했다. 켈시어가 주위에 없으면 빈을 포함한 모든 패거리들의 의욕이 떨어지는 것 같았다. 그렇다고 그녀가 일하기 싫어하는 것은 아니었다. 켈시어의 산뜻한 재치와 낙관주의는 다만 그녀가 계속 활동하는 것을 도와줄 뿐이었다.

빈은 무심코 위를 쳐다보다가 엘렌드 벤처가 겨우 조금 떨어진 곳에 서서 젊은 귀족들 몇 사람과 이야기를 하고 있는 모습을 보았다. 그녀는 얼어붙었다. 그녀의 어떤 부분—빈의 부분—은 도망쳐서 숨고 싶었다. 드레스와 몸통 전부 테이블 아래에 들어갈 수 있을 것이다.

그러나 이상하게도 발레트로서의 면이 더 강했다.

'그와 이야기를 해야 해.' 그녀는 생각했다. '샨 때문이 아니라, 내가 진실을 알아야 하기 때문이야. 독슨의 이야기는 과장일 거야. 그래야만 해.'

그녀가 언제부터 그렇게 상황에 직면하기를 두려워하지 않게 되었을까? 일어서면서도 빈은 자기의 굳은 결심에 놀랐다. 그녀는 걸으면서 자신의 검은 드레스를 잠깐 살펴보고는 무도회장을 가로질렀다. 그녀가 다가가자 엘렌드와 함께 있던 귀족 한 명이 그의 어깨를 두드리며 빈 쪽으로 고갯짓을 했다. 엘렌드가 돌아섰고, 다른 두 남자는 물러갔다.

"아니, 발레트." 그녀가 엘렌드의 앞에 멈추자 그가 말했다. "난 늦게 도착했어요. 당신이 여기 왔는지도 몰랐군요."

'거짓말쟁이. 당연히 당신은 알고 있었어. 발레트는 헤이스팅 무도회에 빠지지 않으리라는 걸.' 어떻게 말을 꺼내지? 어떻게 묻지?

"당신은 요즘 날 피하고 있더군요." 그녀가 말했다.

"글쎄요, 그렇게 말할 일은 아닌데. 난 바빴을 뿐이에요. 집안 문제들, 알잖아요. 게다가 난 내가 무례하다고 당신에게 경고했고 그리고……." 그의 말끝이 흐려졌다. "발레트? 괜찮은 거예요?"

빈은 자기가 살짝 코를 훌쩍이고 있다는 것을 깨달았고, 이어 뺨을 타고 눈물이 흐르는 것을 느꼈다.

'바보 천치!' 그녀는 레스티번스의 손수건으로 눈을 가볍게 찍어내며 생각했다. '화장 다 망치겠다!'

"발레트, 당신 떨고 있군요!" 엘렌드가 걱정 어린 목소리로 말했다. "자, 같이 발코니에 가서 신선한 공기를 좀 쐬죠."

그녀는 그가 음악 소리와 떠드는 사람들에게서 떨어진 곳으로 자기를 이끌고 가도록 내버려두었다. 그들은 조용하고 어두운 대기 속으로 걸어 들어갔다. 그 발코니는 중앙 헤이스팅 탑 꼭대기에서 뻗어 나온 여러 발코니 중 하나였고, 비어 있었다. 난간의 일부인 석등이 딱 하나 서 있었고, 귀퉁이에는 고상한 것으로만 골라진 식물들이 줄지어 있었다.

언제나 그렇듯이 안개가 널리 퍼져서 공중에 떠돌았다. 하지만 발코니는 아성의 온기에 매우 가까워서 안개가 약했다. 엘렌드는 안개에는 아무런 주의도 기울이지 않았다. 대부분의 귀족들처럼 그도 안개의 공포를 어리석은 스카들의 미신이라고 생각했다. 빈도 그렇게 생각했다.

"자, 왜 그러죠?" 엘렌드가 물었다. "인정할게요. 난 당신을 무시하고 있었어요. 미안해요. 당신은 그런 대접을 받을 짓을 하지 않았어요. 나는 그냥…… 음, 당신은 사람들과 너무 자연스럽게 잘 어울려서 나 같은 말썽꾼이 옆에 있을 필요가 없을 것 같았어요."

"당신은 스카 여자와 잔 적이 있나요?" 빈이 물었다.

엘렌드는 말을 멈추며 움찔했다.

"이게 다 그 일 때문이에요? 누가 당신에게 그런 말을 했죠?"

"잔 적이 있어요?" 빈이 날카롭게 물었다.

엘렌드의 몸이 굳었다.

'로드 룰러시여, 사실이구나.'

"앉아요." 엘렌드가 그녀에게 의자를 하나 가져다주며 말했다.

"사실이군요, 안 그래요?" 빈이 앉으면서 말했다. "당신은 그 짓을 했어요. 그가 옳았어요. 당신들은 모두 괴물이에요."

"나는……." 그가 한 손을 빈의 팔에 얹었지만 그녀는 그 손을 밀어냈다. 그러다 눈물이 얼굴에서 떨어져 드레스에 얼룩을 만들었다. 그녀는 손을 올려 눈물을 닦았다. 손수건이 화장품 색깔로 물들었다.

"그건 내가 열세 살 때였어요." 엘렌드는 조용히 말했다. "우리 아버지는 내가 '남자'가 되어야 할 때가 왔다고 생각했어요. 난 그 소녀를 나중에 죽인다는 것도 몰랐어요, 발레트. 솔직히, 난 몰랐어요."

"그리고 그다음엔요?" 그녀는 점점 화를 끓이며 날카롭게 물었다. "얼마나 많은 소녀들을 죽였죠, 엘렌드 벤처?"

"아무도요! 다시는 안 했어요, 발레트. 처음에 무슨 일이 일어났는지 알게 된 후로는 안 했어요."

"그걸 나더러 믿으라고요?"

"모르겠어요." 엘렌드가 말했다. "이봐요, 궁정 여자들이 남자들은 모두 짐승이라고 꼬리표 붙이는 게 유행이라는 건 알아요. 하지만 날 믿어요. 모두가 그런 건 아니에요."

"당신들은 다 그렇다고 들었어요." 빈이 말했다.

"누구한테? 시골 귀족들? 발레트, 그들은 우리를 몰라요. 그들은 우리가 운하 시스템을 대부분 통제하고 있기 때문에 우리를 질투해요. 아마 질투할 권리도 있을 거예요. 하지만 그들이 질투한다고 우리가 무서운 사람들이 되는 건 아니에요."

"어느 정도 비율이에요?" 빈이 물었다. "얼마나 많은 귀족들이 그런 일을 하나요?"

"아마 3분의 1 정도." 엘렌드가 말했다. "잘은 모르겠어요. 그런 사람들은 나와 함께 시간을 보내는 부류가 아니니까."

그녀는 그를 믿고 싶었다. 그런 바람 때문에라도 그녀는 더 회의적으로 변했어야 할 것이다. 그러나 언제나 아주 진지하다고 생각했던 그 눈을 들여다보면서, 그녀는 마음이 흔들리는 것을 느꼈다. 기억할 수 있는 한 처음으로, 그녀는 린의 속삭임을 완전히 밀어내고 그의 말을 믿었다.

"3분의 1이라고요." 그녀가 속삭였다.

'아주 많아, 하지만 전부 그런 것보다는 나아.' 그녀는 다시 손을 올려 눈가를 찍어냈고, 엘렌드는 그녀의 손수건을 보았다.

"누가 그걸 주었나요?" 그가 호기심에 차서 물었다.

"어느 구혼자가요." 빈이 말했다.

"나에 대해 그런 소리를 한 사람이 그 사람인가요?"

"아뇨, 그건 다른 사람이에요." 빈이 말했다. "그는…… 모든 귀족들이, 아니 모든 루서델 귀족들이 끔찍한 사람들이라고 말했어요. 궁정 여자들은 자기 남자가 스카 창녀들과 자는 건 간통으로 치지도 않는다고 했어요."

엘렌드는 코웃음을 쳤다.

"당신의 정보원은 여자들에 대해 잘 모르는군요. 그러면 나는 자기 남편이 스카든 귀족이든 다른 여자와 바람피우고 있는데 괴로워하지 않는 숙녀가 하나라도 있는지 찾아보라고 이야기하겠어요."

빈은 고개를 끄덕이고, 깊은숨을 들이쉬며 속을 진정시켰다. 그녀는 자기 꼴이 우스꽝스럽다고 느꼈지만…… 한편으론 마음이 안정되었다. 엘렌드는 의자 곁에 무릎을 꿇고 앉아 여전히 걱정스러운 눈으로 그녀를 보고 있었다.

"그럼 당신 아버지는 그 3분의 1에 속하나요?" 그녀가 말했다.

엘렌드는 창백한 빛 속에서 얼굴이 붉어진 채 아래를 내려다보았다.

"우리 아버지는 모든 종류의 정부(情婦)를 좋아해요. 스카건 귀족이건 그에게는 중요하지 않아요. 난 여전히 그날 밤 생각이 나요, 발레트. 난…… 몰랐으면 좋겠어요."

"그건 당신 잘못이 아니에요, 엘렌드." 그녀가 말했다. "당신은 자기 아버지가 하라고 시킨 일을 한 열세 살짜리 소년이었을 뿐이에요."

엘렌드는 눈길을 돌렸지만, 그녀는 이미 그의 눈 속에 깃든 분노와 죄책감을 보았다.

"누군가 이런 일이 일어나는 걸 막아야 해요." 조용히 말하는 그의 목소리에 깃든 격정에 빈은 충격을 받았다.

'이 사람은 다른 사람을 배려하는 사람이야.' 그녀는 생각했다.

'켈시어 같은, 아니면 독슨 같은 사람. 좋은 사람이야. 왜 그들은 이걸 알지 못할까?'

마침내 엘렌드는 한숨을 쉬고 일어나 자기가 앉을 의자를 끌어냈다. 그는 의자에 앉아 팔꿈치를 난간에 괴고 손으로 자신의 헝클어진 머리를 훑었다.

"당신이 내가 처음으로 무도회에서 울린 숙녀는 아마 아닐 겁니다." 그가 말했다. "하지만 당신은 내가 울리고 나서 진지하게 마음을 쓰게 만든 첫 번째 숙녀입니다. 내 신사적 기량이 새로운 깊이에 이르렀군요."

빈이 미소를 지었다.

"당신 때문이 아니에요." 그녀가 뒤로 몸을 기대며 말했다. "그냥…… 몇 달 동안 몹시 힘이 빠졌어요. 그 일을 알게 되자 감당할 수가 없었죠."

"루서델의 부패는 없애야 해요." 엘렌드가 말했다. "로드 룰러는 그걸 보지도 않아요. 그러고 싶지 않으니까요."

빈은 고개를 끄덕이다가 엘렌드를 보았다.

"그런데 요즘 왜 나를 피한 거예요?"

엘렌드는 다시 얼굴이 붉어졌다.

"당신이 함께할 새 친구들을 충분히 사귀었다고 생각한 것뿐이에요."

"그게 대체 무슨 뜻이죠?"

"나는 당신이 함께 어울려 시간을 보내는 사람들을 별로 좋아하지 않아요, 발레트." 엘렌드가 말했다. "당신은 루서델 사교계에 매우 잘 어울려 들어갔고, 난 보통 궁중 정치 속에 빠지면 사람이 바뀐다는 걸 알아요."

"말로 하긴 쉽죠." 빈이 쏘아붙였다. "특히 당신이 정치의 정점에 있을 때는요. 당신은 정치를 무시할 수 있는 여유가 있지만, 우린 그렇게 운이 좋지 않아요."

"맞아요."

"게다가 당신도 나머지 사람과 마찬가지로 정치적으로 행동하고 있는걸요. 아니면, 처음에 당신이 내게 느낀 흥미가 당신 아버지를 괴롭히고 싶은 욕망 때문에 불붙은 게 아니라고 얘기할 건가요?"

엘렌드는 양손을 들어 올렸다.

"좋아요. 날 적절하게 꾸짖어준 것 같아요. 나는 바보고 멍청이였어요. 그건 집안 내력이에요."

빈은 한숨을 쉬고 뒤로 기대앉아, 눈물에 젖은 뺨 위로 안개의 서늘한 속삭임을 느꼈다. 엘렌드는 괴물이 아니었다. 그 점에서는 그를 믿었다. 아마 그녀가 바보일 것이다. 하지만 켈시어는 그녀에게 영향을 미치고 있었다. 그녀는 주위 사람들을 믿기 시작했고, 엘렌드 벤처보다 더 믿고 싶은 사람은 아무도 없었다.

그리고 엘렌드와 곧장 연결된 일만 아니라면 귀족-스카 사이의 관계에 대한 공포는 더 극복하기 쉽다는 걸 그녀는 깨달았다. 귀족의 3분의 1이 스카 여자들을 살해하고 있다고 하더라도, 어떤 부분은 사회적으로 고칠 수 있을 것이다. 귀족들을 다 제거하지는 않아도 될 것이다. 그것은 귀족들이나 쓰는 전술이었다. 빈은 어떤 혈통을 가진 사람에게든 그런 일이 일어나지 않게 해야 했다.

'로드 룰러시여.' 빈은 생각했다. '나도 다른 사람들처럼 생각하기 시작했어. 우리가 세상을 바꿀 수 있다고 생각하나 봐.'

그녀는 둘둘 말리는 중인 안개 쪽으로 등을 대고 앉아 있는 엘렌드를 건너다보았다. 그는 시무룩해 보였다.

'내가 나쁜 기억을 끌어냈어.' 빈은 죄책감을 느끼며 생각했다. '그가 자기 아버지를 그토록 미워하는 것도 당연해.' 그녀는 그의 기분이 나아지게 해주고 싶었다.

"엘렌드, 그들은 그냥 우리와 같아요." 그녀가 그의 주의를 끌었다.

그는 동작을 멈추었다.

"뭐가요?"

"농장 스카요." 빈이 말했다. "예전에 나한테 그들에 대해 물어봤잖아요. 나는 겁이 나서 귀족 여성들이 보일 법한 반응을 연기했어요. 하지만 내가 더 말할 게 없다고 하니까 당신은 실망한 것 같았죠."

그는 앞으로 몸을 기울였다.

"그럼 당신은 스카들과 시간을 보냈어요?"

빈은 고개를 끄덕였다.

"많은 시간을 보냈죠. 우리 가족한테 물어보면 '너무 많이 보냈다'고 할 거예요. 그래서 가족이 나를 여기로 보냈는지도 몰라요. 나는 스카 몇 명을 아주 잘 알아요. 특히 어떤 나이 든 남자를요. 그는 어떤 사람을, 자기가 사랑했던 여자를 잃었어요. 그날 저녁의 오락거리로 예쁜 여자를 원했던 귀족에게요."

"당신 농장에서요?"

빈은 재빨리 고개를 저었다.

"그는 도망쳐서 우리 아버지 땅으로 왔어요."

"그런데 당신들은 그를 숨겼어요?" 엘렌드는 놀라서 물었다. "도주 스카는 처형하도록 되어 있는데!"

"나는 그의 비밀을 지켜줬어요." 빈이 말했다. "그와 오래 안 사이는 아니에요. 하지만…… 음, 이건 당신한테 장담할 수 있어요, 엘렌드. 그의 사랑은 어떤 귀족의 사랑만큼이나 강했어요. 여기 루서델에 있는 사람들 대부분의 사랑보다 더 강한 건 확실해요."

"그럼 지성은?" 엘렌드는 열심히 물었다. "그들은 좀…… 굼떠 보이나요?"

"물론 아니죠." 빈은 쏘아붙였다. "난 당신보다 더 영리한 스카를 몇 명 안다고 생각해요, 엘렌드 벤처. 교육받지 않았을지 몰라도, 그래도 그들은 지적이에요. 그리고 화가 나 있죠."

"화가 나요?" 그가 물었다.

"그들 중 몇 명은요." 빈이 말했다. "자기들이 취급당하는 방식 때문에요."

"그러면 그들도 아나요? 우리와 자기들 사이의 불공평에 대해 알고 있나요?"

"어떻게 모를 수가 있겠어요?" 빈이 손을 들어 손수건으로 코를 풀면서 말했다. 그러나 그녀는 자기가 얼마나 많은 화장을 거기에 문질러댔는지 깨닫고 손을 멈추었다.

"여기 있어요." 엘렌드가 그녀에게 자기 손수건을 건네주며 말했다. "나한테 더 말해줘요. 당신은 이런 걸 어떻게 알고 있어요?"

"그들이 나한테 말했어요." 빈이 말했다. "그들은 나를 믿었어요. 그들이 화내고 있다는 건 그들이 자기들 삶에 대해 불평하곤 했기 때문에 알게 되었어요. 그들이 지적이라는 건 그들이 귀족들에게 숨겨온 것을 보고 알아요."

"어떤 것인가요?"

"암흑가의 운동 조직 같은 거예요." 빈이 말했다. "스카는 도망자들이 운하를 통해 농장에서 농장으로 여행하도록 도와줘요. 귀족들은 절대 스카의 얼굴에 주의를 기울이지 않으니 눈치를 못 채죠."

"흥미로운데요."

"게다가 도둑질 패거리들도 있어요. 그 스카들은 매우 영리할 거라고 생각해요. 로드 룰러의 바로 코앞에 있는 '대가문'들에서 물건을 훔치면서 오블리게이터와 귀족들에게서 숨을 수 있으려면요."

"그래요, 나도 알아요." 엘렌드가 말했다. "그런 사람을 하나 만날 수 있었으면 좋겠어요. 그들이 어떻게 그렇게 잘 숨어 있는지 묻고 싶거든요. 그들은 매혹적인 사람들일 거예요."

빈은 더 말할 뻔하다가 입을 닫았다.

'이미 너무 많이 말해버린 건지도 몰라.'

엘렌드는 그녀를 바라보았다.

"당신도 매혹적이에요, 발레트. 당신이 나머지 사람들 때문에 타락했을 거라고 추측하다니 내가 바보였어요. 오히려 당신이 그들을 타락시킬 수 있을 거예요."

빈은 미소를 지었다.

"하지만 이제 난 가야겠어요." 엘렌드가 일어서며 말했다. "사실 오늘 밤 파티에는 특별한 목적이 있어서 온 거거든요. 내 친구들 몇 과 함께할 거예요."

'맞아!' 빈은 생각했다. '엘렌드가 전에 만났던 사람들, 켈시어와 세이즈드가 그와 어울리는 게 이상하다고 말한 사람들 중에 헤이 스팅 사람도 하나 있었어.'

빈도 일어서며 엘렌드에게 손수건을 돌려주었다. 그는 그것을 받 지 않았다.

"당신이 그걸 갖고 있고 싶어 할지도 몰라요. 그건 그냥 손수건 기능만 하라고 준 게 아니니까."

빈은 손수건을 내려다보았다.

'귀족이 숙녀에게 진지하게 구혼할 때는 손수건을 줍니다.'

"아! 고마워요." 그녀가 손수건을 도로 받아 넣으며 말했다.

엘렌드는 미소를 지으며 그녀 가까이로 다가갔다.

"누군지 몰라도 그 구혼자는 내 어리석음 때문에 먼저 주도권을 쥘 수 있었군요. 하지만 나는 그와 경쟁할 기회를 포기할 정도로 바 보 같지는 않습니다." 그는 윙크하더니 살짝 절을 하고는 중앙 무 도장으로 걸어갔다.

빈은 잠시 기다렸다가 앞으로 걸어가 발코니 출입구로 미끄러지 듯 나갔다. 엘렌드는 예전과 똑같은 두 사람을 만나고 있었다. 레칼 가 사람과 헤이스팅가 사람이었다. 벤처 가문의 정적들. 그들은 잠 시 멈춰 섰다가, 방 옆의 층계를 향해 함께 걸어갔다.

'그 계단이 향하는 곳은 하나밖에 없어.' 빈은 다시 미끄러지듯

방으로 들어가며 생각했다. '보조 탑들이야.'

"미스트리스 발레트?"

빈은 깜짝 놀라 돌아보고 세이즈드가 다가오는 것을 알았다.

"갈 준비가 되셨습니까?" 그가 물었다.

빈은 그에게로 재빨리 다가갔다.

"로드 엘렌드 벤처가 그의 헤이스팅과 레칼 친구들과 함께 방금 저 층계로 내려가 사라졌어요."

"흥미롭군요." 세이즈드가 말했다. "그런데 왜…… 미스트리스, 당신 화장이 어떻게 된 겁니까!"

"신경 쓰지 마요. 난 그들을 따라가야겠어요." 빈이 말했다.

"다른 손수건 있습니까, 미스트리스?" 세이즈드가 물었다. "지금 까지 바쁘셨군요."

"세이즈드, 내 말 들은 거예요?"

"네, 미스트리스. 원한다면 그들을 따라갈 수 있다고 생각하지만, 사람들 눈에 띄실 겁니다. 그게 정보를 얻는 최선의 방법일지는 잘 모르겠습니다."

"공공연하게 그들을 따라가지는 않을 거예요." 빈은 조용히 말했다. "알로맨시를 쓰려고요. 하지만 그러려면 당신 허락이 필요해요."

세이즈드가 잠시 말을 멈추었다.

"알겠습니다. 옆구리는 어떻습니까?"

"거기는 나은 지 오래예요." 빈이 말했다. "이제 거기는 신경 쓰이지도 않아요."

세이즈드는 한숨을 쉬었다.

"좋습니다. 어차피 마스터 켈시어가 돌아오면 당신 훈련을 본격적으로 시작할 작정이었으니까요. 다만…… 조심하십시오. 미스트본에게 하기엔 이상한 말이라고는 생각하지만, 그래도 부탁드립니다."

"그럴게요. 한 시간 후 저 발코니에서 만나요." 빈이 말했다.

"행운을 빕니다, 미스트리스." 세이즈드가 말했다.

빈은 이미 발코니로 달려가고 있었다. 그녀는 모퉁이를 돌아 돌난간과 그 너머의 안개 앞에 섰다. 아름답고, 소용돌이치는 빈 공간.

'너무 오랜만이야.'

그녀는 소매 속에 손을 집어넣어 금속 병을 꺼내면서 생각했다. 그녀는 그 병을 꿀떡 비우고 동전 한 줌을 꺼냈다.

그런 다음 기쁨에 겨워, 그녀는 난간 위로 뛰어올라 어두운 안개 속에 몸을 던졌다.

바람이 드레스를 펄럭일 때 주석이 시력을 주었다. 탑과 주 아성 사이를 달리는 버팀벽 같은 벽 쪽으로 눈을 돌렸을 때, 백랍이 기운을 주었다. 동전을 아래쪽 어둠 속으로 던졌을 때, 강철이 힘을 주었다.

그녀는 공중에서 휘청거렸다. 공기저항 때문에 드레스가 펄럭여서 뒤에 천 뭉치를 끌고 가는 듯한 느낌이었다. 그러나 그녀의 알로맨시는 그 정도는 해결할 수 있을 정도로 강했다. 엘렌드의 탑은 다른 탑 하나를 지난 곳에 있었다. 그녀는 그 탑과 중앙 탑 사이를 잇는 벽 위의 통로로 올라가야 했다. 빈은 강철을 폭발시키며 몸을 약간 더 높이 '민' 다음, 또 하나의 동전을 그녀 뒤의 안개 속으로 던졌다. 동전이 벽을 때리는 순간, 그녀는 그 힘을 이용해 자기 몸을 앞으로 쏘아냈다.

그녀는 목표로 했던 벽에 조금 못 미친 아래쪽에 부딪쳤으나, 주름 잡힌 천이 충격을 완화해주었다. 그녀는 위쪽 통로 가장자리를 간신히 붙잡았다. 힘을 강화하지 않은 빈이었다면 벽 위로 몸을 올리기 힘들었을 테지만, 알로맨서 빈은 쉽게 그 벽을 넘었다.

그녀는 검은 드레스 안에서 웅크린 채 재빨리 벽 위로 난 통로를 가로질러 움직였다. 경비병은 없었지만 정면의 탑 아래쪽에 불 켜진 초소가 있었다.

'저 길로는 갈 수 없어.' 그녀는 위쪽을 바라보았다. 탑에는 방이 몇 개 있는 것 같았는데, 그중 두어 곳에는 불이 켜져 있었다. 빈은 동전을 한 닢 떨어뜨리고 몸을 위로 쏘아 올린 후, 창문 받침대를 '당겨서' 몸을 위로 넘기고는 돌로 된 창문 선반 위에 가볍게 착지했다. 밤이라 덧문이 닫혀 있었다. 그 안에서 무슨 일이 진행되는지 듣기 위해서는 가까이 기대어 주석을 폭발시켜야 했다.

"……무도회는 언제나 밤이 깊을 때까지 계속되니까. 아마 경비를 두 번 서야 할 거야."

'경비병들이군.'

빈은 뛰어서 창 꼭대기를 '밀었다'. 창이 덜걱거리면서 그녀의 몸이 탑 옆으로 쏘아 올려졌다. 그녀는 다음 창의 선반 바닥을 붙잡고 몸을 끌어올렸다.

"……지각한 걸 후회하지는 않아." 낯익은 목소리가 안에서 말했다. 엘렌드였다. "그녀는 자네보다 훨씬 더 매력적이거든, 텔덴."

남자 목소리가 웃었다.

"강력한 엘렌드 벤처, 마침내 예쁜 얼굴에 사로잡히다."

"그녀는 얼굴만 예쁜 게 아니야, 제이스티스." 엘렌드가 말했다. "마음씨도 착해. 자기 농장에서 스카 도망자들을 도와줬어. 우리는 그녀를 데려와서 함께 이야기해야 한다고 생각해."

"말도 안 돼." 깊은 목소리의 남자가 말했다. "이봐, 엘렌드. 자네가 철학 이야기를 하고 싶다면 상관 안 해. 젠장, 네가 술 마실 때 몇 잔 같이 마실 수도 있어. 하지만 아무나 우리 사이에 끼우도록 놔두지는 않을 거야."

"나도 텔덴 말에 찬성이야. 다섯 명이면 충분해." 제이스티스가 말했다.

"자, 봐." 엘렌드의 목소리가 말했다. "난 너희가 공정하지 않다고 생각해."

"엘렌드……." 다른 목소리가 괴로운 듯이 말했다.

"좋아." 엘렌드가 말했다. "텔덴, 내가 준 책 읽었어?"

"읽으려고는 했어. 좀 두껍더군." 텔덴이 말했다.

"하지만 좋지, 그렇지?" 엘렌드가 말했다.

"아주 좋아." 텔덴이 말했다. "왜 로드 룰러가 그걸 그렇게 싫어하는지 알겠어."

"레달레빈의 작품이 더 나아. 더 간결해." 제이스티스가 말했다.

"나는 트집을 잡아 반대하려는 건 아니야." 다섯 번째 목소리가 말했다. "하지만 우리가 할 일은 이게 다야? 책 읽는 거?"

"읽는 게 뭐가 어때서?" 엘렌드가 물었다.

"그건 좀 지루해." 다섯 번째 목소리가 말했다.

'잘했어.' 빈은 생각했다.

"지루해?" 엘렌드가 물었다. "여러분, 이 아이디어들, 이 글들, 이건 이 사람들의 전부야. 이 사람들은 자기 글 때문에 처형당하리라는 걸 알고 있었어. 자네들은 그들의 열정을 느낄 수 없어?"

"열정은 있지." 다섯 번째 목소리가 말했다. "유용성은 없어."

"우리는 세계를 바꿀 수 있어." 제이스티스가 말했다. "우리 중 둘은 가문의 상속자들이고, 다른 셋은 2순위 상속자야."

"언젠가 우리는 책임 있는 자리를 맡은 사람들이 될 거야." 엘렌드가 말했다. "우리가 이 공정함과 외교능력과 절제라는 아이디어들을 실행한다면, 우린 로드 룰러에게도 압력을 행사할 수 있을 거야!"

다섯 번째 목소리가 코웃음 쳤다.

"자네는 강력한 가문의 후계자일지도 몰라, 엘렌드. 하지만 나머지 우리는 그렇게 중요하지 않아. 텔덴과 제이스티스는 아마 절대 상속받지 못할 거고, 기분 나쁘라고 하는 소리는 아니지만 케부는 거의 영향력이 없을 거야. 우리는 세계를 바꿀 수 없어."

"우리는 우리 가문들이 일하는 방식을 바꿀 수 있어." 엘렌드가 말했다. "가문들이 옥신각신하기를 멈춘다면 우린 정부에서 진짜 권력을 얻을 수 있을 거야. 로드 룰러의 변덕에 휘둘리기만 하는 게 아니라."

"매년 귀족들은 더 약해져가." 제이스티스가 동의하며 말했다.

"우리의 스카는 우리 땅과 마찬가지로 로드 룰러의 것이야. 그의 오블리게이터들은 우리가 누구와 결혼할 수 있고 무엇을 믿을 수 있는지 결정해. 우리 운하조차도 공식적으로는 '그의' 재산이야. 미니스트리 암살자들은 너무 공공연히 대놓고 말하거나 너무 성공한 사람들을 죽이지. 이건 사는 게 아니야."

"나도 그 점에서는 자네에게 동의해." 텔덴이 말했다. "계급 불균형에 대한 엘렌드의 횡설수설은 나한테는 바보같이 보여. 하지만 로드 룰러 앞에서 통일전선을 펴야 하는 것의 중요성은 알겠어."

"바로 그거야." 엘렌드가 말했다. "그게 우리가 해야 하는……."

"빈!" 어떤 목소리가 속삭였다.

빈은 깜짝 놀라 하마터면 창문 선반에서 떨어질 뻔했다. 그녀는 경계하며 주위를 돌아보았다.

"네 위에." 그 목소리가 속삭였다.

그녀는 위를 쳐다보았다. 켈시어가 바로 위 다른 창문 선반에 매달려 있었다. 그는 미소 짓고 윙크하더니 아래에 있는, 벽 위로 난 통로 쪽으로 고갯짓을 했다.

켈시어가 그녀 옆을 지나쳐 안개 속으로 떨어질 때 빈은 엘렌드의 방을 다시 슬쩍 보았다. 그러다 마침내 거기서 떨어져, 아까 던져두었던 동전으로 추락의 속도를 늦추면서 그녀는 켈시어를 따라 내려갔다.

"돌아왔군요!" 그녀는 착지하면서 반갑게 말했다.

"오늘 오후에 돌아왔어."

"여기서 뭐 하고 있어요?"

"이 안의 우리 친구들을 살펴보고 있었지." 켈시어가 말했다. "마지막으로 보았을 때와 그리 많이 바뀌지 않은 것 같군."

"마지막?"

켈시어는 고개를 끄덕였다.

"네가 그들에 대해 이야기한 다음부터 저 소모임을 두어 번 염탐했어. 신경 안 써도 될 걸 그랬어. 그들은 위협이 안 돼. 그냥 함께 마시고 토론하는 한 무리의 새끼 귀족들일 뿐이야."

"하지만 그들은 로드 룰러를 타도하고 싶어 해요!"

"별로." 켈시어가 코웃음을 치며 말했다. "그들은 귀족들이 하는 일을 하고 있을 뿐이야. 동맹을 계획하는 일. 다음 세대가 권력을 잡기 전에 자기들 나름의 가문 연합체를 구축하기 시작하는 건 그리 드문 일이 아니야."

"이건 달라요." 빈이 말했다.

"그래?" 켈시어가 재미있어하며 물었다. "그걸 벌써 알 수 있을 정도로 오래 귀족 노릇을 했니?"

빈의 얼굴이 붉어졌다.

그는 웃으면서 그녀의 어깨에 다정하게 팔을 둘렀다.

"오, 그러지 마. 그들은 귀족치고는 충분히 좋은 아이들 같아. 그들 중 누구도 죽이지 않는다고 약속할게, 됐지?"

빈은 고개를 끄덕였다.

"아마 그들을 이용할 방법을 찾을 수 있을 거야. 그들은 다른 대부분의 귀족들보다 열린 마음을 가진 것 같아. 다만 네가 실망하지 않기를 바라, 빈. 그들은 여전히 귀족이야. 귀족으로 태어나고 싶어서 태어난 건 아니겠지만, 그렇다고 귀족의 본성이 바뀌지는 않아."

'독슨과 똑같아.' 빈은 생각했다. '켈시어는 엘렌드에 대해 최악의 경우를 가정하고 있어.' 하지만 그녀에게 엘렌드가 다른 귀족과 진짜로 다르다고 기대할 만한 이유가 있을까? 켈시어와 독슨처럼 싸움을 하기 위해서는 적들이 모두 악하다고 생각하는 편이 더 효율적이고 정신적인 면에서도 더 좋을 것이었다.

"그런데 네 화장은 어떻게 된 거냐?" 켈시어가 물었다.

"그건 이야기하고 싶지 않아요." 빈이 엘렌드와 나눈 대화를 다시 상기하며 말했다.

'왜 내가 울어야만 했을까? 난 정말 바보 천치야! 그리고 스카와 잤냐는 질문을 불쑥 해버린 건 또 어떻고.'

켈시어는 어깨를 으쓱했다.

"좋아, 그럼. 우린 가야 해. 젊은 벤처와 그 동료들이 뭐든 쓸모 있는 문제를 논의할 것 같지는 않아."

빈은 동작을 멈추었다.

"난 세 번이나 그들의 이야기를 들었어, 빈." 켈시어가 말했다. "원한다면 네게 요약해줄 수도 있어."

"좋아요." 그녀는 한숨을 쉬며 말했다. "하지만 세이즈드에게 도로 파티에서 만나자고 말해뒀어요."

"그럼, 가렴." 켈시어가 말했다. "네가 살금살금 돌아다니면서 알로맨시를 사용하고 있었다고 그에게 말하지 않겠다고 약속할게."

"세이즈드는 내가 해도 된다고 했어요." 빈은 방어적으로 말했다.

"그가 그랬어?"

빈은 고개를 끄덕였다.

"내 실수로군." 켈시어가 말했다. "파티를 떠나기 전에 세이즈가 네게 클록을 가져다주도록 시켰어야 할 거야. 네 드레스 앞에 온통 재가 묻었어. 클럽스의 가게에서 다시 보자. 너와 세이즈드는 거기서 내리고, 마차는 계속 달려서 도시 밖으로 나가도록 해. 그런 모양새가 그럴듯할 거야."

빈은 다시 고개를 끄덕였고, 켈시어는 윙크를 하고 벽에서 안개 속으로 뛰어내렸다.

24

결국 나는 나 자신을 믿어야 한다. 나는 진실과 선을 알아보는 능력을 억눌러버린 사람들을 보았고, 내가 그런 사람이라고는 생각하지 않는다. 나는 여전히 어린아이의 눈에서 눈물을 볼 수 있고, 그 아이가 괴로워할 때 고통을 느낄 수 있다.

만약 내가 여기서 진다면, 내가 구원받을 희망을 놓쳐버렸는지 알게 될 것이다.

빈과 세이즈드가 도착했을 때 켈시어는 이미 가게에 와 있었다. 그는 햄, 클럽스, 스푸크와 함께 부엌에 앉아 늦은 밤의 술 한잔을 즐기고 있었다.

"햄!" 빈은 뒷문으로 들어가면서 반갑게 말했다. "돌아왔군요!"

"응." 그는 잔을 들며 기분 좋게 말했다.

"당신이 엄청나게 오랫동안 없었던 것 같아요!"

"내 말이 그 말이야." 햄이 진지한 목소리로 말했다.

켈시어는 씩 웃더니 일어서서 자기 잔을 다시 채웠다.

"햄은 장군 노릇을 하느라 좀 지쳤어."

"나는 제복을 입어야 했어." 햄이 기지개를 펴며 투덜거렸다. 그는 이제 평소에 입던 조끼와 바지를 입고 있었다. "농장 스카라도 그런 종류의 고문을 견딜 수는 없었을 거야."

"가끔 예복 드레스를 입어보세요." 빈이 앉으면서 말했다. 앞에 묻은 먼지를 떨어냈더니 드레스는 걱정했던 만큼의 절반도 망친 것 같지 않았다. 어두운색 천을 바탕으로 검회색 재가 여전히 좀 보였고, 돌에 문질러진 부분은 섬유가 거칠어져 있었다. 그러나 양쪽 다 별로 눈에 띄지 않았다.

햄이 웃었다.

"내가 없는 동안 완전히 젊은 숙녀가 된 것 같구나."

"아니에요." 빈이 말할 때 켈시어가 와인 한 잔을 건네주었다. 그녀는 잠깐 동작을 멈추었다가 한 모금 마셨다.

"미스트리스 빈은 겸손하신 겁니다, 마스터 해먼드." 세이즈드가 자리에 앉으며 말했다. "미스트리스는 궁중 기술에 아주 능숙해지고 있습니다. 제가 아는 많은 진짜 귀족들보다 더 낫습니다."

빈의 얼굴이 붉어졌고, 햄은 다시 웃었다.

"겸손이라니, 빈? 너 어디서 그런 나쁜 습관을 배웠니?"

"나한테서는 절대 아니야." 켈시어가 세이즈드에게 와인 한 잔을 내밀며 말했다. 테리스인은 손을 들어 올려 공손히 거절했다.

"물론 너한테 배운 건 아니겠지, 켈." 햄이 말했다. "아마 스푸크가 가르쳐줬을 거야. 이 패거리에서 입을 다물고 있을 줄 아는 사람은 그 애뿐인 것 같거든. 그렇지, 애야?"

스푸크는 얼굴을 붉히고, 빈을 쳐다보지 않으려 애쓰고 있었다.

'언젠가 저 애 문제도 해결해야 할 거야.' 그녀는 생각했다. '하지만…… 오늘 밤은 아니야. 켈시어가 돌아오고, 엘렌드는 살인자가 아닌 밤이야. 오늘은 긴장을 푸는 밤이야.'

계단에서 발소리가 울리더니 잠시 후 독슨이 방으로 걸어 들어왔다.

"파티야? 그런데 아무도 나를 안 불렀어?"

"네가 바빠 보여서." 켈시어가 말했다.

"게다가 우린 네가 너무 책임감이 강해서 우리 같은 악당들 한 무리와 같이 앉아 술을 마시지 못한다는 걸 알거든." 햄이 덧붙였다.

"누군가가 이 패거리를 운영해야 하니까." 독슨은 쾌활하게 말하며 자기가 마실 술을 직접 따랐다. 그러다 그는 잠깐 동작을 멈추더니 햄을 향해 얼굴을 찌푸렸다. "그 조끼는 낯익어 보이는데……."

햄이 미소를 지었다.

"내 제복 코트 소매를 뜯어냈어."

"설마요!" 빈도 미소를 지으며 말했다.

햄은 스스로에게 만족한 듯이 고개를 끄덕였다.

독슨은 한숨을 쉬면서 자기 잔을 계속 채웠다.

"햄, 그 물건들에는 돈이 들어."

"돈이야 모든 물건에 들지." 햄이 말했다. "하지만 돈이 뭐야? 노동이라는 추상적 개념의 물질적 표현이야. 음, 그 제복을 그렇게 오래 입은 건 아주 형편없는 노동이었어. 이제 이 조끼와 나 사이엔 등가교환이 이루어졌다고 말하겠어."

독슨은 눈만 굴렸다. 큰방에서 가게 앞문이 열리고 닫히더니, 브리즈가 경비를 서는 도제에게 인사를 건네는 소리가 들렸다.

"그런데, 독스." 켈시어가 찬장에 등을 기대며 말했다. "나도 '노동이라는 추상적 개념의 물질적 표현'이 좀 필요해질 것 같아. 내 정보원 회의를 하기 위해 작은 창고를 빌리고 싶어."

"그건 아마 준비할 수 있을 거야." 독슨이 말했다. "우리가 빈의 옷장 예산을 제어할 수만 있다면, 난······." 그는 갑자기 말을 멈추고 빈을 쳐다보았다. "이 아가씨야, 너 그 드레스에 무슨 짓을 한 거냐!"

빈은 얼굴을 붉히며 의자 속에서 졸아들었다.

'내가 생각했던 것보다 더 티가 나나 봐······.'

켈시어가 씩 웃었다.

"이제 더러워진 옷에 익숙해져야 할지도 몰라, 독스. 빈은 오늘 저녁을 기해 미스트본 임무에 복귀했어."

"흥미롭군." 브리즈가 부엌으로 들어오며 말했다. "이번에는 세 명의 '강철 심문관'과 동시에 싸우는 건 피하라고 내가 제안해도 될까?"

"최선을 다할게요." 빈이 말했다.

브리즈는 테이블로 걸어와 특유의 점잖은 태도로 의자 하나를 골랐다. 통통한 남자는 결투용 지팡이를 들어 올려 햄을 가리켰다.

"지성의 휴가 기간이 끝난 게 보이는군."

햄이 미소를 지었다.

"거기 가 있는 동안 나는 훌륭한 질문 두어 개를 생각해냈는데 오로지 자네를 위해 아껴두고 있었다네, 브리즈."

"기대돼죽겠군." 브리즈가 말했다. 그는 레스티번스 쪽으로 지팡이를 향했다. "스푸크, 마실 것 좀."

스푸크는 달려가서 브리즈에게 와인 한 잔을 가져다주었다.

"스푸크는 참 좋은 아이야." 브리즈가 마실 것을 받아 들며 말했다. "이 애한테는 알로맨시를 쓸 필요도 없다니까. 자네들 나머지 악당들이 이렇게 잘 협조해주면 좋을 텐데."

스푸크는 얼굴을 찌푸렸다.

"잘해주기는 아닌 놀림거리예요."*

"네가 방금 한 말을 못 알아듣겠다, 애야." 브리즈가 말했다. "그러니까 나는 그냥 그게 말이 되는 척하고 넘어가겠어."

켈시어는 눈을 굴렸다. "한 모금에 스트레스 풀기야." 그가 말했다. "돌봐줌은 필요 없어."

"짜증 나게 하는 건 오른쪽으로 밀고 타고." 스푸크가 고개를 끄덕이며 말했다.

"둘이 대체 무슨 소리를 횡설수설하는 거야?" 브리즈가 짜증 난

* 이어지는 스푸크와 켈시어, 해먼드 등의 대화는 동쪽 거리의 사투리다.

듯이 말했다.

"영리함이 있어야 있지." 스푸크가 말했다. "이걸 조금 가지게 꼬집고 싶어요."

"늘 그렇지." 켈시어가 동의했다.

"늘 좀 가지고 있으면 좋겠어." 햄이 미소와 함께 덧붙였다. "영리함의 소원은 아닌 데서 나오니까."

브리즈는 매우 화가 나서 독슨을 보았다.

"친구여, 우리 동료들이 마침내 미친 것 같아."

독슨은 어깨를 으쓱하더니, 완벽하게 정색을 하고 말했다. "있는 게 아니고 있고."

브리즈는 말문이 막혀서 앉았고, 방에서는 웃음이 터졌다. 브리즈는 화가 나서 눈을 굴리고 고개를 흔들며 패거리들이 다 어린애 같다고 투덜댔다.

빈은 웃느라고 와인에 사레들릴 뻔했다.

"대체 뭐라고 말한 거예요?"

그녀는 옆에 앉아 있는 독슨에게 물었다.

"난 잘 몰라." 그가 털어놓았다. "그냥 그렇게 말하는 게 그럴듯해 보였어."

"자네는 아무 말도 안 한 것 같아, 독스." 켈시어가 말했다.

"오, 말을 하긴 했죠. 다만 아무 뜻도 없었을 뿐이죠." 스푸크가 말했다.

켈시어는 웃었다.

"그건 언제나 사실이야. 난 독스가 나한테 하는 말의 절반은 무시해도 별 지장이 없다는 걸 깨달았어. 내가 돈을 너무 많이 쓰고 있다고 때때로 불평하는 것만 제외하고 말이야."

"이봐!" 독슨이 말했다. "다시 한 번, '누군가'는 책임감이 있어야한다고 지적해야겠는데? 솔직히 자네들이 박싱을 흘려보내는 방식은……."

빈은 미소를 지었다. 독슨의 불평마저도 온화해 보였다. 클럽스는 언제나처럼 심술궂은 모습을 한 채 옆 쪽 벽 근처에 조용히 앉아 있었다. 그러나 빈은 그의 입술에 미소가 슬쩍 감도는 것을 보았다. 켈시어는 일어나 와인을 또 한 병 따고, 잔들을 다시 채우며 패거리들에게 스카 군대의 준비 상황에 대해 이야기했다.

빈은 와인을 마시면서…… 만족감을 느꼈다. 그녀는 어두워진 작업장으로 통하는 열린 문을 보았다. 그녀는 아주 잠깐, 어둠 속에서 어떤 사람을 본 것 같다는 상상을 했다. 사람을 믿지 않고 의심하는 어느 겁에 질린 소녀의 환상을. 소녀의 머리카락은 삐쭉빼쭉하고 짧았고, 그녀는 소박하고 옷깃을 집어넣지 않은 더러운 셔츠와 갈색 바지를 입고 있었다.

빈은 클럽스의 가게에서 보낸 두 번째 밤을 기억했다. 다른 사람이 밤늦게 대화를 나누는 것을 지켜보며 어두운 작업실에 서 있던 때를. 정말로 그 소녀가 그녀였을까? 차가운 어둠 속에 숨고, 질투를 숨긴 채 웃음과 우정의 현장을 지켜보지만 감히 거기에 합류하지는 못하던 소녀?

켈시어가 뭔가 아주 재치 있는 말을 하는 바람에 방 전체에 웃음이 터졌다.

'당신이 옳아요, 켈시어.' 빈은 미소를 지으며 생각했다. '이쪽이 더 나아요.'

그녀는 아직 그들 같지 않았다. 완전히 같지는 않았다. 여섯 달로는 린의 속삭임을 침묵시킬 수 없었고, 그녀는 자신이 켈시어만큼 사람을 잘 믿는다고 생각할 수 없었다. 그러나…… 그녀는 마침내 왜 그가 자기 식대로 일을 하는지 이해하게 되었다. 적어도 조금은.

"좋아." 켈시어가 의자를 끌어내 거꾸로 앉으면서 말했다. "군대는 일정대로 준비될 것 같고, 마쉬는 자리를 잡았어. 이 계획은 계속 돌아가야 해. 빈, 무도회 소식은?"

"테키엘 가문은 취약해요." 그녀가 말했다. "동맹들은 흩어졌고, 남은 시체를 뜯어먹으러 독수리들이 날아들고 있어요. 어떤 사람들은 테키엘이 사업이 망하고 빚이 많이 생겨서 이달 말쯤에 아성을 팔아야 할 거라고 속삭여요. 그들은 로드 룰러의 아성세(牙城稅)를 계속 지불할 방법이 없어요."

"그러면 도시에서 '대가문' 하나가 효율적으로 제거되는군." 독슨이 말했다. "그들이 손실을 만회하고자 한다면 미스팅과 미스트본을 포함해 테키엘 귀족 대부분이 바깥쪽 농장으로 이사해야 할 거야."

"좋은데." 햄이 말했다. 켈시어 패거리가 도시에서 겁을 주어 쫓아낼 수 있는 귀족 가문이 많으면 많을수록 도시를 점령하기도 쉬울 것이다.

"그래도 아직 도시에 아홉 '대가문'이 남는군." 브리즈가 말했다.

"하지만 그들은 밤에 서로 죽이기 시작했어." 켈시어가 말했다.

"공공연한 전쟁에서 겨우 한발 떨어져 있는 거야. 우린 곧 여기서 대탈출이 시작되는 걸 보게 될걸. 암살당할 위험을 감수하고서라도 루서델에서 권세를 유지하려는 사람이 아니라면 누구든지 2년 안에는 도시를 떠나게 될 거야."

"하지만 강한 가문들은 별로 겁먹은 것 같지 않아요." 빈이 말했다. "어쨌든 그들은 여전히 무도회를 열고 있어요."

"아, 그들은 끝까지 계속 그럴 거야." 켈시어가 말했다. "무도회는 동맹과 만나고 적들을 감시할 엄청난 핑계가 되거든. 가문 전쟁은 주로 정치적이기 때문에 그들에게는 정치적 전장이 필요해."

빈은 고개를 끄덕였다.

"햄. 우리는 루서델 주둔군을 감시해야 해." 켈시어가 말했다. "아직도 내일 네 군대 인맥들을 찾아볼 생각이야?"

햄은 고개를 끄덕였다. "아무것도 약속할 수는 없지만 연줄을 다시 다질 수는 있을 거야. 나한테 조금 시간을 줘. 그러면 군대가 뭘 하려는지 알 수 있을 거야."

"좋아." 켈시어가 말했다.

"나도 햄과 함께 가고 싶어요." 빈이 말했다.

켈시어가 잠시 침묵했다.

"햄과 함께?"

빈이 고개를 끄덕였다.

"난 아직 써그와 훈련을 받아보지 못했어요. 햄은 내게 몇 가지 기술을 가르쳐줄 수 있을 거예요."

"넌 이미 백랍을 태우는 법을 알잖아. 우린 그걸 연습했어." 켈시어가 말했다.

"알아요." 빈이 말했다. 어떻게 설명해야 할까? 햄은 오로지 백랍만 가지고 기술을 썼다. 그러니 그는 백랍을 다루는 기술에서는 필경 켈시어보다 나을 것이다.

"오, 그 애 좀 그만 괴롭혀." 브리즈가 말했다. "아마 무도회와 파티에 싫증이 났나 보지. 잠깐 그 애를 흔한 거리의 부랑아로 돌아가게 해줘."

"좋아." 켈시어가 눈을 굴리면서 말했다. 그는 자기 잔에 또 한 잔을 따랐다. "브리즈, 네가 얼마간 떠나 있는다면 그동안 네 수더들이 얼마나 잘해낼 수 있을까?"

브리즈는 어깨를 으쓱했다.

"물론 나는 팀에서 가장 효율적인 사람이지. 하지만 내가 다른 사람들을 훈련시켰어. 그들은 나 없이도 효율적으로 모병을 할 수 있을 거야. 특히 이제는 '생존자'에 대한 이야기가 대중에 널리 퍼졌으니까."

"그런데 우리 그 이야기 좀 해야겠어, 켈." 독슨이 얼굴을 찌푸리며 말했다. "나는 너와 '열한 번째 금속'에 대한 이런 신비주의적인 믿음이 별로 마음에 들지 않아."

"그건 나중에 논의해도 돼." 켈시어가 말했다.

"내 부하들에 대해서는 왜 물어?" 브리즈가 말했다. "드디어 흠한 점 없는 내 패션 감각에 질투를 느껴서 나를 없애려고 결심한 거야?"

"그렇게 말해도 되겠지." 켈시어가 말했다. "난 널 예덴 대신 몇 달 동굴에 보내려고 생각하고 있어."

"예덴 대신이라고?" 브리즈가 놀라서 물었다. "나더러 군대를 이끌라는 거야?"

"왜 안 돼?" 켈시어가 말했다. "너는 명령 내리는 일을 아주 잘하잖아."

"뒤편에서지, 이 사람아." 브리즈가 말했다. "난 앞에 나서지 않아. 내가 '장군'이 된다니, 그게 얼마나 터무니없는 소리인 줄 알아?"

"그냥 좀 생각해봐." 켈시어가 말했다. "우리는 그때쯤 모병이 다 끝나야 해. 그러니까 네가 동굴에 가고 예덴이 돌아와 여기서 자기 연줄들과 접촉하는 게 가장 효율적일 거야."

브리즈는 얼굴을 찌푸렸다.

"그런 것 같군."

"너무 신경 쓰지 말고." 켈시어가 일어나며 말했다. "난 와인을 턱없이 모자라게 마신 것 같아. 스푸크, 착한 아이답게 저장고로 달려 내려가서 또 한 병 가져다줄래?"

소년은 고개를 끄덕였고, 대화는 더 가벼운 주제들로 돌아왔다. 빈은 방 한쪽에 있는 석탄 난로의 온기를 느끼면서 의자에 자리를 잡았다. 걱정, 싸움, 계획을 하지 않아도 되는 평화를 그저 즐기는 이 순간이 만족스러웠다.

'린이 이런 걸 알 수만 있었다면.' 그녀는 느긋하게 귀걸이를 만지작거리며 생각했다. '그랬다면 그에게도 세상은 달랐을 거야. 우리 남매에게 다른 세상이 펼쳐졌을 거야.'

다음 날 햄과 빈은 루서델 주둔군을 방문하러 떠났다.

몇 달이나 귀족 여성을 연기한 후라서, 빈은 거리의 옷을 다시 입으면 이상하게 느껴질 거라고 생각했다. 그러나 전혀 그렇지 않았다. 맞다, 기분이 약간 다르기는 했다. 제대로 앉거나, 드레스가 더러운 벽이나 바닥에 쓸리지 않게 걸어야 한다고 걱정하지 않아도 되었다. 하지만 일상적인 옷은 여전히 자연스럽게 느껴졌다.

그녀는 소박한 갈색 바지에 느슨한 흰색 셔츠를 허리에 쑤셔 넣고, 그 위에 가죽 조끼를 겹쳐 입었다. 여전히 기르는 중인 머리는 모자 안으로 밀어 넣었다. 무심한 행인들은 그녀를 소년으로 생각할 것이다. 햄은 그것이 문제가 된다고 생각하는 것 같지 않았지만.

실제로 아무 문제도 되지 않았다. 빈은 사람들이 자기를 뜯어보고 평가하는 데 익숙해졌지만, 거리에서는 아무도 그녀에게 눈길조차 주지 않았다. 발을 끌며 걷는 스카 노동자들, 무관심한 지체 낮은 귀족들, 심지어 클럽스 같은 지위 높은 스카들까지, 그들 모두가 그녀를 무시했다.

'난 남에게 보이지 않는다는 게 어떤 것이었는지 거의 잊어버리고 있었구나.' 빈은 생각했다. 다행히도, 걸을 때 아래를 내려다보고, 사람들이 지나는 길에서 비켜나고, 자신에게 이목을 끌지 않도록 구부정하게 다니는 옛 태도가 쉽사리 되돌아왔다. '길거리 스카 빈'이 되는 것은 늘 흥얼거리던 오래되고 낯익은 멜로디를 기억해 내는 일만큼이나 간단했다.

'이건 정말 또 다른 변장일 뿐이구나.' 빈은 햄 옆에서 걸어가며

3장 피 흘리는 태양의 아이들

생각했다. '나의 화장은 주의 깊게 뺨에 문지른 가벼운 재 한 겹, 내 드레스는 한참 입은 오래된 옷처럼 보이려고 문질러진 바지 한 벌.'

그렇다면 진짜 그녀는 누구일까? 부랑아 빈? 숙녀 발레트? 둘 다 아닐까? 그녀의 친구 중 누구라도 진짜 그녀를 알까? 그녀는 진짜 자기 자신을 알까?

"아, 난 여기가 그리웠어." 햄이 그녀 곁에서 즐겁게 걸으면서 말했다. 햄은 언제나 행복해 보였다. 군대를 이끌던 때의 얘기를 들어도 그녀는 그가 불만을 품은 모습을 상상할 수 없었다.

"좀 이상하군." 그가 빈을 보면서 말했다. 그는 빈이 주의 깊게 만들어낸 의기소침한 분위기로 걷고 있지 않았다. 그는 다른 스카들 사이에서 자신이 튄다는 걸 신경 쓰는 것 같지도 않았다. "난 아마 이 장소가 그립지 않아야 할 거야. 무슨 뜻이냐면, 루서델은 '마지막 제국'에서 가장 더럽고 가장 붐비는 도시거든. 하지만 여기엔 또 뭔가가 있어……."

"당신 가족이 여기 사나요?" 빈이 물었다.

햄은 고개를 저었다.

"내 가족은 도시 바깥의 더 작은 도시에 살아. 아내는 거기서 재봉사 일을 해. 사람들에게는 내가 루서델 주둔군에 있다고 말하지."

"가족이 그립지 않아요?"

"물론 그립지." 햄이 말했다. "힘들긴 해. 난 한 번에 몇 달 정도밖에 가족과 함께 지내지 못해. 하지만 이런 게 나아. 내가 일을 하다 살해당하더라도 심문관들은 내 가족을 추적해내기 어려울 거야.

켈에게도 그들이 어느 도시에 사는지 말하지 않았거든."

"미니스트리가 그렇게까지 수고할 거라고 생각하나요?" 빈이 물었다. "그러니까, 당신은 이미 죽었을 거 아니에요."

"난 미스팅이야, 빈. 그건 내 후손들 전부 어느 정도 귀족의 피를 가진다는 뜻이야. 내 아이들은 알로맨서일지도 몰라. 그 애들의 아이들도 그렇고. 아니, 심문관은 미스팅 한 명을 죽일 때면 그 아이들까지 확실하게 말살시켜. 내 가족을 안전하게 지키는 길은 그들에게서 떨어져 있는 것뿐이야."

"그냥 당신 알로맨시를 안 쓸 수도 있잖아요." 빈이 말했다.

햄은 고개를 저었다.

"내가 그럴 수 있는지 잘 모르겠어."

"그 힘 때문에요?"

"아니, 돈 때문에." 햄은 솔직히 말했다. "써그 혹은 귀족들이 부르기 좋아하는 대로라면 '백랍팔(Pewterarms)'은 사람들이 가장 많이 찾는 미스팅이야. 유능한 써그는 보통 사람 여섯 명까지 상대할 수 있어. 그리고 짐을 더 잘 들고, 더 잘 견디며, 다른 어떤 근육질의 용병보다 빠르게 움직여. 패거리를 작게 유지해야 할 때는 그게 많은 의미를 지니지. 코인샷 두어 명을 써그 대여섯 명과 섞어봐. 그러면 너는 작고 기동성 좋은 군대를 갖게 되는 거야. 사람들은 그런 호위를 받기 위해서라면 많은 돈을 낼 거야."

빈은 고개를 끄덕였다.

"돈이 얼마나 유혹적인지 알아요."

"그건 유혹 이상이야, 빈. 내 가족은 빽빽한 공동주택에서 살 필요가 없고, 굶어 죽을 걱정을 하지 않아도 돼. 내 아내는 위장용으로만 일해. 그들은 스카로서는 좋은 삶을 누리고 있어. 일단 충분히 벌면 우리는 '중앙 지배지'에서 다른 데로 이사 갈 거야. '마지막 제국'에는 많은 사람들이 모르는 장소들이 있어. 돈이 충분한 사람이라면 귀족처럼 살 수 있는 곳들. 걱정 없이 그냥 살 수 있는 곳들."

"그거…… 매력적으로 들리네요."

햄은 고개를 끄덕이며 방향을 바꿔 주 성문으로 향하는 더 큰 주도로로 앞장서 갔다.

"사실 나는 켈을 통해 그런 꿈을 얻었어. 그건 그가 언제나 하고 싶다고 말하던 일이었어. 내가 켈보다 더 행운이 있기만 바랄 뿐이야……."

빈은 얼굴을 찌푸렸다.

"모두들 그가 부자였다고 말하던데, 그는 왜 떠나지 않은 거죠?"

"나도 몰라." 햄이 말했다. "언제나 다른 계획이 있었고, 그 계획 하나하나는 그전 것보다 더 컸어. 켈 같은 패거리 두목이라면 그 게임에 중독될 수도 있을 것 같아. 돈은 그에게 중요해 보이지도 않았어. 결국 그는 로드 룰러가 그 숨겨진 성소에 헤아릴 수 없는 비밀을 저장해두었다는 말을 들었지. 만약 그 계획 전에 그와 메어가 떠나버렸다면…… 음, 그러나 그들은 그러지 않았어. 난 잘 모르겠어. 아마 그들은 걱정거리가 없는 곳에서는 행복한 삶을 살지 못했을지도 몰라."

그 개념은 그에게 강한 흥미를 불러일으키는 것 같았다. 빈은 그의 마음속에서 다른 '질문'들이 생겨나는 것을 알 수 있었다.

'켈 같은 패거리 두목이라면, 그 게임에 중독될 수도 있을 것 같아……'

예전에 느꼈던 불안이 되돌아왔다. 켈시어 자신이 제국의 왕관을 거머쥔다면 어떻게 될까? 그는 아마 로드 룰러만큼 나쁘지는 않을 것이다. 하지만…… 그녀는 그 일기책을 점점 더 많이 읽고 있었다. 로드 룰러는 처음부터 폭군은 아니었다. 그는 한때 좋은 사람이었다. 삶이 잘못 꼬여버린 좋은 사람.

'켈시어는 달라. 그는 옳은 일을 할 거야.' 빈은 마음속으로 강하게 말했다.

그래도 그녀는 의구심이 들었다. 햄은 이해하지 못할지도 모르나, 빈은 그 유혹을 알 수 있었다. 귀족은 타락한 존재지만, 상류 사교계에는 중독적인 부분이 있었다. 빈은 그 아름다움에, 그 음악에, 그 춤에 사로잡혔다. 그녀가 받는 매혹은 켈시어의 것과 같지는 않았다. 그녀는 정치적 게임에도, 심지어 사기에도 켈시어만큼 관심이 없었다. 그러나 그녀는 왜 그가 루서델을 뒤에 남기고 떠나기 싫어하는지 이해할 수 있었다.

그 싫은 마음이 옛날의 켈시어를 파괴했다. 그러나 그 덕분에 더 나은 것이 생겨났다. 더 단호하고 덜 이기적인 켈시어. 그녀는 그러기를 바랐다.

'물론 전에 그가 세운 계획도 그가 사랑하는 여자를 희생으로 몰아넣었어. 그래서 그가 귀족을 그렇게 미워하는 걸까?'

"햄, 켈시어는 언제나 귀족을 미워했나요?" 그녀가 물었다.

햄은 고개를 끄덕였다.

"하지만 지금은 더하지."

"때때로 그를 보면 겁이 나요. 그는 귀족들이 누구건 간에 전부 죽이고 싶어 하는 것처럼 보여요."

"나도 그를 걱정하고 있어." 햄이 말했다. "이 '열한 번째 금속' 일…… 그건 마치 자기를 무슨 성인으로 만들고 있는 것 같아." 그는 잠시 말을 멈추고 그녀를 바라보았다. "너무 걱정하지 마라. 브리즈와 독스 그리고 나는 이미 여기에 대해서 이야기를 했어. 우리는 켈에 맞설 거야. 우리가 그를 좀 통제할 수 있는지 보자. 그의 뜻은 좋지만 때때로 그는 좀 너무 나가버리는 경향이 있어."

빈은 고개를 끄덕였다. 앞쪽은 성문을 지나가도 좋다는 허락을 얻기 위해 관례적으로 줄을 서 있는 사람들이 붐비고 있었다. 그녀와 햄은 그 침통한 무리들 옆을 조용히 걸어 지나쳤다. 부두로 보내지는 노동자들, 강이나 호수 근처에 있는 바깥 방앗간에서 일하기 위해 보내지는 사람들, 여행을 하려고 하는 소귀족들. 모두 도시를 떠날 만한 이유가 있을 것이다. 로드 룰러는 자기 왕국 안에서의 여행을 엄격하게 통제했다.

'가엾은 아이들.' 빈은 들통과 솔을 든 누더기 차림의 아이들 무리를 지나치면서 생각했다. 그들은 아마 벽을 기어 올라가 안개 때문에 자란 이끼를 난간에서 긁어내는 일을 할 것이다. 성문 근처에서는 공무원 한 명이 욕을 하며 어떤 남자를 줄에서 떠밀고 있었다. 그 스카 노동자는 거세게 쓰러졌지만, 결국 도로 일어나 발을 끌며 줄 끝에 가서 섰다. 도시 밖으로 나가지 못하면 그는 그날 일을 하지 못할 것 같았다. 그리고 일이 없으면 그의 가족에게 줄 식권 또

한 없을 것이다.

빈은 햄을 따라 문을 지나가 성벽과 나란히 난 거리를 내려갔다. 그 끝에는 커다란 건물 여러 채가 보였다. 빈은 한 번도 주둔군 사령부를 살펴본 적이 없었다. 패거리 사람들은 대부분 그곳에서 넉넉히 거리를 두곤 했다. 그러나 다가가면서 그녀는 그곳의 방어 태세에 깊은 인상을 받았다. 건물 전체를 둘러친 벽에는 커다란 대못들이 박혀 있었다. 그 안에 있는 건물들은 컸고 강화되어 있었다. 문에는 군인들이 서서 지나가는 사람들을 적대적으로 쳐다보고 있었다.

빈은 걸음을 멈추었다.

"햄, 우리 어떻게 이 안으로 들어갈 거예요?"

"걱정 마." 그가 그녀 옆에 멈춰 서며 말했다. "주둔군 사람들은 날 알아. 더구나 그들은 겉모습만큼 나쁘지 않아. 주둔군 사람들은 그냥 겁주는 얼굴을 하고 있을 뿐이야. 너도 생각할 수 있겠지만 그들은 썩 호감을 사지는 못해. 저 안의 군인들은 대부분 스카야. 더 나은 삶을 누리는 대신 로드 룰러에게 팔려간 사람들이지. 도시에서 스카 폭동이 일어날 때마다 지역 주둔군들은 불만분자들에게 심하게 얻어맞아. 그래서 방어 시설이 있는 거야."

"그러면…… 당신은 이 사람들을 알아요?"

햄은 고개를 끄덕였다.

"난 브리즈나 켈과는 달라, 빈. 난 얼굴 표정을 바꾸면서 가장을 하지는 못해. 난 그냥 나야. 이 군인들은 내가 미스팅이라는 걸 몰라. 하지만 내가 암흑가에서 일하는 건 알아. 난 이 작자들 중 많은 사람들과 오랫동안 알아왔어. 그들은 꾸준히 날 모병해 가려고 했어. 보통 나같이 이미 주류 사회 바깥에 있는 사람을 자기 군대에 합류시키면 운이 좋은 거거든."

"하지만 당신은 그들을 배신할 거잖아요." 빈이 햄을 길옆으로 끌어가면서 조용히 말했다.

"배신?" 그가 물었다. "아니, 그건 배신이 아니야. 저 사람들은 용병들이야, 빈. 그들은 싸우기 위해서 고용되었고, 폭동이나 반역도에 끼어 있다면 친구들, 심지어 친척들이라도 공격할 거야. 군인들은 이런 일을 이해하는 법을 배워. 우리는 친구들일지도 몰라. 하지만 싸우게 되면, 우리 중 아무도 상대를 죽이는 걸 주저하지 않을 거야."

빈은 천천히 고개를 끄덕였다. 그건…… 냉혹해 보였다.

'하지만 삶은 그런 거야. 냉혹해. 린이 가르쳐준 것 중에서 그 부분은 거짓이 아니었어.'

"가엾은 녀석들." 햄이 주둔군을 보며 말했다. "우리는 그들 같은 사람들을 이용할 수도 있었어. 동굴로 떠나기 전에 나는 내 말을 받아들일 것 같던 몇 명을 모병하는 데 성공했어. 나머지는…… 음, 그들은 자기 길을 골랐지. 나처럼 그들은 자기 아이들에게 더 좋은 삶을 주려고 하고 있을 뿐이야. 하지만 차이가 있다면, 그들은 그렇게 하기 위해 기꺼이 '그'를 위해 일한다는 거지."

햄은 다시 그녀를 보았다.

"좋아, 너는 백랍 태우기에 대한 조언을 받고 싶니?"

빈은 열렬히 고개를 끄덕였다.

"군인들은 보통 나와 대련을 해." 햄이 말했다. "넌 내가 싸우는 모습을 볼 수 있어. 내가 알로맨시를 사용하고 있을 때 봐야 하니까 청동을 태우렴. 네가 '백랍팔'에 대해 처음 배우게 될 제일 중요한 요소는 금속을 쓰는 타이밍이야. 내가 보기엔 젊은 알로맨서들은 언제나 백랍을 폭발시키는 경향이 있어. 더 강하면 더 좋을 줄 아는 거지. 그렇지만 적에게 타격을 줄 때 한방 한방 늘 세게 때리고 싶지는 않을 거야.

힘은 싸움에서 큰 부분이지만 유일한 부분은 아니야. 언제나 최대한 세게 타격을 가하려 한다면 너는 더 빨리 지치고 적에게 네 한계가 어디까지인지 정보를 주게 되겠지. 영리한 사람은 전투를 끝낼 때 가장 강하게 주먹을 날려. 자기 적이 제일 약해졌을 때 말이야. 그리고 전쟁처럼 전투가 확장된 형태에서는, 가장 오래 살아남는 군인이 가장 영리한 군인이야. 그 사람은 힘 조절을 할 수 있는 사람이겠지."

빈은 고개를 끄덕였다.

"하지만 알로맨시를 사용하고 있으면 더 천천히 지치지 않나요?"

"그래." 햄이 말했다. "사실 백랍만 충분하다면 몇 시간 동안은 거의 최고 효율로 싸울 수 있어. 하지만 백랍을 그렇게 오래 유지하려면 연습이 필요하고, 결국은 금속이 다 떨어지겠지. 그때 너는 엄청난 피로 때문에 죽을 수도 있어.

아무튼 내가 설명하려는 건, 백랍을 태우는 강도를 변화시키는 게 보통은 제일 좋다는 거야. 필요한 만큼보다 힘을 더 사용했다가는 균형이 무너질 수 있으니까. 또 나는 백랍에 너무 의지해서 훈련과 연습을 무시해버린 써그들도 봤어. 백랍은 육체적 능력을 강화시키긴 하지만 타고난 기술을 강하게 해주는 건 아니야. 네가 무기를 들 줄 모르거나, 싸우면서 재빨리 생각하는 훈련이 되어 있지 않으면 넌 아무리 강해도 질 거야.

난 주둔군에서는 아주 조심해야 해. 그들에게 내가 알로맨서라는 걸 알리고 싶지는 않거든. 그게 중요하게 작용하는 순간이 얼마나 많은지 알면 넌 놀랄걸. 내가 어떻게 백랍을 쓰는지 지켜봐. 나는 그냥 힘을 얻으려고 그걸 폭발시키지는 않을 거야. 비틀거리게 된다면 즉각적으로 균형 감각을 얻기 위해 백랍을 태우겠지. 일격을 피할 때, 몸을 숙여 좀 더 신속하게 피할 수 있게 백랍을 태울지도 몰라. 언제 힘을 주어야 할지만 알아도, 네가 부릴 수 있는 수십 가지의 작은 속임수들이 생겨."

빈은 고개를 끄덕였다.

"좋아." 햄이 말했다. "그럼 가자. 주둔군들에게는 네가 내 친척 딸이라고 말할 거야. 넌 나이치고는 충분히 어려 보이니까 그들은 두 번 생각하지도 않을걸. 우선 내가 싸우는 걸 지켜보고, 나중에 이야기하자."

빈은 다시 고개를 끄덕였고, 둘은 주둔군에 다가갔다. 햄은 경비병 한 명에게 손을 흔들며 인사했다.

"안녕, 비바이던. 난 오늘 비번이야. 서티스 있어?"

"여기 있어, 햄." 비바이던이 말했다. "하지만 오늘이 대련하기 좋은 날인지는 잘 모르겠는데……."

햄이 한쪽 눈썹을 치켜세웠다.

"응?"

비바이던은 다른 군인 한 명과 눈길을 교환했다.

"가서 대위 데려와." 그가 상대 군인에게 말했다.

조금 후에, 무척 바빠 보이는 군인 한 명이 옆 건물에서 다가오더니 햄을 보자마자 손을 흔들었다. 그의 제복에는 색 줄무늬가 몇 개 더 달려 있었고, 어깨에도 금색 금속 조각이 몇 개 더 달려 있었다.

"햄."

새로 온 사람이 정문으로 걸어 나오며 말했다.

"서티스." 햄이 미소를 지으며 그 남자와 손을 움켜쥐었다. "이제 대위군, 응?"

"지난달에 그렇게 됐어." 서티스가 고개를 끄덕이며 말했다. 그러다 그는 잠시 멈추었고, 빈을 바라보았다.

"내 조카딸이야. 좋은 애지." 햄이 말했다.

서티스가 고개를 끄덕였다.

"우리끼리 잠시 이야기할 수 있을까, 햄?"

햄은 어깨를 으쓱하고는 건물 정문 옆의 좀 더 한적한 장소로 끌려갔다. 빈은 알로맨시로 그들이 무슨 말을 하고 있는지 들을 수 있었다.

'나, 주석 없을 땐 어떻게 살았을까?'

"이봐, 햄." 서티스가 말했다. "자네 당분간 대련하러 올 수 없을 거야. 주둔군이…… 바빠질 거야."

"바빠져?" 햄이 물었다. "왜?"

"이유는 말할 수 없어." 서티스가 말했다. "하지만…… 음, 우린 자네 같은 군인이라면 정말 지금 당장에라도 쓸 수 있어."

"싸움이야?"

"응."

"전 주둔군이 주의를 기울이고 있다면 뭔가 심각한 거겠구먼."

서티스는 잠시 조용해졌다가 어조를 낮춰 다시 말했다. 소리가 너무 작아서 빈은 그의 말을 듣기 위해 긴장해야 했다.

"반역이야." 서티스가 속삭였다. "바로 여기 '중앙 지배지'에서. 우리도 방금 통지를 받았어. 스카 반역도의 군대가 나타나서 북쪽의 홀스텝 주둔군을 공격했어."

빈은 갑자기 등골이 써늘해졌다.

"뭐라고?" 햄이 말했다.

"놈들은 그 위쪽에 있는 동굴에서 온 게 틀림없어." 군인이 말했다. "마지막 소식은 홀스텝 방어 시설은 버텨내고 있다는 거였어. 하지만 햄, 그들은 겨우 천 명이야. 증원군을 필사적으로 기다리겠지만, 콜로스는 절대로 제때 닿지 못할 거야. 발트루 주둔군은 5천 명의 군인을 보냈어. 하지만 우린 그 일을 그들에게만 맡기지는 않을 거야. 이건 아주 큰 규모의 반란군인 것 같아. 로드 룰러께서 우리에게 가서 도우라고 허락하셨어."

햄이 고개를 끄덕였다.

"그래서…… 어쩔래?" 서티스가 물었다. "진짜 싸움이야, 햄. 진짜 전투는 돈이 되지. 자네 같은 기술을 가진 사람이라면 정말로 쓸 수 있어. 자네를 당장 장교로 만들고, 자네 분대를 따로 주겠어."

"나…… 난 생각 좀 해봐야겠어." 햄이 말했다. 그는 자신의 감정을 숨기는 데 서툴렀기에, 그가 놀라는 모습이 빈에게는 어색하게 보였다. 그러나 서티스는 알아채지 못한 것 같았다.

"오래 걸리지 마." 서티스가 말했다. "우린 두 시간 후에 진군할 계획이야."

"할게." 햄은 얼떨떨한 소리로 말했다. "내 조카딸을 데려다주고 뭐 좀 챙겨 올게. 자네들 떠나기 전에는 돌아올 거야."

"좋아." 서티스가 말했다. 그가 햄의 어깨를 철썩 치는 모습이 보였다.

'우리 군대가 드러났어.' 빈은 공포에 휩싸여 생각했다. '그들은 준비가 되지 않았는데! 그들은 주둔군과 곧장 대면하는 게 아니라 루서델을 조용하고 신속하게 점령하도록 되어 있었어.

그 사람들은 학살당할 거야! 무슨 일이 일어난 거지?'

25

다른 방법이 있을 때라면, 아무도 내 손이나 명령으로 인해 죽지 않는다. 그렇지만 나는 그들을 죽인다. 때때로 나는 내가 이런 저주받은 현실주의자가 아니었으면 하고 바란다.

켈시어는 꾸러미 안에 물병을 또 하나 던져 넣었다.

"브리즈, 우리가 모병했던 은신처 목록을 모두 만들어. 가서 미니스트리가 곧 그들의 위치를 누설할 수 있는 죄수들을 잡을지도 모른다고 경고해."

브리즈는 이번만은 재치 있는 말을 하려는 욕심을 억누르고 고개를 끄덕였다. 그의 뒤에서는 도제들이 재빨리 클럽스의 가게 안을 돌아다니며 켈시어가 명령한 보급품들을 모으면서 준비를 하고 있었다.

"독스, 놈들이 예덴을 붙잡지 않는 한 이 가게는 안전할 거야. 클럽스의 틴아이 세 명 전부 계속 경비를 서도록 해. 문제가 있으면 빗장 은신처로 가."

독슨은 알았다고 고개를 끄덕이며 서둘러 도제들에게 명령을 내렸다. 한 명은 르노에게 경고할 소식을 갖고 이미 떠났다. 켈시어는 저택은 안전할 거라고 생각했다. 펠리스에서는 바지선 한 무리만 떠났는데, 거기에 탄 사람들은 르노가 계획에 끼어 있다고 생각하지 못했다. 르노는 꼭 그래야 할 필요가 없는 이상은 빠져나가지 않을 것이다. 르노가 사라지면 르노 자신과 발레트 둘 다 주의 깊게 준비한 배역에서 퇴장해야만 한다.

켈시어는 한 줌의 비상식량을 꾸러미에 채워 넣은 다음 등에 둘러멨다.

"나는 어쩌지, 켈?" 햄이 물었다.

"넌 약속한 대로 주둔군으로 돌아가. 그건 영리한 생각이었어. 우리는 거기 있을 정보원이 필요해."

햄은 불안한 듯이 얼굴을 찌푸렸다.

"지금 네 기분을 생각해줄 시간이 없어, 햄." 켈시어가 말했다.

"사기 칠 필요는 없어. 그냥 하던 대로 하면서 듣기만 하면 돼."

"주둔군과 함께 가게 되면 그들에게 등을 돌리지는 않을 거야. 정보는 듣겠어. 하지만 내가 자기들 동맹이라고 생각하는 사람들을 공격하지는 않을 거야." 그가 말했다.

"좋아." 켈시어가 짧게 말했다. "하지만 네가 우리 쪽 군인도 죽이지 않을 방법을 찾아냈으면 하고 진심으로 바라. 세이즈드!"

"예, 마스터 켈시어?"

"얼마나 많은 속도를 저장할 수 있나?"

세이즈드는 서둘러 주위를 돌아다니는 수많은 사람들을 보며 살짝 얼굴을 붉혔다.

"아마 두세 시간 치요. 속도는 모으기 매우 어려운 속성입니다."

"충분히 긴 시간은 아니군." 켈시어가 말했다. "난 혼자 가겠어. 내가 돌아올 때까지 독스가 지휘를 맡아."

켈시어는 빙글 돌아서다가 멈추었다. 빈은 주둔군에 갔을 때 입었던 것과 똑같은 바지와 셔츠를 입고 모자를 쓴 채 그의 뒤에 서 있었다. 그녀는 그의 꾸러미와 비슷한 꾸러미를 어깨에 둘러메고 결연히 그를 쳐다보았다.

"힘든 여행이 될 거야, 빈." 그가 말했다. "넌 전에 이런 여행을 한 번도 해본 적이 없잖아."

"괜찮아요."

켈시어는 고개를 끄덕였다. 그는 테이블 밑에서 자기 트렁크를 끌어낸 다음 열어서 주머니를 꺼냈다. 그리고 빈에게 작은 백랍 방울을 부어주었다. 그녀는 말없이 그것을 받았다.

"이 구슬 다섯 개를 삼켜."

"다섯 개요?"

"일단은." 켈시어가 말했다. "더 먹어야 할 필요가 생기면 달리다가 멈출 수 있게 나한테 소리쳐."

"달린다고요?" 소녀가 물었다. "운하 보트를 타고 가는 거 아니에요?"

켈시어가 얼굴을 찌푸렸다.

"우리에게 왜 보트가 필요하겠니?"

빈은 주머니를 내려다본 다음 물이 든 컵을 움켜쥐고 구슬들을 삼키기 시작했다.

"꾸러미 속에 물을 충분히 넣었는지 확인해." 켈시어가 말했다. "가져갈 수 있는 한 많이 가져가렴." 그는 그녀에게서 떨어져선 독슨에게로 걸어가 그의 어깨에 한 손을 얹었다. "해가 질 때까지 세 시간 정도 남았어. 속력을 낸다면 내일 정오까지는 도착할 수 있을 거야."

독슨이 고개를 끄덕였다.

"그 정도면 충분할 거야."

'아마 그럴 거야.' 켈시어는 생각했다. '발트루 주둔군은 홀스텝에서 겨우 사흘 진군 거리에 있어. 밤새 말을 타도 전령은 이틀 안에 루서델까지 올 수 없어. 내가 군대에 도착할 때쯤에는…….'

독슨은 켈시어의 눈에 어린 불안을 읽은 것이 분명했다.

"어느 쪽이든, 그 군대는 지금 우리한테 소용없어." 그가 말했다.

"나도 알아." 켈시어가 말했다. "이건 그 사람들의 생명을 구하려는 일일 뿐이야. 될 수 있는 한 빨리 소식 전할게."

독슨은 고개를 끄덕였다.

켈시어는 돌아서며 백랍을 폭발시켰다. 그의 꾸러미가 갑자기 텅 빈 것처럼 가볍게 느껴졌다.

"백랍을 태우렴, 빈. 우린 떠날 거다."

그녀는 고개를 끄덕였다. 켈시어는 그녀에게서 알로맨시 맥박이 나오는 것을 느꼈다.

"폭발시켜." 그는 트렁크에서 미스트클록 두 개를 꺼내 그녀에게 하나 던져 주며 명령했다. 그는 다른 하나를 입은 다음 앞으로 걸어나가 부엌으로 향하는 뒷문을 휙 열었다. 붉은 태양이 머리 위에서 밝게 비쳤다. 미친 듯이 서두르던 패거리 일원들이 잠시 멈추고 돌아서서 켈시어와 빈이 건물에서 떠나는 모습을 지켜보았다.

소녀는 서둘러 앞으로 걸어와선 켈시어의 옆에서 보조를 맞췄다.

"햄은 내가 필요할 때만 백랍을 사용하는 법을 배워야 한다고 했어요. 그의 말로는 교묘하게 쓰는 게 더 낫대요."

켈시어는 얼굴을 돌려 소녀를 마주 보았다.

"지금은 교묘하게 쓸 때가 아니야. 나한테 가까이 따라붙으려고 노력하고, 달릴 때 절대로 백랍이 떨어지지 않게 해라."

빈은 고개를 끄덕였는데 갑자기 약간 불안해하는 것처럼 보였다.

"좋아." 켈시어가 숨을 깊이 들이쉬며 말했다. "가자."

켈시어는 초인적인 속도로 골목길을 달려 내려갔다. 빈은 껑충 뛰어 움직이기 시작했고, 그를 따라 골목길을 벗어나 거리로 나왔다. 백랍은 그녀 안에서 맹렬하게 불타고 있었다. 이렇게 폭발시키다간 겨우 한 시간 만에 구슬 다섯 개를 다 써버릴 것 같았다.

거리는 스카 노동자와 귀족 마차로 붐볐다. 켈시어는 터무니없는 속도를 유지한 채로 교통 따위는 무시한 채 거리 한가운데로 뛰어들었다. 빈은 자기가 무슨 일에 빠져든 건지 점점 더 걱정이 되는 가운데 그를 따라갔다.

'켈시어 혼자 가게 할 수는 없어.' 그녀는 생각했다. 물론 지난번에 자기를 억지로 데려가게 했을 때는 반쯤 죽은 채로 병상에 한 달 동안 누워 있는 꼴이 되고 말았지만.

켈시어는 마차들 사이를 누비고 행인들을 스치며 거리가 온전히 자기 것인 양 달려 내려갔다. 빈은 최대한 그를 따라갔다. 발밑의 땅이 흐릿했고, 사람들은 너무 빨리 지나가버려 얼굴이 보이지도 않았다. 어떤 사람들은 그녀를 보고 소리쳤다. 화가 난 목소리였다. 그러나 그런 목소리 두어 개는 이내 끊겨버렸고, 곧 조용해졌다.

'클록 때문이야.' 빈은 생각했다. '그래서 이걸 입는구나. 그래서 언제나 우리가 이걸 입는 거야. 미스트클록을 보는 귀족들은 우리가 지나는 길에서 비켜야 한다는 걸 아는 거야.'

켈시어는 방향을 바꿔 곧장 도시 북문 쪽으로 달려갔다. 빈은 따라갔다. 켈시어는 문으로 다가가면서도 속도를 줄이지 않았다. 줄 선 사람들이 그를 손으로 가리키기 시작했다. 검문소 경비병들이 놀란 얼굴로 돌아보았다.

켈시어는 뛰어올랐다.

켈시어가 머리 위로 지나가는 바람에 갑옷을 입은 경비병 한 명이 켈시어의 알로맨시 무게에 부딪혀 소리를 지르며 땅에 쓰러졌다. 빈은 숨을 들이쉬고, 동전을 떨어뜨려 몸에 약간의 부양력을 준 다음 뛰어올랐다. 그녀는 쉽게 두 번째 경비병을 제쳤다. 동료가 땅 위에서 꿈틀대고 있자 경비병은 놀라서 위쪽을 쳐다보았다.

빈은 그 군인의 갑옷을 '밀어' 공중으로 몸을 더 높이 던졌다. 그 남자는 비틀거리긴 했지만 버티고 서 있었다. 빈은 켈시어와는 비교도 되지 않게 가벼웠기 때문이다.

그녀는 벽 위에 있던 군인들이 놀라 소리를 지르는 걸 들으며 벽을 쏜살같이 넘었다. 그녀는 아무도 자기를 알아보지 못했기만을 바랐다. 누가 알아보았을 것 같지는 않았다. 공중으로 날아오르느라 모자가 날아가버렸지만 궁중 숙녀 발레트에 익숙한 사람들은 절대 그녀를 더러운 바지를 입은 미스트본과 연결 짓지 못할 것이다.

빈의 클록은 지나가는 공기 속에서 화난 듯이 펄럭거렸다. 켈시어는 그녀 앞에서 공중에 호를 그리기를 끝낸 후 내려가기 시작했고, 빈은 곧 뒤를 따랐다. 햇빛 속에서 알로맨시를 쓰는 건 매우 낯설었다. 부자연스럽기까지 했다. 빈은 떨어지면서 실수로 아래를 내려다보았다. 편안하게 소용돌이치는 안개 대신 멀리 아래에 있는 땅이 보였다.

'너무 높아!' 빈은 공포심에 사로잡혀 생각했다. 다행히 그녀는 완전히 방향감각을 잃지는 않았고, 켈시어가 착륙할 때 쓴 동전을 '밀' 수 있었다. 그녀는 하강 속도를 감당할 수 있는 수준으로 늦추어 잿빛 땅에 쿵 하고 떨어졌다.

켈시어는 즉각 고속도로로 달려갔다. 빈은 상인과 여행자들을 무시하고 그를 따라갔다. 이제 도시 밖에 나왔기 때문에 그녀는 켈시어가 속력을 늦출 거라고 생각했다. 그는 그렇게 하지 않았다. 오히려 속력을 높였다.

갑자기 그녀는 깨달았다. 켈시어는 동굴까지 걸어갈 생각도, 심지어 가볍게 달려갈 생각도 아니었다.

그곳까지 내내 전력 질주하려고 하고 있었다.

운하로는 2주가 걸리는 여행이었다. 그들에게는 얼마나 걸릴까? 그들은 빠르게, 무시무시한 속도로 움직이고 있었다. 전속력으로 달리는 말보다는 확실히 느리겠지만, 말은 절대로 그 속도를 오래 유지할 수 없다.

빈은 달리면서 피로를 느끼지 않았다. 그녀는 백랍에 의지했고, 약간의 긴장감만이 몸에 전해질 뿐이었다. 몸 아래에서 땅을 차는 자신의 발걸음도 거의 느껴지지 않았다. 그녀는 상당한 시간 동안 그 속도를 유지할 수 있겠다고 생각했다.

그녀는 켈시어에게 따라붙어 그와 보조를 맞추었다.

"제가 생각했던 것보다 더 쉬운데요."

"백랍이 네 균형 감각을 강화시켜준 거야." 켈시어가 말했다. "그렇지 않았다면 넌 당장 발이 걸려 넘어지고 있을걸."

"우리가 뭘 발견하게 될까요? 내 말은, 동굴에서요."

켈시어는 고개를 저었다.

"말해봐야 소용없지. 힘을 아껴둬."

"하지만 난 전혀 피곤하지 않아요!"

"열여섯 시간 후에 네가 뭐라고 하나 보자." 고속도로에서 벗어나자 켈시어는 훨씬 더 속력을 내 루스-대븐 운하 옆의 넓은 배 끄는 길 위로 달려갔다.

'열여섯 시간!'

빈은 켈시어 뒤로 약간 처져서 달릴 공간을 확보했다. 켈시어는 속력을 더 내어 미친 듯한 속도로 달렸다. 그가 옳았다. 다른 상황이었다면, 그녀는 고르지 못한 땅 위에서 금방 발을 헛디뎠을 것이다. 그러나 백랍과 주석이 이끌어준 덕분에 그녀는 간신히 선 자세로 버틸 수 있었다. 그것도 저녁이 어두워지고 안개가 나오면서 점점 더 주의해야 하는 일이 되었다.

때때로 켈시어는 동전을 던지고 언덕 꼭대기에서 다른 꼭대기로 몸을 던졌다. 그러나 그는 거의 대부분 운하 옆에 붙어 고른 속도로 달렸다. 몇 시간이 지나자 빈은 켈시어가 예언했던 피로를 느끼기 시작했다. 그녀는 속력을 유지하고는 있었지만, 그 아래 숨어 있는 것을 느낄 수 있었다. 몸 내부에서의 저항, 멈춰서 쉬고 싶은 열망. 백랍의 힘을 쓰는데도 몸에서 힘이 떨어져가고 있었다.

그녀는 백랍이 바닥나지 않게 조심했다. 백랍의 힘이 사라져버리면 피로가 너무 강력하게 엄습해서 다시 길을 떠날 수 없게 될까 봐 두려웠다. 그다지 목이 마르지 않았는데도, 켈시어는 그녀에게 어마어마한 양의 물을 마시라고 명령해두었다.

밤은 어둡고 고요해져서 어떤 여행자도 감히 안개 속에 나서지 않았다. 그들은 밤에 묶여 있는 운하 보트와 바지선들, 이따금씩 나오는 운하 일꾼들의 야영지를 지나갔다. 그들은 길 위에서 안개

유령을 두 번 보았다. 첫 번째 것 때문에 빈은 끔찍하게 놀랐다. 켈시어는 사람과 동물의 찌꺼기들이 소화돼 그 뼈가 골격을 이루고 있는 안개유령의 무섭고 반투명한 형상을 완전히 무시하고 지나쳤다.

그는 여전히 달리고 있었다. 시간이 흐려졌고, 달리기가 빈의 존재와 행동을 전부 지배하게 되었다. 움직이는 데 너무 주의를 기울이다 보니 그녀는 앞쪽의 안개 속에서 달리는 켈시어에게 겨우 초점을 맞출 수 있었다. 그녀의 몸은 아직 강했지만, 동시에 끔찍하게 탈진한 상태로 느껴졌다. 발걸음은 전부 빨랐지만, 내딛기 싫은 일이 되었다. 그녀는 쉬고 싶어 죽을 지경이었다.

켈시어는 그녀에게 휴식 시간을 주지 않았다. 그는 믿을 수 없는 속도를 유지한 채 계속해서 달리면서 그녀 또한 계속 달리게끔 만들었다. 빈의 세계에서는 시간이 느껴지지 않았고, 고통이 덮쳐오며 그녀의 기력이 빠르게 없어지기 시작했다. 그들은 때때로 속도를 늦춰서 물을 마시거나 백랍 구슬을 더 삼켰다. 그러나 그녀는 결코 달리기를 멈추지 않았다. 마치…… 마치 멈출 수 없는 것 같았다. 빈은 탈진 상태로 정신이 압도되는 것을 느꼈다. 폭발하는 백랍밖에 느껴지지 않았다. 그것을 빼면 그녀는 아무것도 아니었다.

그녀는 빛 때문에 놀랐다. 해가 뜨면서 안개가 사라지기 시작했다. 그러나 켈시어는 날이 밝았다고 해서 멈추지 않았다. 어떻게 그럴 수 있겠는가? 그들은 달려야 했다. 그들은 그냥…… 달려야…… 했다…….

'난 죽을 거야.'

그 생각이 처음 빈에게 떠오른 것은 아니었다. 달리면서 사실 그 생각은 계속 마음속을 맴돌고 있었다. 썩은 시체를 먹는 새처럼 그녀의 두뇌를 쿡쿡 쪼아대고 있었다. 그녀는 계속 움직였다. 달렸다.

'난 달리는 게 싫어. 그래서 언제나 시골이 아닌 도시에서 살았어. 그러면 달릴 필요가 없으니까.' 그녀는 생각했다.

그녀 안의 어느 부분이 그 생각은 전혀 이치에 맞지 않는다는 것을 깨달았다. 그러나 지금 그녀의 상태는 명석함과는 거리가 멀었다.

'켈시어도 미워. 그는 계속 가기만 해. 해가 뜬 지 얼마나 오래됐지? 몇 분? 몇 시간? 몇 주? 몇 년? 정말이지 내 생각엔……'

켈시어가 그녀 앞에서 속도를 늦춰 멈추었다.

빈은 얼떨떨해져서 그와 부딪칠 뻔했다. 그녀는 비틀거리며 서툰 발걸음으로 속도를 늦췄다. 마치 달리기 외에는 모든 것을 잊어버린 듯이. 그녀는 멈추었고, 그다음 말문이 막힌 채로 자기 발을 내려다보았다.

'이건 잘못됐어. 난 그냥 여기 서 있으면 안 돼. 난 움직이고 있어야 해.' 그녀는 생각했다.

그녀는 자기가 다시 움직이기 시작하는 것을 느꼈지만, 켈시어가 그녀를 붙잡았다. 그녀는 그의 손아귀 속에서 몸부림치며 약하게 저항했다.

'쉬어.' 그녀 안에서 뭔가가 말했다. '긴장을 풀어. 넌 그게 뭔지 잊어버렸어. 하지만 그건 참 좋은 거야……'

"빈! 백랍을 끄지 마. 그걸 계속 태우지 않으면 넌 의식을 잃을 거야." 켈시어가 말했다.

빈은 방향감각을 잃고 고개를 흔들며 그의 말을 이해하려고 애썼다.

"주석! 주석을 폭발시켜, 당장!" 그가 말했다.

그녀는 그렇게 했다. 거의 잊어버리고 있던 두통으로 머리가 갑자기 불타오르는 것 같았고, 햇빛에 눈이 멀어버릴 것 같아서 그녀는 눈을 감아야 했다. 다리는 아팠고 발은 더 심했다. 그러나 갑작스럽게 감각이 깨어나면서 제정신이 들었다. 그녀는 눈을 깜박이며 켈시어를 쳐다보았다.

"좀 나아?" 그가 물었다.

그녀는 고개를 끄덕였다.

"넌 지금까지 네 몸에 믿을 수 없을 정도로 심한 짓을 했어." 켈시어가 말했다. "몇 시간 전에 그만뒀어야 했어. 하지만 넌 백랍으로 계속 버텼어. 넌 회복될 거야. 심지어 더 나아질 거야. 네 한계를 이렇게 밀어붙였기 때문에 더 좋아질 거야. 하지만 지금 당장은 백랍을 계속 태우면서 깨어 있어야 해. 잠은 나중에 잘 수 있어."

빈은 고개를 다시 끄덕였다.

"왜……." 그녀는 쉰 목소리로 말했다. "우리, 왜 멈췄어요?"

"들어봐."

빈은 귀를 기울였다. 목소리들이…… 들렸다. 고함을 치고 있었다.

그녀는 켈시어를 쳐다보았다.

"전투인가요?"

켈시어는 고개를 끄덕였다.

"홀스텝 시는 한 시간 정도 더 북쪽에 있어. 하지만 우리가 향하던 목적지는 찾은 것 같아. 가자."

그는 그녀를 놓아주고는 동전을 하나 떨어뜨리고 운하를 뛰어넘었다. 빈은 가까이 있는 언덕을 달려 올라가는 그를 뒤따라갔다. 켈시어는 언덕 꼭대기에 올라가서 맞은편을 건너다보았다. 그런 다음 그는 일어서서 동쪽의 뭔가를 뚫어지게 바라보았다. 언덕에 오르자 빈도 그 전투—전투라기엔 초라했지만—를 쉽게 볼 수 있었다. 멀리서, 바람의 움직임이 코에 냄새를 실어다 주었다.

피. 맞은편 계곡에는 시체들이 흩뿌려져 있었다. 사람들은 여전히 계곡 먼 곳에서 싸우고 있었다. 서로 맞지도 않는 옷을 입고 엉망진창이 된 작은 무리가 훨씬 더 큰 규모의, 제복을 입은 군대에 둘러싸여 있었다.

"우리가 너무 늦었어." 켈시어가 말했다. "우리 군대는 홀스텝 주둔군을 없애버린 다음 동굴로 되돌아오려고 한 게 틀림없어. 하지만 발트루 시가 겨우 며칠 거리에 떨어져 있었고, 그곳의 주둔군은 5천 명이었어. 우리가 오기 전에 그 군인들이 여기 온 거야."

빛이 밝은데도 주석을 사용하며 눈을 가늘게 뜨고 보자, 빈은 그의 말이 맞는다는 걸 알 수 있었다. 더 큰 군대는 제국의 제복을 입고 있었고, 시체의 줄을 보고 판단하건대 그 군대가 스카 군대가 지나갈 때를 노려 기습을 한 듯싶었다. 스카 군대에는 승산이 없었다. 그녀가 지켜보는 동안 스카들은 손을 들기 시작했다. 그러나 군인들은 신경 쓰지 않고 그들을 계속 죽였다. 남은 농부들 가운데 어떤 사람들은 필사적으로 싸웠지만, 그들도 금방 쓰러지고 있었다.

"이건 학살이야." 켈시어가 분노해서 말했다. "발트루 주둔군은 무리 전체를 말살시키라는 명령을 받은 게 틀림없어." 그는 앞으로 걸어 나갔다.

"켈시어!" 빈이 그의 팔을 잡으며 말했다. "뭐 하려는 거예요?"

그는 그녀를 돌아보았다.

"저 아래 아직 사람들이 있어. 내 사람들이야."

"뭘 어쩌려고요? 군대 전체를 혼자 공격할 거예요? 무슨 목적으로? 당신 반역도들에겐 알로맨시가 없어요. 그들은 빠르게 달아나 도망칠 수 없어요. 당신은 전군을 막을 수 없고요, 켈시어."

그는 몸을 흔들어 그녀의 손에서 벗어났다. 그녀는 계속 잡고 있을 힘이 없었다. 그녀는 비틀거리다가, 재를 한 움큼 피워 올리며 검고 거친 흙 속으로 쓰러졌다. 켈시어는 전장을 향해 언덕을 몰래 내려가기 시작했다.

빈은 한쪽 무릎으로 일어났다.

"켈시어." 피로 때문에 조용히 흔들리는 몸으로 그녀가 말했다. "우리는 무적이 아니에요. 기억해요?"

그는 멈추었다.

"당신은 무적이 아니에요." 그녀가 속삭였다. "당신이 그들 모두를 막을 수는 없어요. 당신은 그 사람들을 구할 수가 없어요."

켈시어는 두 주먹을 불끈 쥔 채 조용히 서 있었다. 그다음, 천천히, 그는 고개를 숙였다. 반역도들은 많이 남지 않았지만, 멀리서 대학살은 계속되었다.

"동굴이 있잖아요." 빈이 속삭였다. "우리 군대는 뒤에 사람들을 남겼을 거예요, 맞죠? 그들은 왜 군대가 스스로를 노출시켰는지 우리에게 말해줄 수 있을 거예요. 당신은 뒤에 남아 있는 사람들을 구할 수 있을 거고요. 로드 룰러의 부하들은 분명히 군대 본부를 수색할 테니까요. 이미 수색하고 있지 않다면요."

켈시어가 고개를 끄덕였다.

"좋아, 가자."

켈시어는 동굴 속으로 떨어져 내려갔다. 멀리 위에서 아래로 약간 비쳐드는 햇빛만 존재하는 깊은 어둠 속에서 뭔가를 보려면 주석을 폭발시켜야 했다. 빈이 위에서 떨어지며 균열에 긁히는 소리가 그의 강화된 귀에 천둥소리처럼 들렸다. 동굴 속에는…… 아무것도 없었다. 아무 소리도, 아무 빛도.

'그럼 빈이 틀렸구나. 아무도 뒤에 남아 있지 않아.' 켈시어가 생각했다.

켈시어는 천천히 숨을 내쉬며 좌절과 분노를 내보낼 수단을 찾으려고 했다. 그는 전장에 있던 사람들을 포기했다. 그는 그 순간 이성이 하는 말을 무시하며 고개를 흔들었다. 그의 분노는 아직도 너무나 생생했다.

빈은 그의 옆쪽으로 떨어졌다. 한계까지 무리한 그의 눈에 그녀의 모습은 그림자에 지나지 않았다.

"비었어." 그가 선언했다. 그의 목소리는 동굴 속에서 공허하게 울렸다. "네가 틀렸어."

"아뇨, 저기요." 빈이 속삭였다.

갑자기 그녀는 자리를 떠나, 고양이같이 유연하게 마루를 재빨리 가로질렀다. 켈시어는 그녀를 어둠 속에서 부르다가 이를 갈며, 어느 통로를 내려가는 그녀의 소리를 듣고 따라갔다.

"빈, 여기로 돌아와! 거기는 아무것도 없……."

켈시어는 멈추었다. 그는 앞쪽 복도에서 불이 깜박이는 것을 간신히 알아볼 수 있었다.

'젠장할! 빈은 어떻게 이렇게 먼 데서 저걸 봤지?'

그는 여전히 앞에 있는 빈의 소리를 들을 수 있었다. 켈시어는 더 조심스럽게 길을 나아가며 금속 저장량을 점검했다. 미니스트리 편에서 남겨놓았을 덫이 걱정되었기 때문이다. 그가 불빛에 더 가까이 다가가자, 한 목소리가 앞에서 소리쳤다.

"거기 누구냐? 암호를 대라!"

켈시어는 계속 걸어갔다. 불이 밝아지면서, 앞쪽 복도에서 역광을 받으며 창을 들고 있는 사람이 보였다. 빈은 어둠 속에서 웅크리고 기다렸다. 켈시어가 지나가자 그녀가 묻는 듯이 쳐다보았다. 그녀는 그 순간에는 '백랍 끌어내기*'를 멈춘 상태를 극복한 것처럼 보였다. 그러나 마침내 그들이 멈춰서 쉬게 되자, 그녀는 그 피로를 느꼈다.

---

* 백랍 끌어내기(PEWTER-DRAG): 백랍의 힘을 이용해 전력 질주하는 말의 속도를 내는 것. 그러나 그 후 회복하기 위해서는 긴 휴식과 많은 음식이 필요하다.

"당신들 소리가 들린다!" 경비병이 초조한 듯이 말했다. 그의 목소리는 약간 낯익은 것 같았다. "정체를 대라."

'드무 대령이군.' 켈시어는 깨달았다. '우리 군인이야. 덫이 아니야.'

"암호를 말해라!" 드무가 명령했다.

"난 암호가 필요 없다." 켈시어가 빛 속으로 걸어 들어가며 말했다.

드무는 창을 내렸다.

"로드 켈시어? 당신이 오셨군요…… 그건 군대가 성공했다는 뜻입니까?"

켈시어는 그 질문을 무시했다.

"왜 저 뒤에서 입구를 지키고 있지 않는 건가?"

"우리는…… 안쪽 동굴계로 후퇴하는 편이 더 방어하기 쉽겠다고 생각했습니다, 마이 로드. 우린 많이 남지 않았습니다."

켈시어는 복도 통로 쪽을 뒤돌아보았다.

'로드 룰러의 부하들이 술술 털어놓을 포로를 발견할 때까지 얼마나 오래 걸릴까? 결국 빈이 옳았어. 우린 이 사람들을 안전한 곳으로 데려가야 해.'

빈은 일어서서 다가가 그 젊은 군인을 고요한 눈으로 살펴보았다.

"여기에 몇 명이나 있나요?"

"2천 명 정도입니다." 드무가 말했다. "우리는…… 틀렸습니다, 마이 로드. 죄송합니다."

켈시어가 그를 돌아보았다.

"틀렸다고?"

"우리는 예덴 장군이 경솔하게 행동하고 있다고 생각했습니다."
드무는 수치심으로 얼굴을 붉히며 말했다. "우리는 뒤에 남았습니다. 우리는…… 우리가 예덴 장군보다 당신에게 충성을 다하고 있다고 생각했습니다. 그러나 우리도 나머지 군대와 함께 갔어야 했습니다."

"군대는 죽었다." 켈시어가 간결하게 말했다. "자네 부하들을 모아, 드무. 우리는 지금 떠나야 한다."

그날 밤 켈시어는 나무둥치에 앉아 주위에 안개를 둘러친 채 마침내 그날의 사건들을 억지로 대면했다.

그는 몸 앞에 손을 맞잡은 채로 앉아 군대 병사들이 잠드는 희미한 소리에 마지막까지 귀를 기울이고 있었다. 다행히 누군가가 군대에 신속하게 출발할 채비를 갖추게 할 생각을 했다. 사람들마다 침낭과 무기, 2주 치의 충분한 음식이 있었다. 켈시어는 누가 그런 선견지명이 있었는지 발견하는 즉시 고속으로 승진시켜줄 생각이었다.

지휘할 만한 사람이 더 이상 많지 않아서가 아니었다. 남은 2천명 중에는 전성기를 넘겼거나 전성기가 아직 오지도 않은 군인들이 우울할 정도로 많았다. 예덴의 계획이 제정신이 아니라는 걸 알정도로 현명하거나, 겁을 먹을 정도로 젊은 사람들.

켈시어는 고개를 흔들었다.

'너무 많이 죽었어.'

그들은 이 대실패를 겪기 전에 거의 7천 명을 모았었다. 그러나 이제 그들은 대부분 죽었다. 예덴은 밤에 홀스텝 주둔군을 기습함으로써 군대를 '시험'하려고 한 것 같았다. 무엇 때문에 그가 그런 어리석은 결정을 내리게 되었을까?

'나야. 이건 내 잘못이야.' 켈시어는 생각했다. 그는 그들에게 초자연적인 도움을 약속했다. 그는 자기 자신을 이상화시켰고, 예덴을 패거리에 끌어들였고, 불가능한 일을 해내는 것을 너무나 아무렇지도 않게 말했다. 켈시어가 준 자신감을 생각하면, 예덴이 '마지막 제국'을 정면으로 공격할 수 있다고 생각한 것이 뭐가 이상하겠는가? 군인들이 켈시어가 한 약속을 생각하며 그와 함께 간 것이 뭐가 이상하겠는가?

이제 사람들이 죽었고, 그 책임은 켈시어에게 있었다. 그에게 죽음은 새롭지 않았다. 실패도 더 이상 새롭지 않았다. 그러나 그는 배 속이 뒤틀리는 것을 참을 수 없었다. 그렇다, 그 사람들은 '마지막 제국'과 싸우며 죽어갔다. 그것은 스카가 바랄 수 있는 한 가장 좋은 죽음이었다. 그러나 켈시어가 신적인 존재로서 자기들을 보호해줄 거라고 기대하며 죽어갔으리라는 사실…… 그것은 충격적이었다.

'넌 이게 어려우리라는 걸 알았잖아. 넌 네가 스스로 진 짐에 대해 알고 있었어.' 그는 자기 자신에게 말했다.

하지만 그에게 무슨 권리가 있었는가? 그 자신의 패거리인 햄, 브리즈 그리고 다른 사람들까지도 '마지막 제국'은 무적이라고 생각했다. 그들은 켈시어에 대한 믿음 때문에 따라왔고, 그가 자신의 계획을 마치 도둑질 계획처럼 말했기 때문에 따라왔다. 자, 이

3장 피 흘리는 태양의 아이들

제 그 계획을 세우도록 주문했던 고객은 죽었다. 전장을 살펴보기 위해 보낸 정찰병은 좋든 싫든 예덴의 죽음을 확인할 수 있었다. 그 군인들은 햄의 장교 몇 명과 함께 그의 목을 창에 꽂아 길옆에 세워두었다.

계획은 끝났다. 그들은 실패했다. 군대는 사라졌다. 반역은 없을 것이고, 도시 점거도 없을 것이다.

발걸음 소리가 다가왔다. 켈시어는 자기에게 일어설 힘이나 있을까 생각하며 쳐다보았다. 빈은 그가 앉은 그루터기 옆에 몸을 말고 누워, 미스트클록을 쿠션 삼아 딱딱한 땅 위에서 잠들어 있었다. 오랫동안 '백랍 끌어내기'를 하는 바람에 소녀는 탈진했고, 그녀는 켈시어가 그날 밤을 보내기 위해 멈추자고 말한 순간 사실상 무너졌다. 그는 자기도 그럴 수 있었으면 좋겠다고 생각했다. 그러나 그는 그녀보다 '백랍 끌어내기'를 한 경험이 훨씬 많았다. 결국은 쓰러지겠지만, 약간은 더 버틸 수 있었다.

사람의 형체가 안개 속에서 켈시어를 향해 절뚝거리며 다가왔다. 늙은 사람이었다. 켈시어가 모병한 어떤 사람보다도 늙었다. 그는 그전부터 반역도였던 것이 틀림없었다. 켈시어가 사람들을 데려오기 전부터 동굴 속에 살던 스카일 것이다.

그 사람은 켈시어가 앉은 둥치 옆에 있는 커다란 돌을 골라 한숨을 쉬며 그 위에 앉았다. 그렇게 나이 든 사람이 따라올 수 있었던 것도 놀라웠다. 켈시어는 그 무리를 가능한 한 동굴계에서 멀리 떨어진 곳으로 데려가려고 빠른 속도로 움직였다.

"사람들은 선잠을 잘 거요. 그들은 안개 속에 나와 있는 데 익숙하지 않으니까." 노인이 말했다.

"그들에겐 선택의 여지가 별로 없어요." 켈시어가 말했다.

노인은 고개를 끄덕였다.

"그런 것 같군." 그는 잠시 앉았다. 나이 든 눈은 무슨 생각을 하는지 알 수가 없었다. "자넨 날 알아보지 못하지, 그렇지?"

켈시어는 잠시 몸이 굳었다가 고개를 저었다.

"미안합니다. 내가 당신을 모병했나요?"

"어떤 의미로는 그렇지. 나는 로드 트레스팅의 농장에 있던 스카요."

켈시어는 놀라서 입이 조금 벌어졌다. 그는 마침내 노인의 벗겨진 머리와, 지쳤음에도 어쩐지 강인해 보이는 태도가 약간 낯익다는 것을 깨달았다.

"그날 밤 같이 앉아서 이야기했던 노인장이시군요. 당신 이름이……."

"메니스. 자네가 트레스팅을 죽인 후 우린 동굴 속으로 물러났고, 거기서 반역도들이 우리를 받아들여줬지. 다른 많은 사람들이 들어갈 만한 다른 농장을 찾아 떠났소. 우리 가운데 얼마는 머물렀고."

켈시어는 고개를 끄덕였다.

"이 뒤에는 당신이 있었군요, 그렇지요? 이렇게 준비한 것 말입니다." 그는 야영지를 향해 손짓하며 말했다.

메니스는 어깨를 으쓱했다.

"싸울 수 없는 사람들도 있으니, 다른 일들을 한 거지."

3장 피 흘리는 태양의 아이들

켈시어는 앞으로 몸을 숙였다.

"무슨 일이 일어났죠, 메니스? 왜 예덴이 이런 일을 했어요?"

메니스는 그저 고개만 저었다.

"사람들은 대부분 젊은이들이 바보일 거라고 생각하지만, 나는 나이가 약간 든 사람이 아이일 때보다 훨씬 더 바보 같을 수 있다는 걸 알게 되었지. 예덴…… 음, 그는 너무 쉽게 감명을 받는 종류의 사람이었어. 자네에게 감명받고, 자네가 그를 위해 남긴 명성에 감명받았지. 그의 장군 가운데 몇 명은 부하들에게 실전 훈련을 시켜주는 것이 좋겠다고 생각했어. 그리고 그들은 홀스텝 주둔군을 한번 야습하는 게 영리한 수라고 생각했지. 보아하니 그들 생각보다 상황이 어려웠군."

켈시어는 고개를 저었다.

"그들이 성공했더라도, 군대가 드러나는 순간 그들은 우리에게 쓸모가 없어졌을 겁니다."

"그들은 자네를 믿었어." 메니스가 조용히 말했다. "그들은 자기들이 실패할 리가 없다고 생각했어."

켈시어는 한숨을 쉰 후 머리를 뒤로 기대고는 움직이고 있는 안개 속을 바라보았다. 그는 천천히 숨을 내쉬었고, 그 공기는 머리 위의 흐름에 섞여들었다.

"그래서 우린 어떻게 되지?" 메니스가 물었다.

"우리는 여러분을 작은 그룹으로 나눌 겁니다." 켈시어가 말했다. "소그룹으로 루서델에 돌아가 스카들 속으로 돌려보내겠죠."

메니스는 고개를 끄덕였다. 그는 지치고 탈진한 것 같았다. 그러나 그는 물러나지 않았다. 켈시어는 그 느낌을 이해할 수 있었다.

"자네는 트레스팅 농장에서 나눈 대화를 기억하나?" 메니스가 물었다.

"약간요. 당신은 내가 말썽을 피우지 못하게 설득하려고 했지요." 켈시어가 말했다.

"하지만 자네를 막지 못했지."

"내가 잘하는 건 말썽 피우는 일밖에 없으니까요, 메니스. 당신은 내가 거기서 한 일이 억울합니까? 당신들을 이렇게 만든 것 때문에?"

메니스는 잠시 말을 멈추었다가 고개를 끄덕였다.

"하지만 어떤 면으로는 그 억울함이 고맙다네. 난 내 삶이 끝났다고 믿었어. 매일 내게 일어날 힘이 없을 거라고 생각하면서 깨어났고. 하지만…… 그래, 난 동굴 속에서 다시 목적을 발견했어. 그건 고맙다네."

"내가 군대에 그런 짓을 한 뒤에도요?"

메니스는 코웃음을 쳤다.

"그렇게 자네를 과대평가하지 말게, 젊은이. 그 군인들은 스스로 죽음으로 걸어 들어간 거야. 자네가 그들에게 동기를 부여했을지는 모르지만, 자네가 그들 대신 선택한 건 아니야.

하지만 이건 스카 반역도들이 반역에서 처음 학살당한 일도 아니야. 지금까지는 아니야. 어떤 면으로는 자넨 많은 걸 성취했어. 상당한 크기의 군대를 모았고, 그 군대를 누구나 기대할 수 있는 수준 이상으로 무장시키고 훈련시켰어. 사태가 자네 예상보다 좀 빠르게 굴러가긴 했지만 자네는 스스로를 자랑스러워해야 한다네."

"자랑스러워하라고요?" 켈시어가 동요하는 마음을 가라앉히기 위해 일어서며 물었다. "이 군대는 루서델에서 몇 주나 걸려야 갈 수 있는 골짜기에서 의미 없는 싸움을 하다 죽어가는 것이 아니라, '마지막 제국'을 타도하는 걸 돕기로 되어 있었어요."

"'마지막 제국'을 타도한다······." 메니스는 얼굴을 찌푸리며 쳐다보았다. "자네 정말 그런 걸 기대했던 건가?"

"물론이죠. 아니면 내가 왜 이런 군대를 모았겠습니까?" 켈시어가 말했다.

"저항하기 위해서. 싸우기 위해서." 메니스가 말했다. "그게 이 청년들이 동굴에 온 이유야. 그건 이기고 지고의 문제가 아니었어. 그건 로드 룰러와 싸우기 위해 어떤 일이든 뭔가 한다는 것의 문제였어."

켈시어는 얼굴을 찌푸리며 돌아섰다.

"당신은 처음부터 군대가 질 거라고 예상했습니까?"

"달리 어떤 결말이 있었겠나?" 메니스가 물었다. 그는 고개를 저으며 일어났다. "어떤 사람들은 다른 꿈을 꾸기 시작했는지도 모르지, 청년. 그렇지만 로드 룰러는 이길 수 없어. 전에 난 자네에게 충고를 했었지. 어떤 전투를 선택해서 싸울지 조심하라고 말했어. 자, 나는 이 전투에 싸울 가치가 있었다는 걸 깨달았어.

이제 또 한마디 충고를 하지. 켈시어, '하스신의 생존자'여. 그만둘 때를 알아야 해. 자네는 잘했어. 누가 예상했던 것보다도 더 잘

했어. 자네의 스카들은 붙잡혀서 학살당하기 전에 주둔군 전체에 맞먹는 세력의 군인들을 죽였어. 이건 스카가 수십 년, 아마 수백 년 동안 본 것 중에 가장 위대한 승리야. 이제는 그만두고 이 판에서 나갈 때야."

그 말과 함께 노인은 경의를 표하며 고개를 끄덕이고는 발을 끌면서 도로 야영지 중앙으로 돌아갔다.

켈시어는 말문이 막힌 채 일어서 있었다.

'스카가 수십 년 만에 알게 된 가장 위대한 승리……'

그것이 그가 싸운 상대였다. 로드 룰러도 아니고, 귀족도 아니었다. 그는 천 년의 길들여진 상태, 5천 명의 죽음을 '위대한 승리'라고 포장하는 천 년의 사회, 그 사회의 생활에 대항해서 싸웠다. 스카에게 삶이란 그토록 희망이 없는 것이었기 때문에, 그들은 예상된 패배 속에서 위안을 찾는 존재로 전락했다.

"그건 승리가 아니었어요, 메니스. 난 당신에게 승리를 보여주겠어요." 켈시어가 속삭였다.

그는 억지로 미소 지었다. 기쁨 때문이 아니고 만족 때문도 아니었다. 부하들의 죽음 때문에 느끼는 비통함에도 불구하고 그는 미소 지었다. 켈시어는 그 일을 자기가 한 것이기 때문에 미소 지었다. 그것이 그가 로드 룰러와 자기 스스로에게 자신이 지지 않았다는 것을 증명하는 방식이었다.

아니, 그는 그만두고 이 판에서 나가지 않을 것이다. 그는 아직 끝나지 않았다. 아직까지는.

부록

아르스 아르카눔
(ARS ARCANUM, 신비의 기술)

알로맨시에 대한 간략한 참조표

금속	효과	미스팅의 이름
☾ 철	근처의 금속을 당긴다	러처
강철	**근처의 금속을 민다**	**코인샷**
주석	감각을 강화시킨다	틴아이
백랍	**육체적 능력을 강화시킨다**	**백랍팔, 써그**
아연	감정을 격동시킨다	라이오터
황동	**감정을 달랜다**	**수더**
구리	알로맨시를 숨긴다	스모커
청동	**알로맨시를 드러낸다**	**시커**

● 외부에 힘을 미치는 금속은 기울임체로, '미는' 금속은 굵은 글씨로 나타냈다

알로맨시 참조

강철(외적/물리적/미는 금속): 강철을 태우는 사람은 반투명한 파란 선이 가까이 있는 금속 원천을 가리키는 것을 볼 수 있다. 선의 크기와 밝기는 금속 원천의 크기와 그것과의 거리에 달려 있다. 강철의 원천만이 아니라 모든 종류의 금속에서 보인다. 알로맨서는 마음속으로 이 선을 '밀어'서 그 금속의 원천을 자기에게서 밀어 보낼 수 있다. 강철을 태울 수 있는 미스팅은 코인샷이라고 한다.

구리(내적/정신적/당기는 금속): 구리를 태우는 사람은 보이지 않는 구름을 내뿜는다. 그 구름 안에 있는 사람은 누구든지 시커의 감각에 잡히지 않는다. '구리구름' 안에 있으면 알로맨서는 원하는 대로 어떤 금속이든 태울 수 있지만 누군가가 청동을 태워 알로맨시 맥박을 느낄까 봐 걱정하지 않아도 된다. 부수적인 효과로, 구리를 태우는 사람은 어떤 종류의 감정적 알로맨시('달래기'나 '격동시키기')에도 면역이 된다. 구리를 태울 수 있는 미스팅은 스모커라고 한다.

라이오터: 아연을 태울 수 있는 미스팅.

러처 : 철을 태울 수 있는 미스팅.

백랍(내적/물리적/미는 금속): 백랍을 태우는 사람은 자기 신체의 물리적 속성을 강화시킨다. 그들은 더 강해지고, 더 오래 버틸 수 있고, 더 민첩해진다. 백랍은 몸의 균형 감각과 상처에서 회복되는 능력도 증진시킨다. 백랍을 태울 수 있는 미스팅은 백랍팔이나 써그라고 한다.

백랍팔: 백랍을 태울 수 있는 미스팅.

수더: 황동을 태울 수 있는 미스팅.

스모커: 구리를 태울 수 있는 미스팅.

시커: 청동을 태울 수 있는 미스팅.

써그: 백랍을 태울 수 있는 미스팅.

아연(외적/정신적/당기는 금속): 아연을 태우는 사람은 다른 사람의 감정을 '격동시켜서' 흥분시키고 특정한 감정을 더욱 강력하게 만든다. 아연을 태워서 마음이나 감정을 읽을 수는 없다. 아연을 태우는 미스팅은 라이오터라고 한다.

주석(내적/육체적/당기는 금속): 주석을 태우는 사람은 감각이 증진된다. 그들은 더 멀리 보고 더 예민하게 냄새 맡으며, 촉각은 훨씬 더 정확해진다. 안개를 꿰뚫어 볼 수 있고, 증진된 감각으로 보는 것보다 야간에 훨씬 더 먼 곳까지 볼 수 있게 하는 부수적 효과도 있다. 주석을 태울 수 있는 미스팅은 틴아이라고 한다.

철(외적/물리적/당기는 금속): 철을 태우는 사람은 반투명한 파란 선이 가까이 있는 금속 원천을 가리키는 것을 볼 수 있다. 선의 크기와 밝기는 금속 원천의 크기와 그것과의 거리에 달려 있다. 철의 원천만이 아니라 모든 종류의 금속에서 보인다. 알로맨서는 이 선 중 하나를 잡아당겨 그 금속의 원천을 자기에게로 '당길' 수 있다. 철을 태울 수 있는 미스팅은 러처라고 한다.

청동(내적/정신적/미는 금속): 청동을 태우는 사람은 근처에서 누군가 알로맨시를 쓰고 있으면 그것을 느낄 수 있다. 근처에서 금속을 태우는 알로맨서는 '알로맨시 맥박'을 내뿜는다. 청동을 태우는 사람에게만 들리는 북소리 같은 느낌이다. 청동을 태울 수 있는 미스팅은 시커라고 한다.

코인샷: 강철을 태울 수 있는 미스팅.

틴아이: 주석을 태울 수 있는 미스팅.

황동(외적/정신적/미는 금속): 황동을 태우는 사람은 다른 사람의 감정을 '달랠' 수 있다. 즉 그 감정을 적셔서 특정한 감정이 약해지도록 만든다. 세심한 알로맨서는 단 한 가지 감정만 남기고 다른 감정을 '달래서' 없애버릴 수 있다. 본질적으로는 어떤 사람이 자기들이 원하는 대로 느끼게끔 만드는 것이다. 그러나 황동은 알로맨서가 마음이나 감정을 읽도록 만들어주지는 않는다. 황동을 태우는 미스팅은 수더라고 부른다.

www.brandonsanderson.com에
이 책의 모든 부분에 대한 저자의 주석 확장판이 있습니다.

옮긴이 송경아

연세대학교를 졸업하고 동 대학원 국어국문학과 박사 과정을 수료했다. 지은 책으로 『책』『엘리베이터』『테러리스트』가, 옮긴 책으로는 『오솔길 끝 바다』『천년의 기도』『뒤집힌 세계』『무게』와 『어글리』 3부작, 「리치드」 3부작, 「수키 스택하우스」 시리즈 등이 있다.

미스트본 1부
마지막 제국 II

초판 1쇄 인쇄 2017년 5월 2일
초판 1쇄 발행 2017년 5월 8일

지은이 브랜던 샌더슨
옮긴이 송경아
펴낸이 이수철
주 간 하지순
편 집 정사라
디자인 이다은
마케팅 정범용 김지운
관 리 전수연

펴낸곳 나무옆의자
출판등록 제396-2013-000037호
주소 서울시 마포구 성미산로1길 67 다산빌딩 301호
전화 02) 790-6630 팩스 02) 718-5752

페이스북 www.facebook.com/namubench9
인쇄 제본 현문자현 종이 월드페이퍼

ISBN 979-11-86748-97-8 04840
    979-11-86748-98-5 (세트)